D1724630

ENTER

Van Willem Asman verscheen eveneens

De Cassandra Paradox
Britannica
Wondermans eindspel
Koninginnedag

Error – REBOUND 2
Exit – REBOUND 3

Meld je aan voor onze nieuwsbrief om op de hoogte te blijven van
de nieuwste boeken van Ambo|Anthos *uitgevers* via
www.amboanthos.nl/nieuwsbrief.

Willem Asman

ENTER

REBOUND I

Ambo|Anthos
Amsterdam

De auteur ontving voor het schrijven van dit boek
een werkbeurs van het Nederlands Letterenfonds.

Eerste druk 2017
Tweede druk 2018
Derde druk 2018

ISBN 978 90 263 3851 9
© 2017 Willem Asman
Omslagontwerp Studio Jan de Boer
Omslagillustratie © plainpicture / Cultura / Andrew Brookes
Foto auteur © Ruud Pos

Verspreiding voor België:
Veen Bosch & Keuning uitgevers nv, Antwerpen

Voor Ginny, Indy en Liz

I

'U zult een zo normaal mogelijk leven opbouwen,' zegt Oz. 'Wij zorgen voor een huis.'

'Waar?' vraagt Ubbink. De bankier werpt een blik op zijn gouden Rolex. Als een man die eigenlijk iets beters te doen heeft.

'Op een veilige locatie, ergens waar ze u niet kennen.'

'Ik vroeg je "waar?"' Zonder op te kijken. Een baas eist opheldering.

'En wij zorgen voor een baan.' Oz, onverstoorbaar, houdt zich aan het script.

'Ik heb geen baan nodig.'

'Een simpele, bescheiden baan.'

'En al helemaal geen simpele, bescheiden baan,' zegt Ubbink, met een wegwerpgebaar. De gouden schakels van het horloge rinkelen. 'Ik heb geld zat.'

Volgens Oz' bronnen een slordige honderdvijftig miljoen, ongeveer een derde wit, belegd in respectabel vastgoed op naam van zijn vrouw, het grootste deel weggesluisd naar anonieme rekeningen in de Caraïben.

'Wij zorgen voor uw veiligheid,' zegt Oz. 'Een nieuwe identiteit, op een nieuwe plek. Ergens waar ze u niet zullen vinden. Een nieuwe kans op een leven zonder angst.'

'Alsof iemand dat kan garanderen.' Voldaan slaat Ubbink de armen over elkaar. 'U hebt geen enkel idee met wie we te maken hebben.'

Met het Openbaar Ministerie, de fiscus, de banken, Ubbinks criminele foute vriendjes, om er maar een paar te noemen, denkt Oz.

'Je kunt moeilijk van me verwachten dat ik akkoord ga zonder enige garantie. Op basis van jouw blauwe ogen zeker?' Ubbink lacht schamper, blazend door zijn neus. 'Het minste wat ik mag verwachten zijn referenties.'

'Zo werkt het niet,' zegt Oz. 'U begrijpt waarom. Eenmaal in een nieuw leven is er geen enkele band meer met het vorige. Dát is de garantie.'

Als een blufpokeraar die zijn bod verdubbelt, zegt Ubbink: 'Ik wil Stanley Hillis spreken.'

Oz, uiterlijk onbewogen, zegt: 'Ik ken niemand die zo heet.'

'Lul niet. Hillis is klant bij jullie. Vermoord, zogenaamd. Maar jullie hebben hem aan een nieuw leven geholpen.' Voldaan leunt Ubbink achterover in zijn designer bureaustoel.

Oz knikt. 'Ik begrijp uw probleem. U moet bepalen wie nog te vertrouwen is. De autoriteiten?' De oorzaak van Ubbinks moeilijkheden was niet dat hij sprak met het Openbaar Ministerie, maar dat zijn foute vrienden hem daarvan verdachten. 'Of uw zakenpartners?' Oz haalt zijn schouders op. 'Dat dilemma kan ik niet voor u oplossen. Maar ik kan u wel zeggen dat we nog nooit iemand hebben verloren. U zult het met mijn blauwe ogen moeten doen.' Hij glimlacht. Zijn ogen zijn bruin.

Ubbink luistert niet, of doet alsof. 'Hillis,' kraait hij. 'Hém vertrouw ik. Bel hem. Noem De Ouwe mijn naam, hij kent me. Laat hem mij bellen. Als ik zíjn stem hoor, dan pas hebben we een deal. En niet eerder.'

'Nogmaals: ik heb geen idee wie dat is,' zegt Oz. 'En zelfs als ik het wist, en als het waar is dat wij hem hebben geholpen, dan zou ik hem niet weten te vinden. Net zoals ik u, mochten we tot zaken komen, niet meer zal weten te vinden. Op uw nieuwe plek krijgt u een *handler*. Om u wegwijs te maken, de eerste periode. Daarna een nummer om te bellen in geval van nood. Uw handler weet niet wie of wat u in uw oude leven was.'

'Hillis,' herhaalt Ubbink zijn eis. 'Een telefoontje van De

Ouwe is één.' Hij steekt zijn duim op, telt mee op zijn vingers. 'Dan, twee,' zijn wijsvinger, 'is dat mijn vrouw met me meegaat. Voor dezelfde prijs, punt uit. En mijn kinderen, dat is drie en vier,' de middel- en ringvinger. 'Mijn vrouw gaat niet zonder haar vader, dat is vijf,' de pink. 'Zo doen wij dat in onze familie. Ben ik dui-de-lijk?' Hij beklemtoont de lettergrepen, zwaait met zijn hand, vijf vingers gestrekt, voor Oz' ogen. 'Want als dat niet duidelijk is, dan…'

Oz strekt zijn arm, een razendsnelle beweging, en grijpt Ubbinks pols, de Rolex. 'U wilt dui-de-lijk?' onderbreekt hij Ubbink, zonder zijn stem te verheffen. 'Goed. Stelt u zich dan maar eens voor: een doodgewone doordeweekse avond aan de Nachtegaallaan in Wassenaar.' Het is tijd de hooghartige bankier welkom te heten in de wereld van Oz. 'Laten we zeggen een dinsdagavond. Uw vrouw Yvonne is aan het koken.'

Ubbink kucht. 'Nou, daar hebben we iemand voor. Onze nanny zorgt voor…'

'Dinsdag. Nina heeft vrij op dinsdag,' zegt Oz.

Ubbinks mond klapt dicht. Hij lijkt zijn opgestoken hand te zijn vergeten, zijn vingers ontspannen zich onwillekeurig.

'Uw vrouw Yvonne maakt spaghetti met gehaktballetjes, want uw zoontje Frits van zes eet niets anders. Uw schoonvader is langsgekomen, zoals hij wel vaker doet op dinsdag. Ze eten op tijd, want hij rijdt niet meer in het donker. De baby, uw dochtertje Johanneke van tien maanden oud, doet boven een middagslaapje, de babyfoon staat op het aanrecht.' Het moment nadert waarop Ubbink vraagt hoe Oz dat allemaal weet. Ze vragen het altijd.

Oz laat hem los. Ubbinks hand, zijn protserige gouden horloge incluis, valt vergeten in zijn schoot.

'Dan wordt er aangebeld,' vervolgt Oz zijn beschrijving van de doodgewone dinsdagavond in huize Ubbink. 'Uw vrouw pakt de hoorn van de intercom. Het videoscherm licht op, in beeld verschijnen twee mannen in burger. Ze komen namens u, zeggen ze.'

Oz dwingt zichzelf niet aan Hillis te denken, de onderwereldkoning die begin 2011 werd vermoord, enkele weken nadat Oz hem sprak. Hij zet door: '"Wie zijn dat?" vraagt uw schoonvader. Uw vrouw mompelt iets. Ze doet automatisch haar schort af, haast zich naar de hal. Ze opent de voordeur, na een korte aarzeling. Misschien omdat u haar hebt verteld dat u bezig bent met een oplossing. Dat u in contact bent gekomen met een organisatie die bepaalde diensten verleent. Begrijpelijk,' zegt Oz met nadruk, 'hoewel strikt genomen tegen de regels.'

Is Ubbink gestopt met ademhalen?

'Onder aan het bordes ziet ze een zwarte minivan staan. Uw vrouw merkt op dat de motor nog draait. De man achter het stuur kijkt om zich heen, alsof hij elk moment onraad verwacht. Twee mannen, een blijft in de deuropening staan, de ander – laten we hem Dick noemen – pakt uw vrouw bij de elleboog. Dick loopt met haar het huis binnen. Hij spoort uw vrouw aan de kinderen te gaan halen en wat spullen te pakken, een toilettas, wat speelgoed, luiers. Ze rent de trap op.'

Ubbink krijgt een zenuwtrekje bij zijn linkeroog.

'Dan verschijnt uw schoonvader in de hal. Op hoge toon eist hij opheldering. Hij weet van uw problemen, hij weet van de bedreigingen. Maar dat u van plan bent onder te duiken, en dan ook nog met het hele gezin, is volkomen nieuw voor hem. Dan brengt Dick de meest schokkende boodschap: "U gaat ook mee," zegt hij. "Voor uw eigen veiligheid." Uw schoonvader is eenenzeventig, hij woont al zijn hele leven in Den Haag. Hij is er geboren, zijn vrouw ligt er begraven. Hij haat verrassingen, hij haat reizen. Uw schoonvader protesteert dan ook luid, gewend als hij is om zijn zin te krijgen.'

Ubbink fronst zijn wenkbrauwen.

'Boven aan de trap verschijnt uw vrouw, de baby op haar arm, een volle reistas om de schouder, uw zoontje aan haar hand, zijn ogen wijd van schrik. Uw vrouw begrijpt ogenblikkelijk wat er aan de hand is, ze kent haar vader door en door. Ze snelt de trap af om tussenbeide te komen. "Het is voor onze veiligheid," zegt ze. Haar vader zegt dat hij er niet aan denkt. "We hebben geen keus," smeekt ze, "alsjeblieft, papa." De baby begint te krijsen. Ziet u het gebeuren?'

Ubbink ziet het, ziet Oz.

'Haar vader luistert maar half, zijn verontwaardiging is te groot. Hij dreigt haar, weigert pertinent. Dan stelt hij haar de vreselijkste vraag. Weet u welke vraag?'

Ubbink schudt zijn hoofd.

'De vraag waarom ze ooit met u getrouwd is.'

Dat brengt Ubbink in actie. Hij maakt een wild armgebaar met rechts, lijkt overeind te willen komen. Maar hij zakt met een plof weer ineen, strijkt met zijn handen door zijn haar, alsof hij met dat gebaar enige orde in de chaos zal weten te herstellen. Zijn ogen draaien in hun kassen, focussen uiteindelijk op het plafond.

'Daar staat iedereen,' zegt Oz. 'Op een dinsdagavond in Wassenaar, die begon zoals altijd, maar die allang niet meer doodgewoon is. In de hal, onder aan de trap. Met uw vrouw als middelpunt. Haar vader schreeuwt, de baby krijst, uw zoontje jengelt, uw vrouw huilt en smeekt. "Nog vijf minuten," zegt Dick. Hij steekt zijn hand op.' Oz doet het ook, zijn vingers gespreid, de houding van Ubbink zo-even, de rollen nu omgedraaid.

'Uw vrouw geeft de baby over aan haar vader, ze rent door het huis, doet alle lichten uit en het gas onder de pan met spaghettisaus. Dan kijkt ze nog een laatste keer om zich heen. De fotoalbums, bedenkt ze, de paspoorten, en de oude bijbel van haar moeder. Ze pakt ze onder haar arm, die moeten mee. Maar Dick schudt onverbiddelijk zijn hoofd. Ze is teleurgesteld, maar gehoorzaamt, en legt alles op de tafel in de hal. Dan rent iedereen op Dicks aanwijzing naar de minivan. Ook uw schoonvader laat zich meevoeren, zij het onder protest. Als ze het grindpad afrijden, door het hek, op hoge snelheid de Nachtegaallaan uit, kijkt uw vrouw nog eenmaal om. Door de achterruit ziet ze het huis verdwijnen waar de kinderen zijn geboren. Wat gaat er door haar heen op dat moment, denkt u?'

Ubbink zit in elkaar gedoken, alsof hij verwacht dat Oz hem elk moment het genadeschot zal geven.

'Uw vrouw pakt haar mobiele telefoon – om Emma, haar beste vriendin, te bellen. Maar Dick neemt de telefoon uit haar hand. Hij glimlacht beleefd, maar is onverbiddelijk. Haar telefoon en die van haar vader verdwijnen in zijn zak. Uw vrouw beseft het waarschijnlijk nog niet, niet echt, maar haar leven en dat van haar kinderen, haar vader, het leven van iedereen die ze liefheeft, is zojuist abrupt geëindigd. Door haar tranen heen ziet ze in de ogen van haar vader haar eigen gevoelens weerspiegeld. Gevoelens van woede en onmacht. En ze ziet nog iets. Weet u wat?'

Ubbink zet zich schrap, Oz ziet het hem doen.

'Haat,' zegt Oz. 'Haat voor de man die hun dit heeft aangedaan.'

Ubbink kreunt.

'Die nacht wordt uw zoontje ontroostbaar wakker, als hij bedenkt dat we zijn konijn zijn vergeten.'

Oz pauzeert, ditmaal is het zijn beurt achterover te leunen. 'Dus ik vraag u nogmaals en "dui-de-lijk": wie wilt u meenemen? Uw vrouw, haar vader, de kinderen? Omdat u "dat zo doet in uw familie"?'

Ubbink valt stil, Oz laat het. De boodschap is overgekomen.

'Stel dat ik akkoord ga,' zegt Ubbink uiteindelijk, zijn hoofd gebogen.

'Wat zegt u?' vraagt Oz. Hij heeft hem verstaan.

Ubbink kijkt op, schraapt zijn keel. 'Stel dat ik akkoord ga. Wat gebeurt er dan met mijn familie? Wie gaat er voor hen zorgen?'

Financieel hoeven ze zich geen zorgen te maken. Er zijn royale levensverzekeringen en pensioenpolissen, nog afgezien van het zeiljacht, het kapitale huis in Wassenaar en het vastgoed op haar naam. Maar dat is, weet Oz, niet waar Ubbink op doelt. 'We houden minimaal een jaar een oogje in het zeil,' antwoordt hij. 'Zo nodig langer.'

'Ze krijgen mijn adres? Een telefoonnummer? Ik kan ze toch in elk geval laten horen dat het goed met me gaat?'

'Geen enkel contact,' schudt Oz zijn hoofd. 'Niet met hen, niet met wie dan ook uit uw vorige leven. "Geen contact, geen verleden" is de regel, en daarop zijn geen uitzonderingen. U krijgt van ons een telefoonnummer om te bellen in geval van nood. Bijvoorbeeld als u het gevoel hebt dat u iemand hebt herkend, of omgekeerd.'

'Dus ze denken…' Ubbinks stem breekt, nu de waarheid tot hem doordringt. 'Ze zullen denken… dat ik dood ben?'

Dood is beter dan vermist, het komt voor dat achterblijvers hun leven lang blijven zoeken. De mogelijkheden zijn eindeloos – maar uiteraard geeft Oz geen antwoord. Het is te vroeg deze Ubbink in vertrouwen te nemen over de *operating procedures*.

'Godallemachtig. Weet u wel wat u van me vraagt?'

'U begint veilig, opnieuw,' zegt Oz. 'Uw vrouw en uw kinderen beginnen veilig, opnieuw.' Er zal een begrafenis zijn, met uitingen van onbegrip en verdriet, maar de naasten geven het een plaats, het leven gaat door. In elk geval hoeven ze zich geen zorgen meer te maken over hun veiligheid.

'Zo simpel, hè?' zegt Ubbink, starend naar het plafond. 'Het voelt alsof mijn leven tussen mijn vingers vandaan glipt. Welke stap ik ook zet, ik maak het alleen maar erger.'

Oz wacht af, Ubbinks weerstand is gebroken. Hoofdschuddend bekijkt de bankier de vergulde vulpen die hij zojuist uit zijn binnenzak heeft gepakt, alsof hij geen idee heeft waar die ineens vandaan is gekomen. Met een verbeten uitdrukking op zijn gezicht ondertekent hij de eenvoudige verklaring. Twee kantjes, meer is het niet, aanvraag, betaling, voorwaarden, volmacht.

Oz pakt het document aan, vouwt het zorgvuldig op en laat het verdwijnen in zijn binnenzak. Enkelvoud. Ubbink weet beter dan om een kopie te vragen.

'Dus wat nu?' vraagt de bankier.

'U hoort snel van ons,' zegt Oz. 'Overmorgen, uiterlijk.' Hij schuift een *burner*, een simpel niet-traceerbaar prepaid gsm-toestel over tafel. 'Een tekstbericht op dit toestel, als we u accepteren.'

'De kans bestaat dat ik word afgewezen?' Ubbink lacht, krachteloos, een lach die evengoed een snik is. 'Natuurlijk bestaat die kans.'

'Vertel niemand over ons, vertel niemand over dit gesprek. Niet uw advocaat, niet uw vrouw. Niemand. En doe geen domme dingen die slim lijken.'

'Zoals?'

'Zoals nog even last minute een levensverzekering afsluiten.'

Op Ubbinks gezicht verschijnt een grimas; dat had hij zelf kunnen bedenken. 'En als ik niet word geaccepteerd?'

'Dan scheiden onze wegen.' Oz staat op.

'Dus dat was het?'

'Dat was het.'

'Ik ben geen lafaard,' fluistert de bankier. 'Geen onmens.' De tranen lopen hem over de wangen. 'Bent u getrouwd? Hebt u kinderen?'

Oz liegt, uiteraard. Want zo doen ze dat in zijn familie.

#

Hemelsbreed nog geen vijf kilometer van Oz verwijderd, rijdt Tyler Young in haar onopvallende Audi A3 naar haar onopvallende huis in een onopvallende straat in Amsterdam-Buitenveldert.

2

In haar spiegels ziet Tyler dat de man op de motor met het dubbele voorwiel op de ringweg dezelfde afslag neemt als zij. Op een afstandje volgt hij Tylers A3 over de Europaboulevard. Net als zij houdt hij zich keurig aan de maximumsnelheid, en slaat hij rechtsaf bij de Boelelaan, daarna linksaf naar het winkelcentrum.

Keurig geeft hij richting aan, telkens een seconde nadat Tyler het doet. Dan, bij de volgende stoplichten, als ze haar voet van het gas haalt, sorteert hij links voor, waar Tyler rechtdoor gaat. Ze kijkt kort opzij als hij haar passeert. Zijn kenteken onthoudt ze zonder moeite.

Na een extra blokje, om er zeker van te zijn, rijdt ze haar straat in. Als ze de A3 aan de stoep parkeert, inspecteert ze haar make-up nog even in de achteruitkijkspiegel.

Haar huis staat in een rijtje: rode baksteen, twee verdiepingen, met een tuintje erachter. Ze stapt uit, werpt een blik op de lucht boven de daken aan de overzijde van de straat. Een vrouw die zich afvraagt of we het vanavond drooghouden.

Voor de voordeur laat ze haar sleutels vallen. Terwijl ze zich bukt, kijkt ze om zich heen, haar ogen toegeknepen tegen de late middagzon. Niemand. Vogeltjes fluiten.

Binnen pakt ze de post van de mat, maar pas nadat ze de deur zorgvuldig achter zich heeft gesloten – het bovenslot, het onderslot, de ketting erop.

Het huis is stil. Haar dochter Charlie, vijftien jaar oud, is met school naar Londen. Vanmorgen is de bus vertrokken vanaf het plein voor het gebouw van de International School of Amsterdam, waar Charlie inmiddels in de vierde klas zit.

Onder aan de tussendeur naar de gang zit het kleine strookje bruin papier nog precies zoals ze het vanmorgen heeft achtergelaten: vijf centimeter boven de drempel, klem tussen de deur en het kozijn. Als ze de gang door loopt, de keuken in, ziet ze een identiek strookje onder aan de achterdeur. Een trucje dat ze heeft opgepikt uit een oude spionagefilm.

In de woonkamer haalt ze haar Samsung uit haar tas. Twee gemiste oproepen, ziet ze op het schermpje, en twee ingesproken berichten. Terwijl ze haar naaldhakken uitschopt en onder de bank schuift, maakt ze verbinding met haar voicemail.

De eerste boodschap is van Charlie. Dat alles goed gaat, dat ze zijn aangekomen in het hotel.

'En wat denk je, mam? Het regent.'

Tyler glimlacht. Al sinds de bestemming van de trip dit jaar bekend werd, mopperde Charlie. Naar Engeland, mam, uitgerekend Engeland, waar het altijd regent. Waarom niet naar Florence zoals vorig jaar? Of naar Parijs?

De tweede boodschap is afkomstig van een afgeschermd telefoonnummer. De beller hangt op, zonder iets te zeggen. Tylers glimlach verdwijnt.

Sinds een aantal dagen belt hij op onregelmatige tijden. Het nummer is steevast geblokkeerd. Er wordt geen boodschap ingesproken.

Het kan onschuldig zijn, reclame, een energiemaatschappij of een provider met een aanbieding. Een vrouw kan het ook zijn, maar Tyler denkt dat het een man is. Al dertien jaar achtervolgt de man haar tot in haar dromen. Hij is altijd aanwezig in de schaduw. Zijn gezicht is immer onherkenbaar, maar ze weet wie het is.

Met een druk op de knop wist ze beide berichten.

Ze loopt de trap op, passeert de ingelijste verjaardagsfoto's van Charlie, die ze in een schuine rij heeft opgehangen, vijftien in totaal, een voor elk jaar.

De onderste: Charlies eerste verjaardag. De wolk van een baby die ze was, haar diepbruine pretoogjes boven een toet vol slagroomtaart.

Daarnaast: Charlie wordt twee. Paardjerijdend op de rug van Buster, hun golden retriever, ''uster'', in Charlietaal destijds. Haar dunne armpjes om zijn nek. De omhelzing met een lach van oor tot oor, ontwapenend in alle onschuld. Haar voetjes in de kleine Nikes. Zich niet bewust van enige dreiging, noch van de camera. Dat zou anders worden, getuige de foto halverwege de trap, waarop Charlie van acht, wegduikend *maham*! riep, de flitser blokkerend met haar hand.

Nog weer later kwamen de poses van het volleerde model, zoals op de meest recente, die boven aan de trap hangt: Charlie vijftien, met de blik van een volwassen jonge vrouw, haar houding uitdagend, ouder dan ze is. *If looks could kill.*

In Tylers slaapkamer boven haar kaptafel hangt het olieverfschilderij dat Tylers kluis verbergt, de Freemantle, zorgvuldig iets uit het lood. Op de afbeelding staan twee palmbomen, hun bladeren horizontaal door de storm, op de achtergrond het strand en de wilde golven op de oceaan bij de Florida Keys.

Na een korte blik op de tuinen van de buren links en rechts, en op de schaduwen van de struiken in de laaghangende zon, sluit ze de gordijnen.

In het donker kleedt ze zich uit, ze gooit haar kleren op het bed.

Staand voor de spiegelwand in de badkamer doet ze haar halflange blonde haar in een elastiekje. De spiegel reflecteert haar lichaam, zesendertig, gebruind maar zonder te overdrijven, de vorm van een zandloper, maar Tyler ziet vooral een moedervlek op haar heup – is die nieuw?

Voor ze de douche aanzet, overvalt de stilte in huis haar opnieuw. Vreemd hoe dat gaat, ze had verwacht meer van de afwezigheid van Charlies puberhormonen, van een paar dagen het rijk alleen, te kunnen genieten. Ze draait de thermostaatkraan open en stapt onder de warme waterstralen zonder ze werkelijk te voelen.

Vraag honderd jonge vrouwen wat ze buiten de liefde het liefst zouden willen bereiken in hun leven. Negenennegentig zullen antwoorden: vrijheid, zelfstandigheid, een leuke baan, vriendinnen die je vertrouwt.

Tyler leeft die droom, ogenschijnlijk. Ze heeft alles wat een vrouw zich kan wensen: een ruim huis, een vaste baan met fijne collega's.

En wat de liefde betreft heeft ze Charlie. Slim, populair, onafhankelijk, gezond, een plaatje om te zien. Een dochter die iedereen zich zou wensen. Ze heeft alles, op het eerste gezicht, wat haar hartje begeert.

Maar de prijs die Tyler betaalt is hoog.

Met een valse identiteit, gebaseerd op een vals geboortebewijs, een verzonnen jeugd, een gefabriceerd cv, leeft ze een leven van leugens. Tegen haar vriendinnen en collega's liegt ze. Tegen de mannen die ze soms datet. En als klap op de vuurpijl, hoofdprijs en superjackpot ineen: tegen haar dochter Charlie.

Leugens om bestwil, met de beste intenties. Maar hoe goedbedoeld ook: leugens. Leugens die haar al die jaren hebben beschermd.

Als wederdienst werkt zij haar make-up bij in spiegels en winkelruiten, zogenaamd, te pas en te onpas, om onopvallend achter zich te kunnen kijken. Laat ze semi-onhandig sleutels vallen. Klemt ze snippers papier tussen de deuren. Vecht ze al dertien jaar elke dag tegen het gevoel iets over het hoofd te zien, iets van levensbelang. En, recenter, tegen het idee dat die inbraakgolf hier in de buurt iets heel anders is dan de politie vermoedt.

Als ze onder de douche vandaan stapt en zich afdroogt, ziet ze het litteken op haar linkerpols: een levenslange herinnering dat het een illusie is te geloven dat je alles achter kunt laten.

Voortdurend over je schouder kijken, spoken zien, is het ergste niet. De diepste littekens zitten vanbinnen.

#

Charlie is ongewoon stil en steeds stiller naarmate het schoolreis-je in Londen vordert. Ze merkt dat het Mark begint op te vallen; de reacties van haar beste vriend worden stekeliger naarmate ze vaker wegkijkt en 'tuurlijk' antwoordt op zijn vraag of het goed gaat.

Het is bijna vrijdag.

Charlie heeft nog aan niemand verteld wat ze van plan is.

Hoe zal Mark reageren?

3

Het metrostation ligt op loopafstand van het kantoor aan de Zuidas waar hij Ubbink ontmoette.

Oz haast zich niet, hij wacht op de volgende metro en stapt als laatste in. Schoolkinderen storten zich op de vrije zitplaatsen, turend op de schermpjes van hun smartphones.

Oz blijft bij de deuren staan. Bij de volgende halte verlaat hij het metrostel alweer, maar dan, op het nippertje, lijkt hij zich te bedenken – een verstrooide man die zich in zijn halte vergist.

Net voor de automatische deuren zich sluiten, stapt hij weer naar binnen.

De stoffige donkerblauwe BMW, een ouder model, staat op de forenzenparkeerplaats bij station Amsterdam-Sloterdijk. Hij stapt in en rijdt weg, volgt binnenwegen, zodat hij zijn snelheid kan variëren. Hij neemt een rotonde tweemaal.

Rond zeven uur rijdt hij de ringweg op, de avondspits is al over zijn hoogtepunt heen. Hij volgt de borden Schiphol, parkeert de BMW op het laagste niveau van parkeergarage P8.

Hij pakt zijn leren tas uit de kofferbak, sluit de auto af en loopt een rondje om de zijspiegels in te klappen. Om hem heen vakantiegangers en ophalers, met karretjes, koffers, tassen. Achterkleppen van auto's worden geopend en weer dichtgeslagen, echoënd tussen het grauwe beton van de parkeerlagen. Drie dichte bestelwagens telt hij, één minder dan vanmorgen, de oude Transit van het Volendamse aannemersbedrijf is verdwenen.

Met grote passen loopt hij in de richting van de vertrekhal: zakenman, in kostuum, alleen handbagage, ervaren reiziger, op weg naar zijn vlucht. Onder aan de loopband slaat hij rechtsaf, richting de uitgang.

De draaideur vertraagt als een toerist met een bagagekarretje een sensor raakt. Oz kijkt op zijn horloge en draait zijn hoofd om, alsof hij zich iets realiseert. Halverwege stapt hij niet uit. Hij glimlacht verontschuldigend naar de tegemoetkomende reizigers, en loopt de hele ronde mee.

Weer buiten pakt hij een sigaret en steekt hem op, tussen tieners en bejaarden die genieten van de laatste trekjes tot ze hun bestemming zullen bereiken. Officieel is hij gestopt, maar het gebaar voelt telkens weer angstaanjagend gewoon; pas als hij inhaleert herinnert hij zich weer hoe vies de eerste altijd smaakt.

Hij let op gezichten, op plotselinge bewegingen een fractie na de zijne. Op aarzelingen, geschuifel, gedrentel zonder zichtbare aanleiding. Op iemand die zich net op dat moment van hem afkeert of juist niet. Op een oogopslag. Op iemand die ogenschijnlijk verstrooid een extra rondje draaideur doet.

Zijn aandacht wordt getrokken door een slanke blonde vrouw, ze nadert de ingang. Kakishorts, versleten All Stars, wit overhemd, geen make-up. Eind twintig schat hij haar. Ze staat te worstelen bij een opstapje, trekt wild aan het handvat van haar koffer, de wieltjes werken niet mee. Ze is mooi in haar frustratie. Oz ziet de zweetdruppels op haar voorhoofd, de dansende oorbellen tegen haar wang. En door de hals van haar overhemd haar sleutelbeen, zonverbrand, en een rood behabandje. Hij wendt zijn blik af, dooft zijn sigaret in de smeulende asbak.

Weer binnen neemt hij de roltrap naar de vertrekhal op de eerste verdieping. Hij neemt de tijd, slentert een paar minuten, bezoekt een toiletruimte halverwege. Bij de wastafels achterin, met zijn ogen op de spiegels, wast hij zijn handen en zijn gezicht. Als hij alleen is, stapt hij een toilet binnen, waar hij zijn colbert en overhemd verwisselt voor een poloshirt, zijn schoenen voor sneakers. De leren tas zelf verdwijnt in een sporttas.

Hij zet zijn smartphone in elkaar en ziet dat hij twee gemiste oproepen en een voicemailbericht heeft, allemaal afkomstig van een 0032-nummer, België. Hij luistert de boodschap af, zittend op de klep van het toilet. 'Mr. Oz, mijn naam is Alexander Harris. Ik heb uw naam en nummer van een wederzijdse vriend uit Stockholm.'

Oz herkent de stem, de man met het zwaar Britse accent liet eerder een soortgelijke boodschap achter. 'U bent lastig te pakken te krijgen. Laat ik mij nogmaals aan u voorstellen, ik ben een headhunter, zoals dat heet, gespecialiseerd in *international executive search*. Voor posities waarvoor het lastig is te adverteren, als u begrijpt wat ik bedoel. Ik vertegenwoordig een bedrijf dat actief is op het gebied van veiligheid, en dan bedoel ik veiligheid in de breedste zin van het woord. Ik zou u graag willen spreken, om te praten over een aanbod dat ik u namens hen mag doen. Een zeer aantrekkelijk aanbod, al zeg ik het zelf. U hebt mijn nummer. Belt u me, Mr. Oz. Ik beloof u dat u er geen spijt van zult krijgen.'

Oz slaat het nummer op en verwijdert de boodschap, terwijl hij zich opnieuw afvraagt wie de zogenaamde wederzijdse vriend uit Stockholm kan zijn van wie de Brit zijn nummer heeft.

Hij schakelt de smartphone uit, verwijdert de accu en de simkaart. Dan trekt hij het toilet door. Buiten wast hij opnieuw zijn handen. Terug in de hal – honkbalpet op, trouwring om zijn ringvinger – wacht er niemand op hem. Van de slanke blonde vrouw met de tegenwerkende wieltjeskoffer geen spoor.

Hij loopt naar het andere uiteinde van de hal en neemt de trap weer naar beneden, zonder op of om te kijken. Ervaren reiziger, wil naar huis, kent de weg. Hij volgt de pijlen naar P2, neemt de lift naar het onderste parkeerdek.

Alsof hij op zoek is naar zijn auto – zijn sleutels al in zijn hand, maar waar stond hij nou geparkeerd? – kijkt Oz om zich heen. Ach ja, daar staat hij. Hij doet opnieuw zijn rondje zijspiegels en stapt in. Als hij in de witte Toyota Prius de pijlen EXIT volgt, piepen de banden op het beton.

Terwijl hij wacht bij de slagboom, nadert een auto in zijn achteruitkijkspiegel. Man achter het stuur, vrouw naast hem, zij geeft hem het parkeerkaartje aan. Beiden dragen een pet en een zonnebril, net als Oz.

De slagboom zwaait open, hij geeft gas.

Anderhalf uur zijn verstreken sinds Ubbink. Oz is op weg naar huis.

Hij opent de garagedeur met zijn afstandsbediening. Een jongen en een meisje laten hun zwarte labrador uit. Ze lopen vaker hier; broer en zus, pubers, zwijgend en met tegenzin, de hond trekt ze voort. Een tuin wordt gesproeid. Geparkeerde auto's, niets opvallends.

Een rustige straat, aan het einde van een woonerf in Diemen, een stad onder de rook van Amsterdam. Na acht uur 's avonds kun je er volgens Josie een kanon afschieten.

Langzaam rijdt hij de Prius naar binnen. Links is zijn werkbank met gereedschap, rechts tegen de wand staat zijn oude racefiets. Hij zet de motor af, wacht tot de roldeur is gesloten, en opent het portier, stapt uit. De sporttas neemt hij uit de kofferbak. De airconditioning draait nog na.

Als de airco zwijgt, wordt hij – zoals vaker de laatste tijd – overvallen door de intensiteit van de stilte in het huis. Het kattenluikje kleppert; Captain Jack Sparrow, de poes, weet dat Oz in aantocht is en verdwijnt routineus naar de tuin.

Alexander Harris kon een echte zijn, maar waarschijnlijk was dat niet. *Never shit a shitter.* Die doorzichtige headhunter-dekmantel was precies wat Oz Josie had verteld. Al tijdens hun eerste afspraakje, toen ze hem vroeg naar zijn werk, had hij gelogen dat hij werkte voor een internationale firma – mensen zoeken, mensen vinden, veel op reis, belangrijk werk, blabla.

Volgens de regels moet hij Gar bellen, het rapporteren. Horen wat Gar denkt van die Ubbink met zijn Hillis, van die Alexander Harris met zijn wederzijdse vriend uit Stockholm.

In de gang ruikt het naar kattenbak.

Oz zet zijn tas neer onder het prikbord met foto's en tekeningen, Josies project, haar *Wall of Fame*.

Hij loopt de keuken in, zelfs hier slingert speelgoed.

In de linkerbovenhoek van het whiteboard staat met blauwe marker FLIP ♡, hij heeft Josie, zo vriendelijk als hij kon, verteld hoe belangrijk het voor hem is te weten waar ze zijn.

In Noordwijk, bij Flip, Josies broer. Dat hartje is voor Oz bedoeld.

De klok aan de wand tikt.

Het huis is leeg.

Zoals altijd na De Speech stelt hij zich voor hoe het zou zijn, aan de andere kant van de tafel. Niet als Oz de alwetende maar als Ubbink de wanhopige. Dan, in zijn gedachten, is Josie verdwenen met de kinderen. Ze heeft de fotoalbums moeten achterlaten. En vannacht schrikt Sem wakker, ontroostbaar om de poes die ze zijn vergeten.

Oz loopt de trap op, naar zijn werkkamer op zolder. Voor hij de bovenste la van zijn bureau opent, controleert hij de haar. Hij pakt zijn privésmartphone, zet hem in elkaar, accu, sim. Hij belt haar, dat vindt ze fijn.

Met de trein en de bus zijn ze gegaan, wat een avontuur. Nu zitten ze aan de patat bij die strandtent. Beetje laat, maar morgen hebben de kinderen vrij. Het is nog heerlijk buiten. Stralend klinkt ze. Maar dan volgt een aarzeling, als ze zich lijkt te realiseren dat hij weinig zegt. 'Is alles goed?'

'Ja, ja.'

'Zeker?'

'Alles goed,' zegt hij.

'Ik heb je nog gebeld, maar ik kreeg weer eens geen verbinding.'

'Alweer? Ik heb hem toch echt laten nakijken.' De leugen komt automatisch. De regel is nooit privétoestellen mee naar het werk. 'En op mijn nummer van de zaak?'

'Alleen in geval van nood, toch? Wil je de kinderen nog even spreken?'

Voor hij kan antwoorden, roept ze al. 'Sem? Sas? Hier is papa.'

Oz luistert naar het spektakel, de waterval van hun verhalen, broer en zus die elkaar overtroeven, door en langs elkaar heen. De opwinding van de tweeling, zeven jaar oud, na een dag van te veel indrukken, suiker en junkfood, bij Flip hun verwenoom, is tastbaar. Vergeefs probeert Oz er een touw aan vast te knopen.

#

'Weet je zeker dat alles goed gaat?' vraagt Josie, wanneer ze hem weer aan de lijn heeft.

Ze luistert naar zijn geruststelling, maar hoort de klank van zijn stem en weet genoeg. Bij Oz zitten de zorgen tussen en achter de woorden die hij spreekt. Ze houdt zielsveel van hem, begrijpt dat er een verklaring is (al weet ze niet welke) voor het feit dat haar man, die zelf nooit bereikbaar is, moet weten waar ze zijn.

Ze denkt aan de foto van zijn overleden ouders op het prikbord thuis, op haar *Wall of Fame*, die Oz pas na lang aandringen tevoorschijn toverde. Genomen op hun huwelijksdag, met op de achtergrond een dadelboom, een muurtje ergens in een kibboets bij Tel Aviv. De enige foto die hij nog van ze heeft, een vage polaroid, dus ze moest het ermee doen.

De verklaring zit daar, vermoedt Josie, ergens in die geschiedenis die Oz niet met haar kan delen. Ergens onder die strakblauwe lucht.

Zijn moeder keek verloren, zijn vader donker.

Zo kan Oz ook kijken, als hij denkt dat zij het niet ziet.

4

Die nacht heeft Tyler na het sms'je van Charlie uit Londen geen oog meer dichtgedaan, de fles rode wijn ten spijt. 'Mam, ik mocht toch niets doen wat jij niet zou doen? Dus heb ik maar alles gedaan wat papa zou hebben gedaan. X van Mark, xxc.'

Wel twintig keer heeft Tyler het bericht inmiddels gelezen, en nagedacht over wat het kan betekenen. De verwijzing naar Charlies vader kon onschuldig zijn.

Ook het tijdstip waarop de sms werd verzonden, iets na enen Nederlandse tijd, hield haar uit haar slaap. Na eindeloos wikken en wegen antwoordde ze: 'Geniet, liever, een kus terug voor Mark. Maak je het niet te laat? xx.' Om vervolgens wakker te blijven liggen, enerzijds hopend op een geruststellende reactie, en anderzijds twijfelend of ze niet te betuttelend was geweest.

De volgende morgen belt ze vroeg naar haar werk, een middelgroot modellenbureau, met een smoes; ze is grieperig, voelt zich niet lekker, misschien gisteravond iets verkeerds gegeten.

Na elven houdt ze het niet langer uit in bed. Elke tien minuten op haar telefoon kijken of Charlie iets heeft laten horen helpt zeker niet. Ze overweegt Mark te vragen of alles goed is. Mark, de zoon van een Schotse diplomaat, Charlies klasgenoot op de Internationale School. Charlie haat het wanneer Tyler Mark haar 'vriendje' noemt.

Worstelend met gevoelens van zelfverwijt en somberheid, kleedt ze zich aan. Een oud mouwloos hemd, afgeknipte jeans, haar Timberlands. Haar blonde haren trekt ze in een staart. Ze loopt de tuin in, aan de slag, ze moet iets doen om haar gedachten te verzetten.

Met een schep uit de schuur ploegt ze de plek om waar al maanden geleden haar moestuin had moeten verschijnen. Een activiteit die, opeens, geen seconde langer kan worden uitgesteld. Onzin natuurlijk dat ze dit zelf doet, ze had een tuinman moeten bellen.

Woedend hakt ze in op de wortels, tot ze buiten adem de schep wegsmijt, met een kreet vol afschuw en zelfmedelijden.

Met de handen in de zij, uithijgend, kijkt ze naar haar vorderingen.

Kutwortels, onuitroeibaar.

Gar zou er iets filosofisch over weten te zeggen, als: 'Wortels zijn taai. Je ziet ze misschien niet en ze zijn misschien niet zo mooi als je zou wensen, maar ze zijn er wel. Zonder wortels geen leven.' Zoiets.

Vervolgens zou hij Tyler vragen of ze zeker wist dat de moestuin uitgerekend hier moest komen, aan de voet van de taxus naast de schuur.

Ze grijnst, als een boer met kiespijn.

Wortels, shit, wat levert het je op, behalve problemen? Als zij zonder kan, kan Charlie het ook.

Ze draait zich om, ziet iets in haar ooghoek. Is het Ted, de buurjongen, achter het open raam van zijn zolderkamer? Tegen de zon in is het lastig te zien, als ze haar hand boven haar ogen zet, ziet ze alleen de gordijnen nog bewegen. Onwillekeurig rilt ze, trekt ze haar shirtje recht. Stond de kleine viezerik haar te beloeren? Shit. Charlie zont hier topless.

Ze loopt naar binnen, sluit de achterdeur af en doet de snipper papier op zijn plek. Opnieuw heeft ze het gevoel – het is onzin, ze is voorzichtig, maar het gevoel blijft – dat er iemand in huis is geweest. Het is een onontkoombare vicieuze cirkel, weet ze, uit de boekjes: je wordt beschadigd, dus oplettender, dus angstiger.

Boven passeert ze de deur van Charlies slaapkamer. Een flard van een gesprek schiet haar te binnen.

Charlie, ontdaan: 'Heb je mijn dagboek gelezen?'

Tyler, zich van geen kwaad bewust: 'Dagboek? Ik wist niet eens dat je een dagboek had.'

Charlie vijftien, de buurjongen achttien, welke moeder zou niet rondsnuffelen bij het zien van al die aandacht voor haar dochter? De grootste leugenaars, realiseert Tyler zich niet voor het eerst, zijn het meest argwanend.

Ze loopt haar eigen slaapkamer in. Voor ze de gordijnen sluit, werpt ze een blik in de tuin en de tuinen van de buren. Dan tilt ze het schilderij, de Freemantle, van de muur.

Ze toetst de code in op het paneeltje, dan ENTER. De zware kluisdeur klikt open. Ze pakt de grote bruine envelop met daarin de set paspoorten, creditcards, cash, de telefoon en het noodnummer dat ze lang geleden van Gar, haar handler, kreeg. De envelop die klaarligt voor het geval dat.

Na een aarzeling pakt ze ook de multomap met krantenknipsels die ze heeft bewaard. Tegen Gars regels in, omdat ze wist dat er een moment zou komen – het júíste moment, niet te vroeg en niet te laat – waarop Charlie vragen zou gaan stellen. Het moment waarop Tyler haar dochter de waarheid zou vertellen over vroeger. Over haar vader.

Vaak stelde Tyler zich voor hoe ze het haar dochter zou uitleggen; rustig, overdacht. En hoe Charlie het, op haar beurt, zou begrijpen. Maar die hoop is, als ze eerlijk is, inmiddels vervlogen. Het juiste moment, als dat er ooit was, is gekomen en gegaan, en Tyler heeft het gemist. Of liever gezegd: Charlie heeft haar geduld eerder verloren dan verwacht.

Op welke leeftijd waren de gesprekken met haar dochter over vroeger slechts een aanleiding tot slaande ruzie geworden? Tyler zou het niet met zekerheid kunnen zeggen. Maar feit was dat Charlies vragen steeds dwingender werden: Waar was die brand precies begonnen, waarbij papa en Buster om het leven kwamen? Waar waren wij dan die nieuwjaarsdag? Hebben ze die inbrekers ooit gepakt? Hoe kan het dat die foto van Buster die op de trap hangt niet is verbrand? Waar is papa's graf? Wat was ons adres vroeger? Waarom kunnen we er niet een keer heen? Waarom heb ik geen opa's of oma's? En, een van de meest confronterende: Lijk ik meer op papa of op jou?

Haar ogen, weet Tyler, heeft ze in elk geval van haar vader. Diepbruin, poeslief en overtuigend. Met onder al die onweerstaanbare charme de dreigende uitbarsting van een smeulende vulkaan.

Sinds Charlies puberhormonen raasden, Tyler schaamde zich het te moeten constateren, was ze gemener, doortrapter.

Maar gehoorzaam aan Gars regel bleef Tyler bij het verhaal dat ze voor haar gevoel al duizend keer had verteld, aan buren, collega's, geïnteresseerde klanten. Zo vaak inmiddels dat je zou verwachten dat de verzinsels, door de herhaling, uiteindelijk moeiteloos de plaats van de waarheid zouden innemen.

Maar Charlie groeide op en Charlie was niet dom. De kluitjes in het riet werkten niet langer. Charlie bleef vragen, zeuren, eisen. En Tyler, eerlijk is eerlijk, werd defensiever, raakte meer en meer verstrikt in haar uitvluchten. De tijd waarin ze zich onoplettendheid kon permitteren, was voorbij.

Later, dacht Tyler altijd. Later is vroeg genoeg, er is nog alle tijd. Ze is nog zo jong. Laat haar nog even. Later, na Charlies puberteit. Later, als Tyler besloten heeft wat ze zal doen met de knipsels in de multomap, en met de foto van die dag in de speeltuin, de Millers in gelukkiger tijden, niet lang voor hun wereld instortte.

Op sommige momenten weet ze zeker dat ze het nooit zover had mogen laten komen. Ze had de knipsels en foto's moeten vernietigen. Ze heeft op het punt gestaan, vaker dan haar lief is, maar nooit durven doorzetten. Daarmee zou ze de leugens bestendigen, vereeuwigen, Charlie levenslang de kans ontnemen de waarheid te kennen.

Op andere momenten wist ze zeker dat ze de multomap niet zozeer voor Charlie, maar meer nog voor zichzelf had bewaard. Als bewijs dat het allemaal echt gebeurd was. Als waarschuwing en straf ineen voor Tylers naïviteit en domheid destijds.

Hoe heerlijk zou het niet zijn, geen geheimen meer?

Maar ze had meer tijd nodig. Slaap er nog een nachtje over,

had ze telkens gedacht. Komt tijd, komt raad. Met die mantra's had ze zichzelf in slaap gesust en zichzelf wijsgemaakt dat later vroeg genoeg zou zijn. Hoe had ze in vredesnaam deze loopgravenoorlog tussen moeder en dochter moeten voorkomen?

Een aantal weken geleden werd het Tyler te veel en had ze het dieptepunt bereikt. Ze was laat thuis, haar hoofd nog vol van gedoe op het werk, toen Charlie haar in sarrende topvorm opwachtte. 'Wat wil je nou eigenlijk dat ik zeg?' had ze tegen haar dochter geroepen, ten einde raad. 'Je vader is dood, de mijne ook, én mijn moeder. Wat wil je, ruilen?'

Allemachtig wat had ze daar spijt van gehad. Haar hand voor haar mond geslagen, alsof ze de harde woorden daarmee kon terugnemen.

'Wat ben je toch een ongelofelijke kútmoeder,' riep Charlie, de trap op rennend.

Tyler riep haar nog na: 'Dat had ik niet mogen zeggen, lieverd.' Maar het kwaad was geschied. De episode eindigde, zoals zo vaak, met de slaande deur van Charlies slaapkamer.

Toch, de laatste paar weken, leek de vrede in huis weergekeerd. Een tijdelijke vrede, wist Tyler, of ze moest zich wel heel erg in haar dochter vergissen. Het onderwerp hing als een donderwolk tussen hen in. Als tijdens een wapenstilstand waar niemand in gelooft, die beide partijen gebruiken om zich voor te bereiden op het hervatten van de beschietingen.

Ze moest de knoop een keer doorhakken. Maar hoe moest ze het aan Charlie vertellen? Waar te beginnen? Bij de kippen? Bij wat ze die avond zag in de loods? Bij het echte verhaal van Busters dood? De gevolgen kon ze nauwelijks overzien, maar in elk geval waren ze verstrekkend, onomkeerbaar en levensgevaarlijk.

'Ik heb het allemaal voor jou gedaan, lieverd,' zou ze zeggen. Zou Charlie dat kunnen begrijpen en Tyler alle leugens vergeven? In deze staat? Allemachtig, als ze er alleen al aan dacht.

Charlie wilde de waarheid, maar kon Charlie die waarheid aan?

#

Opnieuw slaapt Tyler onrustig, na opnieuw te veel wijn. Buiten grijnst de maan tussen voortjagende wolken. Schaduwen dansen in de tuin en tonen het onbedoelde resultaat van haar graafwerkzaamheden die ochtend – de kuil heeft de vorm van een ondiep graf.

5

'Pas je wel op, Charles?' vraagt Mark.

Charlie neemt net een hijs van de joint en verslikt zich. 'Wat?' Heeft ze het goed verstaan?

'Of je wel oppast?' Voorzichtig, tussen zijn vingertoppen, neemt hij de joint van haar over.

'Serieus?'

'Serieus. Internetdates zijn gevaarlijk.'

'Jezus, je klinkt als mijn moeder. Trouwens het is geen date, het is een afspraak,' zegt ze.

Ze spijbelen. Hun sokken en schoenen uit, voeten over de rand van de ronde vijver in Kensington Park, een paar straten van hun hotel in Knightsbridge. Mark ligt met zijn hoofd nog net in de schaduw, Charlie in het zonnetje.

'Ik ben niet gek, of zo,' voegt ze eraan toe. Ze is niet als haar moeder, die zogenaamd verstrooid haar sleutels laat vallen om te controleren of ze niet wordt achtervolgd. Die zogenaamd onopvallend papiersnippers tussen de deur doet.

'Mag ik iets vragen?' zegt hij.

Oeps. Nu komt het. 'Doe niet zo raar. Natuurlijk mag dat.'

'Heb je er zin in?' vraagt hij.

Ze snuift door haar neus. 'Natuurlijk heb ik er zin in.'

'Of past deze date in het rijtje van de tatoeage waar je moeder niets van weet, de piercing waar je moeder niets van weet en de joints waar je moeder niets van weet?'

'Het is…' een kutwijf, wil ze zeggen, maar ze weet hoe Mark daarover denkt. 'Het is geen date.'

'Ik bedoel: jij hebt ook geheimen voor haar,' zegt Mark.

'Dat is toch heel iets anders?'

Mark haalt zijn schouders op.

Bah, denkt Charlie. De stilte, die ze normaal gesproken zo waardeert als ze samen zijn – anders dan de stiltes in de gesprekken met haar moeder, die er bijna om schreeuwen gevuld te worden –, voelt beladen.

De discussie is bekend terrein. Mark vindt dat mensen goede redenen kunnen hebben om het verleden te willen laten rusten. Dat Charlie het los moet laten. Dan herinnert hij haar aan het oude griezelverhaal van Koning Blauwbaard: de zoveelste vrouw van de koning mag alle kamers van het kasteel bezoeken, op één na. Uiteraard kan de kersverse bruid haar nieuwsgierigheid niet bedwingen. In de verboden kamer vindt ze de afgehakte hoofden van haar voorgangsters.

Sommige zaken, vindt Mark, kun je maar beter niet weten.

Charlie heeft hem moeten beloven dat ze het zou laten rusten. Maar het was alsof Blauwbaard haar nieuwsgierigheid alleen maar had aangewakkerd.

Een eindje verderop vechten twee golden retrievers om een frisbee.

'Ik heb vroeger ook een retriever gehad,' doet Charlie een poging het gesprek weer in normaler vaarwater te krijgen.

'Dat weet ik,' zegt Mark. 'Op de trap hangt zijn foto, met jou op zijn rug. Naast die met de slagroom.'

'Hij heette Buster,' zegt ze, overbodig, Mark onthoudt dat soort dingen. 'Ik noemde hem "'uster". Ik kon de b nog niet zeggen.' Ze weet er niets meer van.

'Je eerste woordje,' knikt Mark.

'En toen ging hij dood.' Bij een grote brand op nieuwjaarsdag, dertien jaar geleden, kwam de retriever om het leven, net als haar vader. Tenminste, dat was het verhaal. Sinds ze in haar moeders kluis is geweest, weet ze beter.

*

Charlie had het eerder gedaan, om een proefwerk te ontlopen of gewoon omdat ze geen zin had in school: de avond ervoor weinig eten, vroeg naar bed, klagen over buikpijn, hoofdpijn, het vaag houden. De volgende ochtend voorhoofd beetje vochtig maken en onder de dekens blijven.

Haar moeder verscheen, al op-en-top klaar voor de start, in mantelpak, op haar hoge hakken.

'Zullen we even langs het spreekuur?' vroeg ze. 'Dan bel ik kantoor.'

'Nee, ben je mal. Ik denk gewoon een virusje of zo. Op school loopt iedereen al de hele week te blaffen.'

Tyler keek op haar horloge.

'*Go*, mam.'

'Weet je het zeker?'

'Zeker.' Ze kuchte, zonder te overdrijven.

'Oké. Doe rustig aan, lieverd. En bel me als er iets is.'

'Doe ik, mam.'

Ze luisterde, hoorde haar moeder de trap aflopen, toen de voordeur, de auto wegrijden.

Even later stond ze in haar pyjamabroek en T-shirt in haar moeders slaapkamer. Op haar tenen, haar oren gespitst op elk geluid. Ze trok de gordijnen dicht, deed het grote licht aan, tilde het schilderij van de spijker.

Nu of nooit. Zou ze? Ja. Had haar moeder maar met haar nieuwsgierige fikken van haar dagboek af moeten blijven. Zonder aarzeling toetste ze de code in, die ze al kende zolang ze zich kon herinneren. Toen ENTER.

Het slot gaf een droge klik. Ze pakte de hendel. Onwillekeurig deed ze een stapje naar achteren, alsof de inhoud haar tegemoet zou kunnen springen.

Toen kon ze zich niet langer beheersen. In een grote bruine envelop vond ze een gsm-toestel, bankbiljetten, gloednieuwe creditcards, twee Amerikaanse paspoorten. Onder de envelop een multomap met oude krantenknipsels.

Van de paspoorten was er een voor haar, aan de pasfoto en geboortedatum te zien, en de ander voor haar moeder. Vals? Ze zagen er echt uit. Verwonderd las ze de namen: Kathleen en Claire Adams.

Ze bekeek het geld: euro's, ponden en dollars, keurig in elastiek. Charlie schatte de stapeltjes. Hoeveel zou het zijn, twintigduizend, dertig, nog meer?

In de multomap zaten knipsels over een rechtszaak in Amerika, jaren geleden. Een internationaal transportbedrijf werd verdacht van banden met de onderwereld, witwaspraktijken, mensenhandel. Charlies oog viel op een vette krantenkop: VERDACHTEN GRUWELCONTAINER OP VRIJE VOETEN. Kroongetuigen kwamen terug op eerdere verklaringen of waren spoorloos verdwenen. Een ander artikel, GRUWELNACHT IN HORRORCONTAINER, had het over achtenvijftig doden, een kind van twee het jongste slachtoffer.

Huh? Wat hadden die knipsels met haar moeder te maken? Wat was zo belangrijk dat ze dit bewaarde, in de kluis nog wel?

Opnieuw bladerde ze door de multomap. Ditmaal scande ze de artikelen op namen. Geen Youngs, geen Adams.

Toen ze alles weer wilde terugstoppen, ontdekte ze onder in de bruine envelop twee foto's die ze over het hoofd had gezien.

Op de eerste foto stond zij zelf, duidelijk, hoewel toen nog klein, tussen twee oudere mensen in, een man en een vrouw. Haar moeder, een jongere versie, stond uiterst links. Vier lachende gezichten.

Zou hij Gar zijn, de man over wie haar moeder het tot vervelens toe had, Gar dit, Gar dat? En was die dame met wie Charlie hand in hand stond Gars vrouw? Op de achtergrond stond een Amerikaanse camper, zo'n aluminium ding. Alle vier droegen ze genummerde honkbalshirts, het shirt van Charlie was zo groot, dat het een jurk leek. Haar linkerarm in felblauw gips. Charlie dacht even na. Had ze toen ze klein was haar arm gebroken? Daar herinnerde ze zich helemaal niets van.

De tweede foto was op het eerste gezicht een standaard familiekiekje: vader, moeder, kindje, huisdier. Genomen in een speeltuin, Charlie zag een schommel, een glijbaan, een klimrek. Dat kindje was zij, de vrouw was haar moeder, de hond was Buster. Geen blauw gips.

En die man op de foto kende ze niet.

Op de achterzijde las ze: MEET THE MILLERS, LOUISE & DANIEL, CHARLOTTE BELLE & BUSTER.

Eronder een datum. 23 mei, dertien jaar geleden. Charlie knipperde met haar ogen. Ze bekeek nogmaals de voorkant. Toen nogmaals de namen, de datum, het jaartal.

Meet the Millers?

Louise Miller? Terwijl het op de foto toch echt haar moeder, Tyler Young, was. Ander haar, jonger, maar haar moeder, ontegenzeggelijk. Charlotte Belle was zijzelf. En was haar achternaam Miller, dus niet Young? Of toch Adams, de naam in het paspoort?

Was die man dan haar vader? Hij droeg een leren jack en cowboylaarzen. In zijn hals zag ze het begin van een tatoeage. Een sportschooltype, een lefgozer. Zag ze gelijkenis? De neus? Het kuiltje in zijn kin? De ogen, misschien?

Maar als hij het was, dan kon die datum – 23 mei, maanden na de grote brand op nieuwjaarsdag, waarbij Buster en hij waren omgekomen – niet kloppen.

Opnieuw pakte ze de multomap met krantenknipsels. Die naam, Miller, heeft ze gezien. En inderdaad. In een artikel met de kop FBI-METHODES ONDER VUUR vond ze de naam Miller, een van de verdachten die was vrijgesproken. De datum op het krantenknipsel, in haar moeders handschrift: 22 november, dertien jaar geleden.

Een geluid. Was dat de benedendeur? Ze sprong overeind, liep op haar tenen naar de slaapkamerdeur, haar oren op steeltjes. 'Mam?'

Shit. Ze keek om zich heen. De kluis open, de multomap en inhoud van de envelop lukraak over de grond verspreid. Een seconde overwoog Charlie weer te gaan zitten. Hier te midden van alle raadsels te wachten. Haar moeder confronteren met het bewijs van… Tja, bewijs van wat precies?

Toen kwam ze in beweging. Zo snel en stil als ze kon, deed ze alles terug in de kluis. Vliegensvlug hing ze het schilderij weer op de haak, precies zoals haar moeder altijd deed, net uit het lood. Onderwijl haar oren gespitst, bedacht op haar moeders voetstappen.

Op de trap naar beneden, net op tijd, herinnerde ze zich haar griepje. 'Mam?' riep ze, semislaperig. Geen mam. Beneden was niemand. Had ze het zich verbeeld? Gevolg van een kwaad geweten?

Weer boven opende Charlie de kluis opnieuw.

Ook bij deze inspectie trof ze geen afgehakte hoofden. Maar twee onvermijdelijke conclusies trok ze wel.

Eén: er was dus wél een foto bewaard gebleven waar haar vader op stond.

Twee: hij was dus níet gestorven op nieuwjaarsdag. Ze wíst het.

Met de inbraak was er iets onherstelbaar verloren gegaan. Maar ze kreeg er ook iets voor terug: haar boosheid in een nieuwe dimensie. Helrood, giftig, diep en bijtend, voelbaar tot in alle poriën van haar lichaam. Woedend was ze, om de leugens, om de wreedheid van dit verraad. Welke zieke geest, welke zogenaamd liefhebbende moeder, kon zoiets vreselijks over haar hart verkrijgen?

Charlie huilde niet. Ze vloekte niet. Ze belde niet radeloos met Mark, om zich te beklagen over het onrecht, om 'zie je wel!' tegen hem te roepen. Charlie liep niet van huis weg, hoewel het kutwijf het zou hebben verdiend.

Ze nam haar MacBook op schoot, en plande haar wraak.

Op een forum op de website lookingforlonglostlovedones.com liet Charlie onder de categorie *lost neighbours* een bericht achter. De meer toepasselijke, *lost parents* en *lost family members*, kon ze indien nodig later nog proberen.

In het bericht deed ze of ze voormalige buurtgenoten zocht: *Looking for the Millers, Daniel and Louise*. Op de site werd aangeraden zoveel mogelijk specifieke informatie te verstrekken, data, locaties, des te groter was de kans op succes. Maar Charlie hield het bij 'ongeveer dertien jaar geleden, ergens in het zuiden van

Florida'. De verleiding om in het bericht op te scheppen over de *adorable* kleine Charlie, het dochtertje van de Millers, en haar vaste metgezel de golden retriever Buster-die-ze-uster-noemde-omdat-ze-de-b-niet-kon-zeggen, had ze weerstaan.

Haar e-mailalias had ze aangepast aan de leeftijd van haar moeder. Nadat ze alle engerds en spam die ze vervolgens kreeg had verwijderd, bleef John John Blackstone, of J.J., zoals Charlie hem noemde, John2John1998@gmail.com, als enige over.

J.J. zei dat hij misschien kon helpen. Zijn vader was een soort privédetective, gespecialiseerd in familiezaken, echtscheidingen, DNA-onderzoek.

Charlie was voorzichtig. Ze hadden een Amerikaans paspoort. In deze tijd trokken Amerikanen aandacht. Amerikanen hebben vijanden, zoals haar moeder maar bleef zeggen. 'Ze hebben Osama al gepakt, mam,' zei Charlie dan.

Pas op met vreemden. Pas op met internet. Lessen die haar moeder van Gar had geleerd. 'Ja, mam, nu weet ik het wel.' Soms twijfelde ze over die Gar, die ze zich zelf niet kon herinneren. Soms klonk hij, in haar moeders woorden, als de *boogeyman*, iets waarmee je ongehoorzame kinderen dreigt. De zak van Sinterklaas.

Niettemin nam Charlie zich voor het contact subiet te verbreken zodra J.J. ook maar in de buurt zou komen van iets dat haar moeder als te privé en dus gevaarlijk zou bestempelen. Ze ondertekende haar boodschappen steevast met Charlie, zonder achternaam. Charlie was neutraal, sowieso, het kon mannelijk en vrouwelijk zijn.

Het wonderlijke was dat J.J. op het punt van veiligheid nog terughoudender leek dan zij.

Zo antwoordde hij op Charlies vraag dat hij in 'Europa, om en nabij' woonde.

'Wat een toeval, ik in dezelfde straat ☺,' schreef Charlie terug.

En zo zette J.J. ook de volgende stap, enkele dagen later. 'Engeland.' En vervolgens, weer later: 'Londen.'

Charlie had J.J. gevraagd hoe het werkte, zo'n zoektocht naar mensen van vroeger, zonder al te gretig te zijn, gewoon, geïnteresseerd, in het algemeen. Volgens J.J. had je eigenlijk alleen een beginpunt nodig, een datum, een naam of een plaats.

Een paar dagen voor het schoolreisje meldde J.J. de doorbraak. 'Kan dit een van de Millers zijn? Zie foto.'

Met ingehouden adem had Charlie de bijlage geopend.

Ze herkende hem meteen van het familiekiekje uit de kluis, aan de tatoeage in zijn nek, zijn neus, het kuiltje in zijn kin. Charlie had zijn ogen. Maar ook zonder die gelijkenis zou ze het hebben geweten. De man op het beeldscherm van haar MacBook, levensgroot, was Daniel Miller, haar vader, ze zag het, voelde het, er was geen enkele twijfel. Tien jaar ouder, schatte ze, dan op het MEET THE MILLERS-familiekiekje dat ze in haar moeders kluis had gevonden. Zijn haar was grijs aan de slapen. Een bleek gezicht, bleker dan ze zou verwachten, vermoeide ogen.

Maar het was hem.

J.J. had haar vader gevonden.

Ze stuurde: 'Hij leeft nog?'

'Daar lijkt het op. Is hij een van de Millers die je zoekt?'

'Ja. Heb je meer?'

'Veel meer.'

Ze dacht even na, nam het besluit, toetste in: 'Ik ben aan het eind van deze week in Londen. Zullen we afspreken? IRL?' Toen ze het reisdoel van de schooltrip had vernomen, had ze gebaald. Maar nu wist ze dat het een gunstig voorteken was. Het kon geen toeval zijn. Dit was een ongelofelijke buitenkans waar ze eenvoudigweg gebruik van móést maken.

Ook J.J. had blijkbaar wat bedenktijd nodig. Ingespannen tuurde ze naar haar inbox. Eindelijk kwam zijn antwoord: 'Oké. Waar?'

Ze stelde hem voor naar het hotel in Knightsbridge te komen, zonder de naam te noemen, maar opnieuw toonde J.J. zich de behoedzaamste. Een publieke plek vond hij verstandiger.

Tyler merkte al die tijd niets. Charlie hield zich koest, niet te veel, niet te weinig. Als ze al vragen stelde over vroeger, dan op normale toon, zonder zich op te winden over de leugens die volgden. Ze had haar antwoord paraat, voor als haar moeder zou ontdekken wat ze had gedaan. 'Kluis? Ik wist niet eens dat je een kluis had.'

'Waar hebben jullie afgesproken?' vraagt Mark, naast haar bij de vijver in het park.

'Bij de ingang van de dierentuin, de London Zoo, morgen, vijf uur.'

'Dus hij weet hoe jij eruitziet?'

'Natuurlijk niet.' Ze had J.J. om een foto van zichzelf gevraagd. Maar dat weigerde hij, geen goed idee vond hij dat. 'Hij heeft de *Observer* van vandaag onder zijn arm, zodat ik hem kan herkennen.'

'Oké,' zegt Mark.

Het klinkt teleurgesteld, alsof hij haar liever op iets doms had betrapt. 'Ik dacht dat je blij voor me zou zijn,' zegt Charlie. 'Eindelijk een spoor.'

'Ben ik ook,' zegt Mark. Hij haalt een hand door zijn peentjeshaar.

'Maar?'

'Ik vind het allemaal net iets te mooi om waar te zijn.'

Charlie twijfelt er niet aan dat Mark het beste met haar voorheeft. Maar toch voelt het alsof hij haar feestje verpest. Ze staat op en slaat het gras van haar rok. 'Ik ga terug. Ga je mee?'

'Alleen als je me belooft dat je oppast.'

'Oké,' zucht ze, terwijl ze denkt: niet oké. Mark heeft makkelijk lullen met zijn familiewapen en zijn stamboom vol Schotse adel.

#

Mark MacKenzie loopt met haar mee, met in zijn hart tegenstrijdige gevoelens. Dus dit was de reden van haar gedrag. Haar vader. Een verlangen zo groot, een blinde vlek, een gat dat Charlie móét vullen.

Hij is jaloers op haar verbetenheid, haar moedige rebellie. Tegelijkertijd voelt het als een impliciet verwijt aan zijn adres.

Charlie weet namelijk van het familiealbum, dat hij op zijn twaalfde verjaardag kreeg, als stamhouder van de MacKenzies, het eeuwenoude Schotse geslacht. Een met kostbaar leer ingebonden foliant, met daarin de namen, geboorte- en sterfdata van al zijn voorvaderen.

Zo gaat dat bij de MacKenzies, van vader op zoon, sinds de eerste MacKenzie, die door Richard Leeuwenhart hoogstpersoonlijk in de adelstand werd verheven, als dank voor zijn heldhaftige rol tijdens de Derde Kruistocht.

Als je het eenmaal wist, zag je welke bladzijden er met zorg uit waren gesneden.

Elke familie heeft spoken, wil Mark maar zeggen, en sommige kun je maar beter met rust laten.

Hij vraagt zich af wat hij moet doen, nu hij weet wat zijn beste vriendin van plan is.

Tyler waarschuwen? Dat zou Charlie hem nooit vergeven.

6

De inkt waarmee het telefoonnummer van 'G&C-WL' in Tylers adressenboekje genoteerd staat, het nummer van de blokhut van Gar en Catherine aan de oevers van Watauga Lake in Cherokee National Forest, is na dertien jaar bijna vervaagd.

Ze toetst het in en wacht tot de internationale verbinding tot stand komt.

Lang gaat hij over, Gar neemt niet op. Terwijl ze een boodschap formuleert om achter te laten, ziet ze in gedachten de blokhut, in Gars woorden 'de veiligste plek op aarde', maar er wordt niet overgeschakeld naar de voicemail.

Haar wijsvinger schuift naar het volgende telefoonnummer, 'G-mob', Gars mobiel. Ze belt het. Ook hier lijkt het wachten eindeloos. Dan, ineens, terwijl ze er al niet meer op rekent, neemt hij op.

'Horner.'

Kippenvel springt op haar armen. 'Gar? Met mij,' zegt ze. Herkent hij haar stem niet? 'Met Tyler.' Nog steeds geen reactie. 'Louise?' Het is lang geleden dat ze de naam die ze bij haar geboorte kreeg hardop gebruikte.

'Natuurlijk,' zegt hij, na een pauze. 'Lou. Ik herken je stem uit duizenden.'

Belt ze hem wakker? 'Stoor ik, Gar?' Ze kijkt op haar horloge, berekent nogmaals het tijdsverschil. Ze heeft zich niet vergist. 'Zal ik later terugbellen?' Zoals ze zichzelf de afgelopen jaren met Charlie continu voorhield: later is ook prima.

'Is het Danny, Lou?'

Zijn eerste *Lou* klonk veilig, overbekend. Maar deze bezorgt haar de koude rillingen, alsof zijn *Danny, Lou* het wachtwoord is dat een monster doet ontwaken.

'Heb je iets gehoord of gezien?' dringt hij aan.

'Het is waarschijnlijk niets.'

'Ben je veilig, nu?' schakelt hij.

'Ik? Ja.'

'Charlie?'

'Is in Londen op schoolreisje.'

'Veilig?'

'Ik weet het niet.'

'Ik bel je terug, Lou. Is dit je vaste lijn?'

'Ja.'

'Ik bel terug.' Hij hangt op.

Tyler ademt uit. Natuurlijk herkende Gar haar stem na al die tijd niet. Natuurlijk klonk hij verward, alsof ze hem in zijn slaap stoorde. Maar zijn vragen, kortaf, op het norse af, staccato, waren vintage Garfield Franklin Horner, de U.S. Marshal die haar en Charlie het leven redde door hen dertien jaar geleden WitSec, het *Witness Protection Program*, binnen te loodsen.

Ze kijkt op de klok, en schudt het hoofd in ongeloof. Dertien jaar. Al die tijd was hij daar, aan de andere kant van de lijn. En al die tijd hadden ze elkaar niet gesproken.

De eerste periode in WitSec had ze hem elke dag wel willen bellen – toen alles een aankondiging van rampspoed was. Superalert was ze, overspannen door haar eigen waakzaamheid. Elke vraag naar vroeger van een iets te meelevende collega. Elke begripvolle glimlach van een vreemde in een winkel naar de moeder met de huilende baby op haar arm. Elke flirtende man in de auto naast haar voor het stoplicht. Elke deur die dichtsloeg, elke knallende uitlaat een straat verderop. Ze had afhankelijk kunnen blijven van Gars kalme stem.

Maar toen won het vertrouwen in Gars WitSec-regels, en brak de fase aan waarin ze zichzelf leerde kalmeren. Waarin het haar steeds vaker lukte geen spoken te zien in haar achteruitkijkspiegels, maar gewoon onschuldige motorrijders die toevallig een eindje dezelfde kant op reden.

Van 'alles is gevaar' maakte ze, om te overleven, 'het is waarschijnlijk niets'. Hem níet bellen al die tijd, níet meer luisteren naar haar hypergevoelige onraadantennes, was een overwinning, zwaarbevochten. En dus voelt ze nu – kijkend op de klok, de minuten tellend tot Gar terugbelt, haar hand op de hoorn – ook de nederlaag.

Ze is dusdanig in gedachten verzonken, dat ze schrikt als de telefoon gaat.

Ze hoort de klikken, elektronische schakelingen, die de verbinding moeten beveiligen.

Dan: 'Lou? Vertel.'

Ze vertelt hem van de auto, een paar dagen geleden, in haar spiegel, die ze eerder dacht te hebben gezien. En van een bekend gezicht, een man in een regenjas, met een pet op en een zonnebril, op een bankje aan de overzijde van de gracht bij kantoor. Maar toen ze nogmaals keek was hij verdwenen. Een paar dagen later spotte ze hem in de Albert Heijn op het Gelderlandplein, hoewel hij anders gekleed was.

Ze vertelt hem van de motorrijder, en van de onbekende beller die steeds niets inspreekt op haar voicemail. Van de Freemantle die enkele weken geleden een fractie schever leek te hangen dan anders. Van het aanhoudende gevoel dat er iemand in huis is geweest. Van de serie inbraken in de buurt.

Al die tijd luistert hij zwijgend, maar nu onderbreekt hij haar: 'Bij jou thuis ook?'

'Ja.'

'Niets gestolen?'

'Nee.' Een leeggegeten pak roze koeken en een halflege colafles op de keukenvloer, dat was alles.

'Politie geweest?'

'Ja. Zij vertelden me dat het schering en inslag is, in de buurt.' Eén blik op de koekverpakking en colafles was genoeg. 'Toen was ik weer enigszins gerustgesteld,' liegt ze, maar het lijkt Gar niet op te vallen. Jaren geleden doorzag hij elke leugen. 'Het is waarschijnlijk niets,' zegt ze opnieuw, hopend dat Gar het zal bevestigen.

Maar hij zegt: 'En Charlie is in Londen, zei je?'

'Op schoolreis.'

'Wanneer heb je voor het laatst iets van haar gehoord?'

'Afgelopen nacht, een tekstbericht.'

'Is dat opvallend?'

Als ze eerlijk is? 'Nee.'

'Weet Charlie van Danny?'

'Nee.'

Het is even stil op de lijn.

'Geef me haar nummer,' zegt hij.

Terwijl Gar het noteert, herinnert ze zich Gars scherpe blik, bedacht op de kleinste aarzeling, zijn ogen die dwars door je heen keken. Ze wilde geen kruisverhoor, ze wilde gerustgesteld worden.

'Dus jij denkt ook dat het Danny kan zijn?' vraagt ze.

'Heb je je aan de regels gehouden, Lou?'

'Natuurlijk. Jouw fucking regels,' zegt ze, hun oude grap.

Maar Gar lacht niet. 'Dan hoef je je nergens zorgen over te maken.'

'Zo klink je anders niet.'

'O.' Hij zucht. 'Ja, nou. Dat komt... sinds...'

Valt de verbinding weg? 'Hallo Gar? Ben je daar nog?'

'Je weet het nog niet.'

'Wat weet ik nog niet?'

'Natuurlijk weet je het nog niet.'

Plotseling klinkt hij dodelijk vermoeid. 'Wat weet ik niet? Gar?'

Zo-even wilde ze de marshal niet, nu wil ze niets liever dan hem terug. Hem en zijn vragen, staccato, vlijmscherp. Alles liever dan het vreselijks dat hij haar nu gaat mededelen.

'Cath is overleden, Lou.'

Even ontstaat er kortsluiting in haar hoofd, honderden gedachten van verwijt en zelfverwijt, op hol geslagen. Catherine was destijds al ziek. Maar toch. 'Wanneer?' vraagt ze, een onzinnige vraag. De liefde van zijn leven.

'Vier maanden geleden.'

'O, Gar.'

'Drie maanden, drie weken en vijf dagen, om precies te zijn. Vredig, in haar slaap. Ik was bij haar.'

'O god, Gar, ik weet niet wat ik moet zeggen.' Ze bijt op haar lippen, vechtend tegen de tranen.

Maar als hij zegt: 'Niet gaan huilen, Lou,' is er geen houden meer aan. Ze kijkt om zich heen, reikt naar haar tas voor een papieren zakdoek.

'Alles heeft een uur, Lou.'

'Ik weet hoeveel je van haar hield,' snottert ze.

'En zij van jou, Lou.'

Zachtjes snuit ze haar neus. 'Ik wist het niet.'

'Nee.'

'Hoe kon ik het weten?' Het is geen vraag, ze weet het antwoord.

'Zo zijn nu eenmaal de regels, Lou.'

Geen contact, geen verleden, in theorie zo eenvoudig. Daar zit de man aan wie ze alles te danken heeft – ze ziet hem plotseling voor zich als oude man, zijn grijze stekeltjeshaar dun, zijn kleren slobberen om hem heen. De man die duizenden zoals zij heeft gered, is aan het einde van zijn leven moederziel alleen. Zíj zou voor hém moeten zorgen, in plaats van andersom. 'Het spijt me dat ik je belde, Gar, je hebt andere dingen aan je hoofd.'

'Nee, nee, dat is oké. Het is goed dat je belde. Ik ben er blij om. Het is hoog tijd dat ik… enfin. Geef me een dag, Lou. Ik zal Danny checken, gewoon voor de zekerheid. Zoals je zegt, is het waarschijnlijk niets. Lou?'

'Ja?'

'Je hebt het gered, Lou. Het was zwaar, je hebt de prijs betaald, we zijn nu hoeveel jaar verder, tien, elf?'

'Dertien.'

'*You did it.*'

'Ja,' zegt ze, zekerder dan ze zich voelt. Maar het gevoel dat ze hem nu niet kan teleurstellen, is overweldigend. 'Dankzij jou.'

'En dankzij Cath.'

'Dankzij jou en Catherine.'

'Goed dat je belde,' herhaalt hij, maar zijn stem klinkt dof en hees, alsof hij zijn best heeft moeten doen.

Als ze hebben opgehangen, vervloekt ze opnieuw de regels, die Gar beletten contact met haar op te nemen toen Catherine stierf.

En ze beseft dat de geruststelling waar ze zo hevig naar verlangde is uitgebleven. Integendeel: Gars belofte Danny te checken, heeft haar angst van nieuwe brandstof voorzien.

Want ook Gar acht het blijkbaar mogelijk dat Danny haar na al die jaren heeft opgespoord.

#

Gar draait aan zijn zegelring.

Het cliché wil dat elke smeris een *special one* heeft, een zaak die anders is, een slachtoffer dat door het pantser dringt van de zakelijke afstandelijkheid die je in het vak nu eenmaal moet opbouwen.

'De groeten van Lou en Charlie, Cath,' mompelt hij. Cath was vanaf het allereerste begin dol op Louise, de dochter die ze zelf niet konden krijgen. Dol op baby Charlie.

Hij neemt zich voor om Strickland te bellen, één van zijn contacten bij de NYPD. Strickland houdt een oogje op Danny Miller en zijn bende. Inmiddels waren hun gelederen uitgedund en hadden ze hun werkterrein verlegd naar New York.

Strickland, een oude rot, zou aan de bel hebben getrokken, als daar aanleiding toe was.

Dan, alsof Lou's telefoontje iets in hem wakker heeft gemaakt, ziet hij midden op zijn bureau zijn dienstpistool liggen. Hij herinnert zich de smaak – ijzer, olie – en de geur van kruit.

Met snelle passen loopt hij door de villa die hij voor Cath heeft gekocht in Miami. Tijdens zijn inspectieronde ziet hij de vuile vaat op het aanrecht, de borden met etensresten rond zijn stoel, de stapel ongeopende post op de eettafel. Overal ligt wasgoed;

47

zijn truien, sokken, ondergoed. De gordijnen zijn dicht, de luiken gesloten. Op de bank in de woonkamer ligt de slaapzak
waarin hij al die tijd sliep, uit angst voor de slaapkamer.

'Genoeg zelfmedelijden, Garfield Franklin?' vraagt een stem
in zijn gedachten. Als Cath geen tegenspraak duldde, gebruikte
ze zijn volledige voornamen.

Hij veegt naar de traan die over zijn wang glijdt.

7

Oz belt CENTRAL en wacht op de mechanische stem. Hij toetst de code in, verbreekt dan de verbinding. Boven trekt hij zijn sportkleren aan, vast van plan een stuk te gaan rennen, een oude gewoonte. Om zijn gedachten te ordenen, om afstand te nemen. Maar beneden aarzelt hij.

Er was een tijd dat je op Gar je horloge gelijk kon zetten: hij belde stipt een uur na de melding. Maar sinds zijn vrouw overleed, kan het zomaar eerder zijn, alsof Gar het tegenwoordig sneller achter de rug wil hebben. Of later, alsof Gar tegenwoordig iets beters te doen heeft.

Oz opent zijn laptop en zijn browser. Hij surft langs nieuwssites om de tijd te doden. Een zoektocht naar vermisten na een ongeluk met een veerboot voor de kust van Ghana. Een ontspoorde trein in Bangladesh, een vliegramp in de Andes – koffers, knuffels en paspoorten in beeld tussen de wrakstukken. Een vermist backpackers-echtpaar in Nieuw-Zeeland. Een Hollywoodsterretje met een carrière vol drugsproblemen is overleden in een privékliniek, begrafenis in besloten kring, familie ziet af van autopsie.

Nieuws is geen nieuws meer sinds REBOUND, alles kan een operatie zijn.

Hij wil niet aan Alexander Harris de zogenaamde headhunter denken. Niet aan Ubbink en zijn verwijzing naar Hillis. Niet aan wat het voor hem zou betekenen als Gar het voor gezien houdt bij REBOUND.

Wat zou hij doen? Terug naar Tel Aviv als de Verloren Zoon, met de staart tussen zijn benen weer naar de Mossad?

Gaat hij Gar vragen hoe het met hem gaat? Uiteraard niet. Om te beginnen is daar de hiërarchie – Gar rekruteerde Oz, hij is Oz' baas en mentor. Het zou ongepast zijn om te zinspelen op Gars eventuele vertrek, zeker nu, in zijn diepste rouw. Maar bovendien: in het Spiel zijn er antwoorden die je niet wilt horen.

'Weet je vrouw het?' vroeg hij Gar. Die keer ontmoetten ze elkaar in een hotelkamer in Upper East Manhattan, voor Oz' eerste jaarlijkse evaluatie. Gar toonde zich zeer tevreden, hij noemde Oz een natuurtalent.

Oz deelde Gars gevoelens, het werk paste hem als een handschoen. Geen politiek, een rechtdoorzeebaas, een afgebakende taak met duidelijke verantwoordelijkheden en bevoegdheden. Het was na de slangenkuil van de Mossad een genot om voor Gar te werken.

Juist vanwege die band had hij Gar verteld van Josie, toen de afspraakjes met haar frequenter werden, waar hij in zijn vorige leven bij de Mossad alles uit de kast zou hebben gehaald om een dergelijke officiële aantekening te voorkomen.

Als Gar al vragen had – Wat doet ze? Waar hebben jullie elkaar ontmoet? Wie nam het initiatief? Hoe serieus is het? – stelde hij ze niet, hoewel Oz zich erop had voorbereid. Later bedacht Oz dat het waarschijnlijker was dat Gar het allemaal al wist; dat hij Oz de gelegenheid had gegeven het uit eigen beweging te vertellen.

Gar nam de tijd, overwoog welk antwoord te geven. Dat op zich zei al genoeg.

'Mag ik je dat wel vragen?' vroeg Oz, toen de stilte voortduurde. Hij waardeerde het dat Gar geen poging deed van onderwerp te veranderen, en dat hij het niet afdeed met een nietszeggende open deur. Maar misschien was hij te ver gegaan.

'Cath weet alles,' zei Gar uiteindelijk. 'Vrouwen weten dingen, Oz, vraag me niet hoe, het zijn geboren leugendetectors. Daar komt bij: ik ben te oud voor spelletjes thuis.'

'Zou je me aanraden het aan Josie te vertellen?'

Ditmaal had Gar geen bedenktijd nodig: 'Nee. Ik weet dat ik geluk heb gehad. Deze is voor jou, Oz, het spijt me. Ik sta niet in jouw schoenen en jij niet in de mijne. Wat ik wel weet is dat de regels er niet voor niets zijn. Ze beschermen de subjects maar ook ons. En bovenal beschermen ze onze dierbaren. Wat ze niet weten, kan ze ook niet beschadigen.'

'Levenslang liegen tegen je dierbaren om ze te beschermen,' zei Oz. Het klonk als iets wat zijn vader zou kunnen zeggen. Liefde als beste motief voor verraad. 'Weet REBOUND dat Catherine het weet?'

'Nee,' zei Gar, opnieuw zonder aarzeling.

Hij realiseerde zich welk risico Gar nam door deze ernstige overtreding aan zijn ondergeschikte op te biechten. Destijds ervoer hij het als een groot blijk van vertrouwen.

Tegelijkertijd concludeerde hij dat Gars ontboezeming evengoed een test kon zijn: een test van Gar om te zien of Oz dit zou rapporteren.

Het was zoals Gar hem vaak genoeg zei: je moest kiezen, je kon nooit alles overzien, er bestonden in dit werk geen absolute zekerheden.

Weer terug in Nederland ondernam Oz nog een laatste poging om Josie van het onzalige samenwoon-idee af te brengen. Om in godsnaam haar dan maar de knoop te laten doorhakken.

'Hoezo te snel? Jij houdt van mij, ik hou van jou,' was haar antwoord. 'Wat is het probleem?'

'Je kent me niet.'

'Wat weet ik dan nog niet?'

'Ik maak dingen stuk als ze te goed gaan.' De uitverkoren zonen van Abraham: na de verovering branden ze de boel plat – zo vader, zo zoon.

Ze herstelde zich toen ze de ernst in zijn ogen zag: 'Waar heb je het over, lief? Wat is er dan stukgegaan?' En toen hij het antwoord schuldig bleef, zei ze, haar gedachten hardop formulerend: 'Wat was er dan zo erg dat je er niet over wilt praten? En waarom zou je het willen, als het zo erg was? Misschien is het dan beter het te laten rusten.'

Josie ten voeten uit: het verleden is voorbij, vandaag is wat telt als levensfilosofie. Kijk, de zon schijnt. En als het gaat regenen doen we onze jas en kaplaarzen aan en gaan we stampen in de plassen. Of we doen het niet, dan worden we lekker nat, ook goed.

Toen ze zwanger raakte van de tweeling had Oz haar het nummer van zijn zakelijke telefoon gegeven, alleen te gebruiken in geval van nood. Hij verzweeg het tegenover Gar, zijn eerste leugen tegen zijn baas en vriend – ironisch genoeg een direct gevolg van Gars openhartigheid destijds in die hotelkamer in Upper East Manhattan.

De telefoon gaat. Oz kijkt op zijn horloge. Zoals hij al dacht: niet stipt na een uur maar drieënveertig minuten na de melding.

Hij neemt op en hoort de bekende mechanische stem die hem vraagt om een moment geduld. Geduldig wacht hij tot de digitale scramblers, ergens in het netwerk, hun encryptie-arbeid verrichten en de verbinding aan beide zijden van de oceaan vrijgeven.

'Alles goed?'

'Alles goed, boss.'

'Mooi. Wat kan ik voor je doen?'

De intro is niet veranderd, dit was hun routine, de uitwisseling van beleefdheden kort, feitelijk. Maar de kwaliteit van Gars stem is dat wel. Als hij ademt is er een hoorbare rafel. Oz heeft Gar nooit met een sigaret gezien, maar zo klinkt hij, als een oude kettingroker.

Hij vraagt Gar of de naam Alexander Harris hem iets zegt.

'Harris?' vraagt Gar.

'Alexander Harris.'

'Ken ik niet. Hoezo?'

'Een headhunter.'

'Nee maar, waar hebben we dat eerder gehoord?'

'Hij zit achter me aan met een aanbod. Zegt dat hij mijn nummer heeft van een wederzijdse vriend.'

'Niet van mij,' zegt Gar.

'Een wederzijdse vriend uit Stockholm.'

'Stockholm,' zegt Gar. 'Ken je daar iemand?'

'Volgens mij niet,' zegt Oz. Hij gelooft Gar – hij móét Gar geloven – op zijn woord. Alles kan een test zijn, maar als Gar iets wist, zou hij het Oz laten blijken. 'Dus wat doe ik, hem bellen, doen of ik geïnteresseerd ben, kijken of ik iets te weten kom?'

'Wat je ook doet, ik zou het in elk geval aan mij rapporteren,' antwoordt Gar. '*Play it by the book.*'

'Het kan toeval zijn,' zegt Oz. Dan vertelt hij Gar van zijn ontmoeting met Ubbink, en van diens eis Stanley Hillis te spreken.

'Stanley Hillis?' vraagt Gar. 'Help me eens even, wil je?'

'Onderwereldbaas. Werd begin 2011 vermoord. Ik sprak hem enkele weken daarvoor.'

Hij vertelt Gar wat hij weet. Stanley Hillis, bijgenaamd De Ouwe, was destijds de machtigste man in de Nederlandse onderwereld. Een man die alles wist, alles kon, zelfs Willem Holleeder had ontzag voor hem. Hillis was een legende, hij ontsnapte meerdere keren uit de gevangenis. Naar verluidt kon De Ouwe 'een heel leger Joegoslaven' op de been brengen. Terwijl hij bij een sportpark in Amsterdam-Watergraafsmeer in zijn auto wachtte op een afspraak, werd hij vermoord. Vlakbij, verscholen in een aanhangwagen, zaten nota bene twee rechercheurs om de ontmoeting af te luisteren. Ondanks de nabijheid van de politie werden de daders nooit gepakt. In Hillis' lichaam werden bij de autopsie zevenendertig kogels gevonden.

'En nu denkt jouw bankier dat wij die Hillis hebben?' vraagt Gar.

'Hij wist het zelfs zeker,' zegt Oz. 'Moeten we ons zorgen maken?'

'Je weet hoe het werkt, Oz: ze horen van ons, ze gaan nadenken, hun fantasie slaat op hol.'

'Elvis leeft.'

'Precies. Dat hoeft niets te betekenen. Of denk je aan een lek?'

'Nee,' zegt Oz, meer uit bijgeloof dan uit overtuiging. Het gerucht alleen al kan een organisatie die handelt in veiligheid jaren lamleggen.

'Hoe kwam de bankier bij ons terecht?' vraagt Gar.

'"Een vriend van een vriend," zei hij.'

'Dat zijn de beste,' zegt Gar.

'Of ze nu in Stockholm wonen of niet,' zegt Oz.

Gars lach klinkt plichtmatig.

'We hebben eerder zakengedaan met zijn advocaat,' zegt Oz.

'Dan zal dat het zijn.'

'Oké,' zegt Oz. 'Dus we houden het op een bovengemiddelde concentratie vrienden in mijn omgeving?'

'Wil je dat ik iets doe met die Harris?'

'Nee,' zegt Oz.

'Je gaat hem niet bellen? Zien wat hij wil?'

'Stel dat het een echte is, bedoel je?' vraagt Oz.

'Praten kan nooit kwaad, toch?'

'Vraag je me nu of ik buiten de deur aan het kijken ben?'

'Nooit een vraag stellen waarop je het antwoord niet wilt horen, Oz.' Opnieuw klinkt die vermoeide lach. 'Dus wat ga je doen met die bankier?'

'Ik twijfel,' zegt Oz.

'Jij hebt hem gezien, gehoord. Zijn achtergrond?'

'Het gebruikelijke verhaal. Te veel geld, te jong te veel succes en te veel foute vrienden. Het Openbaar Ministerie doet alsof ze geïnteresseerd zijn in een deal.'

'Getrouwd, kinderen?'

'Getrouwd,' zegt Oz. Ubbinks vrouw heet Yvonne. 'Ze hebben een jongetje van zes,' kleine Frits, 'en een baby.' Johanneke.

'En papa tekende?'

'Misschien net iets te snel.'

'Na De Speech?'

'Ja.'

'Dat is zijn beslissing, Oz, niet de jouwe. Ons werk is ze te laten zien waar ze zich in begeven, zodat ze weten waar ze voor tekenen. Maar de verantwoordelijkheid is van hen en van niemand anders.'

Dat is waar, weet Oz. Ubbink tekende uit eigen vrije wil zijn gezin weg.

Het detail van het konijn, Oz is er zeker van, gaf de doorslag.

Het succes van REBOUND, de perfecte staat van dienst, het 'nog nooit iemand verloren die zich aan de regels houdt', was in belangrijke mate te danken aan de grondigheid van intakers als Oz tijdens de eerste gesprekken.

Het was Oz' werk de risico's te analyseren. Enerzijds bracht hij in kaart voor wie of wat de potentiële subject op de vlucht was. Hoe reëel en hoe groot was het gevaar? Anderzijds woog minstens even zwaar de inschatting of de persoon in kwestie in staat zou blijken het nieuwe leven vol te houden.

Een nieuw bestaan klinkt als een droom. Hoeveel mensen zouden dit niet wensen, elke dag, ergens op de planeet? Hoeveel mensen zouden God, Allah, Krishna, wie dan ook, op hun blote knieën smeken om een kans om met schone lei opnieuw te mogen beginnen?

Maar in de praktijk is het minder eenvoudig. Om veiligheid te kunnen garanderen, is elk contact met personen en plaatsen uit het verleden verboden. De gezinsfactor, de mate waarin de potentiële subject tegenstand biedt en het opneemt voor zijn naasten, is niet meer en niet minder dan de ultieme indicator.

'Misschien pieker ik te veel,' zegt Oz.

'Dat is ons werk, Oz. Slaap anders een nachtje over die bankier.'

Dat spreken ze af.

Maar Oz slaapt nog lang niet. Lang nadat de reguliere uitzendingen van de Nederlandse publieke omroep zijn beëindigd, zapt hij lusteloos langs reclame voor sekslijnen, pornosites en home-shopping-kanalen.

Om uiteindelijk toch weer terug te keren bij het nieuws over rampen, ditmaal op CNN, BBC, Al Jazeera. Bijna tweehonderd subjects heeft Oz inmiddels toegelaten, allen tekenden ze bij het lijntje. En met elke perfect uitgevoerde operatie verspringen onverbiddelijk de wijzers van de klok, als de timer van een tijdbom.

Hoe zou het zijn? Niet in theorie, van een afstand, als in De Speech, maar in werkelijkheid, hier en nu, dicht bij huis? Op een kwade dag is het zover, weet Oz. Het kan door een lek zijn, een welbewuste daad van sabotage. Maar waarschijnlijker zal het achteraf een misrekening blijken, een moment van onoplettendheid, een menselijke fout. Omdat elk systeem, hoe perfect ook ontworpen, zwakke schakels heeft.

Ook Oz zal tekenen, als de man van het Spiel, in de voetsporen van zijn vader. Paranoia zit in zijn genen, leugens kreeg hij al met de paplepel binnen. Zo simpel? Zo simpel.

In zijn nachtmerries ziet hij Josie en de kinderen, angstig aan de buis gekluisterd, in afwachting van nieuws. Ze hebben gehoord dat Oz betrokken is bij een ongeluk op een onherbergzame plek in een ver land. Er zijn geen overlevenden, naar zijn stoffelijk overschot en dat van vele anderen wordt gezocht. Josie doet wat ze kan om de tweeling te troosten. Dan gaat de telefoon. Josies bloed lijkt te stollen. Ze vréést niet het ergste, ze wéét wat de verpletterende boodschap zal zijn.

En zo is Oz niet voor het eerst en niet voor het laatst aangeland bij de ware reden van zijn twijfel. Niet om Alexander Harris de headhunter met zijn doorzichtige dekmantel. Niet om Ubbink met zijn op hol geslagen Hillis-fantasie. Maar om hoe het moment nadert waarop Oz zal moeten toegeven dat hij gaat doen wat hij zijn vader verwijt – zijn gezin in de steek laten uit liefde.

#

De volgende morgen ontwaakt Gar voor het eerst sinds Caths dood in hun bed in de slaapkamer. Hij voelt zich uitgerust, herboren, na een ononderbroken nacht, een diepe slaap.

Zich bewust van de symboliek van het gebaar, schuift hij de donkere gordijnen opzij. In de verte weerkaatst de zon in de Atlantische Oceaan. Hij moet kracht gebruiken om het raam te openen, alsof ook de sloten onwennig zijn. De koele zeewind tintelt op zijn gezicht.

In de straat telt hij drie wagens met geblindeerde ramen, waarvan hij er twee herkent. Hij neemt zich voor nummer drie straks even te verkennen. Dan, denkend aan Oz' zogenaamde head-

hunter, lacht hij hardop. Gar vindt Alexander Harris een branie-
mannetje, maar die test is een goed idee, hij had het zelf kunnen
bedenken. De organisatie wordt er sterker van; beter zelf de rotte
appels ontdekken, dan iemand van buiten.

Maar als Alexander Harris werkelijk van plan is Oz op een fout
te betrappen, dan zal hij van betere huize moeten komen.

8

Telefonisch, via de beveiligde verbinding, meldt Oz hem dat hij besloten heeft Ubbink, de bankier, te laten lopen. Een subject minder, maar een wijs besluit, vindt Gar. Bij twijfel: *walk away*.

Gar heeft het Hillis-dossier bekeken, en niets ontdekt wat hem zorgen baart. Voor zover je in dit vak ooit ergens absoluut zeker van kunt zijn, werd Stanley Hillis, de Nederlandse topcrimineel, werkelijk vermoord op 21 februari 2011, enkele weken nadat Oz hem ontmoette voor De Speech.

Oz wijdt geen woord meer aan Alexander Harris, en Gar begint er niet over.

'Wil je iets voor me doen, Oz?'

'*Shoot.*'

'Twee *fast 360's*.' Een fast 360 is een routinecontrole: wat valt op in de omgeving van huis, werk, school, familie. Wat komt binnen aan internet- en telefoonverkeer, wat gaat naar buiten. Voor een ervaren handler als Oz een klusje van een paar uur.

'Een subject?' vraagt Oz.

'Van voor jouw tijd. Een moeder die zich zorgen maakt over haar dochter op schoolreis in Londen.'

'De 360 open of dicht?' vraagt Oz.

Bij *open* laat de handler zijn gezicht zien, zodat de subject weet dat er actie is ondernomen. *Dicht* is heimelijk. Beide opties hebben voor- en nadelen. 'Open,' antwoordt Gar. Waarom ook niet? Hij is benieuwd naar Oz' mening over Tyler.

Oz noteert de gegevens. Amsterdam, Londen, geen probleem. 'Iets urgents?' vraagt hij.

'Nee, nee,' antwoordt Gar. 'Routine. Heb je er tijd voor?' Hij kan Oz horen denken, het is een ongewoon verzoek. Waarom vraagt hij dit aan Oz en speelt hij het niet via de officiële kanalen? Er zijn procedures, juist voor situaties als deze. 'Het is waarschijnlijk niets. Laten we het onder de radar houden, voor nu, oké? Tussen jou en mij?'

Oz belooft er vandaag nog in te duiken.

Oz kennende komt het in orde. Gar glimlacht; Tyler kennende belt ze Gar zodra Oz zich kenbaar heeft gemaakt.

Hij heeft Strickland van de NYPD nog niet bereikt, wel een boodschap voor hem achtergelaten met het verzoek om terug te bellen.

Gar gaat verder waar hij gebleven is. Hij ruimt de lege flessen op, verzamelt zijn kleren. Als de wasmachine en de vaatwasser draaien, sorteert hij de post.

Na Caths begrafenis in Deaver County, Cherokee National Forest, is hij naar hun villa in Miami teruggekomen met het voornemen 'alles te regelen'. Enigszins beschaamd moet hij toegeven dat er van dat 'regelen' al die maanden nauwelijks iets terecht is gekomen.

Met gemengde gevoelens constateert hij hoe verrast hij is door het grote aantal blijken van medeleven. Al die kaarten en brieven gaan rechts, de rekeningen links, het afschrift van zijn gewijzigde testament gaat in de kluis. Hoewel hij zich zijn bezoek aan de notaris in Deaver County nauwelijks nog kan herinneren, heeft hij blijkbaar toch nog iets nuttigs gedaan. De rest van de post – kranten, folders, onzin – gaat ongelezen bij de stapel oud papier in de garage.

Als hij zich bukt om de stofzuiger uit de gangkast te pakken, voelt hij de overbekende steek in zijn onderrug. 'Vind je het gek, Garfield Franklin, na al die tijd op de bank?' is het commentaar van Cath in zijn gedachten.

De pijn zit onderin, het kunnen ook zomaar zijn nieren zijn. Het verstandigste zou zijn een dokter naar die rug te laten kijken.

Maar doktoren heeft hij genoeg gezien met Cath. Na de diagnose, bijna twintig jaar geleden, begon het circus: ziekenhuis in, laboratorium uit, bloedprikken hier, onderzoeken daar. Scans in apparaten zo groot als een huiskamer. Een aaneenschakeling van pillen, naalden, infusen, chemo, bestraling, second opinions. Luisterend naar hoofdschuddende doktoren. Vergeefs speurend naar goed nieuws op röntgenfoto's vol zwarte vlekken.

De kanker die Caths lichaam verwoestte, had assistentie gekregen. Doktoren deden hun best, en soms was dat niet goed genoeg. Het waren mensen, en mensen maakten fouten. Hoe onaardig en onverdiend misschien ook, de conclusie staat voor hem vast: die verschrikkelijke jaren tussen mannen en vrouwen in witte jassen in eindeloze witte gangen met spreekkamers, hadden Caths conditie verslechterd, niet verbeterd. Tot Gar er een einde aan had gemaakt, en haar tegen alle doktersadviezen in mee naar huis nam. Haar 'ontsnapping' zoals ze het samen noemden. Hij had een Airstream-camper gekocht, een klassiek model, een Flying Cloud uit 1955, waarmee ze waren gaan rondreizen. Ze hadden het land gezien in al zijn uitgestrekte pracht van noord naar zuid, van de Atlantic tot de Pacific.

Heerlijke jaren hadden ze nog gehad, samen.

Tot het reizen haar te veel werd, en de winter in de blokhut aan Watauga Lake te vochtig en te koud. Drie jaar geleden had hij deze villa in Miami voor haar gekocht.

Het huis waar ze was gestorven, boven, in bed. Drie maanden, drie weken en zes dagen geleden. Toen hij die dag ontwaakte, voelde hij haar hand koud en stijf op zijn onderarm.

Hij was voorbereid, althans dat zou je verwachten. De tijd sinds de diagnose was 'hun extra speeltijd', een 'cadeau van het universum', ze zeiden het vaak genoeg.

Talloze malen had hij haar verzekerd dat hij sterk zou zijn, dat hij door zou gaan, vol zou houden, het leven zou blijven leven, als het onvermijdelijke moment aanbrak.

Totaal van zijn stuk was hij, overmand. Als een automaat, een robot, verrichtte hij de formaliteiten, doorstond hij de begrafenis. Geen idee wie er waren, geen idee wie niet.

De leegte in huis was niet te verdragen. Het was alsof haar spullen hem verwijten maakten, en tegelijkertijd kon hij het niet over zijn hart verkrijgen ze weg te doen. Voorheen geliefde locaties (zoals de blokhut aan het meer) en bezigheden (zoals sleutelen aan de Airstream) raakten besmet. Hij ging ten onder in diepe rouw, verstrikt in een doolhof van lethargie en zelfbeklag.

Drie maanden, drie weken en zes dagen verzaakte hij zijn plicht. Tegenover REBOUND. Tegenover Cath en de belofte die hij haar deed. Al die tijd wist hij zeker dat hij klaar was met de politiek, het wantrouwen, het gekonkel, de spelletjes van Alexander Harris.

Tot vandaag. Of eigenlijk tot gisteren, het gesprek met Lou.

Hij heeft zich vergist. Hij is klaar met zelfmedelijden, maar nog lang niet klaar met REBOUND.

Vandaag voelt goed, als een nieuw begin, een nieuwe kans. Het huis schoon, zijn hoofd schoon.

Hij heeft Oz gevraagd de 360's te doen.

Strickland gaat hem terugbellen.

Dus wat nu? Wat voor dag is het vandaag? Hij kijkt op zijn horloge. Wat deed hij vóór Cath stierf als ze in Miami verbleven? Op een vrijdag rond het middaguur?

Dan reed hij naar Topper Heinrichs, na een stop onderweg voor die goddelijke Meatball Sub-sandwiches van Chad's Deli en een sixpack Bohemia's, het beste Mexicaanse bier ooit. Het water loopt hem al in de mond, ook dat was een tijd geleden.

#

Bij de ingang van de London Zoo houdt Mark MacKenzie de blonde jongeman in de gaten, die met de *Observer* van gisteren onder zijn arm op Charlie wacht.

Mark doet alsof hij de weg kwijt is. Hij krabt op zijn hoofd, tuurt op een plattegrond van de City. Ouderwetse bullshit, natuurlijk, hij heeft Google Maps op zijn smartphone, maar probeer je daar maar eens achter te verschuilen.

De blonde jongeman kijkt op zijn horloge, vanuit zijn ooghoek ziet Mark het hem doen. Automatisch imiteert hij het gebaar.

Kwart voor vijf. Nog een kwartier te gaan.

Nerveus wisselt hij van standbeen. Hij hoopt dat het onzin zal blijken dat hij hier staat. Maar meer nog hoopt hij dat Charlie het hem zal vergeven.

9

Gar parkeert zijn Jeep bij Topper Heinrichs Autopart Emporium, een autosloperij langs de Interstate. Lange rijen roestige wrakken, hoog opgestapeld, omzomen het binnenterrein.

Zodra hij is uitgestapt, trekt hij zijn overall recht terwijl hij de beveiligingscamera bekijkt die hoog aan een van de vlaggenmasten is bevestigd. Nog steeds dezelfde goedkope lageresolutierommel, de meeste hangen er sowieso voor de show. Gar schudt het hoofd. Topper is niet alleen een goede vriend, hij is ook een onverbeterlijke gierigaard.

Hij loopt voor de Jeep langs en opent het rechtervoorportier. Hij buigt zich naar binnen, pakt de Meatball Subs van de passagiersstoel, en schuift ze voorzichtig onder zijn linkerarm. Dan pakt hij het sixpack biertjes van de vloer. Hij strekt zich, doet een stap naar achteren, en duwt het portier dicht met zijn rechterknie. Zijn rug protesteert tegen het balanceren op een been. Hij blijft met zijn rechterschoen haken in de omgeslagen linkerbroekspijp van zijn overall en verliest bijna zijn evenwicht.

Grijnzend kijkt hij nogmaals omhoog naar de camera. Misschien moet hij hopen dat ook deze het niet doet, want als Topper zijn onhandige manoeuvre heeft gezien, dan zal Gar het bezuren.

'Het is waarschijnlijk niets,' zegt hij hardop, terwijl hij wacht tot de pijn in zijn rug dragelijk wordt. Dezelfde woorden gebruikte Lou. Hij heeft zich voorgenomen haar snel eens op te zoeken. Om haar te vertellen van zijn testament. Om haar te vertellen hoe belangrijk het voor hem was dat ze belde. Dat haar telefoontje hem als het ware gewekt heeft uit een donkere winterslaap van rouw.

Hij begint het deuntje mee te neuriën dat uit de luidsprekers op het terrein klinkt, galmend tussen de autowrakken, country classics op WKIS FM, Topper kan niet zonder.

Alles is waarschijnlijk niets – het zou, valt hem te binnen, zomaar een tekst van Willy Nelson kunnen zijn.

Hij verheugt zich zeer op een uurtje ouderwets slap ouwehoeren met Topper over auto's. Mopperen op bankiers, of op het laatste krankzinnige idee uit Washington om de economie weer op poten te krijgen. Lullen uit hun nek, over vroeger toen alles nog beter was.

Wandelend naar het binnenterrein, met de broodjes links en het bier rechts, bekijkt Gar de nummerborden van de geparkeerde wagens, een oude gewoonte. Toppers klanten komen van heinde en ver. Voor wie een oldtimer als hobby heeft, is het Autopart Emporium een paradijs. Diverse loodsen en schuren, alle betimmerd met golfplaat, zijn tot de nok gevuld met tweedehandsonderdelen. Toppers fenomenale geheugen doet de rest. Als hij het niet heeft, bestaat het niet.

Het bevreemdt Gar niet dat Topper noch zijn klanten ergens te bekennen zijn. Want ook het golfkarretje ontbreekt, waarmee Gars oude vriend zijn klanten rondrijdt op het uitgestrekte terrein. Ook de wijd openstaande schuifdeur, recht voor hem, de toegang tot de grote loods, baart Gar geen zorgen. Cash houdt Topper bij zich, in een grote leren portefeuille in zijn achterzak.

Gar besluit de broodjes in Toppers kantoor te zetten, een oude stacaravan die meteen links achter de schuifdeur in de loods staat geparkeerd. Met de biertjes veilig in Toppers ijskastje kan hij op eigen houtje wat rondneuzen.

Dan hoort hij achter zich stapvoets een auto naderen. Hij doet een stap opzij om hem te laten passeren en draait zich half om.

Het is een stoffige Chevrolet Camaro, model 1969 als Gar zich niet vergist. De klassieke sportwagen komt een meter of twee van hem vandaan tot stilstand.

Twee geüniformeerde agenten staren hem door de voorruit aan. Ze spreken, niet met elkaar maar tegen het dak van de auto, in de microfoon van de handsfree carkit. Door het geopende raam van de bijrijder kringelt sigarettenrook. Een luide stem klinkt uit de luidspreker, het klinkt als een lach, die tegelijk een commando is. Al kan hij niet verstaan wat de stem zegt, de klank is typisch genoeg, het is Engels maar met een licht Scandinavisch of Duits accent – Gar zal hem onthouden.

Hij knikt ter begroeting en draait zich weer van hen af. Ogenschijnlijk rustig vervolgt hij zijn weg.

Twee state troopers in uniform, maar niet in een surveillancewagen. Opvallend.

Doen ze in hun pauze een boodschap? Sleutelen ze in hun vrije tijd?

Vreemd. Ware liefhebbers zouden zo'n vintage Camaro poetsen en poetsen, tot hij glom als een spiegel.

Gar overdenkt wat hij zag. Langer dan vijf seconden heeft hij ze niet kunnen bekijken, maar het was genoeg. Het resultaat van oefening en routine tegelijk, hij doet het zonder nadenken, hij weet niet beter.

De bijrijder, op de passagiersstoel: ringbaardje, brede neus. Zwart kortgeknipt haar. Slank postuur, tenger. Oorbel in het rechteroor. Blank, zware wenkbrauwen, Balkan-origine of Eurazisch. Rookt filtersigaretten.

De bestuurder: korter dan Eurazië, gezet, gespierd, Zuid-Europese, mogelijk Slavische trekjes, blank, pafferige wangen, spitse neus, dunne lippen. Blond haar, mogelijk geverfd, zijn wenkbrauwen zijn donkerder van kleur. Hij draagt een goudkleurig horloge om zijn linkerpols.

Beiden dragen Ray-Bans, hij schat ze om en nabij de veertig.

Heeft hij die donkergrijze Chevrolet Camaro eerder gezien? Vanochtend uit zijn slaapkamerraam? Het kenteken, Floridanummerplaten, heeft hij in zijn geheugen opgeslagen. Het kunnen collega's zijn, agenten; de voorschriften zijn lang niet zo strikt meer als in zijn tijd, oorbellen en ringbaardjes zijn tegenwoordig toegestaan, maar Gar betwijfelt het.

De motor van de Camaro wordt uitgezet. Gar hoort de portieren openen en weer sluiten. De mannen zijn uitgestapt. Hun telefoongesprek met de typische Duits-Scandinavisch klinkende stem, zo-even nog volop onderweg, is blijkbaar abrupt beëindigd. Geen begroeting ook, noch een verzoek – *Hey, mister, you work here?* of zoiets.

Is het zijn verbeelding of klinken de voetstappen achter hem op het gravel gehaast?

Hij schat dat het nog veertig meter is naar de ingang van de loods.

Zo nonchalant als hij kan, kijkt Gar over zijn schouder. Hij vergist zich niet: de mannen komen naderbij. Hij heeft vijftien, misschien twintig meter voorsprong op ze.

Gar versnelt zijn pas. Zijn rechterhand komt omhoog in een reflex, op weg naar de plek van zijn schouderholster. De bierflesjes rinkelen. Hij vloekt binnensmonds. Zijn 9mm ligt in het handschoenenvakje van de Jeep. Geen ander wapen tot zijn beschikking dan de broodjes, het bier en de mobiele telefoon in de linkerborstzak van zijn overall.

Gooien met het sixpack? Kansloos.

Hij bedenkt zich geen moment, laat de broodjes en het bier uit zijn handen vallen, en zet het op een lopen, zigzaggend tussen de oliedrums en sloopauto's door, in de richting van de loods. Topper houdt, weet Gar, een honkbalknuppel bij de hand, vlak achter de deur van de stacaravan, zijn kantoor.

Uit de luidsprekers klinkt 'Lost Highway' van Hank Williams. Hij rent de loods in, duikt meteen links uit zicht.

Even later staat hij achter de deur van het kantoor, met Toppers honkbalknuppel in de aanslag. Uit alle macht probeert hij zijn gejaagde ademhaling onder controle te krijgen.

Hij luistert of hij zijn belagers kan horen, maar de muziek staat te hard.

Koortsachtig overdenkt hij zijn opties, zijn kansen. De knuppel heeft alleen nut met ruimte om uit te halen, en die heeft hij nauwelijks. In de hoop op een ingeving kijkt hij om zich heen. Achter zich, in de archiefkast waar hij nu met zijn rug tegenaan staat, liggen papieren, een stapel oude tijdschriften, een kartonnen doos met kaarsen, een pak sinaasappelsap. Geen schroevendraaier, schaar of briefopener. Een presse-papier, zo'n sneeuwding, is het enige wat in aanmerking zou kunnen komen, maar even nutteloos als de knuppel bij deze beperkte bewegingsruimte.

De mobiele telefoon weegt zwaar in zijn linkerborstzak. Het apparaat pakken met zijn rechterhand, zou betekenen dat hij de knuppel alleen nog vastheeft met zijn linker-. Funest voor zijn slagkracht.

Voorzichtig verplaatst hij zijn gewicht naar zijn linkervoet, om langs de deur te kunnen kijken. Voordat hij zo-even het kantoor binnenstormde en de knuppel greep, had hij de loods overwogen. Razendsnel had hij moeten beslissen – *run or hide?*

Instinctief dook hij achter de voordeur, in de hoop dat de aanvallers zouden aannemen dat hij de loods in is gerend om zich daar tussen de metershoge stellingen te verschuilen.

Even heeft hij spijt van de keuze die hij in een flits moest maken – het dilemma bij elke hinderlaag: niet gezien worden, alles zien. Wat zicht betreft heeft hij zich in een onmogelijke positie gemanoeuvreerd. Hij staat klem achter een dunne paneeldeur die evenveel bescherming biedt als bordkarton.

In het midden van het kantoor, op Toppers bureau, bezaaid met rekeningen en paperassen, staat de radio, naast een overvolle asbak. Gar volgt met zijn ogen het oranje verlengsnoer. Als hij de radio kan uitschakelen, weet Topper dat er iets niet in de haak is.

Daar loopt het snoer, langs de wand, deze kant op. Het verdwijnt uit zicht achter een stapel dozen links van hem.

In de korte pauze, als Hank Williams op de radio plaatsmaakt voor een oudje van Loretta Lynn, spitst hij zijn oren. Waar zijn ze?

Gar verstevigt zijn grip, met beide handen, op de knuppel. Hij buigt zo ver mogelijk door zijn knieën, op alles voorbereid.

Er gebeurt niets.

Tijd, weet hij, is in zijn voordeel. Er komt een moment waarop de overvallers zich realiseren dat de kans dat iemand komt kijken wat er aan de hand is met elke seconde toeneemt. Topper of een klant.

Het oranje snoer – als dat hetzelfde snoer is – komt tevoorschijn achter de lage kast tegen de achterwand links van hem. Een oranje stekker zit in een stekkerdoos, met aan het uiteinde een schakelaar.

Dertig, misschien veertig centimeter van zijn linkervoet verwijderd.

Langzaam verschuift hij zijn linkerschoen in de richting van de schakelaar. Om niet uit balans te raken, spant hij al zijn spieren. Hij verbijt een kreun, zijn onderrug.

Hij tilt zijn linkervoet op, drukt met de punt van zijn schoen op de schakelaar van de stekkerdoos.

De stilte is plotseling en totaal.

Langzaam, zo stil als hij kan, trekt hij zijn linkervoet weer terug.

Gar knijpt zijn ogen tot spleetjes, concentreert al zijn zintuigen. Tegen beter weten in bidt hij dat ze het inmiddels hebben opgegeven. Of zijn ze in de loods? Als hij nu naar buiten rent, is hij ze dan te vlug af? Moet hij dat risico nemen? Zijn schuilplaats verlaten, zich uit de voeten maken?

Nee, beslist hij. Geen fratsen, geen paniek. Niet zijn positie verraden. Hij kan beter hier blijven, voorbereid. *Stick to the plan.* De verrassing, dat hij in hun ogen het minst logische deed, is in zijn voordeel. Net als de tijd. Topper zal verschijnen, Topper of een klant, en dat weten de mannen buiten ook. Ze zullen afdruipen, dat kan niet anders. Zeker nu Gar de muziek heeft weten te stoppen.

Het snerpende signaal van de telefoon in zijn linkerborstzak is zo abrupt en luid, dat Gar schrikt. Onwillekeurig slaat hij met de bovenkant van de knuppel tegen de deur.

#

De aanvallers aarzelen geen seconde.

68

10

Charlie komt het Camden Town-metrostation uit. In gedachten verzonken volgt ze de borden naar de London Zoo.

Alle vragen over haar vader die ze J.J. wil stellen, buitelen door haar hoofd, zonder structuur of logische volgorde, als een eindeloze lawine van stuiterende pingpongballetjes.

Charlie trekt haar jasje recht, ze draagt haar meest officiële mantelpakje, haar witste overhemd en haar hakken in plaats van haar sneakers. De ouwelijkste kleding die ze heeft, speciaal meegenomen naar Londen voor deze afspraak. De kreukels heeft ze er met veel moeite uit weten te krijgen met de strijkbout van het hotel.

Haar hart bonst in haar keel.

Charlie is hier nooit eerder geweest, maar ze weet dat ze er bijna is. Overal staan levensgrote borden met afbeeldingen van lachende pinguïns en giraffen.

Ze kijkt op haar smartphone. Mooi op tijd. Niet te vroeg, niet te gretig. Niet te laat, niet te nonchalant.

Als ze in de verte tuurt om te zien of ze J.J. al kan ontdekken, spot ze Mark.

Zodra Mark haar ziet, duikt hij weg achter een plattegrond van de City, maar hij is het.

Een mix van tegenstrijdige gevoelens overvalt haar. Ze is boos op hem, want wat is hij van plan? Heeft hij Tyler verteld wat ze gaat doen? Komt hij de ontmoeting op het nippertje verzieken, in opdracht van haar moeder? Dat zal toch niet?

Maar lief is het ook; Mark is haar back-up, voor het geval dat. Kijk hem nou staan, de schat, 007. Denkt hij nou werkelijk dat hij onzichtbaar is achter die plattegrond?

Ze houdt haar gezicht in de plooi, besluit het spelletje mee te spelen en loopt verder zonder hem nog een blik waardig te gunnen. Met al haar aandacht gericht op de jongeman met wie ze een afspraak heeft.

In elk geval is hij J.J. niet, zoveel is haar ogenblikkelijk duidelijk. Het kan hem gewoon niet zijn. Daarvoor is de jongeman die haar een meter of vijftig verderop bij de ingang opwacht, met de *Observer* van gisteren onder zijn arm, te jongensachtig. Wat gaat ze tegen hem zeggen, om meteen te laten merken dat ze niet van gisteren is? *Don't waste my time?*

Dan hoort ze een stem bij haar oor, vlakbij, links achter haar. 'Charlie?' De stem spreekt keurig Engels. Op het moment dat ze zich omdraait richting de stem, in een reflex, verheugd want Mark (007, de schat) is bij haar, en ze zich haar vergissing realiseert (Mark heeft geen Engels maar een Schots accent, en Mark noemt haar Charles, nooit Charlie), voelt ze het prikje in haar nek.

Ze probeert haar hand op te tillen, het insect weg te slaan, maar haar arm weigert dienst.

De mug wordt een wesp, de wesp wordt een spijker, de pijn is fel.

De ingang, de heg, de dag, de borden met de lachende pinguïns en giraffen exploderen voor haar ogen.

Haar benen zijn verdwenen, zo voelt het althans; het is alsof haar romp, haar armen en haar hoofd boven het trottoir zweven.

Een trip, maar dan een hele slechte.

Handen vangen haar op, grijpen haar vast. Ze doet haar best om de overvallers te zien, er is een schermutseling, er wordt geroepen. Schiet de blonde jongeman haar te hulp? Waar is Mark?

Ze ziet gezichten, maar meer dan schimmen, grijze vlekken en zwarte vegen, zijn het niet, alles is vaag. De kop van een sneeuwpop, met zwarte hoed en paraplu, raast langs, terwijl de klaarlich-te dag verandert in een nacht.

Ergens slaat een klok vijf keer.

Charlies wereld wordt zwart.

#

Mark belt in paniek naar Tyler.

Volkomen de kluts kwijt vertelt hij haar van een man op inter-net die nieuws had van Charlies vader en van twee onbekende mannen die Charlie hebben meegenomen in een wit busje.

Tyler belt in paniek naar Gar.

Het snerpende signaal van de telefoon in zijn linkerborstzak is zo abrupt en luid, dat hij schrikt. Onwillekeurig slaat hij met de bovenkant van de knuppel tegen de deur.

II

Zodra het geluid van de telefoon de schuilplaats van de oude marshal verraadt, springt de eerste overvaller over de drempel van de stacaravan.

Met zijn linkerhand duwt hij tegen de deur, om de marshal klem te zetten. Lukraak schiet hij dwars door het dunne paneel heen, op de plek waar hij de romp vermoedt. Zeven-, achtmaal, snel achter elkaar, haalt hij de trekker over, de schoten zijn luid. Zijn gil, een strijdkreet, is er een van pure frustratie. Hij stapt achteruit, laat de deur los.

Als in slow motion valt een honkbalknuppel achter de deur vandaan. Even later volgt het lichaam van de marshal. Zijn hoofd maakt een smakker, alsof er met kracht een baksteen op een houten vloer wordt gesmeten.

Bloed op de rug van de overall, een schouderwond links.

De overvaller hijgt. Het was even spannend, de oude marshal was sneller dan ze dachten, maar het is achter de rug.

Zijn partner, neef van moederszijde, komt naast hem staan, knielt, steekt zijn linkerhand uit om het doelwit in zijn nek te voelen, als ze het gerochel horen.

De marshal spreekt in zijn iPhone. Fuck.

#

Zoals elke man van het Spiel stelde ook Gar zich met enige regelmaat voor hoe het zou zijn en hoe hij het zou dragen – zijn einde. Niet omdat hij er bang voor was; als het kwam, dan kwam het. Je kon alleen maar hopen, wist hij. Dat het rustig zou zijn, vredig, troostrijk, eervol. Geen gebedel, geen gejammer, geen spijt.

Hij maakte zich geen illusies; het leven kent nu eenmaal onvoorspelbare kruispunten. Sommige zie je aankomen, de meeste niet.

Maar één ding wist hij zeker: hij zou aan Cath denken, aan de liefde van zijn leven. Als het moment kwam, zou hij haar voor zich zien – gezond, dansend, schaterlachend.

Hij had het mis.

Zijn laatste gedachte is niet bij Cath. Niet bij de duizenden die hij een tweede kans mocht geven, met een nieuwe identiteit op een nieuwe plek, dankzij WitSec. Niet bij de honderden voor wie hij hetzelfde deed namens REBOUND.

Gar denkt aan zijn special one. Over onvoorspelbare kruispunten gesproken: haar vorige telefoontje wekte hem, deze werd hem fataal.

'Lou,' kreunt hij, het bloed loopt in zijn mond. 'Wat…'

'Gar, o, Gar.'

'Wat…' Hij probeert het opnieuw, maar het woord blijft steken, het is tevergeefs. Hij slikt en spuugt, ademt en stikt, alles tegelijk, dan schreeuwt hij zo hard hij nog kan: '*Run, Lou, run!*'

#

De overvaller grist de mobiele telefoon uit de hand van de oude marshal, en luistert.

Een vrouwenstem. 'O, Gar. O, Gar.' Hysterisch.

'*The Marshal just left the building,*' antwoordt hij, met een grijns naar zijn neef.

'Danny?' vraagt de vrouwenstem.

Danny? Hij kent geen Danny. Maar hij zegt: 'Je moet de groeten hebben.'

Zijn neef grist de telefoon uit zijn hand en verbreekt de verbinding. 'Geen onzin.' Hij wijst: 'De zegelring.'

Gehoorzaam haalt hij zijn mes tevoorschijn, het plastic zakje.

Met een poetsdoek veegt de tweede overvaller de deur schoon, zijn oren gespitst en zijn ogen gericht op de ingang van de loods. Iemand moet de schoten hebben gehoord. Zijn oog valt op een roestig geldkistje op een van de planken, hij pakt het, hoewel er zo te horen paperclips in zitten. Wie weet geloven ze in een roofmotief.

'Klaar? We moeten hier weg.'

'Klaar.'

Nog geen vijf minuten later rijden ze opnieuw op de Interstate, op normale snelheid, richting het zuidwesten. Door het open raampje ontdoen ze zich van de ontmantelde iPhone van de marshal, een eindje verderop dumpen ze het geldkistje, de simkaart en de batterij. Op weg naar de verlaten textielfabriek ten zuiden van Tampa Bay, Florida, voor hun afspraak met Johannes Grün, hun opdrachtgever.

Een ambulance, met zwaailichten en sirene, komt ze op hoge snelheid tegemoet.

De neven, derde generatie Armeens-Amerikaans, zwijgen zoals altijd vlak na een klus. Nakaarten, twijfel of wroeging is voor losers. In de achteruitkijkspiegel ziet de bestuurder de overbekende blik, de bezetenheid van de adrenalinerush.

Pas wanneer de ambulance in de verte is verdwenen, steken ze een sigaret op en is het tijd voor wat bullshit.

'Was het belangrijk?'

'Wat?'

'Wat die vrouw zei. Dat mens, aan de fucking telefoon.'

'O, Gar. O, Gar.' Een imitatie van een hoge vrouwenstem.

'Ogar Ogar? Wat is dat nou voor een kutnaam? Wil je me een plezier doen?'

'Nou?'

'Stel dat jij mij spreekt in mijn laatste telefoongesprek?'

'Dan ga ik "ogar" tegen je zeggen?'

'Nee. Alles maar niet dat.'

'"Alles maar niet dat," dat kan ik wel onthouden denk ik.'

12

'Gar, o, Gar,' schreeuwt Tyler in de telefoon. Ze hoort hem wor-stelen, moeite doen, zijn adem zwaar, hijgend, rochelend.

'Run, Lou, run!'

Ze begrijpt wat hij zegt, maar kan zich niet bewegen. Ze wei-gert te accepteren wat er zojuist is gebeurd. 'O, Gar. O, Gar.'

'*The Marshal just left the building*,' zegt een stem. Ze hoort zijn grijns, de gruwel, ze spreekt Gars moordenaar. Heeft ze zijn stem herkend?

'Danny?' fluistert ze. Ze slaat haar hand voor haar mond.

'Je moet de groeten hebben.'

Dan wordt de verbinding abrupt verbroken.

Even staat ze zo, met de dode lijn nog tegen haar oor. Alsof ze Gar, als ze maar lang genoeg volhoudt, er weer mee tot leven kan wekken.

Gar is dood, ze kan niet weten of het waar is, maar ze weet het, haar schuldgevoel aan het woord. Te lang heeft ze gedacht dat ze haar verleden voor kon blijven, als ze er maar over zou zwijgen. Het kan niet waar zijn, maar het is waar: Danny's wraak. Hij lag al die jaren op de loer. Het besef raakt haar diep vanbinnen, als een schop in haar nierstreek.

Ze belt het nummer van Charlie nogmaals. Geagiteerder dan daarnet luistert ze opnieuw naar de voicemailboodschap die haar dochter Charlie heeft ingesproken: 'Hé, met mij. Ik ben er even niet.'

'Kom op, Charlie, neem op,' spreekt Tyler, zinloos, tegen een opname.

'Laat een boodschap achter, dan bel ik je snel. Of niet zo snel. *Whatever*. Ooit.'

Na de toon zegt Tyler: 'Charlie. Bel me. Nu meteen.' Ze schrikt van de felheid in haar stem en voegt er dan aan toe: 'Alsjeblieft, lieverd, geen grapjes nu.' Haar stem slaat over bij het woord 'grapjes'. Ze verbreekt de verbinding en vliegt de trap op. In gedachten maakt ze Charlie excuses: sorry lieverd, het was even niet anders.

Ze belt Mark terug. Hij neemt vrijwel meteen op, althans zo lijkt het. 'Mark?'

Ze hoort hem roepen naar omstanders, of iemand het gezien heeft, of iemand het kenteken heeft genoteerd.

Met haar Samsung tussen kaak en schouder geklemd laat ze zich op haar knieën zakken. Ze grijpt wild onder het bed, duwt schoenen, slaapzakken, plastic tassen met vergeten inhoud opzij, tot ze haar reistas vindt.

'Mark? Is Charlie terecht?' O god, laat het waar zijn, denkt ze, terwijl ze overeind komt. Maar aan zijn stem, als hij eindelijk reageert, hoort ze dat het mis is. Zijn overslaande stem, zijn paniek, bevestigt wat ze al weet (zo zeker als ze weet dat Gar dood is).

Jammerend herneemt hij zijn onsamenhangende verhaal, dat ze spijbelden, dat Charlie een afspraak had met een jongen met een krant onder zijn arm die ze had leren kennen op internet, de zoon van een privédetective, die zei dat hij nieuws had over Charlies vader.

'Mark?' roept ze. 'Mark, kalmeer!' Als hij eindelijk zwijgt, zijn straatgeluiden, verkeer, kreten te horen. 'Luister, Mark. Laat iemand de politie bellen, als dat nog niet is gebeurd, ja? Ik kom eraan. Ik bel je zodra ik er ben. Mark? Begrepen?'

'Ja, dat is goed,' zegt hij. 'Dus u komt?'

'Ik kom er nú aan.'

Ze hoort hem huilen. 'Hou vol, Mark.'

Als hij niet meer antwoordt, verbreekt ze de verbinding, en laat ze de Samsung op bed vallen. Ze heeft geen moment te verliezen.

Na een blik in de tuinen trekt ze de gordijnen dicht en de Freemantle van de muur. Het kostbare oliedoek smijt ze in de hoek. Ze toetst de code in. De kluis klikt open. Ze huilt, de waarheid dringt door, maar ze mag niet instorten, niet nu, ze mag niet toegeven aan het zelfverwijt, niet aan *told you so*.

Met een resoluut gebaar schuift ze de inhoud van de kluis in de reistas, de multomap, de bruine envelop met de paspoorten, cash, creditcards, de nieuwe telefoon met oplader.

Wacht. Ze steekt het briefje met het noodnummer in haar zak, en pakt de telefoon. Op dat moment gaat haar oude Samsung. Ze duikt op het bed, grijpt mis, de smartphone glijdt over de rand en valt met een harde knal op de grond. Met een vloek haast ze zich, op handen en voeten, maar ze weet het apparaat pas te pakken te krijgen als de beller al heeft opgehangen.

1 GEMISTE OPROEP, NUMMER ONBEKEND, leest ze op het schermpje. Een geluid, meer dan een jank is het niet, ontsnapt haar.

Uit de lades in de inloopkast trekt ze onderkleding, een schoon shirt, sokken, een trui, jeans, honkbalpet, een oude zonnebril. Ze grijpt haar Timberlands en doet ze aan, ruw aan de veters trekkend.

Even aarzelt Tyler, met een blik op haar oude vertrouwde Samsung op het bed. Wie belde er? Ze kan Charlie nog een keer proberen. Maar is dat nog wel veilig? Ze denkt aan Gars instructies, juist voor dit geval. Als Gar sprak over veiligheid, dan luisterde je, hij liet je geen andere keus. 'Eerst jezelf, dan Charlie,' zegt hij in haar herinnering. 'Denk aan wat de stewardessen zeggen: eerst het zuurstofmasker bij jezelf.'

Tegen zijn instructies in pakt ze haar oude Samsung en belt ze opnieuw Charlie. Een schrikbeeld, plotseling en huiveringwekkend, overvalt haar; Charlie neemt ditmaal wel op, en Tyler zal ook háár laatste woorden, háár laatste adem horen.

Vol ongeduld luistert ze naar Charlies vrolijke onzinboodschap, waar Charlie en Mark destijds erg om hadden moeten lachen. 'Whatever. Ooit.'

'Lieverd, ik bel je straks met een ander nummer. Ik zal je ook sms'en, ja?' Wat nog meer? Iets liefs. Iets waaruit blijkt dat haar moeder alles onder controle heeft. Tyler slikt. Geen tijd voor tranen, alsjeblieft nu geen tranen. 'Alles komt goed, lieverd. Ik hou van je.'

Wat nu? Weet ze Charlies nummer uit haar hoofd? Dat van Mark? Shit. Ze grist een oogpotlood en een kladblaadje uit de la van haar kaptafel, en schrijft gehaast de nummers over uit het geheugen van haar oude smartphone. Ze steekt het papiertje in haar zak, laat de Samsung voor de laatste maal uit haar handen vallen.

Run, Lou, run, jaagt Gars stem haar op.

Met de tas om haar schouder dendert ze de trap af. Ze passeert de foto van Charlie en Buster, van Charlie met een toet vol slagroom. In de hal grijpt ze haar autosleutels en haar handtas. Ze laat ze meteen weer uit haar handen vallen. Niet de auto, niet de voordeur, niet de handtas. Haar rijbewijs zit erin, haar paspoort en portemonnee. Hoe werkt alles achterlaten eigenlijk precies? Wat gebeurt er met haar auto? Gaat iemand die pinpassen blokkeren?

Boven in de slaapkamer gaat de Samsung. Wie?

Ze schudt haar hoofd, als om alle nutteloze vragen te verjagen. Ze rent de keuken in, pakt de sleutels van het tuinhek, de schuur en de Vespa uit de la met rechts, terwijl ze de sloten en de klemmen van de achterdeur opent met links.

De papiersnipper valt op de mat.

Op dat moment gaat de bel bij de voordeur. Ze kijkt om. Aan het einde van de gang door het raampje in de deur ziet ze een silhouet, dreigend, donker. Een arm wordt geheven, een vuist bonst op de deur. Iemand probeert naar binnen te kijken door het ruitje van geribbeld glas. De brievenbus kleppert.

Zo zacht als ze kan trekt ze de achterdeur van het huis en haar vorige leven achter zich dicht. Onderweg naar Schiphol, met Gars stem in haar hoofd. Stick to the plan, Lou.

#

78

Oz staat voor de deur, hij belt het nummer dat hij van Gar kreeg nogmaals.

Ergens boven hem, op de eerste verdieping van het huis, hoort hij haar telefoon overgaan.

'Tyler Young, Tyler Young, ik weet dat je thuis bent,' mompelt hij. Hij verbreekt de verbinding en belt opnieuw, luisterend met zijn oor tegen het ruitje in de voordeur, zijn vingers klepperend met het luikje van de brievenbus. Er is geen twijfel over mogelijk: háár telefoon.

Verder hoort hij niets.

Nog een laatste maal bonkt hij op de deur.

Dan, biddend dat ze zich aan de regels houdt, loopt hij de straat uit, terug naar de stoffige donkerblauwe BMW, een ouder model, die hij om de hoek heeft geparkeerd.

In de BMW belt hij zijn mannen in Londen.

Een busje van het gasbedrijf rijdt voorbij.

13

De ambulance is als eerste ter plaatse, op de voet gevolgd door de Florida Highway Patrol. De ambulancebroeders constateren veel bloedverlies, maar ook – een wonder – een polsslag, zij het nauwelijks waarneembaar. Ze verspillen geen tijd, dienen vocht toe via een infuus, verbinden de wonden provisorisch, tillen het lichaam op de brancard en zetten het op een rennen. Met sirenes en zwaailichten verdwijnt de ziekenauto in een stofwolk. Topper Heinrichs kijkt ze na, met zijn kleren, armen en gezicht onder het bloed, biddend voor zijn oude vriend.

Achter in de ambulance wordt gevochten voor Gars leven. De chauffeur geeft vol gas, belt de status van het slachtoffer vooruit; zes schotwonden, in de buikstreek, de borst, de schouder. Hij mist een ringvinger aan zijn rechterhand, en is naar schatting rond de zeventig jaar oud. Het is dat ze in de buurt waren op het moment dat de oproep kwam. Maar de broeders beseffen: het is zeventien minuten naar de dichtstbijzijnde trauma-unit, het zal krap worden.

De plaats delict wordt veiliggesteld, de POLICE LINE DO NOT CROSS-linten worden gespannen.

Toppers klanten leggen hun verklaringen af. Er klonken schoten in de verte, zeven of acht, ze hebben niets van mogelijke daders of hun voertuig gezien. Ineens viel de muziek uit, anders hadden ze de schoten waarschijnlijk niet eens gehoord. Een van hen heeft het alarmnummer gebeld. Namen en adressen worden genoteerd.

Topper zelf was als eerste bij het schijnbaar levenloze lichaam van zijn oude vriend. Hij probeerde hem uit alle macht in leven te houden, paste hartmassage toe, trachtte het bloed te stelpen met zijn handen en zijn lichaam. Gars ontbrekende ringvinger ontdekte hij pas toen de ambulancebroeders het van hem overnamen. Gar droeg een zegelring, een replica van de Chicago Cubs-kampioensring uit 1908.

Met een vloek van spijt moet Topper toegeven dat de meeste beveiligingscamera's van zijn Autopart Emporium er hangen voor de show. Alleen die ene, bij de ingang van het terrein, aan de vlaggenmast, werkt. Topper had Gar maanden niet gezien, eigenlijk niet meer sinds zijn vrouw was overleden. Hij had geen idee dat Gar vandaag langs zou komen.

In het handschoenenvakje van de Jeep vinden agenten Gars rijbewijs en zijn 9mm, compleet met wapenvergunning. Ze geven naam en adres door aan de centrale.

Al snel komt het bericht dat het slachtoffer één van hen is, een collega, een gepensioneerde U.S. Marshal. Het nieuws verspreidt zich als een lopend vuurtje, de stemming verandert op slag.

Het ministerie van Justitie, waar de Marshal Service onder ressorteert, wordt op de hoogte gesteld. Het FBI Field Office in Miami krijgt de melding, op diverse kantoren, van Homeland, NSA, CIA, in Washington D.C., beginnen telefoons te rinkelen, evenals korte tijd later in Moskou, Islamabad, Tel Aviv, in Genève en op Sicilië.

Het slachtoffer blijkt niemand minder dan Garfield Franklin Horner, een van de grondleggers van WitSec, het Witness Protection Program. Dertien jaar geleden werd hij ontslagen, oneervol, na bijna vijfendertig jaar trouwe dienst. Volgens onbevestigde maar hardnekkige geruchten vanwege een affaire met een van zijn beschermelingen, een minderjarige. Maar over de doden niets dan goeds.

Forensisch specialisten arriveren op de plaats delict. Ze markeren met genummerde bordjes de schoenafdrukken, de positie van de biertjes, de broodjes, de patroonhulzen, en schieten snel en precies hun plaatjes van de gaten in de deur van de stacaravan, de honkbalknuppel, het bloed.

In elk geval twee daders, is de voorlopige conclusie, aan de voetsporen in het gravel te zien. Gipsafdrukken worden gemaakt, ook van de banden, maar het is een *long shot*, het terrein wemelt van de sporen, maar enkele lijken recenter, dieper, en even verderop richting de Interstate lijkt een auto op hoge snelheid te zijn gekeerd.

Acht kogelgaten in de deur. Afgevuurd met het wapen tegen het oppervlak. Eerst op schouderhoogte, daarna waarschijnlijk lager, te zien aan de kras. Het is speculatie, te vroeg om zeker te zijn, maar dit was een professionele poging tot moord, een brute afrekening.

Op de videobeelden die de ene werkende camera bij de ingang van Toppers terrein heeft gemaakt, zien ze Horner arriveren, met broodjes, een sixpack bier. Hij maakt een onhandige beweging als hij met zijn been het portier sluit, grijnst nog even naar de camera. Even later nadert stapvoets een stoffige Chevrolet Camaro, model 1969. Het is nauwelijks te zien, de beelden zijn grofkorrelig, de weerkaatsing van de zon helpt ook niet mee. Nadere analyse in het lab zal nodig zijn, maar het heeft er alle schijn van dat er twee geüniformeerde state troopers voor in de Camaro zaten.

Het kenteken van de Camaro is wel goed zichtbaar, een Florida-kenteken, een sprankje goed nieuws. Het wordt ogenblikkelijk aan de centrale gemeld. Het verbaast niemand dat de wagen als gestolen blijkt te zijn opgegeven.

Het geluid van ingehouden woede, concentratie en vastberadenheid, de speciale stilte van het besef dat het hier om een van hen gaat, met mogelijk collega's als dader, valt over het binnenterrein van het Autopart Emporium.

Er is getracht de deur van Toppers kantoortje schoon te vegen, maar de forensische technici weten een aantal gedeeltelijke afdrukken veilig te stellen. Per smartphone worden ze verzonden en al snel ingevoerd in de databases van de verschillende overheidsdiensten. Ook Interpol wordt geïnformeerd.

Binnen een half uur na de brute aanslag stopt een surveillancewagen van de Florida Highway Patrol bij de villa aan Pine Tree Drive waar Horner volgens zijn rijbewijs woont. De troopers zijn de eersten – maar zeker niet de laatsten – die hun wenkbrauwen fronsen.

Een kapitale, omheinde villa. Wat zal-ie hebben gekost? Zeven, acht miljoen? Hoe kan een gepensioneerde marshal, oneervol ontslagen dus gekort op zijn pensioen ook nog eens, zich een dergelijke luxe in vredesnaam veroorloven? Op deze plek, met dit uitzicht op de oceaan? Had die Horner de jackpot gewonnen? Of was hier iets heel anders aan de hand? Ineens, in hun gedachten, wordt de mogelijkheid dat het een afrekening is tussen corrupte agenten een stuk minder denkbeeldig. Wie dit kan betalen is, in hun ervaring, óf een drugsbaron óf een *scumbag lawyer*.

Ze bellen aan bij het hek, vergeten voor even hun aangeleerde argwaan, trekken hun uniform recht, zich bewust van het slechte nieuws dat ze zullen moeten brengen als er iemand opendoet. Het slachtoffer is weliswaar recent weduwnaar, weten ze inmiddels, het echtpaar was kinderloos, maar je weet nooit. Met hun hoed onder de arm kijken ze recht in de bewakingscamera.

Geen enkele reactie. Geen butler of huishoudster die je zou verwachten in een villa als deze, geen tuinman, niets. Ze pakken een verrekijker, bekijken de panoramavensters, de enorme dubbele deuren en de rolluiken van de garages, maar liefst drie in getal. Alles zo te zien afgesloten. Geen enkele beweging waar te nemen.

Na overleg met het bureau wandelen ze om het hoge hek heen. Op strategisch gekozen plekken, goed verborgen, zien ze beveiligingscamera's. Er hangen bordjes die waarschuwen voor honden en voor het hek dat blijkbaar onder stroom staat.

Maar honden zien ze niet. Nergens is enig teken van leven te bespeuren, nergens enig spoor van braak. Het hek is vakwerk, de villa een fort.

Een kwartier later, terug bij de poort, de enige in- en uitgang die ze hebben kunnen vinden, bellen ze opnieuw aan, weer zonder resultaat.

# #

Een onderzoeksrechter in Miami gelast die middag een huiszoeking.

Een technicus arriveert om de complexe alarminstallatie te deactiveren. Aan het begin van de avond, de technicus is amper thuis, bellen ze hem opnieuw. Ditmaal voor de kluis die het tweede forensische team aantreft, kundig verborgen achter een boekenkast in Horners werkkamer.

De technicus wordt halverwege de terugweg alweer afgebeld.

Instructies uit Washington: handen af van die kluis, verzegel de villa aan Pine Tree Drive. Een speciaal team is onderweg.

14

In Londen krijgt de 999-melding de hoogste prioriteit, *Immediate Priority*, voorbehouden voor serieuze misdrijven, waarbij levens in gevaar zijn. De maximale responstijd voor IP is acht minuten.

Om precies zeven over vijf arriveert met piepende banden het eerste *Incident Response Vehicle* op de plaats delict bij de ingang van de London Zoo, met aan boord twee geüniformeerde agenten van de Metropolitan Police Service. Binnen een minuut volgt de tweede, met drie collega's, eveneens met sirenes en zwaailichten.

De suppoosten en beveiligers van de London Zoo hebben zelf helaas niets van een mogelijke ontvoering gezien. Wel zijn ze zo behulpzaam geweest om de mogelijke ooggetuigen bij elkaar te houden. Een gedeeltelijk genoteerd kenteken – de B kon ook een G zijn en die 6 ook een 8 – en een eerste beschrijving van een wit geblindeerd busje – merk: Volkswagen, model: Transporter – worden aan de centrale doorgegeven. Terwijl de namen, adresgegevens en verklaringen worden opgenomen, worden de beelden van de CCTV-camera's die overal rond de ingang en op de toegangswegen en parkeerterreinen zijn geplaatst, opgevraagd.

Een toegesnelde woordvoerder van het London Zoo-management vraagt of de autoriteiten wellicht gebruik willen maken van een meer discrete vergaderruimte. Ondertitel van het aanbod: *The show must go on*, want inmiddels worden de poorten van de

London Zoo geblokkeerd door een aanzwellende menigte toeristen en dagjesmensen, die benieuwd zijn naar de nieuwe attractie. Eén van de agenten verzoekt dringend om versterking om toeschouwers en sensatiezoekers op enige afstand te kunnen houden.

Twee agenten richten zich inmiddels op de kwestie die ter plaatse de meest urgente aandacht vereist. Omstanders en suppoosten houden met enige moeite twee ruziënde knapen uit elkaar. De ene, een keurig geklede blonde jongeman van een jaar of twintig, heeft een fikse bloedneus, naar eigen zeggen veroorzaakt door een vuistslag van de ander. De ander is jonger, een jaar of zestien, met opvallend rood peentjeshaar en dunne witte benen in korte broek en op sandalen. Peentjeshaar heeft een lelijke oogwond, die hem schijnbaar is toegebracht door een opgerolde *Observer*.

De agenten halen de vechtersbazen uit elkaar. Als ze enigszins zijn gekalmeerd, wordt legitimatie gevraagd. De keurige blonde jongeman blijkt een zekere Paul Hobbs, student aan de London School of Photography, hij claimt niets van een kidnapping af te weten, hij was ingehuurd om iemand op te wachten met de *Observer* van gisteren onder zijn arm. Hobbs verkeerde – en verkeert eigenlijk nog steeds – in de veronderstelling dat het om een studentengrap gaat.

De agenten bekijken de krant, inderdaad van gisteren. Paul Hobbs wordt afgevoerd, mee naar het bureau voor een nadere verklaring. Vrijwillig zal hij ze meenemen naar zijn appartement, waar hij zijn desktopcomputer toont, en de e-mail die hij ontving van zijn opdrachtgever, msviolet1999@verizon.uk.co. Navraag bij de serviceprovider leert na enkele uren dat het om een gehackt en inmiddels geblokkeerd e-mailaccount gaat van een nietsvermoedende klant. De dader is vooralsnog niet traceerbaar, zijn IP-adres is versleuteld, het onderzoek loopt. De desktopcomputer wordt in beslag genomen, Hobbs komt met de schrik vrij, al wordt hem met klem aangeraden zich beschikbaar te houden voor nader verhoor.

Mark MacKenzie, de scholier met het peentjeshaar, heeft een

Schots paspoort. Een diplomatenzoon, op schoolreisje met de vierde klas van de International School of Amsterdam. Het relaas van MacKenzie geeft de politie aanzienlijk meer aanknopingspunten: op dicteersnelheid krijgen ze de naam van het meisje en haar geboortedatum, haar telefoonnummer, het adres van het hotel in Knightsbridge waar ze met school verblijven, haar huisadres, het telefoonnummer thuis en ten slotte het mobiele nummer van haar moeder. Op zijn smartphone heeft MacKenzie een foto van het meisje.

Het hotel wordt gealarmeerd, de manager neemt onmiddellijk contact op met de begeleidende docenten. De excursie, halverwege de Tower of London, wordt bruusk afgebroken. Om paniek onder de leerlingen te voorkomen krijgen ze vooralsnog geen nadere uitleg. Binnen vijf minuten gaan de klasgenoten los op social media met speculaties over het lot van hun spijbelende medeleerlingen: #waarischarlie? #waarismark?

Op de achterbank van een politiewagen, onderweg naar het hotel in Knightsbridge, wordt Marks hoofdwond verzorgd. Hij herhaalt dat Charlie sinds enige tijd via internet contact had met iemand die via via haar vader zei te kennen. Een zekere J.J., kort voor John John, meer weet hij niet. Mark stond bij de ingang van de dierentuin als back-up. Hij had geprobeerd zich te verbergen achter een plattegrond omdat hij Charlie beloofd had dat hij zich er niet mee zou bemoeien.

Dan, als hij zich realiseert wat er voor zijn ogen is gebeurd, barst hij opnieuw in huilen uit, hij kan het niet helpen. Hij snuit zijn neus in een tissue en vraagt beteuterd of hij zijn vader mag bellen.

Ondertussen zijn bij de London Zoo alle ooggetuigen gehoord, hun verklaringen genoteerd. Van een onguur type in een blauw trainingspak, die door een gepensioneerde legerofficier werd gezien, ontbreekt elk spoor. Ook een oud model Vauxhall, groen, die twee andere getuigen zich herinneren, een tweede auto, die vlak achter de witte Transporter leek aan te rijden, is nergens te bekennen.

Anders dan bij de crime scene in Miami, zijn hier, bij een van de toeristische hotspots van de stad, overvloedige videobeelden beschikbaar, waarmee de wandeling van het meisje wordt gereconstrueerd. Ze heeft nauwelijks oog voor de gepensioneerde legerofficier met bolhoed, aan de wandel met zijn stok, die haar opvallend lang nakijkt. Ook het geblindeerde witte busje dat stapvoets het trottoir passeert, een man met een bos krullen achter het stuur, ontgaat haar. Evenals de groene Vauxhall, een ouder echtpaar voorin, verderop dubbel geparkeerd, met de knipperlichten aan, het kenteken is duidelijk leesbaar.

Ze stapt om een jong gezinnetje heen, een man en een vrouw, die midden op de stoep stilstaan, gebogen over een kinderwagen. Een spierbundel in blauw Adidastrainingspak lijkt niets met het incident te maken te hebben; onverstoorbaar loopt hij door richting de ingang van de dierentuin.

De agenten bekijken de video meerdere keren, spoelen heen en dan weer terug, bevriezen en vergroten het beeld.

Telkens opnieuw passeert het moment waarop het meisje nog alarm had kunnen slaan. Waarop ze nog had kunnen gillen, rennen.

#

Danny Miller – geboren Andranik Mamoulian, ooit veelbelovend lid van de Armeense maffia – is een van de eersten die de ontvoering bij de London Zoo weet te verbinden met het *breaking news* over de brute aanslag op een gepensioneerde U.S. Marshal op het terrein van een autosloperij ten noorden van Miami.

Enige tijd geleden heeft een zekere Jack White contact met hem gezocht. White beloofde hem Charlie. Tegen betaling van een bedrag met vijf nullen.

Als bewijs liet White hem foto's zien die onmiskenbaar gemaakt waren in de huidige woning van Danny's ex. De foto's op de trap, van Charlie als baby, lieten geen twijfel bestaan: White had Louise weten op te sporen, God wist hoe. Louise de junkiehoer die dertien jaar geleden met hulp van die verdomde marshal van de aardbodem verdween.

Danny probeerde White tot meer te verleiden, vroeg hem waar die foto's waren genomen, wanneer dat schoolreisje dan precies was, maar White liet zich niet in zijn kaarten kijken.

Vandaag gaat het gebeuren, weet Danny, dat is alles wat White hem heeft verteld.

Wachtend op nieuws, in zijn hotelkamer in het Bayview Palisades Hotel, Port Newark, New Jersey, pakt hij de telefoon zodra hij van de aanslag in Miami hoort.

Het kan toeval zijn. Maar waarschijnlijker is hier iets heel anders aan de hand.

Danny verbijt zich als hij wordt doorgeschakeld naar voicemail. White's geaffecteerde stem, zangerig, *spooky*, spreekt: '*This is Jack. Call you back.*'

Na het piepsignaal verliest Danny zijn zelfbeheersing: 'White, wat flik je me verdomme? Bel me fucking nú.'

15

Terwijl Tyler met snelle passen naar de schuur loopt, doet ze haar baseballpet en zonnebril op. Om haar linkerschouder hangt de reistas, in haar rechterhand heeft ze de sleutels.

Ze dwingt zichzelf in beweging te blijven en niet te denken aan de man die op haar voordeur begon te bonken terwijl in haar slaapkamer haar oude smartphone ging.

De sloten en scharnieren heeft ze regelmatig gesmeerd, zonder geluid te maken duwt ze de poort zo ver mogelijk open. In haar verbeelding ziet ze rennende mannen met bivakmutsen, Danny's crew, op haar afkomen, maar in het laantje achter de tuinen is niemand te zien.

Snel draait ze zich om, ze opent de schuur. Haar elektrische Vespa is startklaar, de accu opgeladen.

Ze rijdt de scooter naar buiten, negeert de pijnscheut in haar scheenbeen als ze tegen de trapper schopt. Ze trekt de schuur achter zich dicht, dan het tuinhek, stapt op, geeft gas. Aan het einde van het laantje slaat ze linksaf, bij de eerste kruising rechts, dan weer links, dan opnieuw rechts. Het fietspad op. Bij elk stoplicht wacht ze op groen, bij elke hoek geeft ze keurig richting aan – Charlie moest elke keer weer lachen om haar moeder, de allerlaatste Amsterdammer die zich aan de verkeersregels houdt.

Ze bekijkt de auto's, de fietsers, een vrouw met een rollator op de stoep. Op het eerste gezicht lijkt niemand aandacht aan haar te besteden. Nergens motoren met dubbele voorwielen die net een seconde na Tyler hun richtingaanwijzer inschakelen. Ze passeert een jonge vrouw op de fiets, voorop een meisje in het kinderzitje, en denkt opnieuw aan Charlie.

Bij het treinstation parkeert ze de Vespa. Snel zet ze hem op slot, de doorsneeforens. 'Iedereen heeft haast op stations, Lou,' zegt Gar in haar hoofd, 'maar niemand zoveel dat ze het slot vergeten.' Ze checkt in met haar anonieme ov-chipkaart. Op de roltrap sluit ze aan achter een groepje scholieren, kwebbelend over slome leraren, slome vakken – alles doet haar denken aan Charlie.

Op het perron, wachtend op de stoptrein naar Schiphol, repeteert ze Gars instructies. 'Negentig, Lou,' zei hij, dertien jaar geleden. Op een landkaart trok hij met zijn wijsvinger een denkbeeldige cirkel van negentig kilometer rond de plaats van vertrek.

'Negentig wat?'

'Negentig kilometer of negentig minuten.'

'Waarom negentig? En niet honderd? Of vijftig?' had ze nog gevraagd.

'Geen onzinvragen, Lou.'

Kortgeleden had ze met kippenvel een documentaire op tv bekeken, waarin een voormalig cia-directeur vertelde dat Osama bin Laden de laatste periode van zijn leven zo geobsedeerd was met veiligheid, dat hij zijn koeriers had verboden telefoons te gebruiken in een straal van negentig kilometer rondom zijn schuilplaats.

De trein arriveert, ze stapt als een van de laatsten in.

Geen onzinvragen, Lou, spreekt Tyler zichzelf toe. Pas na negentig schakel je je nieuwe telefoon in, niet eerder. Die dingen zijn te traceren, of ze nu aan staan of uit. Wanneer je het nieuwe toestel inschakelt terwijl je het oude deactiveert, ben je eenvoudig te volgen. Hoe meer afstand, in tijd en kilometers, tussen je oude en je nieuwe telefoon, des te minder overlap.

Uiterlijk zo kalm mogelijk loopt ze door de trein, van coupé naar coupé. Door de ramen ziet ze talloze gsm-masten. Sinds ze erop let, zijn ze overal, en steeds meer; op flats, kantoorgebouwen, langs de snelwegen.

Stick to the plan, Lou: naar het vliegveld, auto huren, dan negentig vóór je je nieuwe telefoon inschakelt.

Als ze op Schiphol is aangekomen, staat ze al in de rij bij de balie van Europcar als ze bedenkt dat negentig vanaf Amsterdam Breda betekent. Of Arnhem. Ineens dringt tot haar door dat ze er bij het vluchtplan altijd van uit is gegaan dat zij en Charlie samen zouden zijn. Nu ze gescheiden zijn, betekent Gars negentig dat ze anderhalf uur verder van Charlie verwijderd raakt. Gaat ze dat doen? Eerst die tijdrovende omweg en dan pas naar Londen? In Breda pas het noodnummer bellen? Natuurlijk niet. Negentig? *Fuck it*. Sorry hoor, Gar, maar nood breekt wet. Ze moet bellen. En naar Charlie. Ze heeft hulp nodig en wel nu meteen.

Bij de KLM-balie koopt ze een ticket voor de eerstvolgende vlucht naar Heathrow.

'Enkele reis of retour, Mrs. Adams?' vraagt de grondstewardess, na een blik op Tylers nieuwe paspoort.

Bij het horen van haar nieuwe naam versnelt Tylers hartslag. Binnen enkele seconden zullen allerlei alarmen op het computerscherm verschijnen.

'Retour.' Altijd retour, Lou.

Ze krijgt haar paspoort, de tickets, een boardingpas. De grondstewardess heeft haar nauwelijks bekeken. Ze zet haar pet en zonnebril weer op.

Onderweg naar de gate, installeert ze op een damestoilet de accu en simkaart in haar nieuwe telefoon. Met de briefjes in haar hand, de ene met het noodnummer dat ze jaren geleden van Gar kreeg, de andere het kladje waarop ze met oogpotlood nog snel de mobiele nummers van Charlie en Mark noteerde, wacht ze tot het nieuwe toestel verbinding maakt met het netwerk.

De eerste die ze belt is Charlie. Ze kreunt als ze opnieuw wordt doorgeschakeld naar haar dochters voicemail. Voor de zoveelste maal klinkt de vrolijke stem: 'Laat een boodschap achter, dan bel ik je snel. Of niet zo snel. Whatever. Ooit.'

'Lieverd, dit is mama,' zegt Tyler na de piep. 'Ik heb een nieuw nummer.' Mag ze dit trouwens überhaupt wel zeggen op een open lijn? Concentreer je, Ty, spreekt ze zichzelf toe. 'Want er is iets…' vreselijks gebeurd? Gaat ze dat zeggen? Nee, Gars dood is niet geschikt voor een voicemail. Ze begint opnieuw: 'Want er is iets gebeurd met mijn telefoon, dus ik heb een nieuwe gekocht. Bel me zodra je dit hoort, oké, lieverd? Het…' spijt me, wil ze zeggen, maar ze maakt er nog net op tijd 'het is oké' van, voor ze de verbinding verbreekt.

Ze vecht tegen de tranen terwijl ze zich onwillekeurig voorstelt dat Charlies begroeting op haar voicemail het laatste teken van leven zal blijken te zijn dat ze van haar dochter krijgt. Eeuwig zal ze verdoemd zijn te luisteren naar haar dochters belofte terug te bellen, ooit, whatever.

Ergens klinkt een toon, een vlucht wordt omgeroepen, passagiers zus en zo worden verzocht zich zo spoedig mogelijk te melden bij gate zoveel. De boodschap is nauwelijks te verstaan. Ging het over haar vlucht? Tyler kijkt op haar horloge, er is nog tijd.

Ze stuurt een tekstbericht aan Mark met haar nieuwe telefoonnummer, sluit af met 'Ik kom er NU aan.'

Dan belt ze het noodnummer.

Geen belsignaal, zoals ze verwacht, maar ruis. Tyler vloekt zachtjes. Het rustgevende gevoel, de wetenschap dat ze dit nummer had, in haar kluis al die jaren, was een illusie geweest. Al die jaren had ze geen idee of en hoe het werkte wanneer het erop aankwam. Niet meer dan wat cijfers op een papiertje, welbeschouwd.

Heeft ze een fout nummer ingetoetst? Net voor ze wil afbreken om het opnieuw te proberen, hoort ze een serie klikken op de lijn.

Tyler zit met haar hoofd gebogen, voorhoofd leunend op haar linkerarm, op de dichte klep van het damestoilet op Schiphol, en houdt haar adem in.

'*Please enter your code, or press zero for assistance.*'

Haar vinger trilt als ze 6, 2, 7, 8, 4, 2 intoetst. M-A-R-T-H-A. Het ratelt op de lijn. Dan wordt de verbinding abrupt verbroken. De lijn is dood. Huh? Ze belt opnieuw, met redial. Ditmaal drukt ze op de nultoets, zodra om de code wordt gevraagd.

Even later zegt een stem: 'Goedemiddag, dit is RedTel. Waar kan ik u mee helpen?'

93

Een ogenblik is ze in verwarring. Het lijkt een kinderstem. En RedTel? Aan de andere kant: wat had ze verwacht – goedemiddag, dit is de *Witness Protection*-helpdesk?

'Hallo?' klinkt het aan de andere kant van de lijn.

'Ik heb een boodschap voor Benjamin van Martha.'

Ze hoort toetsaanslagen.

'Kunt u dat herhalen?'

Het kan Tylers verbeelding zijn, maar plotseling klinkt de kinderstem ongeduldiger, urgenter. Alsof er, bij gebrek aan het juiste antwoord, aan de andere kant van de lijn een vreselijke sanctie in gang zal worden gezet. Hoe heette die griezelfilm waar Charlie geen genoeg van kon krijgen vroeger, over die levende pop met zijn valse grijns vol scheermes-tandjes?

Kappen, Ty, geen drama. 'Ik heb een boodschap voor Benjamin van Martha,' herhaalt ze, zo duidelijk mogelijk articulerend.

Opnieuw toetsaanslagen. Dan: stilte.

'Gebeurt er nog iets?' vraagt Tyler, luid. Ze schrikt van de echo in de toiletruimte, maar ook van haar toon – een volwassene die beschuldigend een kind toespreekt. In plaats van een vrouw op zoek naar hulp.

'Een ogenblikje geduld nog, mevrouw.'

'Ik heb hulp nodig.'

'Dat begrijp ik. Een ogenblik.'

Een klik. Wordt ze doorverbonden? Is de verbinding weer verbroken? Ze werpt een blik op het schermpje van haar telefoon. Zo te zien niet. Tyler heeft niet veel tijd meer voor haar vlucht naar Londen vertrekt.

'Mevrouw?' Een andere stem, ditmaal geen kind, maar een volwassen man.

'Ik heb een boodschap voor Benjamin van Martha.' Het is lastig geïrriteerd te klinken als je fluistert. 'Wat is het probleem?'

'Waar bent u nu?'

'Op Schiphol,' zegt Tyler, ze flapt het eruit voor ze zich realiseert wat ze zegt. Verdomme.

'Een ogenblik, alstublieft. Blijft u aan de lijn.'

Ze hoort opnieuw toetsaanslagen aan de andere kant. Hoelang duurt dit gesprek al? Hoelang is te lang? Shit, Gar zei dertig seconden.

'Kunt u die namen spellen, mevrouw?' vraagt de volwassen stem.

Wat kan er zo ingewikkeld zijn aan Martha en Benjamin? Maar ze gehoorzaamt, heeft geen keus, spelt zo zachtjes als ze kan Benjamin, Martha met een h. 'Alstublieft. Ik…'

Dan hoort ze geschuifel van voetstappen. Ze gaat rechtop zitten, ogenblikkelijk alert, en trekt impulsief haar voeten op. Er zit flink wat ruimte tussen de tegelvloer en de onderkant van het wc-deurtje.

Ondertussen hoort ze weer toetsaanslagen in haar oor. Dit kan niet goed zijn. Zijn ze tijd aan het rekken? Is het mogelijk dat ze nu al hier zijn?

Aan de andere kant van de deur, angstig dichtbij, klinkt zacht een kuchje. Het kuchje van een man.

'Mevrouw?' zegt de stem aan de telefoon. 'Bent u daar?'

'Ja,' fluistert Tyler.

'Er gaat even iets mis. We nemen zo spoedig mogelijk contact met u op. Blijf waar u bent.'

Mooi niet, denkt ze. Ze verbreekt de verbinding.

Zittend op het deksel van het damestoilet, haar telefoon en tas tegen haar buik geklemd, haar benen opgetrokken, houdt ze haar ogen op het grendeltje van het slot gericht. Het ziet eruit als speelgoed, één welgemikte trap en het is gedaan.

'*What?*' vraagt een stem. Verstoord, kortaf. Herkent ze die stem, een man die zijn geduld is verloren? Nou en of.

Ze heeft de nieuwe telefoon te vroeg gebruikt. En nu is het te laat om er nog iets aan te veranderen. Dat simpele speelgoedgrendeltje kan Danny en zijn crew niet tegenhouden. Vlug kijkt ze om zich heen. Geen hoog klein raampje om door te ontsnappen, zoals in films.

'Deur dicht,' zegt een andere stem, dichterbij, in gebroken Nederlands.

Een walkietalkie piept, kraakt.

'Dus?' zegt de eerste stem.

Denk eens na. Het kán Danny niet zijn. Danny, noch een van zijn mannen.

Maar in haar gedachten is het hem wel en heeft ze zijn stem herkend. Was hij het ook al bij de voordeur?

'Geen schoenen,' zegt de tweede stem, nu dichterbij.

Tyler houdt haar ogen strak op de pakweg twintig centimeter tussen de onderkant van de paneeldeur en de vloer.

Dan: voetstappen. Tyler zet zich schrap, de eerste de beste die in de deuropening verschijnt zal ze met al haar gewicht een kopstoot geven.

De klop op de deur is luid, Tylers lichaam schokt. Luid als een pistoolschot.

'*Hello? Someone in there?*' De eerste stem, de bevelstem. '*Miss? Hello? Are you okay? We need to clean toilet.*'

Godallemachtig. Schoonmakers. Opgelucht zet ze haar voeten neer. 'Bezet. *Occupied.*'

'Excuus, mevrouw,' zegt de bevelstem. Geschrokken en kruiperig. Niets voor Danny. Geschrokken en kruiperig was hij nooit.

Ze pakt toiletpapier van de rol en maakt er zo luid als ze kan een prop van. Als ze is opgestaan, frunnikt ze even aan haar kleren, hoorbaar. Dan tilt ze zachtjes de klep omhoog. Ze laat de prop vallen en trekt door.

Met haar rug recht, schouders naar achteren, kin omhoog, draait ze het speelgoedslotje open en opent ze de deur.

Buiten staan ze, twee donkere mannen. De rechter in overall achter de kar met schoonmaakspullen, de linker met de walkietalkie, overhemd en das. Schooljongens in de wachtkamer bij de rector, in afwachting van straf, zo zien ze eruit.

'Heren,' zegt ze. 'Alles oké?'

'Mijn excuus, mevrouw,' zegt walkietalkie. 'Kalim dacht...'

'Ja, ja,' onderbreekt ze hem, als een vrouw die geen enkele behoefte heeft te vernemen wat Kalim dacht. Ze stapt gedecideerd tussen ze door naar de wasbak, neemt de tijd, wast haar handen, werpt een blik op haar horloge, dan in de spiegel: zonnebril, pet, blosjes op haar wangen.

De walkietalkie piept, kraakt. De mannen durven niet te bewegen.

Ze droogt haar handen en verlaat de toiletruimte zonder naar ze om te kijken.

Bij de gate, ze is een van de laatkomers maar nog op tijd, toont ze haar ticket en paspoort, en pakt ze haar reistas zo rustig mogelijk van de band na de detectiepoortjes. Met stijve benen loopt ze de slurf in, waar ze zichzelf dwingt te stoppen met achteromkijken. In het gangpad van het toestel, terwijl ze op zoek naar haar stoel naar achteren loopt, heeft ze het gevoel dat iedereen naar haar kijkt.

Straks in Londen een taxi nemen. Dan opnieuw het noodnummer bellen, ditmaal de seconden in de gaten houden. Er moet een logische verklaring zijn voor het feit dat ze haar met opzet langer aan de lijn hielden.

Ze ploft in haar stoel aan het raam, gespt de gordel vast, klemt haar tas op schoot. Even later hoort ze in gedachten Gars stem en haalt ze haar nieuwe telefoon uit elkaar.

Als ze ontspant, zich overgeeft aan de vlucht en de piloten in de cockpit, er zit het komende uur niets anders op, is de spierpijn in haar rug en nek, haar benen, haar armen, heftig en plotseling. Alsof ze van een trap gevallen is.

Ze zal de stewardess zo meteen om een pijnstiller vragen.

Stress, na het trauma, beseft ze. Opnieuw, na al die tijd, haar wereld op zijn kop. Ze was in slaap gesust door de illusie van veiligheid. Eerst geschrokken van Marks telefoontje, daarna van Gars laatste woorden. En van schoonmakers die morrelden aan de toiletdeur. Maar godallemachtig ze is het meest geschrokken van zichzelf. Want ze wist zeker dat ze de stem van Danny herkende.

Twee aspirines later bladert ze in de *Holland Herald*, het KLM inflight magazine, in een poging te kalmeren. Haar oog valt op de middenpagina's, waar dunne gebogen lijnen Schiphol verbinden met alle bestemmingen van de KLM en haar partners.

Ze steekt haar wijsvinger in het onooglijk klein boogje van haar eigen vlucht, Amsterdam-Londen, op deze schaal een nagelbreedte over het Kanaal. Dan spreidt ze haar vingers voor de grotere boog, naar de Verenigde Staten.

Keurige lijnen, van A naar B, veilig van begin naar eind. Zoals het nooit gaat in het echte leven.

#

Het RedTel-callcenter, op de zesde verdieping van een grijze kantoorflat op een treurig industrieterrein vlak buiten Dublin, Ierland, escaleert het bizarre incident naar CENTRAL.

De vrouw die belde lijkt over een geldige code te beschikken, maar Martha's dossier is onvindbaar.

Codenaam Benjamin is wel bekend, Martha's handler. In geval van nood dient hij ogenblikkelijk te worden verwittigd.

Benjamin echter is nergens te bereiken. Voor dat uitzonderlijke geval is er een back-up aangewezen voor elke handler. Maar tot CENTRAL's stomme verbazing is de back-up in dit geval – het zou niet mogelijk moeten zijn in het systeem, en toch is het zo, een grove schending van alle veiligheidsprotocollen – diezelfde Benjamin.

Ook CENTRAL escaleert. De vraag die terugkomt, nauwelijks tien minuten na de noodoproep, is afkomstig van de top, en luidt: 'Dit is Jockey. Wie is de dichtstbijzijnde operative?'

CENTRAL's antwoord: 'Oz.'

16

Het eerste wat Charlie hoort zodra ze uit haar verdoving ontwaakt, is een mannenstem: 'Is dat haar?'

De vraag bevriest het bloed in haar aderen.

'Geen twijfel,' zegt een tweede stem.

Het gaat om haar en niet om zomaar een meisje.

Charlie is nergens bang voor, vraag maar aan Mark. Niet voor spoken, spinnen, slangen. Maar nu is ze bang. De angst grijpt haar bij de keel, knijpt al haar spieren en vezels fijn. Het is alsof ze gestoken wordt door honderd ijskoude naalden, terwijl ze zich niet kan bewegen.

Twee mannen, vlakbij. Mannen die haar bekijken. Ze voelt een matras en dat ze al haar kleren nog aanheeft.

'*Good job*,' zegt de eerste stem. 'Hij zal tevreden zijn.'

'Als jij het zegt.'

Twee mannen en een derde die tevreden zal zijn. En het gaat om haar.

Ze hoort de mannen weglopen. Een deur wordt dichtgetrokken. Een sleutel wordt omgedraaid in een slot.

Het kan een valstrik zijn, bedenkt ze. In haar verbeelding ziet ze de mannen nog staan, aan deze zijde van de deur. Om te zien of ze werkelijk nog buiten bewustzijn is.

Met een kreun waarvan ze hoopt dat het slaperig klinkt, draait ze zich op haar rechterzij, haar hoofd naar het licht toe. Haar linkerarm slaat ze voor haar gezicht. Daarnet voelde ze zich ijskoud,

99

bevroren, maar nu breekt het zweet haar uit. Haar maag draait, ze is misselijk.

Tussen haar wimpers door, haar ogen op een kiertje, ziet ze op haar horloge dat het halfacht is. Dezelfde dag als bij de London Zoo? Een vliegtuig buldert. Is ze vlak bij een vliegveld?

Niemand in de kamer. Ze ziet een doodgewone deur met een eenvoudig sleutelgat. Daglicht valt door ramen rechts, de zon staat laag, de gordijnen zijn open.

Ze gaat verliggen, tilt haar arm ietsje op. Een kledingkast. Een stoel bij een klein bureau, een rode schemerlamp erop, een prullenbak eronder. Geen camera, voor zover ze kan ontdekken, of doorkijkspiegels. Als het bed waar ze op ligt tegen de muur staat, is de kamer ongeveer vijf bij vijf meter.

Haar telefoon is weg, maar ze heeft haar horloge nog om.

Haar nek doet zeer.

Ergens in het huis hoort ze stemmen. Gedempt, dof. Beneden? Heeft ze de mannen de trap af horen gaan? Nee. Voor hetzelfde geld staan ze nog achter de deur, bekijkt een van hen haar door het sleutelgat.

Voorzichtig komt ze overeind, maar te snel. De kamer draait. Haar lichaam begint oncontroleerbaar te rillen. Armen, benen, romp. Ze slikt, haar mond is kurkdroog. Haar hart bonst, hamerslagen in haar schedel.

Haar maag balt zich samen, een golf zuur komt omhoog in haar keel. Ze slaat haar hand voor haar mond, springt nog, struikelt richting het prullenbakje, maar ze is te laat. Halverwege de kamer geeft ze over, op handen en knieën, spastisch, het is niet te stoppen, en nog een keer, en nog een keer, tot er niets meer komt dan bittere gal.

Kots op het tapijt, kots op de plint, kots op haar mouw.

Ellendig ploft ze op de vloer.

Ze is ontvoerd. Ze is erin getuind. Ze is ongelofelijk stom geweest.

J.J. is een oplichter.

Maar Mark heeft het gezien. Hij heeft de politie gebeld, vast en zeker. En haar moeder.

Mark, die haar nog had gewaarschuwd. Haar moeder, die…

Een sleutel wordt omgedraaid in het slot. Shit. Een luide klik. De deur gaat open.

Zwarte sportschoenen verschijnen, daarboven een spijkerbroek.

'Gaat het?' vraagt een mannenstem.

Charlie kijkt op. Zijn haar is donker, kortgeknipt. Een prettig rond gezicht met een stoppelbaardje. Een jaar of dertig, vijfendertig, schat Charlie hem. Een zwarte coltrui, een spijkerjack. Hij ziet er niet bijster gevaarlijk uit. Eerder vriendelijk. Maar hij is groot, en ze zijn minimaal met zijn tweeën.

Hij knielt bij haar, steekt zijn hand uit. Charlie deinst achteruit. Steken in haar hoofd, drukkende pijn op haar borst.

'Het is de verdoving,' zegt hij. 'Wacht.'

Hij loopt de kamer uit, laat de deur openstaan. Ze ziet een overloop, een trapleuning, hoort een deur, dan een kraan.

Als hij terugkomt, knielt hij weer bij haar. In zijn hand een nat washandje, een handdoek. 'Het is niet erg,' zegt hij. Hij spreekt keurig Engels. Als zijn jack openvalt, ziet ze een schouderholster.

'*Why the fuck* ben ik hier? Wie zijn jullie?'

'We zijn vrienden,' zegt hij. 'Hier, lekker fris.' Hij houdt het washandje voor haar neus.

Met tegenzin pakt ze het aan. Ze veegt ermee over haar lippen en haar gezicht.

'Jij bent Charlie Young, toch?'

Dat ze haar naam weten had ze aan kunnen zien komen.

'Is het goed als ik je Charlie noem?'

'En hoe noem ik jou?' vraagt ze. Ze laat het washandje vallen, pakt de handdoek.

Hij glimlacht. 'Een vriend, laten we het daarop houden.'

'O ja?' Ze gaat met haar rug tegen de muur zitten. 'Jullie hebben me verdoofd en ontvoerd.'

'Voor je eigen veiligheid, Charlie Young. Om je te beschermen.'

'*Fuck you*,' zegt ze. Alles doet haar zeer, maar het vloeken helpt, al lijkt hij er niet erg van onder de indruk. 'En hoelang gaan jullie me hier dan beschermen?' Dat laatste woord probeert ze zo cynisch mogelijk te laten klinken.

'Niet lang. Als alles goed gaat, is het allemaal zo voorbij.'

'*What the fuck* betekent dat? Als wát goed gaat?'

Hij vindt het welletjes, staat op, pakt met zijn rechterhand de deurknop, en zet een stap naar achteren.

Dan klinkt beneden een luide bel. Hij schrikt er zichtbaar net zo van als zij.

'Bennie?' roept iemand van beneden.

Dus hij heet Bennie.

'Alles goed?' roept de stem van beneden.

'Alles goed,' roept Bennie over zijn schouder. 'Toch?' voegt hij eraan toe, met een blik op Charlie.

Opnieuw klinkt de bel, langer dan daarnet. Er wordt iemand ongeduldig.

Bennie stapt achteruit, en begint de deur achter zich dicht te trekken.

'Wacht,' roept ze.

'Wat?' vraagt Bennie, door een kier.

'Dus jullie beschermen me?'

Hij knikt.

'Dan wil ik iemand spreken die ik vertrouw, die me dat vertelt. En wel óf Tyler, óf Mark.' Ze kijkt Bennie recht in zijn gezicht terwijl ze het zegt. Geen enkele reactie, geen enkel blijk van herkenning bij het horen van de namen. 'Tyler of Mark, hun nummers staan in mijn telefoon.'

'Bennie? Nu,' gebiedt de stem van beneden.

Bennie sluit de deur.

'En wel binnen vijf minuten, Bennie,' roept Charlie hem na. Bij nader inzien is dat 'Bennie' niet zo slim. Ze kijkt op haar horloge.

Langzaam trekt ze zich overeind aan de vensterbank. Ze is op de eerste verdieping van het huis. Beneden in de tuin staan twee kliko's, een verroest fietsframe zonder wielen. Bij het schuurtje een regenton. Achter de schuur een stevige deur in een hoge schutting, net als thuis.

Charlie bestudeert de ramen. Geen tralies of gaas. De scharnieren zien eruit als van die kanteldingen, van de soort die ze op de hoger gelegen verdiepingen van hotels gebruiken. Om te voorkomen dat ze op meer dan een kier kunnen worden geopend, Charlie heeft het vanmorgen nog vergeefs geprobeerd in het hotel in Knightsbridge, om stiekem een ontbijtsigaretje te roken. Ze ziet geen slot, pakt de hendel.

Tot haar verrassing gaat het raam zonder probleem open. Ze leunt voorzichtig een klein stukje naar buiten. Rechts van het volgende raam, richting de zijstraat, zit een regenpijp die er stevig genoeg uitziet. De koele avondlucht in haar longen doet haar goed.

De muur heeft bakstenen uitstulpingen. Kan ze via de regenpijp en met behulp van die uitstulpingen naar het dak klimmen? Ze kijkt omhoog. De dakgoot steekt uit.

Beter is langs de regenpijp naar beneden en dan via de regenton over de muur. De volgende tuin in. Dan over de heg.

Ze bekijkt de laatste muur, de grens met de straat, erbovenop glinstert iets. Prikkeldraad? Glasscherven? Onder aan de muur staan tuinmeubelen; kan ze de beschermhoes gebruiken om over die scherpe punten te gooien?

Ze kan een klein stukje van de straat zien. Een man laat een hond uit. Straatlantaarns gaan knipperend aan. Een jongen met rood haar op een racefiets doet haar aan Mark denken.

Ze sluit het raam, kijkt op haar horloge. Ze geeft Bennie en die andere zogenaamde vriend die haar beschermt nog drie minuten.

#

Bennie haast zich de trap af, de keuken in, aan de achterzijde van het huis. 'Wat was dat?'

'Man en vrouw. Yankees. Zogenaamd aan het verkeerde adres,' antwoordt Kurt. Hij kijkt ze na op het beeldscherm op het aanrecht.

'Zogenaamd?' Bennie weet wat dat "zogenaamd" inhoudt:

London Station, REBOUND's safehouse in Hounslow, is ontdekt.

Kurt draait zich om. 'Waar bleef je?'

'Het meisje wil iemand spreken. Tyler of Mark. De nummers staan in haar telefoon, zegt ze. Zeggen die namen jou iets?'

'Nee.'

'Fuck.'

Haar telefoon, standaardprocedure, hebben ze onderweg naar het safehouse onklaar gemaakt, de simkaart, de batterij en het toestel gedumpt, verspreid over diverse vuilnisbakken.

'Wat ga je doen?'

'Ja, wat denk je nou dat ik ga doen?' Kurt pakt zijn smartphone met links, duwt Bennie weg met rechts en sluit de keukendeur voor zijn neus zonder hem aan te kijken.

Oz bellen, gokt Bennie. Kurt liever dan hij. Oz was toch al *pissed off* toen hij hoorde dat ze het meisje hadden meegenomen. Alsof zij er iets aan konden doen dat er bij de London Zoo iets te veel verdachte types rondliepen die iets te veel aandacht aan het meisje besteedden.

Wat begon als een vriendendienstje voor Oz – een fast 360, hoe moeilijk kon het zijn? – was al snel uitgelopen op een puinhoop. Als je het Bennie vraagt, hadden ze er nooit aan moeten beginnen.

#

Wie het ook zijn, haar zogenaamde vrienden die haar zogenaamd beschermen, erg serieus nemen ze haar niet. Dat is de conclusie die Charlie moet trekken, als meer dan twintig minuten zijn verstreken sinds haar ultimatum.

Bennie is even aan de deur geweest. Om te vertellen dat ze meer tijd nodig hadden omdat er niemand te bereiken was.

'Tien minuten,' had Charlie teruggeroepen. 'Geen seconde langer.'

Sindsdien probeert ze zichzelf te kalmeren met de gedachte dat er een simpele verklaring kan zijn voor het feit dat zowel Tyler als Mark de telefoon niet opneemt. Ze zijn in gesprek, ze bellen elkaar of met de politie. Het zou erg toevallig zijn, maar het kan. Aan de andere kant: als haar kidnappers werkelijk contact willen krijgen, is een sms of appje zo verzonden.

'Ik ben ontvoerd,' zegt Charlie, zachtjes voor zich uit in de schemerige kamer. Ze is er met boter en suiker ingetrapt. Wat maakt het uit of ze wel of niet echt proberen Tyler of Mark te bereiken?

Wat zou Marks wijze raad nu zijn? Het antwoord op die vraag komt ogenblikkelijk en is helder als glas: Waarom ben je niet ontsnapt toen je de kans had, Charles?

Gedecideerd trekt ze haar jasje uit, ze gooit het op het bed terwijl ze naar het meest rechtse raam loopt.

#

Van een afstandje lijken het twee oudjes, zij met een knotje, hij met een pet op. Ze stappen in een groene Vauxhall die in de zijstraat geparkeerd staat en leggen de bos bloemen op de achterbank.

17

Op Heathrow verlaat Tyler als laatste het vliegtuig. Op de purser na lijkt niemand buitengewone aandacht aan haar te besteden. Pet op, zonnebril, tas om de schouder, haar nieuwe telefoon die ze in elkaar heeft gezet zodra het toestel aan de pier stond in haar hand.

Als ze Charlie belt, met snelle passen onderweg naar de aankomsthal, krijgt ze weer die verdomde grappig bedoelde voicemail. Ditmaal verbreekt ze de verbinding zonder boodschap achter te laten, omdat ze piepjes hoort; tijdens de vlucht van Amsterdam naar Heathrow heeft iemand haar voicemail ingesproken. Dat kan alleen Charlie zijn, of Mark, of iemand van WitSec. Verder heeft niemand haar nieuwe nummer.

Het nummer van de beller is afgeschermd.

Midden in de brede gang staat ze stokstijf stil als ze hoort: 'Dit is een boodschap voor Martha. Uw dochter is veilig. Ik herhaal: veilig. Ik bel u over een uur.'

De boodschap is ondubbelzinnig en overweldigend: Charlie is veilig. Tyler loopt naar de wand, moet even leunen om niet door haar knieën te gaan van opluchting. Maar na de eerste euforie komen meteen de vragen: De man noemt haar Martha. Dus hij is van WitSec. Maar hoe kan WitSec van Charlie weten?

Nogmaals beluistert Tyler het bericht. De mannenstem klinkt gejaagd, alsof hij loopt terwijl hij spreekt. Is het haar verbeelding of hoort ze op de achtergrond de geluiden van een vliegveld? Het klinkt als Schiphol, als een Nederlandse stem, dezelfde onverstaanbare omroepstem die ze nauwelijks een uur geleden zelf nog hoorde. Dan zit hij achter haar aan? Nu pas realiseert ze zich wanneer de voicemail werd achtergelaten. Een half uur geleden.

Geschrokken kijkt ze om zich heen, er plotseling zeker van dat ze wordt bekeken. De haren in haar nek staan rechtovereind. Reizigers krioelen overal. Luchthavenpersoneel, een groep atleten, toeristen, zakenlui, iedereen gehaast, net als zij, turend op beeldschermen, zoekend naar de uitgang, de ondergrondse, naar familie. In deze drukte is het onmogelijk te zien of ze wordt gevolgd. Door wie dan ook.

Dat is het voordeel en het nadeel, verklaart Gar in haar herinnering, van treinstations en luchthavens waar ook ter wereld. Maar ook mensenmassa's hebben een flow, Lou, als je met een helikopterview kijkt naar het geheel, zie je wat afwijkt.

Ze haalt diep adem en beseft dat zij het is die, als ze niet oppast, in deze menigte begint af te wijken. Zo beheerst als ze kan loopt ze de aankomsthal uit naar de taxistandplaats. Als ze aan de beurt is, geeft ze de chauffeur het adres van het hotel in Knightsbridge.

Een rit van ongeveer een uur. Rustig aan, Ty. Charlie is veilig. WitSec heeft eindelijk contact opgenomen. Op de achterbank van de taxi, als ze haar hartslag weer enigszins onder controle heeft, belt ze Marks nummer. Ze wacht lang, maar hij neemt niet op. 'Mark? Ik ben er bijna,' spreekt ze in op zijn voicemail. Tranen van opluchting springen haar in de ogen, nu pas, als ze hardop zegt: 'En Charlie is veilig, Mark. Ze is veilig.' Ook bij Charlie laat ze een boodschap achter: 'Lieverd, maak je geen zorgen, ik ben onderweg. Alles komt goed. Ik hou van je, lieverd.'

Als ze haar tranen heeft gedept, kijkt ze om zich heen. Die rode bestelwagen, heeft ze die eerder gezien? Die zwarte Mercedes met geblindeerde ramen en corps diplomatique-kentekenplaten? Ze kijkt op haar horloge. De man die zei dat Charlie veilig is, kan elk moment weer bellen.

Halverwege de rit op de M4, de drukke snelweg van Heathrow naar Londen, trilt haar telefoon. Een tekstbericht, ditmaal. Opnieuw is de afzender afgeschermd. 'Aan Martha. U krijgt binnen enkele minuten een telefoonnummer van mij,' luidt de boodschap. Terwijl ze leest, verschijnt een nieuw bericht: 'Wat is uw locatie?'

Tyler kantelt haar hoofd. Dat is een rare vraag. Dat noemen ze *phishing*. Ze stelt een wedervraag: 'Bent u WitSec?'

Hij geeft geen antwoord, maar schrijft: 'Bel het nummer, zodra u het krijgt. Uw dochter wil uw stem horen.'

Tyler balt haar vuist, slaakt een juichkreet, grijnst haar tanden bloot als de taxichauffeur zijn wenkbrauwen fronst in de spiegel.

Toch knaagt er nog steeds iets. Want als hij wél van WitSec is, hoe weet hij dan van Charlie? En als hij níét van WitSec is, hoe is hij dan aan Tylers nieuwe nummer gekomen? En achter haar WitSec-codenaam, Martha?

#

Oz, in een taxi, net als zij, maar een half uur later, achter haar aan op de M4, verbijt zich. Stel dat Gar hem eerder had gebeld. Stel dat Gar hem niet had gezegd dat het routine was en niets urgents.

Want routine was het allang niet meer.

Hij denkt terug aan zijn telefoongesprek met Kurt, die hem vertelde dat het meisje haar moeder wilde spreken. O en *by the way* dat er twee yankees op de stoep van het safehouse stonden met een grote bos bloemen. Dezelfde twee yankees die ze eerder hadden gezien in een geparkeerde groene Vauxhall bij de London Zoo.

'Hoe is het met haar?' vroeg Oz.

'Ze heeft overgegeven,' zei Kurt.

'De verdoving.'

'We moesten improviseren, Oz.'

Eerder had Oz zijn mannen in Londen uitgefoeterd. De opdracht was verdomme een simpele fast 360, en toen hadden ze op eigen houtje besloten het meisje een spuit te geven? Van de straat te plukken op klaarlichte dag? Haar mee te nemen naar

London Station? Hoe hadden ze dat in hun botte hersens gehaald?

Maar achteraf, gezien de yankees, bleek dat Bennie en Kurt het bij het juiste eind hadden gehad.

'Dus wat doen we?' vroeg Kurt.

'Laat haar bellen,' zei Oz. 'Ik heb het nieuwe nummer van haar moeder.'

'Hoe precies?'

'Met haar telefoon?'

'*Gone*, Oz. Je kent de regels.'

'Liggen daar geen burners?' vroeg hij.

'Hier? Geen idee.' Kurts toon verraadde dat hij ook niet van plan was te gaan zoeken.

'Geef haar jouw telefoon? Of die van Bennie?'

'Absoluut niet.'

Nu was het Kurts beurt, besefte Oz, om *not amused* te zijn. 'Nee, je hebt gelijk, Kurt. Play it by the book.' Beter laat dan nooit.

'Dan ga ik CENTRAL bellen.'

Oz, na een zucht, herhaalde: 'By the book, Kurt.' De regel: een buitenstaander krijgt *nimmer* het rechtstreekse nummer van het safehouse. Telefoontjes van buiten naar binnen lopen *zonder uitzondering* via de scramblers van CENTRAL, die ook alle tekstberichten anonimiseren en versleutelen die tussen REBOUND-telefoons worden uitgewisseld.

'CENTRAL weet nog niet dat we hier zijn,' zei Kurt. 'En dat het safehouse ontdekt is.'

Dat waren constateringen, Oz hoorde geen vraagtekens. 'Doe het, Kurt.'

'Dit gaat een staartje krijgen, Oz.'

'Bel CENTRAL.'

'*For the record*,' zei Kurt, 'Bennie en ik zijn hier gekomen voor jou. Jij gaf ons opdracht voor een fast 360 op het meisje.'

Oz nam het Kurt niet kwalijk. Onderlinge gesprekken werden vastgelegd, juist voor dit soort situaties. Kurt wist het, Oz wist het. 'Doe het, Kurt. Vraag CENTRAL om een beveiligde lijn, en stuur mij het nummer.'

Zodra ze hadden opgehangen, stuurde hij Martha de aankondiging en vroeg hij om haar locatie.

18

Charlie opent het meest rechtse raam. Ze schuift haar rokje omhoog en klimt in het raamkozijn.

De zon verdwijnt achter de huizen, de avondlucht voelt plotseling kil op haar benen.

Ze kijkt naar beneden. Wat is het, vier meter? In een kamer onder haar, een kamer aan de achterzijde van het huis, de keuken misschien, brandt licht. Een flauw schijnsel verlicht de tuin en het begin van de route die ze boven heeft uitgedokterd: via het tegelpad naar het schuurtje, dan op de regenton en hup over de muur de volgende tuin in.

Met beide handen grijpt ze de regenpijp. Ze draait zich om, en zet haar blote linkervoet tegen de muur aan de andere kant. Als ze trekt, blijkt de buis stevig verankerd in de buitenmuur.

Ze leunt opzij, en stapt nu ook met haar rechtervoet van het raamkozijn. Ze zet haar voetzool plat tegen de muur.

Ze hangt. Langzaam verplaatst ze haar linkervoet een paar centimeter naar beneden. Ze heeft meer dan voldoende grip.

Halverwege de tweede stap kijkt ze omhoog en bevriest. Een halve meter boven het openstaande raam van waaruit ze zojuist is ontsnapt, zitten schijnwerpers. Ze heeft ze eerder gezien, toen ze even had overwogen naar het dak te klimmen. Maar ze heeft nauwelijks aandacht aan de bakstenen uitstulpingen op de muur besteed. Pas nu het te laat is, hangend aan de regenpijp, doorziet ze haar vergissing. Schijnwerpers die elk moment aan kunnen flitsen.

Daar hangt ze. Wat te doen? Terug? Ze schudt even het hoofd, nee, ze moet doorgaan. Als die lampen bewegingssensoren hebben, dan zijn ze blijkbaar niet ingeschakeld. Of hoger gericht.

Ze spant haar armspieren, trekt zichzelf zo dicht mogelijk tegen de regenpijp aan, en vervolgt langzaam haar afdaling, voetje voor voetje, hand voor hand. Ze werpt nog een korte blik naar boven. De schijnwerpers kijken onheilspellend op haar neer, als vreemd rechthoekige draken aan de gevel van een kathedraal. Maar ze blijven vooralsnog uit.

Dan heeft ze vaste grond onder de voeten. Haar armen en handen tintelen na van de krachtsinspanning.

Zonder na te denken kijkt ze door het raam van de begane grond. Een keukentje, zoals ze al dacht. In het zwakke schijnsel van de kleine halogeenlampjes in de afzuigkap ziet ze een man op de rug. Niet Bennie maar een ander. Zijn haar in wilde krullen, geblondeerd met centimeters uitgroei. Een kakibroek, blauw overhemd.

Is hij J.J.?

Hij leunt voorover op het aanrecht, waar ze zijn smartphone tussen zijn handen ziet liggen. Zo te zien is hij verwikkeld in een ernstig gesprek. Spreekt hij met Tyler of Mark? Ze buigt zich naar het glas om te kunnen horen wat er wordt gezegd.

Links naast hem op het aanrecht staat een monitor met zes beeldvensters. Zes beveiligingscamera's. Met open mond, in een flits, ziet Charlie een voordeur, een garage, een straat, een tuin – en dan ziet ze zichzelf, van boven gefilmd, in het venster linksonder. Nu pas beseft ze wat ze staat te doen. Als Blondie zich omdraait…

Razendsnel stapt ze naar achteren en opzij. Ze heeft mazzel, beseft ze, als ze zich de sensoren van de schijnwerpers herinnert.

Voorzichtiger, maar met snelle passen, loopt ze door de tuin richting de schutting. De tegels zijn groenig en glad.

Bij de regenton zet ze haar handen op de bovenrand, klaar om zich erop te hijsen, als de schijnwerpers aanflitsen. De tuin achter het huis baadt in het licht.

Charlie kijkt niet meer achter zich. Ze duwt zich op de ton, springt op, klimt over de muur. Eenmaal geland in de naastgelegen tuin, sprint ze naar de heg. Woest duwt ze zich door de takken heen. In de laatste tuin voor de straat trekt ze de plastic beschermhoes van de set tuinmeubelen en werpt die over de ingemetselde glasscherven. Via de tafel klimt ze naar boven, precies volgens plan.

Iets scherps snijdt in haar voet, maar het valt haar nauwelijks op.

Ze verkent de straat, links, rechts, niemand te zien, en springt, landt op handen en voeten.

Ze wacht nog één seconde.

Niemand roept.

Dan gaat ze, als een sprinter uit de startblokken.

#

Even verderop in de straat staat een groene Vauxhall keurig geparkeerd.

De vrouw achter het stuur draagt een grote zonnebril, haar haar heeft ze opgestoken. De man heeft zijn geruite boerenpet over zijn ogen getrokken. Je moet tijdens *stake outs* je slaap pakken wanneer het kan.

Allebei hebben ze een corsage op hun borst. Een grote bos bloemen ligt op de achterbank. Hoewel haar raampje op een kier staat, en ze beiden geen druppel hebben gedronken, is de geur van alcohol in de cabine doordringend.

De vrouw ziet het meisje gaan. Als de wind. Op blote voeten. Ze geeft de man een por in zijn zij.

Meteen zit hij rechtop. 'Wat?'

Ze wijst en zegt: 'Een tweede kans.' Als het meisje de hoek om is, start ze de Vauxhall.

19

Op de achterbank van de taxi, onderweg naar het hotel in Knightsbridge, tuurt Tyler ingespannen op haar telefoon, in afwachting van het nummer waarop ze Charlie kan bereiken.

Dan, als de telefoon eindelijk gaat, schrikt ze van het belsignaal op maximale sterkte.

Opnieuw is het nummer afgeschermd.

Ze neemt op, hoort een serie klikken op de lijn. 'Hallo?'

'Martha?'

'Met wie spreek ik?' Ze herkent zijn stem van de voicemail. Het is de man die weet dat Charlie veilig is.

'Mijn naam is Oz.'

Yeah right, denkt ze. 'Is mijn dochter veilig? U hebt een nummer voor mij?'

'Martha, het spijt me heel erg dit te moeten zeggen, maar…'

Zijn aarzeling is kort maar veelzeggend. 'Ze is níét veilig?'

'Ik weet het niet honderd procent zeker. Maar ik kan u…'

'U weet het niet honderd procent zeker?' spuugt ze. 'Wie bent u? Hoe komt u aan dit nummer? Wat wilt u? Gaat het om losgeld? Belt u namens Danny?'

'Gar heeft mij gevraagd u op te zoeken, Martha.'

'Gar?'

'Mijn baas. Ik stond vanmiddag bij u aan de voordeur. Ik heb u waarschijnlijk net gemist.'

Gar is zijn baas? 'Dus u bent wél van WitSec?'

'WitSec? Nee, dat ben ik niet. Gar kan u alles uitleggen.'

Tyler hapt naar adem. 'Ik weet niet wie u bent, of wat uw bedoelingen zijn.' Als ze haar eigen stem hoort overslaan, weet ze hoe ze klinkt: een vrouw op het randje van hysterie. 'Maar Gar is dood.'

'Incorrect. Gar heeft de aanslag overleefd, Martha. Hij ligt op de Intensive Care van het Jackson County Memorial in Miami.'

De man genaamd Oz speelt een spelletje met haar. Eerst was Charlie veilig, toen weer niet. En nu wil hij haar doen geloven dat Gar nog leeft.

'U hebt geen reden om mij te vertrouwen, Martha.'

'Precies.'

'Maar mag ik weten wat uw locatie is?'

Ze kijkt uit het raam. De taxi rijdt inmiddels in de stad. Op een straatnaambordje staat Knightsbridge, ze is bijna bij het hotel. 'Dat gaat u niets aan.'

De taxi slaat rechtsaf. De chauffeur wijst, het hotel is verderop, ze ziet de rode luifel aan de rechterzijde van de straat. Diverse politieauto's staan dubbel geparkeerd voor de ingang.

'Ik begrijp dat u zich zorgen maakt om uw dochter.'

'U hebt geen idee,' bijt ze hem toe.

De taxi mindert vaart, stopt voor voetgangers op een zebrapad. Nog een meter of zestig verwijderd van de rode luifel. Tyler denkt Mark al te herkennen aan zijn rode haar, hij staat voor de ingang bij de draaideuren ongetwijfeld reikhalzend naar haar komst uit te kijken.

'Luister alstublieft, Martha.'

Die toon kent ze maar al te goed; Gars *'pay attention, Lou'*. Met de telefoon links graait ze met rechts in haar tas naar de envelop met cash. 'Ik geef u tien seconden,' zegt ze.

De taxi trekt op.

'U bent in Londen? En u maakt gebruik van een nieuwe identiteit?'

'Dat gaat u niets aan.' Hoe kan hij weten dat ze hier is? Gejaagd spiedt ze om zich heen, ziet scooters, auto's, dubbeldeksbussen. 'Nog zes.'

'Ik neem aan van wel. Ga in dat geval niet naar het hotel van uw dochter.'

Shit, dat weet hij ook al? 'Nog vier.' Ze zijn er, de taxi parkeert langs de stoeprand links, aan de overzijde van de straat. Daar ziet ze Mark inderdaad, onder de luifel bij de draaideuren, druk in gesprek met een politieagent.

'Ik herhaal: ga níét naar het hotel, Martha.'

'Nog twee,' zegt ze.

Dan zegt Oz: 'Denk aan wat de stewardessen zeggen: eerst het zuurstofmasker bij uzelf. Dan pas bij uw kind.'

'De tijd is om.' Ze verbreekt de verbinding. Maar twee zaken schieten haar in die fractie van een seconde door het hoofd. Eén: dat van die stewardess is woordelijk Gar. Twee: dat Oz gelijk heeft dat haar nieuwe identiteit ogenblikkelijk alle waarde verliest, als ze nu uitstapt en zich kenbaar maakt.

De taxichauffeur heeft de meter stilgezet en noemt het bedrag, maar Tyler luistert niet. In dubio kijkt ze nog eenmaal naar Mark. Alsof hij haar aanwezigheid opmerkt, keert hij uitgerekend nu zijn hoofd om. Hij ziet haar, wijst, steekt zijn arm omhoog, komt haar kant al op.

Tyler duikt uit zicht als ze ziet dat de agent naast Mark zich ook omdraait. 'Drive,' roept ze, half op de vloer van de taxi.

De taxichauffeur kijkt haar aan, zijn ogen en mond wijd opengesperd.

'Please, drive,' smeekt ze.

Even later staat Mark al bij het raampje. Ook hij kijkt haar aan alsof ze gek geworden is.

De agent tikt op de ruit. 'Mrs. Young?'

Ze heeft geen keus, komt overeind, geeft de taxichauffeur met trillende hand een paar pondbiljetten, geen idee welk bedrag erop staat, en stapt uit zonder op wisselgeld te wachten.

Zodra bekend is dat de moeder van het verdwenen meisje in het hotel is gearriveerd, wordt er druk getelefoneerd. Tyler wordt bij de arm genomen naar een zitje achter in de lobby, waar ze met een beker koffie geparkeerd wordt. Een geüniformeerde agent verschijnt even later om haar verklaring op te nemen. Hoe oud zou hij zijn? Vijfentwintig, hooguit.

Mark wordt op afstand gehouden, zichtbaar ongelukkig probeert hij oogcontact met Tyler te maken.

Als Tyler de agent vertelt dat ze Charlies vader verdenkt, haar ex, pakt hij ogenblikkelijk zijn portofoon om dit nieuwe en belangwekkende feit aan zijn collega's door te seinen. Verbaasd ziet ze hoe er door hem, maar blijkbaar ook aan de andere kant van de lijn, op dit nieuws wordt gereageerd.

'U lijkt opgelucht,' zegt ze.

'Nee, nee.' De agent haast zich Tyler gerust te stellen. Elke zaak als deze, zegt hij, en helemaal waar het om meisjes van een zekere leeftijd gaat, wordt even serieus behandeld. Maar in zekere zin is het inderdaad goed nieuws, want bij ontvoering door een van de ouders, legt hij uit, hoe vreselijk ook, is geweld een uitzondering. Haar verdenking wordt overigens bevestigd door de verklaring van een zekere (hier raadpleegt hij zijn notities) Mark MacKenzie. Inmiddels, zegt hij, is een Child Rescue Alert uitgevaardigd.

Er ontstaat tumult als de hotellobby zich vult met scholieren, Charlies klasgenoten, Tyler herkent de meeste gezichten. Ze zijn opgewonden en luidruchtig, geschokt door wat er is gebeurd. Een meisje van wie Tyler de naam is vergeten, is in hysterisch huilen uitgebarsten, een groepje vriendinnen klontert om haar heen, een veelvoud aan troostende armen om haar schouders.

Een vrouwelijke agent voegt zich bij het zitje, en fluistert iets in het oor van haar collega. Even later staat hij op.

'Wilt u dat ik hier blijf?' vraagt Tyler.

'Voor nu. Later gaan we naar het bureau om uw verklaring op te nemen. De rechercheurs die met de zaak zijn belast zullen u ook willen spreken.' Hij fronst als hij haar reactie ziet: 'Of moet u ergens heen?'

'Nee, nee,' zegt ze, 'geen probleem,' met haar beste glimlach.

Straks, kondigt hij aan, wil hij van Tyler nog wat gegevens. 'Een kopie van uw paspoort, Mrs. Young, dat soort dingen. De naam en het adres van uw ex-echtgenoot.'

Met een schok herinnert ze zich de woorden van Oz. Haar

Tyler Young-paspoort heeft ze in Amsterdam achtergelaten.

De twee agenten overleggen, Tyler kan ze niet verstaan. Maar het is overduidelijk dat ze het over haar hebben. Het kan verbeelding zijn, maar de blik die ze Tyler toewerpen, kan ze niet anders interpreteren dan als laatdunkend. De moeder die heeft gefaald. De vrouw die met de verkeerde trouwde en haar dochter liet kidnappen.

Ze had beter moeten weten. Wat de Londense politie betreft is de zaak al opgelost.

Ontspannen gaat ze achterover zitten, alsof ze zich hier braaf installeert.

Dan pas, blijkbaar gerustgesteld, lopen de agenten weg, met zichtbare haast, richting het tumult rond de schoolklas.

Tyler wacht een paar seconden. Dan maakt ze gebruik van de chaos in de lobby en wandelt ze zo onopvallend mogelijk richting de toiletten. Het kost haar moeite niet om te kijken naar Mark. Ze weet niet of ze die Oz kan vertrouwen, maar ze weet inmiddels wel dat ze zijn advies had moeten opvolgen.

Eenmaal in de catacomben van het hotel haalt ze op een rustig plekje haar telefoon uit elkaar. Een schoonmaker wijst haar de weg naar een achteruitgang.

Terug op straat steekt ze meteen over. Bij de eerste hoek gaat ze links, bij de volgende rechts, dan weer links, voor ze zich halverwege de straat abrupt omdraait.

Verderop aan een gevel ziet ze het uithangbord, de rode cirkel, de blauwe balk, het logo van de Underground.

Tyler gaat ondergronds.

#

Oz slentert langs de gevel van het hotel in Knightsbridge. Zo onopvallend mogelijk kijkt hij door de grote vensters aan de straatzijde naar het tumult in de lobby. Hij ziet politie, kinderen, hotelstaf.

Hij hoopt dat Martha zijn raad heeft opgevolgd, vreest van niet. Zou hij luisteren, als hij in haar schoenen stond? Naar advies van een wildvreemde aan de telefoon, die hem eerst vertelt dat Josie en de kinderen veilig zijn, maar vervolgens weer niet?

Hij zou niemand meer vertrouwen.

Voorbij het hotel slaat hij de hoek om, op zoek naar de dienstingang. Zonder het te weten naar dezelfde klapdeuren waardoor Tyler enkele minuten geleden de benen nam.

20

Charlie rent, slaat een hoek om, steekt over, rent.

Dan beseft ze hoe ongewoon dit eruit moet zien. Een meisje, bezweet, hijgend, op blote voeten, haar kokerrokje en blouse verfomfaaid, verschijnt als uit het niets, springt van een muur op de stoep, en zet het op een lopen.

Maar niemand die het ziet. Niemand is gealarmeerd, niemand snelt te hulp.

De zijstraat is verlaten.

Ze stopt met rennen, fatsoeneert haar kleren. In de verte, misschien een kilometer verderop, is een grotere kruising, ze ziet stoplichten knipperen. Daar ziet ze ook verkeer. Ze denkt even na en besluit dan de straat een eindje te volgen in tegengestelde richting, in de veronderstelling dat haar achtervolgers zullen denken dat ze naar de brede kruising en de stoplichten is gegaan.

De straatlantaarns verspreiden een griezelig licht.

Bij de eerstvolgende straathoek leest ze voor het eerst een straatnaam. Hibernia Lane, Hounslow. Het zegt haar niets. Een voorstad van Londen? Ze slaat de hoek om. Grove Street. Ze dwingt zichzelf niet om te kijken.

Ze loopt met snelle passen, maar zonder te rennen, en let op waar ze haar blote voeten neerzet, alert op scheefliggende tegels, glas, hondenpoep. Ze hinkt een beetje, realiseert ze zich nu. Als ze even kijkt, ziet ze een sneetje in haar rechterhiel. Echt veel pijn doet het niet.

Tussen de geparkeerde auto's door loopt ze naar de midden-weg. Ze kijkt rechts, links, rechts, nergens verkeer. De straat over-gestoken, slaat ze bij de volgende hoek rechtsaf. Alberton Street. Straks weer links en rechts, neemt ze zich voor. Die kruising met die stoplichten in de buurt houden.

Als ze om zich heen kijkt, ziet ze nog steeds niemand.

Geen auto, geen fietser, geen Bennie, geen Blondie. Ze heeft het gewoon geflikt. Ze is ontsnapt.

Wat nu? Een politieagent zou fijn zijn. Of een telefooncel, zo'n rood, ouderwets Brits hokje. Ergens aanbellen, om hulp vragen, kan natuurlijk ook.

Ze kijkt naar de huizen terwijl ze ze passeert. Een smalle straat met smalle stoepen, arbeiderswoningen zonder voortuinen. Aan de overkant ziet ze in een van de kamers op de eerste verdieping blauwige flitsen van de tv op dichte gordijnen.

Eerst haar moeder bellen, dan de politie. Dan Mark. Haar maag knort. En dan iets eten.

Ze slaat opnieuw de hoek om.

Als ze hier oversteekt, dan de straat hier schuin tegenover neemt, komt ze na haar omweg weer op koers richting de stop-lichten bij de drukkere kruising.

Dan ziet ze een wit busje naderen. Een moment is ze verheugd, eindelijk iemand om hulp aan te vragen. Ze wuift, loopt er een paar stappen naartoe. Dan herkent ze Blondie achter het stuur, Bennie naast hem.

Shit. Te vroeg gejuicht.

Ze draait zich om, zet het weer op een rennen. 'Help,' gilt ze, haar stem galmt tegen de gevels. Nergens gaan gordijnen open.

Een personenauto nadert vanaf de andere richting, een groene Vauxhall, vierdeurs. Charlie loopt de weg op, steekt wild haar ar-men in de lucht, zwaait ermee als een drenkeling om de aandacht te trekken.

Met piepende banden komt de Vauxhall tot stilstand. Een ou-der echtpaar, een man met een pet en een vrouw met een knotje achter het stuur.

'Help.' Charlie slaat met haar hand op de motorkap. 'Ze zitten me achterna.' Ze wijst naar het witte busje.

De man in de Vauxhall lijkt als eerste van de schrik te bekomen. Hij wenkt, wijst naar zijn kant van de auto. Zijn raampje zoemt een klein stukje naar beneden. 'Wat is er, meisje?'

De geur van drank komt haar door de kier tegemoet. Zonder nadenken, concludeert Charlie dat de twee oudjes van een feestje komen, dat de man een glaasje te veel heeft gedronken – dus rijdt zijn vrouw.

'Ze zitten me achterna,' smeekt Charlie. 'Twee mannen. In die auto. Ze hebben me ontvoerd.' Verderop in de straat staat het witte busje, met draaiende motor, de koplampen dreigend. 'Wilt u me helpen?' Ze kijkt heen en weer; naar de man, naar de vrouw. 'Alstublieft.'

Hij draait zich naar achteren, als om het achterportier voor haar te openen. Charlie is hem voor, ze stapt razendsnel in en slaat het portier met een knal achter zich dicht. Meteen schuift ze door naar het midden van de achterbank. Een bos bloemen ligt naast haar – zeker gekregen op dat feestje.

De vrouw drukt op een knopje in het dashboard. Met een luide klik springen de deuren op slot.

Charlie blaast uit. Het scheelde niet veel, maar ze is veilig.

Ze bekijkt haar redders. Allebei dragen ze een corsage. Zij heeft een zonnebril op hoewel het al avond is en ze kijkt Charlie aan met gefronste wenkbrauwen. Alsof Charlie nu zou moeten weten wat ze te doen staat.

Goede vraag. Wat te doen? Ophouden met hijgen, in elk geval. Terwijl ze bedenkt dat de man en vrouw bij nader inzien minder oud zijn dan ze aanvankelijk dacht, kijkt ze door de voorruit.

Het witte busje staat stil, zij staan stil. Een meter of vijfentwintig van elkaar verwijderd, gescheiden door een doorgetrokken streep op het asfalt. Het doet Charlie een ogenblik denken aan een toernooi, ridders te paard met lansen, aan weerszijden van een hek, vlak voor ze in volle galop op elkaar af denderen.

'Hebt u een mobiele telefoon?' vraagt ze.

De oude man voorin heeft het toestel al in zijn hand, en toetst een nummer in.

'Gaat u de politie bellen?' vraagt Charlie. Hij steekt zijn hand op omdat hij probeert te verstaan wat er aan de andere kant van de lijn wordt gezegd. Het is zo'n belmenu, bedenkt Charlie. Kies één als u zojuist bent ontsnapt aan uw kidnappers. Ze neemt zich voor dit detail te onthouden voor Mark: dat ze op dit moment bijna de slappe lach kreeg.

De man houdt de telefoon tussen de voorstoelen door richting Charlie. Ze wil het toestel van hem aanpakken, maar de man schudt van nee. Hij staat op de speaker?

'Hallo?' roept Charlie.

'Charlie?' vraagt een stem.

'Ik ben ontvoerd,' roept ze. 'Ik word achtervolgd. Ik zit nu in de auto bij…' Ze maakt de zin niet af. Heeft ze het goed verstaan? Haar maag draait een slag. 'Hoe weet u mijn naam? Met wie spreek ik?' eist ze. 'Is dit de politie?'

#

'Kom.' Bennie, de deurkruk van het portier in zijn hand, maakt aanstalten uit te stappen. Zijn hand gaat al richting zijn schouderholster.

'Nee.' Kurt trekt hem weer naar binnen.

'Wat verdomme dan?'

'Oz bellen,' zegt Kurt. 'Zijn shit, zijn show.'

21

'Ik ben blij dat je weer op vrije voeten bent, Charlie.' De man op de speaker klinkt mechanisch, hij spreekt overduidelijk door een stemvervormer. De woorden zijn Engels, met een typisch accent.

'Een fantastische ontsnapping, spectaculair, werkelijk. Helemaal als je in aanmerking neemt wíé je te slim af bent geweest. Je weet toch wie, Charlie? Dat heb je toch inmiddels wel bedacht? Een slimme meid als jij?'

Charlies nekharen springen rechtovereind. 'Met wie spreek ik?' De man met de pet en de vrouw met het knotje ontwijken haar blik.

'Denk eens goed na, Charlie,' lacht de stem. 'Je weet wie ik ben.'

Door de voorruit ziet ze het witte busje. Blondie achter het stuur, Bennie naast hem. Charlie snapt het niet. Als dát haar ontvoerders zijn, wie zijn dít dan? 'Ik ken u niet.'

'Ik denk van wel.' Opnieuw lacht hij. De vervormde stem is melodieus en vertrouwenwekkend, alsof de man zijn best doet geduldig te klinken. Het doet Charlie denken aan een docent die laat blijken dat hij vertrouwen in je heeft, in jóú speciaal – maar van wie je weet dat hij iets te verbergen heeft. Een man die je kan verleiden met glasharde leugens, als de voice-over van een griezelfilm. Een stem, een lach die onder haar huid kruipt, die ze misschien niet kan beschrijven, maar die ze zal herkennen.

'Maar laat ik je om te beginnen mijn excuses maken,' zegt de stem. 'Want ik ben niet helemaal eerlijk tegen je geweest, en dat spijt me zeer. Het kon niet anders. Over mijn leeftijd, bijvoorbeeld, heb ik een beetje gelogen. Net als jij trouwens, maar ik vergeef het je. En laat me je verzekeren: ik had je graag onder andere omstandigheden gesproken. Ook dat spijt me.'

Ze luistert half, begrijpt half wat hij zegt. Ze kent deze man niet en ze wil niet naar hem luisteren. Instinct neemt het over. 'Laat me eruit,' roept Charlie tegen de oudjes.

Ze schuift naar links over de achterbank, en trekt wild aan de deurhendel. 'Ik wil dat jullie me eruit laten.'

Het portier zit op slot. Abrupt laat ze zich opzij en achterover vallen, de bloemen worden geplet onder haar rug. Ze heft haar benen, zet zich schrap om met haar blote voeten door het raam te schoppen.

De stem schalt door de auto. 'Luister naar me, Charlie. Je weet wie ik ben. Denk eens goed na en je weet het. Bijna hadden we elkaar ontmoet vanmiddag.'

'J.J.?' fluistert ze.

'Maar het was sommige mensen blijkbaar veel waard om die ontmoeting te belemmeren. Onthoud dat, Charlie, want dat is belangrijk. Wil je dat doen, Charlie?'

'Ik wil dat je me eruit laat,' herhaalt ze, maar het klinkt hees, krachteloos. Ze duwt zich omhoog, op haar elleboog. De misselijkheid komt terug. De vlammen slaan haar uit. De geur van drank in de bedompte ruimte. Ze ademt met kleine teugjes.

'Bijna hadden we elkaar ontmoet, vanmiddag, bij de ingang van de London Zoo. Charlie? Ben je daar nog?'

Charlie knippert met haar ogen. 'Dat was jij niet.'

'Dat is waar, ik had iemand gevraagd je op te vangen.'

'Met de *Observer* van gisteren onder zijn arm,' zegt ze, ze weet niet waarom. Misschien om zichzelf ervan te overtuigen dat ze niet gek geworden is.

'Maar nu dan de vraag waar het om draait, Charlie. Luister je?'

Ondanks zichzelf knikt ze. Heeft ze een keus?

'Want wie wist dat wij daar hadden afgesproken? Ik heb het niemand verteld. Jij?'

Charlie is met stomheid geslagen. De enige aan wie ze het heeft verteld, is Mark.

'Wie, Charlie? Wie wilde ten koste van alles voorkomen dat ik je nieuws zou brengen over je vader?'

'Wilde mijn vader dat?' vraagt ze, met piepstem.

'Hij?' J.J. lacht zijn lach, subliem en overdreven.

Charlie krimpt ineen.

Dan, alsof J.J. zijn rol herneemt: 'Nee, niet je vader. Integendeel. Hij zou trots zijn geweest als hij had kunnen zien hoe zijn kleine meid die professionals te slim af was. Hoe je aan ze wist te ontsnappen. Maar helaas heeft hij het niet kunnen zien, zoals hij zoveel van jou heeft moeten missen.'

'Ik begrijp het niet.'

'Je vader leeft, Charlie. Geloof je dat?'

Haar mond valt open. 'Wat?'

'Hij leeft. Ben je verrast? Volgens mij niet, want je hebt het altijd geweten. Volgens mij heb je er nooit aan getwijfeld,' zegt de man met de verleidelijke, gevaarlijke stem. 'Je wist het, nietwaar? Charlie? Zeg eens eerlijk?'

'Ja,' zegt ze. Ze heeft het altijd geweten. De vervormde stem aan de telefoon is in staat tot leugens, maar dit is de waarheid. Ze heeft dat verhaal over die brand op nieuwjaarsdag nooit echt geloofd.

'Luister je?'

'Ja.'

'Je kunt de twee mensen voorin vertrouwen. Mrs. Jones en Mr. Smith, heten ze,' lacht hij, maar kort ditmaal, en minder luid dan zo-even. 'Zo heten ze echt, ik vond het ook moeilijk om te geloven. Het zijn vrienden van mij, ze waren net te laat om je te hulp te schieten bij de dierentuin. Ze zagen het gebeuren.' Mr. Smith, de man met de boerenpet, kijkt om en knikt. 'Ze zeggen niet veel, maar dat compenseren ze met hun discretie.'

Charlie, als verdoofd, knikt terug.

'Dat was een grapje, Charlie, je mag lachen om grapjes. Je gaat me toch niet vertellen dat je je gevoel voor humor kwijt bent geraakt, of wel?'

Haar hoofd doet pijn, haar maag doet pijn, haar hiel doet pijn, alles doet haar pijn. 'Ik begrijp er niets van.'

'Nee, dat kan ik me voorstellen. Als je wilt, en als alles gaat zoals ik denk dat het gaat, brengen Mrs. Jones en Mr. Smith je naar je vader. Wil je dat?'

'Naar mijn vader?' fluistert ze. Hij leeft, ze gaat hem ontmoeten. Wil ze dat? Gelooft ze de stem?

'Dus zeg het maar, wat wil je? Uitstappen? Denk goed na voor je antwoord geeft, Charlie. Want als je je vader níet wilt zien, dan is het ook goed. Al is dit dan wel het moment om het te zeggen. Want luister goed: ík pak geen mensen van de straat op om ze vervolgens te verdoven en vast te houden, tegen hun zin.'

Als om zijn woorden kracht bij te zetten drukt de vrouw met het knotje en de zonnebril, Mrs. Jones, op een schakelaar op het dashboard. De autoportieren klikken open.

'Begrijp je, Charlie, het verschil tussen iemand met geweld van de straat plukken om op te sluiten en iemand de vrije keuze geven? Natuurlijk begrijp je dat.'

Charlie bekijkt het busje met Blondie en Bennie, haar zogenaamde vrienden die haar beschermden, met andere ogen. 'Mijn moeder wist niet dat ik met jou had afgesproken. Niemand wist het.'

'Is dat waar, Charlie? Denk eens goed na.'

Mark wist het. En natuurlijk heeft Mark het aan haar moeder verteld.

Murw is ze. Doodmoe ook plotseling, hoe raar ook. Ze zou extatisch moeten zijn, nu ze eindelijk de bevestiging heeft dat haar vader nog leeft, en door het onvoorstelbare vooruitzicht dat ze hem gaat ontmoeten. Maar bovenal is ze verslagen door het besef dat het inderdaad haar moeder moet zijn geweest die dat heeft proberen te verhinderen. Er is geen andere conclusie mogelijk. Bij de London Zoo, maar eigenlijk haar hele leven al, door tegen haar te liegen dat hij dood was. Zogenaamd omgekomen bij een grote brand op nieuwjaarsdag toen Charlie twee was. Hij en Buster. Hoe kón ze?

Charlie zegt ja.

'Je wilt niet uitstappen?'

Ze schudt haar hoofd. 'Nee.'

'Ik versta je niet, Charlie.'

'Nee.' Luider.

'Een wijs besluit, Charlie, een wijs besluit. Mrs. Jones en Mr. Smith zullen je verder helpen.'

Mrs. Jones start de auto. Stapvoets rijden ze richting het witte busje.

'Luister goed naar ze, dan zie je je vader snel, wie weet al morgen. En denk na over wat ik je heb verteld. Vergeet niet wie al die jaren uit alle macht heeft proberen te voorkomen dat je je vader zou ontmoeten.' Een klik, en de lijn is dood.

Nu passeren ze langzaam het busje. Charlie ziet de mannen die haar gevangen hielden in opdracht van haar moeder. Zij kijken omlaag, Charlie kijkt omhoog. Ze zien elkaar duidelijk in het licht van de straatlantaarns.

Bennie heeft een telefoon aan zijn oor.

#

'Vrijwillig, Oz. Geen spoor van dwang,' zegt Bennie.

'Is ze ongedeerd?' vraagt Oz, aan de andere kant van de lijn.

'Ze steekt haar middelvinger naar me op.'

'En Kurt is er zeker van dat het dezelfde twee zijn die eerder aanbelden bij het safehouse?'

'Zelfde twee, ze rijden in dezelfde groene Vauxhall die we ook bij de dierentuin zagen. Dus wat doen we?' Bennie bijt op zijn wang, hij kan Oz bijna horen denken hoe hij nog iets kan redden van deze godvergeten bende. Bennie zou op dit moment niet graag in Oz' schoenen staan.

'Volg ze,' zegt Oz. 'Laat haar zien dat je er bent. En ik wil alles weten, oké? Elke afslag die ze nemen, elke stop onderweg, alles.'

Kurt knikt, Bennie belooft het en verbreekt de verbinding. Kurt keert het busje in de smalle straat, en zet de achtervolging op de Vauxhall in.

Dan gaat de telefoon opnieuw.

'Shit,' zegt Bennie, na een blik op het scherm.

'Wat?' vraagt Kurt. 'Niet Oz?'

Bennie schudt het hoofd. 'CENTRAL.'

'Fuck.'

De telefoon snerpt, het signaal lijkt harder, urgenter, nu ze weten wie het is.

'Daar zul je het hebben.' Bennie neemt op.

Na de klikken op de lijn zegt een onbekende stem: 'Dit is Jockey. Beste vrienden, sta ik op de speaker? Kunnen jullie mij verstaan, luid en duidelijk?' Jockeys overdreven Britse accent klinkt beleefd genoeg, maar zijn ingehouden woede is niet te missen: 'Jullie hebben voor vandaag genoeg schade aangericht. Staak ogenblikkelijk deze dwaze, ongeautoriseerde actie.'

'Maar het…' zegt Bennie nog, tot hij zich realiseert dat Jockey heeft opgehangen.

Kurt remt al af, stuurt het busje naar de kant van de weg.

'Dus dat was het?'

'By the book, Bennie,' zegt Kurt.

De rode achterlichten van de Vauxhall verdwijnen in de verte.

22

Met haar reistas onder de arm met daarin de gedemonteerde telefoon en haar pet en zonnebril op, blijft Tyler onder de grond.
Na de District Line naar Monument neemt ze de Northern naar
London Bridge. Daarna de Jubilee naar Green Park, waar ze overstapt op de Piccadilly naar King's Cross St. Pancras.

Ze blijft in beweging, zorgt dat ze niet opvalt, volgt de flow,
veilig in de massa, zoals Gar haar al die jaren geleden leerde. Ze
kiest de routes, de roltrappen, met de meeste reizigers. Kriskras,
van noord naar zuid, naar oost en weer terug, terwijl ze de tijd in
de gaten houdt.

Pas bij negentig mag ze weer naar buiten.

Bovengronds is de avond gevallen. Ze houdt een taxi staande,
laat zich naar het dichtstbijzijnde internetcafé brengen – het
blijkt een ritje van amper vijf minuten, maar een briefje van
twintig pond smoort het gemopper. Ze stapt uit.

Ze betaalt cash voor een uur internet, bezoekt eerst de toiletten achterin, checkt de nooduitgang.

Terug in de zaak kiest ze een werkplek achterin, vanwaar ze de
ingang in de gaten kan houden. Op de website van Child Rescue
Alert vindt ze geen lijst van vermiste kinderen. Ze googelt op
'*missing children London*' en vindt op missingkids.co.uk wel een
lijst, inclusief foto's, drie per pagina, naam, leeftijd. Met ingehouden adem klikt Tyler op *next, next, next*. Geen Charlie. Elke
drie seconden, leest ze, wordt er een kind als vermist opgegeven

in het Verenigd Koninkrijk. Er is een venster waarmee je op naam kunt zoeken, maar Tyler aarzelt. Geen namen is beter. Ze vindt een informatienummer.

Terug op Google toetst ze 'shooting, marshal, today, United States'. Het is meteen raak, op usatoday.com. Tyler scant het bericht. Gar ligt in het Jackson County Memorial-ziekenhuis in Miami. De aanslag vond plaats op het terrein van een autosloperij iets ten noorden van de stad. Hulpdiensten waren snel ter plaatse. In een verklaring noemde een woordvoerder van het Jackson het een klein wonder dat Gar nog leefde. Het was te vroeg om een uitspraak te doen over zijn kansen, zijn toestand werd zeer kritiek genoemd.

Tyler bekijkt het tijdstip van het bericht en klikt koortsachtig verder, op zoek naar recenter nieuws in de lijst zoekresultaten.

Dat vindt ze ook op foxnews.com niet, maar wel een nieuw detail: een wazig fotootje van de vermoedelijke daders. Een extreme vergroting zo te zien, twee mannen achter een voorruit. Danny's crew? Ze zijn niet te herkennen. Met afgrijzen leest ze het onderschrift: de overvallers waren gekleed als state troopers.

Ze klikt het nieuws over Gar weg. Hij is niet dood. Hij ligt op de Intensive Care in het Jackson County Memorial in Miami. Precies zoals Oz zei.

Terug op de treurige website met de foto's van vermiste kinderen, bekijkt ze het informatienummer en denkt even na. De agent die ze vanmiddag in de hotellobby sprak, zei toch echt dat er een Child Rescue Alert voor Charlie was uitgevaardigd.

Ze werpt een blik door het internetcafé, ziet niets wat haar zorgen baart, en zet haar telefoon in elkaar. Zodra het toestel verbinding heeft, belt ze het informatienummer.

Terwijl ze wacht, met een half oor luisterend naar het begin van een bandopname, 'You have reached the information number of...', klinken er piepjes op haar telefoon.

Ze verbreekt de verbinding. Drie gemiste oproepen van een afgeschermd nummer. En vier tekstberichten.

Het eerste bericht is van Mark. Iets langer dan anderhalf uur geleden verzonden. Een bericht zonder woorden: '???'

De overige tekstberichten zijn van een afgeschermd nummer. De eerste luidt: 'Probeer u te bereiken, Martha.' Dan: 'Laat me iets horen alstublieft.' De laatste: 'Martha, bent u veilig?' Ze weet wie de afzender moet zijn: Oz. Oz die niet loog toen hij zei dat Gar nog leefde. Maar dezelfde Oz die zei dat hij niet van WitSec is, terwijl hij wel haar codenaam wist. Die zei dat Charlie veilig was en toen weer niet.

Dan gaat de telefoon. Afgeschermd nummer. Ze neemt meteen op, zegt 'Oz?' Een vergissing die ze nu al betreurt.

'Hello Louise.'

Danny. Na al die jaren. Lood daalt neer op haar schouders, op haar ribben, ze voelt het tot op de bodem van haar maag. Haar lichaam siddert alsof er een stroomstoot verbinding maakt met de giftige, duistere plek diep in haar, waar ze al die jaren haar grootste angst heeft weggestopt.

'Ze lijkt op je, Louise.'

Met afschuw hoort ze zijn gegrinnik, de ondertoon van wreed plezier en onuitsprekelijke haat. Tylers ergste nachtmerrie is bewaarheid: na al die jaren is Danny opnieuw haar leven binnengedrongen.

'Tong verloren, Louise? Wat een verrassing. Voor zover ik me kan herinneren was uit je nek kletsen nooit een probleem voor je. Of moet ik je Tyler noemen, tegenwoordig? Of Martha?'

Black-out in haar hoofd. 'Hoe weet je mijn nummer?' weet ze uit te brengen.

'Misschien wel van die Oz, Louise.'

Er klinkt een piepje op de lijn. 'Laat haar gaan. Ik smeek je.'

'Het is waar wat ze zeggen over wraak, Louise. Hoe langer je wacht, hoe zoeter de smaak.'

'Wil je geld? Ik heb geld.'

'Dat is zelfs voor jouw doen te dom voor woorden.'

'Wat wil je dan?' smeekt ze.

'Dít, Louise. Dít is wat ik wil: voor de verandering jíj in onzekerheid. Voor de verandering zíj verdwenen.'

'Als je haar pijn doet, ik zweer je, dan…'

'Ja, wat dan?'

Dan weet ik je te vinden, wilde ze zeggen, een machteloos dreigement.

'Geinig wel, die foto's langs de trap.'

Wat? Is hij in haar huis geweest? 'Hoe…'

'Hoe bevalt dat, Louise, indringers? Mensen die rondneuzen op een plek waar ze niet horen te zijn? Klinkt bekend, nietwaar?'

Dus die serie inbraken in de buurt was toch Danny? 'Kan ik je terugbellen?' Een dwaze vraag, realiseert ze zich, blinde paniek slaat toe. Waar is hij? Is hij in Amsterdam? Is hij hier? Samen met Oz? Wild kijkt ze om zich heen. 'Laten we ergens afspreken, dan kunnen we het uitpraten.'

'Net als de vorige keer, bedoel je?'

'Alsjeblieft, doe haar niets aan.' Tyler huilt, smeekt.

'Kom, kom, Louise, je weet toch wat we doen met kleine jankertjes?'

Die woorden zijn als een ijskoude hand die zich langzaam sluit om haar keel. In gedachten ziet ze het zakmes in zijn handen, open en dicht, *klik klak*. 'Waar is ze?' snikt ze. 'Zeg me alsjeblieft dat ze oké is.'

'Jahaaa, Louise. Dát is waar het om gaat. Wáár is ze? Is ze oké?' juicht hij, als een krankzinnig geworden presentator van een televisieshow. 'Stel je eens voor, dertien jaar lang geen antwoord op die vragen.' Hij sist: 'Weet je hoe dat is, Louise?'

'Nee,' piept ze.

'Dan weet je het nu!' Abrupt verbreekt hij de verbinding.

Met trillende handen opent ze het nieuwste ontvangen bericht. Ook Danny gebruikt een afgeschermd nummer. Op de foto zit Charlie, in een brede eersteklasvliegtuigstoel, die haar tong naar haar uitsteekt.

#

'Door wie?' vraagt Oz.

'Geen idee,' zegt Kurt. 'Een of andere pompeuze Britse *asshole* van CENTRAL. Noemde zich "Jockey".'

Die codenaam is nieuw voor Oz, al deed Kurts beschrijving

hem denken aan die zogenaamde headhunter, Alexander Harris, met zijn geaffecteerde Britse stem.

'Het spijt me, Oz.'

'Tuurlijk,' zegt Oz, 'mij ook,' voor hij ophangt. Als het kalf verdronken is, heeft iedereen spijt.

Oz kijkt op zijn telefoon, tegen beter weten in. Martha is van de radar verdwenen.

Bij de voordeur van haar woning had hij haar nog toegewenst dat ze zich aan de regels zou houden. Inmiddels beseft hij dat hij daardoor nagenoeg kansloos is.

Wie niet gevonden wil worden, in beweging blijft, de regels van het Spiel volgt, en dan ook nog iemand die door Gar zelf, de meester in hoogsteigen persoon, was opgeleid, heeft altijd het voordeel. Oz klampt zich vast aan die strohalm: als zelfs REBOUND Martha niet kan vinden, kan niemand haar vinden.

23

Onderweg in de Vauxhall probeerde ze Smith en Jones op alle mogelijke manieren aan de praat te krijgen.

Kennen jullie mijn vader? Leverde haar een vriendelijke glimlach op.

Maar hij leeft echt nog? Een knik.

Wanneer ga ik hem ontmoeten? Weer de vriendelijke glimlach, ditmaal met schouderophalen.

Hoelang kennen jullie mijn vader al? Een schud van hun hoofd.

Kunnen jullie me niet iets over hem vertellen? Nog meer hoofdschudden.

Alsjeblieft? Glimlach met schud.

J.J. sprak door een stemvervormer, hè? Getuite lippen met glimlach.

Zijn jullie geheim agenten? Een frons.

Ze parkeerden op Heathrow. Daar kreeg ze een tas met kleren in haar maat, haar smaak: geen opschriften, geen merkjes. T-shirt, zwarte schipperstrui, grijze skinny jeans, boots zonder hakken, precies goed.

Nadat ze zich had omgekleed, kreeg ze een paspoort en een ticket.

Charlie opende het paspoort, zag háár foto, háár geboortedatum. En de naam, die ze enkele malen zachtjes oefende, alsof ze hem proefde op haar tong. Charlotte Belle Miller. Háár naam.

De naam op de achterzijde van het MEET THE MILLERS-familie-kiekje dat ze in haar moeders kluis vond. Charlotte Belle Miller, ja, dat klopte.

Het ticket was voor een vlucht van Heathrow naar New York JFK, eerste klas.

'Mijn vader is in New York?'

Mr. Smith en Mrs. Jones deden de vriendelijke glimlach weer.

In de vertrekhal liepen ze rechtstreeks naar de douane en de veiligheidspoortjes.

Als je het haar zou hebben gevraagd, vlak voor haar afspraak met J.J. bij de London Zoo, zou Charlie je voor gek hebben verklaard. Ze was vijftien, bijna zestien, wereldwijs, wat kon haar nou nog verrassen? Ze had alles al gezien, zou ze hebben gezegd. Mensen onthoofd. Een levend schaap half verdwenen in de opengesperde bek van een slang.

Maar zonder twijfel waren de gebeurtenissen sinds de London Zoo de meest bizarre van haar leven. Een ontvoering, dan een ontsnapping door de straten van Londen, die achter in een groene Vauxhall eindigde. Bij Mrs. Jones en Mr. Smith, ja zo heetten ze echt, zei J.J. Een man en een vrouw, die bij nader inzien minder oud waren dan ze leken en voor J.J. werkten. J.J. die haar beloofde dat ze kon uitstappen wanneer ze wilde. O, ja, en haar vader? Die leeft nog, zei hij. *Just like that.*

Zonder problemen werden ze doorgelaten. Blank, opa, oma, kleindochter, eersteklastickets, Amerikaanse staatsburgers, hoe kon het ook anders? Maar bij Charlie stond het zweet op de rug.

Onderweg naar de gate, op de rolband, keek ze om zich heen. Niemand leek aandacht aan ze te besteden. Het voelde raar, zo ineens. Alsof ze liever had gezien dat Bennie en Blondie iets beter hun best hadden gedaan. Charlie grijnsde om het binnenpretje, nog iets om met Mark te delen.

'Mag ik bellen?' vroeg ze.

Smith en Jones, tegelijkertijd, grepen naar hun binnenzak, en boden Charlie hun smartphone aan. Enigszins beduusd koos Charlie de iPhone van Mrs. Jones. Mrs. Jones toetste de pincode in.

Charlie dacht even na, en stuurde Mark een sms, hopend dat ze zijn nummer goed had onthouden: 'Geen zorgen, Mark. Ik ben oké. Love you, xxc.'

Ze stuurde er nog een: 'ps: Ik ga naar mijn vader. Hij leeft.' Ze grijnsde. Zulk verbluffend nieuws in een ps'je, dat zou Mark waarderen.

En nog een derde: 'Ik zei het toch?'

Van die laatste had ze meteen spijt; Mark was van hen tweeën de gelijkhebber.

En ja hoor, even later was zijn antwoord kort en aangebrand. Het bericht begon niet met 'Charles, wat ben ik blij van je te horen' of met 'Wat een geweldig nieuws, Charles', maar met een koel 06-nummer en: 'Dit is je moeders nieuwe nummer.'

Geen felicitatie, niks, niet eens een X'je kon eraf.

'Ik wil haar nooit meer zien,' schreef ze terug, schuifelend in de rij wachtenden. Niet alleen had haar moeder gelogen, ze had ook nog eens alles gedaan om Charlie te dwarsbomen. Ze had haar zelfs laten platspuiten en ontvoeren door een stel vreemde mannen. De intense opwinding en blijdschap die ze voelde bij het vooruitzicht dat ze haar vader ging ontmoeten, werden overschaduwd door brandende haat om dat onvoorstelbare verraad. 'Bel jij haar maar. Jullie kunnen het toch zo goed vinden samen?'

'Pas goed op, Charles,' stuurde Mark even later.

Bah.

'Je nummer is afgeschermd. Nieuwe telefoon?' schreef hij ook nog.

Met een diepe zucht gaf ze de telefoon terug aan Mrs. Jones.

Toen ze in de brede eersteklaslounge zaten, met zijn drieën op een rij, Charlie in de middelste fauteuil, had Mrs. Jones de berichtencyclus bekeken. 'Mark?' vroeg ze. 'Je vriendje? Wil je hem nog antwoorden?'

'Nee,' zei Charlie. Dat klonk stoer, maar al na ongeveer twee seconden wist ze dat ze dat zou betreuren. Maar ze was gewoon té boos op hem. Voorlopig mocht Mark het even uitzoeken.

Toen Mrs. Jones een foto van haar maakte, stak Charlie – eigenlijk zonder goed te weten waarom – haar tong uit. Pas nadat ze waren opgestegen, realiseerde ze zich dat die foto natuurlijk voor haar vader bedoeld was.

#

De taxi stopt voor de vertrekhal. Tyler rekent af, slaat de reistas om haar schouder, de gedemonteerde telefoon erin. Even denkt ze terug aan het moment op de M4, waarop ze dat klereding bijna het raam uit flikkerde. Dat was na het sms'je van Mark: 'Hallo. Charlie is oké. Ik heb een sms van haar gekregen. Ze is naar haar vader.'

Tyler, halverwege de tekst van de sms, beet op haar lippen. Maar ze was er nog niet. Mark sloot af met: 'Charlie is erg boos op u. Ze weet nu alles.'

Bijna zond Tyler een woedende reply. 'Ze weet nu alles? O ja? Weet ze dat haar vader een gangster is, een mensenhandelaar, een moordenaar?'

Dat typte ze daadwerkelijk in, maar nog net op tijd realiseerde ze zich het wrede venijn in die woorden. Ze begon opnieuw, en schreef: 'Lieve Mark, dank je wel voor je bericht. Wat fijn dat Charlie jou als vriend heeft. Heb je haar gesproken? Want ik kan haar niet bereiken. Het spijt me dat ik niet in het hotel kon blijven. Ik leg het allemaal nog wel een keer uit.' Zodra ze het zelf snapte.

Vergeefs wachtte ze op antwoord, tien minuten, twaalf, een kwartier, turend op haar schermpje, alsof ze Mark met wilskracht tot een reactie kon bewegen. Toen verwijderde ze de accu en de simkaart.

In de vertrekhal houdt ze zich aan de regels en beweegt ze mee in de flow van de menigte. Het kan een valstrik zijn, want ze weet wie haar hierheen leidde: Danny die van Martha wist, net als Oz die niet van WitSec is, en een plus een is twee.

Ze werpt een blik op de schermen met DEPARTURES, leest Sydney, Dubai, Helsinki, New York, Budapest, Atlanta, en is niet verbaasd als de eerstvolgende vlucht als bestemming Miami heeft. Want als ze zich Danny's ultieme wraak probeert voor te stellen, dan heeft hij haar daar. Ze weet het zeker sinds zijn sarrende: 'Hoe bevalt dat, Louise, indringers? Mensen die rondneuzen op een plek waar ze niet horen te zijn? Klinkt bekend, nietwaar?'

Hij heeft haar in de kelder van het huis aan Greenbriar Road. Het huis dat ze in de fik had moeten steken toen ze de kans had.

24

Daniel Miller en Tyler Ann Young (toen nog Louise Ann Fischer) ontmoetten elkaar bij een AA-meeting in een vervallen buurtcentrum in Flagler Street. De rechter had ze verplicht af te kicken, voor hen beiden de eerste keer, al was Louise er duidelijk meer van onder de indruk dan Danny. De andere deelnemers, de meer ervaren recidivisten, lepelden routinematig hun fouten op. Maar wanneer zij tijdens de sessies aan de beurt waren om hun zonden te belijden, herkenden Danny en Louise elkaars terughoudendheid.

Danny was mysterieus, knap, stoer. Een weeskind, net als zij. Geboren in Armenië als Andranik Mamoulian. Immer strak in het pak, zijn polo spierwit en gladgestreken, zelfs in zijn donkerste junkiedagen. Zijn laarzen glanzend gepoetst zoals hij in het leger had geleerd.

Na afloop van de vierde bijeenkomst werd Louise overvallen in een steegje achter het buurtcentrum, door drie mannen in hoodies. Danny verscheen als uit het niets.

Het waren tieners, jochies, geen partij voor hem, zeker niet in die dagen; Danny was voor het eerst sinds tijden clean, afgetraind. Hij sloeg en schopte ze, tot bloedens toe, stak ze met zijn zakmes.

Louise wist hem te kalmeren voor er doden vielen. Maar hij liet de overvallers pas gaan nadat ze Louise op hun knieën om vergiffenis hadden gesmeekt. 'Nooit ophouden,' zei hij, terwijl hij zijn zakmes open- en dichtklapte, *klik klak*, 'tot je zeker weet dat de boodschap is aangekomen.'

Geschrokken maar dankbaar nodigde ze hem uit voor een kop koffie. Zo hevig als zijn uitbarsting was geweest, zo snel was hij weer cool, charmant, een en al aandacht voor haar.

De kop koffie werd een glas wijn in een café de volgende dag, het glas werd een fles. En van het een kwam het ander.

Danny Miller was haar ridder op het witte paard. Hij was vijfentwintig, zij amper negentien toen ze trouwden. Tijdens de ceremonie wisselden ze hun geloften uit. In antwoord op Danny's 'Je bent veilig bij mij' antwoordde zij: 'En jij bij mij.' Samen zouden ze het redden. 'Jij en ik tegen de rest van de wereld.' Dat beloofden ze elkaar. Wat er in het verleden was gebeurd, de ellende, de drugs, lieten ze achter zich.

Danny kocht de villa aan Greenbriar Road, op Marathon, een van de Florida Keys. In Louises ogen het mooiste huis van het land, het paleis waar ze als kind van gedroomd had.

Ze mocht de meubels die ze wilde, de kleren die ze wilde, de sieraden die ze wilde. Ze kreeg van hem een Porsche, tweedehands weliswaar, maar niettemin. Op haar beurt gaf zij hem voor zijn verjaardag een golden retriever van drie jaar oud die ze uit het asiel redde. Ze noemden hem Buster.

Voor Louise was het een sprookje dat werkelijkheid werd, haar eerste grote liefde. Ontsnapt aan een jeugd in disfunctionele pleeggezinnen, drugsgebruik, een zelfmoordpoging, was het liefde met een hoofdletter L. Als in een boeketreeks.

Op de dag dat ze hem vertelde dat ze zwanger was, stond er 's middags een vrachtwagen voor de deur en werd het huis van de kelder tot de nok gevuld met enorme boeketten rode rozen.

Danny wist zeker dat het een jongetje zou worden, Little Dan gingen ze hem noemen. Louise sprak hem niet tegen. Maar vanaf het moment dat het prille leven in haar buik zich begon te roeren, voelde de aanstaande moeder dat hij ongelijk had. Louise had ook al een naam in gedachten: Charlotte, roepnaam Charlie.

Huisje, boompje, beestje, en ze leefden nog lang en gelukkig, dat zou je hun toewensen.

Waar al dat geld vandaan kwam? Dat had ze hem gevraagd, uiteraard, eigenlijk al tijdens hun eerste echte afspraakje, een week na het incident in de steeg, toen hij haar meenam naar een van de duurste restaurants van de stad.

'Danny? Mag ik je iets vragen? Wat doe je precies?'

'Zo min mogelijk,' zei hij.

Ze gaf hem een por. 'Nee, serieus.' Hij reisde naar verre landen, wist ze, voor zaken.

'Import en export.'

'Van spullen? Naar Armenië?'

'Ook.'

'Vind je het vervelend dat ik het vraag?' Iets in zijn blik, zijn reactie, gaf haar dat gevoel.

Als antwoord imiteerde hij Al Pacino in *The Godfather*: '*Don't ask me about my business, Kay*.' Vervolgens pakte hij haar hand. Hij sloeg een kruisje, en zwoer een plechtige eed met de hand op zijn hart, dat hij nooit, *nooit*, iets zou doen wat haar in gevaar zou brengen.

Die belofte herhaalde hij toen op een gelukkige en zonnige dag begin maart het jaar daarop Charlie werd geboren, voluit Charlotte Belle Miller. Zeven pond, vierenvijftig centimeter blakende gezondheid. Louise dankte God, dat Hij hen zo gezegend had – gezegend en vergeven. Beide ouders met een drugshistorie, het had zomaar anders kunnen aflopen.

Pas achteraf realiseerde Louise zich dat er tekenen waren geweest. Dat de donderwolken zich boven hun huwelijk samenpakten, lang voor ze het durfde toe te geven. Danny's geweldsexplosie in de steeg na de AA-meeting had de eerste waarschuwing moeten zijn. Maar het feit dat hij haar die avond had gered, overschaduwde lang alle eventuele zorgen.

Zo negeerde ze lang zijn uitbarstingen aan de telefoon, als hij in zijn kantoor annex gym in de kelder sprak met verre zakenpartners. Ze verstond niets van alle vreemde talen die hij sprak, Armeens natuurlijk, maar ook Duits, Russisch en Turks, maar des te meer begreep ze zijn toon, zijn afgebeten bevelen vol ongeduld en frustratie, zijn gevloek.

Net zo stoïcijns reageerde ze op de lippenstiftvlekken op de kraag van zijn overhemd en het vage vrouwenparfum dat ze in zijn kleren dacht te ruiken na een zakentrip. En op het dichtklappen van zijn laptop als ze hem in zijn kantoor stoorde.

Ook dat ze hem van een terugval verdacht, al kon ze niet precies zeggen waarom, bleef onuitgesproken. Als het waar was dat hij buitenshuis weer gebruikte, dan lag dat ook aan haar, had ze bedacht; omdat zij het wel redde (dankzij hem), maar hij niet (dankzij haar).

Ze liet zich betoveren door Danny's prachtige ogen. Diepbruin, oprecht en overtuigend. Omdat ze voor het eerst in haar leven de wind in de rug had. Ze had alles wat ze zich kon wensen, een rijkdom en een vrijheid waarvan ze het bestaan niet had durven vermoeden.

Maar bovenal, zag ze later in, vanwege haar eigen achtergrond. Zo lang ze zich kon herinneren, was haar voorgehouden dat ze niets waard was. De overtuiging dat ze dit eigenlijk niet verdiende, was diepgeworteld. Ze moest en zou de droom in stand houden, door simpelweg haar best te doen, en geen spoken te zien. Als er al een rimpeling in het water was, dan moest zij die gladstrijken.

Dat hij haar soms sloeg, was hem dan ook eigenlijk niet kwalijk te nemen. Het begon meestal om niets. Kleine dingen, die hem deden uitbarsten. De koffie te heet, het bier te koud of van het verkeerde merk. Vaak genoeg ging het om een onschuldige vraag die ze stelde, terwijl ze had moeten weten dat hij andere dingen aan zijn hoofd had.

Dat de klappen harder werden en gemener, de seks schaarser en ruwer, concludeerde ze pas toen het bijna te laat was.

Laat op een avond, twee maanden voor Charlies geboorte, stond hij opeens in de keuken met een krat levende kippen. In haar gloednieuwe keuken, die nog geen maand daarvoor totaal was uitgebroken en gerenoveerd. Levende kippen in een houten krat op haar perfecte witmarmeren aanrechtblad.

'Wat moet dit voorstellen?'

Danny grijnsde. Hij had gedronken.

'Gadverdamme,' zei ze. Met afgrijzen bekeek ze de klauwende poten, de koppen tussen de spijlen door, de doodsangst in hun uitpuilende kraalogen. Ze konden geen kant op. Op de bodem lagen de vertrapte exemplaren. De stank was niet te harden, het schrille gekakel ondraaglijk.

Danny vervloekte ondertussen een achterlijke klant die in plaats van geld een treinwagon vol kippen had gestuurd om een schuld te betalen, terwijl hij een poging deed de bebloede veren van zijn jasje en polo te slaan.

'En dus neem je ze mee naar huis? Ben je gek geworden?' vroeg ze. Onmiddellijk realiseerde ze zich haar vergissing.

Danny bevroor, loerde, hief zijn hand. Louise deed een stap naar achteren. Die blik kende ze; van de steeg achter Flagler Street.

Ze deed een snelle poging nog te redden wat er te redden viel: 'Maar Danny, schat, we willen toch geen levende kippen in huis?'

Even later lachte hij. 'Natuurlijk willen we geen levende kippen in huis.' Langzaam draaide hij zich om en tilde hij het krat van het aanrecht.

Louise ademde uit. De crisis bezworen, al scheelde het weinig.

Met een snelheid die haar volkomen overviel, en met de kracht van alle redeloze woede en frustratie die hij in zich had, sloeg Danny het krat stuk tegen de wand. Kadavers op de grond, veren in de lucht, bloed op de glanzende tegels, op de muur, op de vloer. De nog levende dieren stoven weg, alle kanten uit. Danny achtervolgde ze, schoppend, tierend, juichend, hij sloeg ze tegen de grond en vertrapte ze met zijn laarzen.

Louise was getuige van de uitzinnige, wrede slachtpartij. Ze zat klem in een hoekje, met haar armen om haar zwangere buik gevouwen, met haar rug tegen de keukendeur. Achter zich, in de gang, hoorde ze Buster janken en grommen, krabben en knagen aan de onderkant van de deur. Ze moest hebben gegild, want de volgende dag voelde haar keel rauw, maar ze kon het zich niet meer voor de geest halen. In haar herinnering klonken slechts

Danny's gevloek, de krakende botten en de doodskreten van de kippen.

Toen Danny eindelijk de laatste overlever te pakken had, hield hij de kip bij de nek omhoog, vlak voor Louises gezicht. 'Natuurlijk willen we geen levende kippen in huis,' hijgde hij, terwijl hij het spartelende dier voor haar ogen keer op keer stak met zijn zakmes. Bloed spoot op Louises kleren, haar gezicht. Uiteindelijk liet Danny het kippenlijk en het zakmes in haar schoot vallen.

Hij zei: 'En nu schoonmaken,' en liep de keuken uit.

Na een tijdje kwam Louise, huilend, kermend, in beweging. Ze kalmeerde Buster, pakte rubberen handschoenen. Met een veger en keukenpapier verzamelde ze botten, veren, huid, poten. Terwijl ze haar best deed niet te herkennen wat ze zag, en niet te denken aan wat ze zojuist had moeten aanschouwen, boende ze lichaamsvocht, uitwerpselen en ingewanden. Ze vond bloedspatten en weefsel tot op het plafond.

Het werd al ochtend toen ze naast hem in bed stapte. De keuken blonk weer, de vuilniszakken stonden buiten. Ze had zijn zakmes uitgekookt, zijn laarzen gepoetst, zijn kleren lagen klaar voor de stomerij. Ze kroop tegen zijn rug aan en fluisterde dat het haar speet.

Over de kippen werd nooit meer gesproken.

En dat was oké.

Omdat ze er tenslotte zelf om had gevraagd.

Maar bovendien: omdat ze dacht dat het erbij hoorde. Achteraf was het nauwelijks meer voor te stellen, maar ze suste zichzelf met een perfecte cirkelredenering: hij deed het alleen als hij dronk; hij dronk alleen om zich te ontspannen; ontspanning was nodig omdat hij zo hard werkte; hij werkte zo hard om haar alles te kunnen geven wat haar hartje begeerde. In haar gekwelde geest redeneerde ze zich zodoende in een ommezwaai van slachtoffer naar dader. Alsof ze één van Danny's meest geliefde uitspraken – 'Nooit slachtoffer zijn' – hoogstpersoonlijk moest bewijzen. Elke dag opnieuw.

Met de komst van de baby veranderde ze, maar niet meteen.

Sloeg hij kleine Charlie ook? Voor zover ze kon nagaan niet, al was hij meer dan eens razend en met slaande deuren vertrokken als Louise de baby niet snel genoeg stil kreeg. Maar onbewust nam Louises oplettendheid toe naarmate Charlie groter werd. Haar voelsprieten voor gevaar draaiden op volle sterkte.

Maar Louise maakte zich geen illusies: als ze die avond bij de haven niet was uitgestapt, was alles anders verlopen, en was ze misschien nog altijd bij hem geweest.

25

Louise zou niet meer kunnen zeggen wat de gelegenheid was of waarheen ze met het gezin op weg waren. Maar die avond, met Charlie neuriënd in het kinderzitje op de achterbank van Danny's Mercedes, Buster languit op zijn post naast haar, werd Danny gebeld op zijn mobiele telefoon.

Ze verstond niet wat er aan de andere kant van de lijn werd gezegd, maar Danny's vloek kwam uit zijn tenen. Woedend beukte hij met zijn vuist op het dashboard.

Buster bromde.

Zodra Danny de verbinding had verbroken, remde hij, en maakte hij een bruuske U-bocht. Charlie, inmiddels twee jaar oud, begon te huilen, Louise draaide zich om en gespte haar uit het zitje om haar op schoot te nemen. Danny kennende, in een van deze buien, was het zaak haar zo snel mogelijk stil te krijgen. Buster kwam overeind.

Op hoge snelheid reed Danny naar de containerhaven van Miami. Er ging een slagboom open, alsof hij werd verwacht. Ze reden tussen torens van containers en reuzentrucks door, waarna hij de wagen parkeerde aan een kade, vlak bij een roestig, half gezonken scheepswrak. Verderop knipperde neonlicht, de ingang van een loods. Ruw trok Danny de sleutel uit het contact. Na een vernietigende blik op Charlie, nasnikkend op Louises schoot, siste hij: 'Blijf hier,' en stapte uit.

Moeder en dochter keken hem na, zagen hoe hij met grote

passen richting de klapdeuren van de loods liep. Louise had haar armen om Charlie heen geslagen, en realiseerde zich ineens hoe ze onwillekeurig veel te veel kracht gebruikte. Buster jankte zachtjes.

Pas nu Louise enigszins ontspande, merkte ze dat het bloedheet was in de wagen. Ze opende het raam. Buster stak zijn neus naar buiten.

Even later stapte ze uit. Om Charlie te kalmeren, beweging werkte altijd, en om een beetje af te koelen. Ze liep om de wagen heen, Charlie wiegend, genietend van het briesje. Op de wind rook ze olie, ijzer, de zee. Verderop snuffelde Buster bij een stapel pallets, hij tilde zijn achterpoot op.

'Kijk,' zei Louise. 'Kraan.' Ze wees.

''aan,' zei Charlie, meteen van de partij. Dol als ze was op wijs-en-raad-spelletjes, kalmeerde ze, waren haar tranen op slag vergeten.

'Goed zo, lieverd,' zei Louise. 'En dat daar? Zie je dat? Dat is een boot.'

'*Jow, jow,*' zei Charlie, van 'Row, row, row your boat'.

Louise glimlachte. 'En dat is een loods.'

''oods.'

'Daar is daddy.'

'Endie.' *Endie* was Charlietaal, het betekende Danny en daddy tegelijk.

De loods, met licht achter een rijtje kleine ramen, lonkte. Ze dacht aan Danny's ontwijkende antwoorden op haar vragen over zijn werk.

Ze liep erheen, fluisterde 'Ssh' tegen Charlie, met een samenzweerderige grijns. 'We gaan daddy verrassen.'

Charlie kneep beide oogjes dicht, een poging tot een knipoog, en knikte. Verrassingen, ook daar kon je haar altijd voor porren.

Het ruitje was vuil, met haar vingertoppen veegde Louise het schoon, waardoor een klein kijkgaatje ontstond.

De vrouw stond in het licht. Ze was Aziatisch, jong, tenger en naakt, haar kleren lagen in een hoopje rond haar voeten. Rillend stond ze in het midden van de loods, met een baby op haar arm, de ogen wijd opengesperd.

Op de achtergrond werd een groepje lotgenoten, merendeels vrouwen, gekleed maar niet minder angstig, in bedwang gehouden door leden van Danny's crew. Een paar van hen droegen tot Louises afgrijzen een politie-uniform. Een ander, een getatoeëerde kleerkast, zijn kale kop en ontbloot bovenlijf glimmend van zweet, stond vlak naast het naakte meisje. In een taal die Louise niet verstond, schreeuwde hij tegen haar, en hij maakte heftige, bedreigende armgebaren. Bij elk woord zag ze het meisje ineenkrimpen, alsof hij haar sloeg.

Geschrokken deed Louise een stap achteruit en keek naar Charlie. Had zij het ook gezien? Had haar dochter begrepen wat ze zag? Natuurlijk had ze dat: net als bij de baby daarbinnen stonden ook Charlies ogen wijd van schrik, haar lipjes trilden. Louise kende die gezichtsuitdrukking: de voorbode van een schreeuwpartij. Zonder erbij na te denken, legde ze met kracht haar wijsvinger op Charlies kleine mondje. 'Shh, baby, shh.'

Ze had terug moeten gaan, terug naar de auto. Buster roepen, Charlie in veiligheid brengen, haar troosten in plaats van haar hardhandig tot stilte manen. Dat zou het verstandigste zijn geweest.

Maar ze bleef staan, ze bleef kijken. Misschien vanwege het laatste sprankje hoop in haar verwarde brein: ze had Danny nog niet gezien. Danny, hoopte ze, bad ze, zou verschijnen en een einde maken aan dit wrede, vernederende tafereel. Danny was de baas, toch?

Met Charlies hoofdje ditmaal angstvallig tegen haar schouder gedrukt, zodat ze de andere kant op keek, wierp Louise opnieuw een blik door het kijkgaatje.

Nu zag ze Danny wel. Op een stoel aan de zijkant, hij hield zich afzijdig. Alsof hij wilde benadrukken hoe weinig het schouwspel hem imponeerde, speelde hij met zijn zakmes. Louise kon het niet horen, maar ze wist hoe het klonk: *klik klak.*

Abrupt stond hij op. Ogenblikkelijk maakte de kale kleerkast ruimte voor hem. Danny schreeuwde niet, sprak niet. Maar hij toonde het meisje het zakmes, met de uitgeklapte kurkentrekker. Vlak bij haar ogen haalde hij de scherpe gedraaide punt heen en weer. Even later deed hij hetzelfde bij de baby op haar arm. Het meisje krijste, de gil was buiten te horen en ging Louise door merg en been. Het meisje deinsde achteruit, Danny pakte haar met kracht bij de keel, de ijselijke kreet smoorde.

Een van de mannelijke omstanders, een familielid misschien, viel op de knieën, jammerend, smekend. Ruw werd hij door een van Danny's crew uit de groep getrokken, en meegesleurd, een deur door naar een andere ruimte, uit het zicht.

Danny liet het meisje los, en draaide zich van haar af. Louise zag een wrede, voldane glimlach rond zijn lippen.

Als hij nu op zou kijken, besefte Louise, zou hij haar zien. Net op tijd dook ze weg.

Binnen was het stil. Toen Louise voldoende moed verzameld had, keek ze opnieuw, voorzichtig. Het naakte meisje lag nu op de grond. Bewoog ze? Het was moeilijk te zien, haar baby kroop boven op haar. Pas toen Louise zag hoe de kleerkast zich met een grijns naar het kindje boog, zijn armen gestrekt, realiseerde ze zich dat Danny nergens meer te bekennen was.

Ze sprintte terug naar de wagen.

Buster arriveerde even later, godzijdank zonder dat ze hem hoefde te roepen.

Nauwelijks had ze het portier achter zich dichtgetrokken, of Danny verscheen in de deuropening van de loods. Eerder had ze hem nagekeken; op de heenweg liep hij met grote passen, stampend, zichtbaar gefrustreerd, door de klapdeuren. Nu was zijn tred ontspannen, heupwiegend, hij nam de tijd, de klus was geklaard. Hij stak een sigaret op, floot een deuntje.

'Shh, baby, shh,' suste ze Charlie op schoot, haar kleine lichaampje dicht tegen zich aan. Stille tranen biggelden over haar wangetjes. Toen Louise haar haar achter haar oren wilde vegen, kromp Charlie ineen.

'Endie,' fluisterde Charlie, wijzend met een vingertje.

Daar kwam hij inderdaad al aan. Zijn sigaret schoot hij achteloos opzij, een regen van vonken.

Toen hij instapte, zag ze bloed op zijn rechterhand, een vlek op zijn broek.

'Wat is dat?' wees ze. Uit alle macht probeerde ze haar stem onder controle te houden. 'Die vlek.'

'Godverdomme,' zei Danny. 'Waarom zit dat kind niet achterin?' Hij startte de wagen. In zijn linkerhand tikte het dichtgeklapte zakmes op het stuurwiel.

'Het lijkt wel…'

'Hou erover op, Louise.'

'Maar ik dacht…'

'Je. Dacht. Níéts,' zei hij, met stemverheffing. 'En zet dat kind achterin.' Toen het hem te lang duurde, pakte hij Charlie ruw bij haar bovenarmpje. Hij trok, Louise hield haar tegen zich aan.

Charlie schreeuwde.

'Oké, oké,' suste Louise. Snel tilde ze de ontroostbare Charlie tussen de stoelen door naar de achterbank en gespte haar in het kinderstoeltje.

Op hoge snelheid verlieten ze het haventerrein. Hoe meer gas hij gaf, hoe luider Charlies protesten. Het werd erger bij elke bocht, elke bobbel in de weg. Wat Louise ook probeerde, Charlie was niet stil te krijgen.

'Sorry, sorry, sorry,' zei Louise nog, maar Danny kreeg er genoeg van, ze zag het aankomen.

Hij remde abrupt, stuurde naar de kant van de weg, draaide zich wild om in zijn stoel en riep tegen Charlie: 'Weet je wat we doen met kleine jankertjes?' In zijn linkerhand nog altijd het zakmes, ingeklapt, maar niettemin dreigend.

Na twee laatste hikkende snikken, zweeg Charlie.

'Precies,' zei Danny.

Ze reden weer, ditmaal in stilte, maar de spanning was te snijden.

Thuis rende Danny de trap op.

Louise zette Charlie op de bank in de woonkamer, en bekeek de joekel van een blauwe plek op haar dunne bovenarmpje. De afdruk van Danny's vingers was paarsblauw, gelig aan de randen. Toen ze een tube zalf uit haar tas pakte, schudde Charlie gedecideerd haar hoofdje.

'Heb je au?'

Charlie knikte, maar hield haar lipjes stijf op elkaar.

'Daar?' wees Louise.

Charlie kromp ineen, uit angst voor aanraking.

'Och, lieverd.'

Danny, omgekleed, kwam beneden, was alweer onderweg. Louise moest zich haasten, wist hem bij de voordeur nog net bij zijn jasje te pakken.

'Wat?' Hij trok zich los.

'Ik vertrouw die arm niet.'

'Welke arm?'

'Charlies arm.'

'Ja? Dus?' was zijn reactie.

'Ik dacht…'

'Je. Dacht. Níéts.' En weg was hij.

Met open mond staarde ze hem na. Ze sloot de deur, hoorde hem vertrekken met piepende banden.

Terug bij Charlie bekeek ze nogmaals de arm. 'Weet je wat we gaan doen, lieverd? We gaan naar de dokter. En de dokter gaat je beter maken.'

Nauwelijks een uur later zaten ze in de wachtruimte bij de Spoedeisende Hulp van het Fisherman's Hospital, en hoorde Louise de uitslag van de röntgenfoto.

Charlies bovenarm was op twee plaatsen gebroken en moest in het gips.

Het ziekenhuis had Louises verhaal – een ongelukje in bad – blijkbaar niet geloofd, en de politie gebeld. Twee deputies arriveerden, een man genaamd King en een vrouw genaamd Shur. King maakte notities, terwijl Shur vroeg naar de details; hoe het precies was gebeurd en hoe laat, wie er nog meer in huis waren geweest? Verbeeldde Louise het zich, of herkenden ze Danny's naam?

Louise hield vol, herhaalde de omstandigheden, niet te weinig om geloofwaardig te zijn, maar zeker ook niet te veel om verstrikt te raken. Een handdoek was op de grond gevallen, ze had zich om moeten draaien, Charlie los moeten laten, heel even maar. Toen was ze van de commode gevallen, die vingerafdrukken waren van Louise.

Ze huilde zonder moeite, o wat had ze spijt, en loog zonder wroeging. Alles om te voorkomen dat de agenten het onzalige idee zouden opvatten een huisbezoekje te komen afleggen. Ze wist namelijk hoe dat zou eindigen: nadat Danny de politie het huis uit zou hebben gecharmeerd, zou hij het afreageren op Louise. Daarbij kwam: het was een ongelukje, toch?

Bezorgd keek Louise naar Charlie. Gezeten in een grote rolstoel, met Buster op de grond naast haar, bestudeerde ze stilletjes het felblauwe kindergips. Een aardige ziekenbroeder probeerde haar aandacht af te leiden en haar op te vrolijken, door met een rietje bellen te blazen in een bekertje water. Maar niets ontging haar, wist Louise.

Het notitieboekje ging dicht, Louise kreeg een visitekaartje van het Monroe County Sheriffs Office. Met een nummer om te bellen als ze zich nog iets zou herinneren dat relevant kon zijn.

'Ik zou niet weten wat, maar dank u wel,' zei Louise, zo vriendelijk als ze kon opbrengen.

Deputy Shur, de vrouwelijke agent, knielde nog even bij Charlie, aaide haar over de bol. 'Charlie? Wat een mooi gips heb je.'

Charlie haalde haar schouders op. Het gebaar deed haar pijn, zag Louise.

'Was je gevallen?' vroeg deputy Shur.

Voor het eerst sinds Danny's woede-uitbarsting in de auto, sprak Charlie. Luid en duidelijk zei ze: 'Endie,' en schudde haar hoofd.

'Endie?' vroeg deputy Shur.

'Onze hond,' haastte Louise zich.

''uster,' wees Charlie.

Buster kwam overeind, kwispelend, om Charlies hand te likken.

De deputies wisselden een blik. 'We kunnen u helpen, Mrs. Miller. U en uw kindje. Maar alleen als u ons helpt.'

'Waar heeft u het over, een shelter, een blijf-van-mijn-lijfhuis?' Vertwijfeld keek ze de deputies aan. En toen de deputies naar elkaar keken, alsof ook zij aarzelden hoe het nu verder moest, keek

Louise naar de aardige ziekenbroeder. Ook die ontweek haar blik.

Ze hadden geen idee, ze kónden geen idee hebben wat Danny zou doen. Of zwegen ze omdat ze het over heel iets anders hadden? Plotseling greep het gevoel Louise bij de keel dat iedereen iets wist. Behalve zij.

'Ik begrijp werkelijk niet wat u bedoelt,' zei Louise. 'Kom, lieverd, we gaan naar huis.'

Charlie knikte dapper, met betraande ogen. Buster blafte.

Toen Louise de rolstoel de kamer uit duwde, de gang in, richting de uitgang van het ziekenhuis, voelde ze ogen in haar rug.

Op de parkeerplaats, Charlie al in het kinderzitje, Buster naast haar op zijn plek, werd ze op haar schouder getikt. 'Mrs. Miller?'

Louise draaide zich om. Deputy Shur, met een A4'tje in haar hand. 'Ik mag u dit eigenlijk niet geven. Maar ik heb zelf ook kinderen.'

Louise, te perplex voor woorden, pakte het papier van haar aan. Het was een print van een krantenartikel van twee maanden geleden. De kop luidde: GRUWELNACHT IN HORRORCONTAINER. Vlug scande ze de tekst. Godallemachtig. Mensenhandel. 'Wat heeft dit te betekenen?'

'Wij kunnen u helpen, Mrs. Miller,' zei deputy Shur. Er klonk een claxon. 'Ik moet gaan. U heeft het niet van mij.'

Verbouwereerd keek ze Shur na, die zich op een drafje, met haar handen op het dienstpistool rechts aan haar riem en de wapenstok links, uit de voeten maakte.

Met een vloek propte Louise het artikel in haar broekzak.

Thuis, nadat ze Charlie in bed had gelegd, vond ze in een hoek van de slaapkamer Danny's kleren op een hoopje.

'En nu schoonmaken,' zei zijn stem in haar gedachten. Zonder na te denken hing ze zijn broek, de zoom strak, en zijn jasje netjes over de stoel.

Zittend op het voeteneinde van hun bed las ze het artikel dat ze de komende dertien jaar in haar kluis zou bewaren.

GRUWELNACHT IN HORRORCONTAINER
(Dover – door onze verslaggever)

De onbeschrijfelijke gruwelijkheden die de zestig Chinese illegale immigranten moesten doorstaan toen de zuurstof in de vergrendelde container begon op te raken, werden gisteren beschreven door één van de enige twee overlevenden.

In de ondoordringbare duisternis, terwijl de temperatuur in de container des doods tot onmenselijke hoogte steeg, sloegen ze op de deuren en probeerden ze met blote handen een uitweg te vinden. Maar toen douaneofficials in de haven van Dover de container uiteindelijk wisten te openen, was het te laat: 58 mensen vonden de dood. Onder de dodelijke slachtoffers bevonden zich voornamelijk jonge vrouwen en meisjes. Het jongste slachtoffer was een meisje van twee jaar oud. Ze werd levenloos aangetroffen in de armen van haar dode moeder, een meisje van vijftien.

De Britse minister van Binnenlandse Zaken sprak in een verklaring van 'de meest vreselijke dood' en een 'schrille waarschuwing' aan het adres van andere potentiële illegalen en 'gewetenloze handelaren in menselijk leed'.

Van de chauffeur van de truck die de container vervoerde ontbreekt elk spoor. In nauwe samenwerking met de Nederlandse en Belgische autoriteiten in de havens van Rotterdam en Zeebrugge, is een klopjacht geopend om de verantwoordelijken op te sporen. Connecties met internationale smokkelbendes, actief in de Verenigde Staten, Oost-Europa en Centraal-Azië worden niet uitgesloten. Volgens rapporten van de Verenigde Naties zijn op elk willekeurig moment wereldwijd 2,4 miljoen mensen slachtoffer van mensenhandel.

Een medewerker van het ziekenhuis, waar de overlevenden van de tragedie worden verzorgd, toonde zich gisteravond diep onder de indruk van het menselijke drama dat zich in de container moet hebben voltrokken. Volgens hem hadden de immigranten alles geprobeerd om alarm te slaan. "Maar het was zo donker, en zo heet. De koeling was uitgezet. Ze riepen tot ze niet meer konden. Ze sloegen en schopten op de wanden en de deuren tot hun handen en voeten bloedden. Ze struikelden en klommen over de dode lichamen."

Kon Danny hiermee van doen hebben? Was hij hiertoe in staat? Louise wist het antwoord, toen ze terugdacht aan de angstige blik in de ogen van het Aziatische meisje in de loods, en aan Danny's radeloze woede toen hij de kippen levend vertrapte.

Ze kón het niet weten, maar ze wist het. Zo zeker als ze wist hoe Danny zou reageren, als hij erachter kwam wat ze vandaag had ontdekt.

Ze pakte het visitekaartje dat ze van de deputies had gekregen, had de telefoon al in haar hand, maar legde de hoorn toen snel weer op de haak. Kwam het door die vreemde ratel op de lijn? En hoelang was die ruis er al?

Nog los van die rare ruis – moest ze Danny niet een tweede kans geven? Zij samen tegen de rest van de wereld, dat was toch hun belofte?

Of zou ze kunnen verzwijgen wat ze inmiddels wist? Zou ze kunnen vergeten hoe hij het meisje bij de keel greep, als die laatste kip?

Maar was de politie de oplossing? Zou ze het systeem vertrouwen, dat haar al zo vaak in de steek had gelaten? Misschien was ze onnodig op haar hoede. Maar ze had leergeld betaald in haar jeugd, toen ze van het ene naar het andere pleeggezin werd gesleept, van de wal in de sloot. Aan den lijve had ze ondervonden hoe erg het mis kon gaan wanneer je was overgeleverd aan het raderwerk van de bureaucratie, de officiële instanties. Daar kwam bij dat Danny overal connecties had. Gisteravond, in de loods, droegen enkele leden van Danny's crew een politie-uniform.

En wat had ze welbeschouwd eigenlijk gezien? Een beetje bloed op zijn rechterhand, op zijn broek? Dat hij een meisje dreigde met zijn mes? Had ze gezien dat hij haar daadwerkelijk stak? Wat had ze, behalve een maanden oud nieuwsbericht over een container, dat een wildvreemde deputy haar in handen had geduwd?

Blijkbaar verdacht de politie Danny, ze zou hem moeten waarschuwen.

Ze werd doodmoe van het dilemma, bang voor het onomkeerbare, en ten slotte boos om haar besluiteloosheid. Dit kon niet lang zo voortduren. Op deze manier werd ze gek.

Toen Danny diep in de nacht thuiskwam, was ze uiteraard nog klaarwakker, van plan om hem voorzichtig te confronteren, zodra ze een mogelijkheid zag. Zodra ze voldoende moed zou hebben verzameld. Ze zou wachten op het juiste moment.

Dit moment was dat in elk geval niet, ze hoorde het al aan hoe hij de trap op kwam. Hij was geagiteerd, rook naar drank, sigaren, zweet. Toen hij haar greep, gaf ze zich zonder weerstand. Maar waar ze zijn ruwheid voorheen moeiteloos zou hebben geïnterpreteerd als hartstocht, kon ze nu niet langer ontkennen dat elke romantiek had plaatsgemaakt voor neuken, hard en gemeen.

Zij zei niets. Hij zei niets. Hij kwam met een grom, draaide zich van haar af en sliep al.

Louise stond op, liep naar de badkamer, pakte een handdoek, waste zichzelf.

Eigenlijk was er niets buitengewoons gebeurd. Eigenlijk verliep alles – bij gebrek aan een beter woord – doodnormaal, volgens het patroon dat zich in het Miller-huishouden had gevormd. Bij gebrek aan het referentiekader van een normaal gezinsleven had Louise zichzelf ervan overtuigd dat er in elk huwelijk weleens iets plaatsvond achter de voordeur. Ze had simpelweg nooit een huis gekend waar warmte en liefde de standaard waren. In haar ervaring waren angst en een gebrek aan hoop normaal.

Vanuit dat oogpunt bezien, was er niets bijzonders gebeurd. En toch was alles veranderd.

Iets was gebroken. Iets in Louise, wat niet met felblauw gips hersteld kon worden.

Ze liep naar de kamer van Charlie. Haar dochters voorhoofd-je was bezweet, warm, ze woelde onrustig in haar slaap. Elke be-weging van de arm ging vergezeld van een grimas. Louise pakte een vochtig washandje, ging bij haar liggen, zong zachtjes slaap-liedjes, maar het duurde lang voor Charlies lichaampje kalmeer-de.

Daar, liggend op dat kleine bedje, luisterend naar Danny's ge-snurk in hun slaapkamer verderop, met Charlie dicht tegen zich aan, nam Louise het besluit.

Zachtjes, om Charlie niet te wekken, stond ze op.

Op haar tenen liep ze naar de slaapkamer.

Op het nachtkastje lagen, zoals altijd, Danny's sleutelbos, zijn vergulde clip met cash. En zijn zakmes.

26

De volgende morgen bleef ze liggen, roerloos, haar rug naar hem toe, ogenschijnlijk diep in slaap, toen hij ontwaakte en opstond.

Het was niet de eerste keer, ze bleef uit de buurt van Danny's *morning after*, net als Charlie trouwens, nu ze erover nadacht. Maar ditmaal bad ze om de achteloosheid en de desinteresse die ze anders zo vervloekte. Tevergeefs, zo bleek. Ze hoorde hem zoeken, eerst beneden, toen weer boven, en bereidde zich voor.

'Waar is mijn mes?'

Toen ze niet reageerde, pakte hij haar ruw bij haar schouder. 'Hé.'

'Huh?'

'Mijn mes.'

Ze acteerde schrik, een gaap, rekte zich uit, een vrouw die net wakker wordt geschud, maar zorgde ervoor dat het niet te lang duurde. Ze kwam al overeind, keek hulpvaardig om zich heen, op het nachtkastje. 'Bij je sleutels, toch? In de zak van je regenjas?'

Met een hartgrondige vloek was hij de kamer alweer uit.

Razendsnel greep ze onder haar kussen, en schoof ze het mes over het tapijt onder het bed door, naar zijn kant. 'Hier,' riep ze. 'Ik heb het!' Toen hij de slaapkamer binnenstormde, zat ze aan zijn kant van het bed op haar knieën. 'Het lag hier.' Hij griste het uit haar handen, keek haar diep in de ogen. Een seconde, langer was het niet. Nooit eerder had ze zich zo naakt gevoeld.

'Waar?'

'Hier, onder het bed, achter de poot,' wees ze. 'Wat is er?'

'Niks,' zei hij. 'Ik ben laat.' En weg was hij.

Ze wachtte tot ze de Mercedes de straat uit hoorde rijden, keek bij Charlie, gaf Buster te eten, en kleedde zich snel aan.

In de garage vond ze een koevoet. Onder aan de keldertrap forceerde ze zonder aarzeling de deur van zijn kantoor. Het hardhouten kozijn versplinterde, de knal deed pijn aan haar oren.

Niet stoppen nu, niet nadenken. Ze haalde diep adem, en stapte met een grote pas over de drempel. Ze pakte zijn laptop alvast onder haar arm, keek rond, op zoek naar meer bruikbaars in de archiefkasten langs de wand en de lades van zijn bureau, maar omdat Danny die geen van alle op slot hield, besloot ze het bij de laptop te laten.

Boven aan de keldertrap zat Buster, alsof hij op de uitkijk stond.

Ze liep de trap op, pakte een koffer.

Toen wekte ze Charlie. Had Danny haar gips überhaupt gezien?

Nauwelijks een half uur nadat Danny was vertrokken, reed ze met Charlie en Buster op de achterbank van de Porsche naar Dominic's Pancake Palace, een restaurant niet ver van de snelweg, de Overseas Highway, richting Key West. In een koffer wat kleren, toiletartikelen, haar paspoort, alle cash en sieraden die ze in huis had kunnen vinden, en in een plastic zak onderin Danny's laptop en de broek met de bloedvlek.

Toen hun bestelling arriveerde, rekende Louise meteen af. Daarna belde ze met de wandtelefoon van het restaurant het nummer op het visitekaartje. Ze had uitzicht op hun tafeltje, Buster naast de kinderstoel, kwispelend in afwachting van het eerste hapje dat Charlie hem zou voeren.

'Monroe County Sheriffs Office, hoe kan u helpen?'

Uiteraard waren King en Shur, de deputies die ze gisteravond in het ziekenhuis had ontmoet, niet aanwezig. Na enig aandringen verbond de telefoniste haar door met een collega van de dagdienst, deputy Ortiz.

'Deputy Ortiz, gisteravond in het Fisherman's Hospital heb ik gesproken met twee van uw collega's, deputy King en deputy Shur. Zij boden mij bescherming, in ruil voor informatie.' Haar hart klopte in haar keel.

'Hoe zei u dat uw naam was?'

Ze had geen naam genoemd. 'Ik sprak gisteravond in het Fisherman's Hospital met twee van uw collega's, deputy King en deputy Shur. Zij boden mij bescherming, in ruil voor informatie,' herhaalde ze, zoals ze zich had voorgenomen. 'Ik wil praten, vandaag, met iemand die mij en mijn dochter veiligheid kan garanderen.'

Het was alsof ze Ortiz kon horen nadenken. Ze keek om zich heen, niemand in Dominic's besteedde aandacht aan haar.

'Waar gaat het precies over?' probeerde Ortiz.

'Ik bel over een uur terug.' Ze hing op, keek op haar horloge. Geen idee hoelang het duurde voor een gesprek kon worden getraceerd, maar ze nam geen risico. Ze tilde Charlie uit de stoel, negeerde haar protesten. Terug in de Porsche trilden haar handen zo, dat ze moeite had de sleutel in het contact te krijgen. Toen ze wegreden, keek ze voor het eerst in haar achteruitkijkspiegels, beducht op gevaar, een gewoonte die ze de komende dertien jaar zou volhouden.

Stipt een uur later belde ze opnieuw, ditmaal met de vaste lijn van een Seven Eleven-supermarkt in Layton, opnieuw niet ver van de snelweg, maar nu oostelijk van Marathon, richting Miami. Met Charlie naast haar in een winkelwagentje geparkeerd.

Ditmaal werd ze zonder vertragingen doorverbonden. Deputy Ortiz had zijn huiswerk gedaan.

'Bent u veilig, mevrouw?'

'Ja.'

'Waar bent u? Kunnen wij u ergens ontmoeten?'

'Deputy Ortiz, hebt u iemand gevonden die mijn veiligheid kan garanderen?'

'Kunt u naar het Sheriffs Station komen?'

'Alleen als daar iemand is die mijn veiligheid kan garanderen.'

'Dit soort zaken vergen tijd, mevrouw, dat moet u begrijpen.'

'Natuurlijk,' zei Louise. 'Ik bel over een uur terug.' Opnieuw hing ze op, ditmaal oncontroleerbaar bevend over haar hele lichaam. Terwijl ze terugliepen naar de Porsche, spiedde ze om zich heen, over haar schouders. Ze droeg inmiddels een pet en een zonnebril.

Die dag belde ze deputy Ortiz in totaal zesmaal, telkens met tussenpozen van een uur met een vaste lijn vanaf een andere publieke locatie – een Walmart, een lunchroom, een busstation. Steeds herhaalde ze dezelfde boodschap, wat Ortiz haar ook vroeg, wat hij ook te melden had. Ze merkte dat ze er ervaring in begon te krijgen, lol zelfs, zolang ze het als een spelletje beschouwde, een quiz, wie het langst geen 'ja, nee of euh' zou zeggen. Zelfs Charlie leek gewend te raken aan alle abrupte onderbrekingen, halverwege een bord frites, een ijscoupe, een glas chocolademelk. Haar jengelen werd routineus.

Tot deputy Ortiz eindelijk zei dat hij iemand had gevonden, een U.S. Marshal die toevallig in de buurt was. Zijn naam was Garfield Franklin Horner, hij was al onderweg, en kon aan het eind van de middag op het politiebureau zijn.

Hoewel het woord 'toevallig' haar maar matig beviel, stemde Louise toe.

In een internetcafé in Islamorada zocht ze de marshal op. Garfield Franklin Horner bleek gedurende zijn lange carrière bij de U.S. Marshal Service hoogstpersoonlijk meer dan tweeduizend getuigen naar een nieuw en veilig bestaan te hebben begeleid. Onder hen beruchte verklikkers van de Cosa Nostra als Joe 'Animal' Barboza, Jimmy 'One Eye' Cardinali en Sammy 'The Bull' Gravano. Het zei Louise weinig, maar de bijnamen zeiden genoeg.

Tijdens de Koude Oorlog deed Horner hetzelfde voor hooggeplaatste Sovjetoverlopers. En later voor leden van Colombiaanse kartels. Allen bracht hij ertoe tegen hun voormalige vaderland, collega's of superieuren te getuigen.

Als ze het goed begreep, waren veel van de procedures en veiligheidsmaatregelen van het getuigenbeschermingsprogramma, kortweg 'WitSec', die in de loop der jaren waren ontwikkeld, op

Horners voorspraak tot stand gekomen.

Jaren geleden had de president hem in het Witte Huis ontvangen, getuige een bericht op de website van de *Washington Post*. Op de begeleidende foto stond een grote man, met brede schouders, een kop groter dan de president. Horner had een borstelsnor, zijn haar droeg hij militair gemillimeterd. Keurig in uniform, kaarsrecht. Hij glimlachte, maar zijn ogen stonden ernstig. Zichtbaar ongemakkelijk poseerde hij voor de fotograaf. (Later zou Gar haar bekennen dat die handdruk in The Oval Office met George W. Bush ter gelegenheid van zijn vijfentwintig jarig jubileum bij de U.S. Marshal Service de langste drie seconden van zijn leven waren.)

Horner, zoveel was duidelijk, was niet zomaar een agent, niet zomaar iemand die 'toevallig' in de buurt was. Hij kwam hier speciaal voor haar, om haar veiligheid te garanderen. Tegelijkertijd was het beangstigend. Dit was echt, geen spel meer.

Ze huiverde. Alsof ze nog altijd niet kon geloven dat ze hier werkelijk mee doorging.

Op het afgesproken tijdstip werden de parkeerhavens voor het Monroe County Sheriffs Station aan Aviation Boulevard bijna volledig in beslag genomen door een glanzende Airstream-mobile home, zo'n zilverkleurige sigaar op wielen. Een Flying Cloud uit 1955, hoorde ze later, bijna zeven meter lang, een klassieker. Er was nauwelijks plek voor de Porsche.

Ze meldde zich binnen bij de balie, Charlie op haar arm, Buster aan de lijn.

Horner verscheen, in burger, Louise herkende hem meteen van de foto met de president. Aan zijn zijde deputy Ortiz, pet onder zijn arm, met grote ogen. Onder de indruk, nu hij haar eindelijk in levenden lijve ontmoette? Onder de indruk van Horner, de legendarische marshal, was waarschijnlijker.

Handen werden geschud.

'Blij u te zien,' zei Horner. 'Gaat u mee?'

Tot Louises verbazing nam Horner haar weer mee naar buiten. Terwijl hij haar zijn legitimatie toonde, zag ze hem links en rechts over de parkeerplaats spieden. Eenmaal tevreden knikte hij naar deputy Ortiz, die zich weer verwijderde.

Horner opende de deur van de Airstream. 'Kom binnen.'

Hij pakte Charlie van haar over, gaf Buster een aai. Louise nam haar pet en zonnebril af, en stapte omhoog en naar binnen.

Daar volgde de tweede verrassing. 'Mag ik jullie voorstellen aan mijn vrouw, Catherine? Cath, dit zijn de jongedames over wie ik je heb verteld. En dit is…' Wijzend op Buster keek hij Charlie vragend aan.

''uster,' zei Charlie. Keurig gaf ze Catherine een handje.

De herinnering aan die wonderlijke ontmoeting in de camper, die haar leven op zijn kop zette, zou Louise haar leven lang koesteren. Alleen al door de liefdevolle intensiteit waarmee Horners echtgenote Charlie bezag – plaatsvervangend trots en gretig, zoals alleen kinderloze moeders dat kunnen zijn. 'O, wat ben jij een schatje,' zei Catherine. 'En wat heb je een mooie arm.'

Met een big smile showde Charlie het felblauwe gips.

'Je zou alles doen, álles, om haar te beschermen,' zei Catherine, zijdelings, tegen Louise. 'Toch?'

Louise kreeg kippenvel op haar armen, in haar nek. Ze knikte en voelde: ja, alles. Alles voor Charlies veiligheid.

Charlie giechelde intussen om iets wat Horner in haar oor fluisterde.

'Wat?' Louise fronste haar wenkbrauwen.

'Geheimpje,' knipoogde Horner. Charlie knikte plechtig, haar lipjes stijf op elkaar.

'Uw vrouw reist met u mee?' vroeg Louise. Met een beker oploskoffie zaten ze in het zonnetje op een bank aan de zijkant van het politiebureau. Aan de asbak te zien, was dit de rokerszone. Charlie en Buster waren bij Catherine in de camper achtergebleven.

'Ja,' zei Horner. 'Ik ben voor mijn werk veel onderweg. Cath is ziek. Kanker. Ongeneeslijk.' Zijn toon was bitter noch onvriendelijk, maar niet mis te verstaan: *onderwerp gesloten*. 'We waren toevallig in de buurt.'

Daar was het woord weer, maar ditmaal begreep ze waarom deputy Ortiz het gebruikt had.

'Weet u zeker dat het niet te vermoeiend voor haar is, Charlie en Buster?'

'Dat weet ik zeker en zelfs als ik het tegendeel zou denken, laat ik dit soort beslissingen aan Cath over,' grijnsde hij. 'Ik ken haar langer dan vandaag.'

Ze nam een slok, hij nam een slok. Er viel een stilte.

'Dus wat nu?' vroeg ze.

'Begin jij, begin ik?' vroeg Horner.

'Ik zou niet weten waar,' zei Louise.

'Die indruk had deputy Ortiz anders niet.' Hij keek streng, maar zijn ogen twinkelden. 'Zal ik dan maar?'

'Graag.'

'De U.S. Marshal Service beschermt getuigen en hun directe familie wanneer hun leven gevaar loopt als gevolg van hun medewerking bij het berechten van drugshandelaren, terroristen, de georganiseerde misdaad.'

Zijn stem kreeg een nieuwe dimensie. Hier sprak de marshal. Het klonk routineus, geoefend. De plotselinge verandering van toon deed Louise beseffen dat hij dit al duizendmaal precies eender had uitgelegd. Aan verklikkers en overlopers. Aan verraders als zij.

'U denkt dat mijn leven gevaar loopt?' vroeg ze.

'U twijfelt nog?' Hij keek haar aan, zijn ogen plotseling droevig. 'Ik hoorde over het "ongelukje" van Charlie gisteravond. Ik gok zomaar dat het niet de eerste keer was?'

Ze sloeg haar ogen neer, wriemelde met haar vingers. Ingesleten excuses – het viel wel mee, overal gebeurde weleens wat – schoten door haar gedachten.

'Een nieuwe identiteit voor u en uw dochter, een dak boven uw hoofd op een veilige, nieuwe locatie. U krijgt elke maand wat geld. We regelen een bescheiden baantje voor u.'

'Het klinkt zo simpel,' zei ze. 'Een nieuw begin, veilig, een tweede kans.'

'In theorie is het dat ook. Maar er is een prijs. U mag geen enkel contact meer hebben met wie dan ook uit uw oude leven. Uw bankrekeningen worden onbereikbaar. Alles wat u meeneemt zijn uw herinneringen, en ook daar houdt u uw mond over. U gaat niet naar de reünie van uw middelbare school. Niet naar het ziekbed van uw beste vriendin. Niet naar de begrafenis van uw ouders.'

'Ik ben wees,' zei Louise.

'Dat weet ik, ik zeg het bij wijze van spreken,' zei Horner. 'Waar het om gaat is dit: als u iemand tegenkomt die u herkent, dan belt u de Marshal Service en verplaatsen wij u opnieuw.'

'U garandeert mijn…' Ze begon opnieuw: 'U garandeert de veiligheid van getuigen? Honderd procent?'

'Laat ik het zo zeggen: we hebben nog nooit iemand verloren die zich aan de regels hield.'

Haar koffie was op, ze zette de lege beker op het gras naast de bank. Ze had zich voorgenomen zo lang mogelijk de kat uit de boom te kijken. Zo lang mogelijk elke onomkeerbare stap uit te stellen. Tegelijkertijd wilde ze niets liever dan deze man vertrouwen. Maar ze realiseerde zich ook waar dat onvermijdelijk toe zou leiden: getuigen tegen Danny, het definitieve desastreuze slothoofdstuk van het sprookje van de Millers. En ze leefden níét lang en gelukkig.

Vannacht was ze zo overtuigd geweest. Het had haar de moed opgeleverd Danny te trotseren, de poging met het mes, de opengebroken kelderdeur.

Maar nu kon ze nog terug. Terug naar Danny, het in alle redelijkheid met hem bespreken. Ze had al een smoes paraat voor dat versplinterde kozijn: ze had inbrekers betrapt.

Terug naar Danny? Werkelijk? Vanmorgen had hij niet eens gezien dat Charlies arm in het gips zat.

Ze wist niet zeker of de marshal haar twijfel zag, maar vermoedde van wel. Niets leek hem te ontgaan.

'In ruil voor mijn getuigenis. Stel dát ik iets heb gehoord of gezien.'

'Stel dat,' ging Horner akkoord. 'En stel dat het de moeite waard is.'

'U kunt dat beoordelen?'

'Nee, dat kunnen alleen de collega's die het onderzoek leiden.

Zij zijn de aangewezen instantie om de waarde van uw eventuele getuigenis te kunnen wegen. Pas als zij akkoord zijn, komt WitSec aan de orde. Het is in het belang van de getuigen dat ik zo min mogelijk weet over de inhoud van de zaak.'

Zijn stem had weer de officiële klank, de marshal aan het woord, het belang van de regels opsommend. Maar Louise begreep intuïtief wat hij bedoelde, toen ze dacht aan alle moordenaars en maffiabazen die Horner naar hun nieuwe leven had begeleid. Hoe meer hij van ze wist, des te lastiger werd zijn werk.

'Dus u weet niets van Danny?'

'Ik weet wat iedereen weet, wat ik in de krant heb gelezen.'

Aha. Hij wist dus ook van het krantenknipsel dat brandde in de broekzak van haar jeans. GRUWELNACHT IN HORRORCONTAINER.

'U las het pas gisteren, heb ik begrepen?'

Ze knikte. 'Ik kreeg het van die agente, ik ben haar naam even kwijt.'

'Deputy Shur,' zei Horner. 'Het artikel was de reden dat u vandaag belde?'

'Ook.'

'Nou, ik weet zeker dat deputy Shur daar blij mee zal zijn, want ze nam een groot risico door dat aan u te geven. Het onderzoeksteam heeft het haar niet in dank afgenomen, dat kan ik u verzekeren.'

'Ze zei dat ze zelf ook kinderen heeft.'

'Tuurlijk. Zo gaat het vaak, vanuit de allerbeste bedoelingen. Maar de regels zijn de regels.'

'Had Danny met die container in Dover te maken?'

'Zoals ik het begrijp, hebben ze de chauffeur van de vrachtwagen waarop de container stond weten op te sporen. Hij heeft jouw echtgenoot aangewezen als de man die hem de opdracht gaf de boel in de steek te laten, als het misliep.'

De ene crimineel die de andere erbij lapte om zijn eigen hachje te redden, leek haar weinig overtuigend. 'Dát is het bewijs?' flapte ze eruit. Ze hoorde zichzelf, beet op haar lip. Het klonk alsof ze zich nog steeds opstelde als Danny's pleitbezorger. Ondanks alles.

'Dat weet ik niet,' zei Horner, 'ik mag het niet weten en ik wil het niet weten. Er is ongetwijfeld meer, ondersteunend, fysiek bewijs. Ze zullen blij met u zijn, dat kan ik u wel vertellen. U kunt de doorbraak zijn, waar ze al zo lang op wachten, maar nogmaals: dat is niet aan mij. Het is mijn taak voor de getuigen te zorgen die helpen. De waarde van hun hulp hoef ik niet te bepalen. Zo is het geregeld. En niet voor niets.'

'Dus ik moet de politie vertellen wat ik weet. Áls ik al iets weet. En dat zonder enige garantie vooraf dat het genoeg zal zijn.'

Horner knikte. 'Aan de politie, ja, en in dit geval zeker ook aan de FBI. Zo werkt het.'

Dat klonk niet goed. Ergens zou een zwakke schakel zitten. Danny zou getipt worden. Zijn wraak zou…

Haar gedachten werden onderbroken door zijn mobiele telefoon. 'Het spijt me,' zei hij, terwijl hij het apparaat uit zijn borstzak pakte. Na een blik op het schermpje betrok zijn gezicht. Hij stond gehaast op. 'Het is Cath.'

Louise volgde hem geschrokken, op een drafje, om het gebouw heen, terug naar de Airstream.

27

Maar Charlie was oké, godzijdank, ze was aan de uitklaptafel in de weer met kleurpotloden, het puntje van haar tong stak uit haar mond. Buster lag aan haar voeten, zijn kop tussen zijn voorpoten, maar zijn oren gespitst.

Charlie was oké, maar Catherine niet. Ze huilde. Vanaf haar positie in de deuropening van de camper kon Louise haar niet verstaan, maar Horners troostende woorden wel: 'Rustig, Cath, kalm aan. Dit kennen we toch? Het heeft niets te betekenen. Gewoon weer een domme streek van het ziekenhuis. We hebben het eerder gehoord. Wij maken uit of we onderzoek laten doen, niet een of andere domme computer. Toch?'

Hij wierp een blik over zijn schouder en stak een vinger op naar Louise: 'Geef me een minuutje, oké?'

Louise sloot de deur, na een laatste blik op Charlie en Buster, en liep terug naar het bankje in de rokerszone.

Enkele minuten later voegde Horner zich weer bij haar. 'Mijn excuses,' verzuchtte hij, terwijl hij op de bank plofte.

'Iets ernstigs?'

'Een dom misverstand, elke zoveel maanden weer.' Met zijn vingertoppen kneedde hij zijn voorhoofd. 'Louise zit ergens in een systeem en ze blijven haar lastigvallen. We hebben al honderd keer gezegd dat we geen onderzoeken meer willen, maar het ziekenhuis laat haar niet met rust. Ze raakt er zeer door van streek.'

'Catherine,' zei Louise.

'Ja, Catherine.'

'U zei "Louise". U vergiste zich.'

'Pardon?'

'U zei "Louise zit ergens in een systeem en ze blijven haar lastigvallen". U bedoelde Catherine.'

'Deed ik dat?' Zijn ogen veranderden. Het was een staar, iemand die een bandje in zijn hoofd terugspoelt en opnieuw afluistert. 'Ja, dat deed ik inderdaad.' Toen de enig mogelijke verklaring voor zijn verspreking tot hem doordrong, keek hij haar aan. 'Je vertrouwen in overheidsinstanties heeft een behoorlijke opdonder gekregen, niet?'

Louise knikte.

'Deputy Ortiz heeft je dossier gelicht,' zei hij.

Verbaasde dit haar? Nee, natuurlijk hadden ze haar dossier gelicht. Het bevestigde in zekere zin precies haar punt: dossiers van minderjarigen werden geacht vertrouwelijk te zijn. Niet dus. Zonder nadenken frunnikte ze aan de manchet onder aan de linkermouw van haar trui. Het gebaar was onnodig, ze verborg het litteken al jaren zonder nadenken, met horloges, armbanden, lange mouwen.

'Het spijt me,' zei hij. 'Wat jou vroeger is overkomen, had niet mogen gebeuren.'

'Maar het is wél gebeurd. En ik betaalde de rekening. Wat die mooie fucking regels van jullie ook zeggen.' Haar stem sloeg over. Ze zag hem schrikken van het f-woord.

'Nogmaals: het spijt me,' zei Horner.

Ze haalde diep adem, en zei: 'Mij ook.' Het had geen zin deze man te verwijten wat haar in haar jeugd bij de pleeggezinnen was aangedaan.

'Dus,' zei hij. 'Wat wil je doen? Er nog een nachtje over slapen?'

Plotseling realiseerde ze zich hoeveel tijd er verstreken was. Ongemerkt zaten ze inmiddels in de schaduw. Danny was doorgaans pas later op de avond thuis, maar je zou het altijd zien. Ging ze terug naar huis? Ze had nog niets onomkeerbaars gezegd, precies zoals ze zich had voorgenomen, ze kon nog alle kanten uit. Maar terug naar Danny? Wachten op zijn volgende uitbarsting, de volgende gebroken arm van Charlie, of nog erger? Doen of er niets was gebeurd?

'Danny zou het niet toestaan,' sprak ze zichzelf hardop moed in. 'Hij zou mij of Charlie nooit in gevaar brengen. Dat heeft hij me gezworen.' Ze keek Horner smekend aan, alsof ze hoopte dat hij haar gelijk zou geven.

Maar Horner zei niets. Hij boog het hoofd. Het leek alsof hij op zijn tong moest bijten, maar hij zweeg.

'Maar stel dat ik iets weet,' zei ze.

Hij keek op.

'Dan wil ik eerst weg. Met Charlie. Ik wil een nieuwe plek, een nieuwe identiteit. Pas als we veilig zijn, in WitSec, zal ik praten. Pas dan en niet eerder.'

'Ik begrijp wat je zegt, maar zo werkt het helaas niet.' Zijn officiële toon was terug. 'Zoals ik eerder al probeerde uit te leggen, komt een eventuele toelating tot WitSec pas aan de orde als de politie of de FBI heeft vastgesteld hoe waardevol je getuigenis is.'

'Het oude liedje dus,' zei ze. 'Ik moet het systeem vertrouwen, maar het systeem vertrouwt mij niet.'

'Aan jou de beslissing,' zei Horner. Maar toen hij de blik van wanhoop in haar ogen zag, gaf hij toe: 'Ik kan je niet beloven wat voldoende is, want dat is niet aan mij. Maar wel dat ik voor je ga doen wat in mijn vermogen ligt. Voor jou en voor Charlie.'

Woorden die Horner zouden achtervolgen. Want ze gaven de doorslag. En Louise knoopte ze in haar oren.

Nu of nooit, dacht ze, en ze zei: 'Ik heb gezien dat hij een jong meisje vermoorde. Met zijn zakmes.'

De gedaanteverandering was instant. De begripvolle oude rot veranderde voor haar ogen in een jachthond, rug recht, op het spoor. Zijn vragen kwamen als een waterval, ze gingen alle kanten op, maar allemaal waren ze feitelijk, kort, helder, staccato, doelgericht. 'Wanneer?'

'Gisteravond.'

'Hoe laat?'

'Rond een uur of negen.'

'Kende je dat meisje?'

'Nee.'

'Zou je haar kunnen beschrijven?'

'Ja.' Nooit zou ze dat gezicht vergeten.

'Waar was het?'

'In de haven.'

'Welke haven?'

'De containerhaven.'

'Port Miami?'

'Ja.'

'Oké. Wáár in de haven?'

'In een loods.'

'Waar was jij?'

'Buiten.' Staccato was besmettelijk.

'En je zag het hoe?'

'Door een raampje.'

'Wie waren er nog meer bij?'

'Anderen, vluchtelingen, denk ik. En mannen van Danny's crew.'

'Heeft iemand jou gezien?'

'Nee.'

'Weet je dat zeker?'

'Ja.'

'Hoe weet je dat zo zeker?'

'Omdat…' Ze schudde haar hoofd, dacht na. Het was een goede vraag. Hoe wist ze dat zo zeker? Het antwoord was even kil als onbetwistbaar: omdat Danny haar vermoord zou hebben als hij wist wat ze had gezien.

'Hangen er camera's bij die loods?' hield Horner aan.

'O, mijn god.' Ze sloeg de hand voor haar mond, voelde de onbedwingbare neiging op te staan, en weg te rennen voor deze man die de waarheid in haar ogen leek te lezen.

'Louise?' sprak hij luid. 'Blijf bij me, Louise. Focus. Hij stak het meisje.'

'Ja.' Dat wist ze niet zeker, net op dat moment was Louise weggedoken, maar er was geen andere verklaring. Even later lag de jonge moeder op de grond. Levenloos. Ze bewoog nog wel, maar dat was omdat haar kindje op haar kroop.

'Waar?'

'In de haven.'

'Nee, waar sták hij haar?'

'Euh. Hier.' Ze wees.

Als Horner de aarzeling al had opgemerkt, liet hij het niet blijken.

'En toen?'

'Toen viel ze.'

'En jij?'

'Ik bleef staan.'

'Je schrok niet?'

'Jawel, maar…'

'Je zag bloed?'

'Op zijn broek.'

'Je zag bloed op zijn broek terwijl hij haar stak?'

'Nee, later pas, in de auto. En op zijn hand.'

'Maar zag je bloed op het meisje?'

'Ik…'

'Ja?'

'U brengt me in de war.'

'Wat is er dan zo moeilijk? Je zag het of je zag het niet. Kom, Louise. Zag je bloed op het meisje? Hier,' hij stak zijn arm uit, legde zijn vinger op haar keel, 'op de plek waar hij haar stak?'

'Ja!' riep ze, terwijl ze achteruitdeinsde. 'Ja, ik zag bloed op de plek waar hij haar stak, nou goed?'

Ze loog.

Ze loog omdat ze wilde dat dit onaangename kruisverhoor voorbij was. Omdat Horner haar dan zou zeggen dat het genoeg was, genoeg voor de FBI. Maar bovendien loog ze voor Charlies nieuwe leven, veilig voor Danny. Ze kende deze marshal pas een uur, zijn vragenvuur had nauwelijks twee minuten geduurd. En toch voelde ze zich uitgeteld, als een bokser in de vijftiende ronde die zich dankzij de touwen nog net staande weet te houden.

Ze had gelogen en Horner had het gezien. Tegenstrijdige gevoelens – haat, machteloosheid, woede, spijt, en een peuter van twee jaar oud – denderden door haar gedachten. Ze boog het hoofd en constateerde verrast dat er tranen over haar wangen liepen.

Horner gaf haar zijn zakdoek.

Louise depte haar gezicht, snoot zachtjes haar neus.

'Dat was dapper,' zei hij.

Ze keek hem aan. 'Gooi me maar aan de leugendetector.'

'En dan, dan lieg je opnieuw?'

'Ik heb zijn broek. Met bloedvlek,' zei ze. 'Ik heb zijn laptop. En het mes.' Toen ze zag dat het niets uithaalde, gooide ze het automatisch over een andere boeg: 'Geloof me, alstublieft,' piepte ze.

Hij keek dwars door haar kleinemeisjesact heen. 'Je hebt het mes?'

Louise stak haar kin omhoog. 'Ik kan het halen.'

'En zijn laptop?'

'Die heb ik wel. Alstublieft.'

'Wat staat er op die laptop?'

Dat hij in Dover was, die bewuste avond, schiet haar te binnen, maar ze besluit haar hand niet te overspelen. 'Ik weet dat hij hem dichtklapt als ik zijn kantoor binnenkom.'

Horner keek haar aan, zijn ogen calculerend en somber tegelijk. 'En het mes ligt bij je thuis?'

Ze schudde haar hoofd. 'Hij draagt het bij zich, altijd, in zijn broekzak.' Ze had een moedige poging gedaan, vanmorgen, maar tevergeefs. 'Bent u boos? Wees alstublieft niet boos op me.'

'Ben ik boos? Ja en nee. En ik ben onder de indruk. Het waren goede leugens. Om de goede reden. Je bent ten einde raad.'

'Ik heb gezien wat ik gezien heb. Ik meen wat ik zeg over die leugendetector.'

Er verscheen een glimlach op zijn lippen. 'O, dat geloof ik. De vraag is of het genoeg is.'

'Niet?'

'Ik weet het niet. Maar in het algemeen gesproken kan elk puzzelstukje, hoe klein ook, van belang zijn. In dit soort langlopende zaken proberen ze vaak via een kleine vis hogerop te komen, stapje voor stapje naar de top.'

Zij het visje, Danny de top. Ze rilde bij die vergelijking, en ook dat ontging hem niet.

'Weet je wat?' Hij sloeg zijn handen op zijn dijbenen, en kwam overeind. 'Als ik dit nou eens met een maat van me bij de FBI bespreek? Langs mijn neus weg, onder de radar, informeel, zonder namen te noemen? Om te zien wat hij denkt dat de kans van slagen is?'

'Maar de regels dan?'

'Ach ja, de "fucking regels", zoals jij ze zo kernachtig noemt. Weet je wat het mooie is van regels? Pas als je ze kent, kun je ze breken. Wie weet dat je hier bent?'

'Niemand.'

'Goed. Houden zo. Enig idee waar Danny nu is?'

'Nee. Aan het werk. Ergens.'

'Hoe laat komt hij normaal gesproken thuis?'

'Laat op de avond.' Meestal pas als hij zeker wist dat Charlie sliep.

'Negen uur? Tien?' Hij keek op zijn horloge. 'Oké, dat geeft me wat tijd.'

Ze liepen terug naar de Airstream, passeerden haar Porsche. Gar wees. 'Ik zal vragen of ze de slagboom even voor je openen, dan kun je hem achter het bureau zetten.'

Dat was een goed idee. Louise gehoorzaamde. Ze parkeerde tussen de surveillancewagens. Toen ze uitstapte herkende ze deputy Ortiz maar ook deputy Shur, de vrouwelijke agent die haar gisteren het gruwelartikel had gegeven, in een clubje agenten dat haar door een groot venster stond te bekijken.

Horner had haar gevraagd wie wisten dat ze hier was. Niemand? Behalve Shur, Ortiz, en al die anderen?

Terug in de Airstream trof ze Charlie slapend op de bank onder een ruitjesplaid, alleen haar blauwe gipsarm en een dot blond haar waren zichtbaar. Buster lag op de grond naast de bank, zijn hoofd op zijn poten.

Catherine gaf Louise een warme omhelzing. Gar had haar al bijgepraat, zo bleek: 'Je hebt het juiste gedaan, *sweet child.* Het komt goed.'

Louise wou dat ze zelf zo overtuigd was. 'Denkt u?'

'Als Gar eenmaal gaat bellen, is er licht aan het einde van de tunnel. Toch, Gar?'

'Maar dit soort dingen vergt tijd, Catherine,' zei Horner. 'Dat weet jij net zo goed als ik.' En, richting Louise: 'Stel dat ik zo snel niemand kan bereiken, kun je dan ergens heen?'

'Naar een vriendin die te vertrouwen is?' opperde Catherine.

Louise schudde haar hoofd. Al haar vrienden en kennissen, tot en met de AA-veteranen van Flagler Street, kende ze via Danny. 'Dan zien jullie me nooit meer terug,' zei ze zacht, maar niet te zacht. Ze keek om zich heen, duidelijk, maar niet te duidelijk.

'Ze kan ook hier blijven, Gar, bij ons.' Catherine gaf hem een arm.

'O, Mr. en Mrs. Horner, als dat zou mogen? Ik ben jullie zeer dankbaar.'

'Gar?' drong Catherine aan.

Ze zag Horner twijfelen, en terecht.

'Wat denkt Danny straks?' vroeg hij. 'Als hij thuiskomt en jij er niet bent? Dit is een grote stap, Louise.'

Als Danny het versplinterde kozijn zou zien? De ontbrekende laptop?

Ze stak haar kin omhoog. 'Zeg tegen wie u ook gaat bellen, dat het een eenmalig aanbod is. Ja of nee. *Take it or leave it.*'

Ze keek hem strak aan, hield haar adem in. Hier blijven was een grote stap voor Louise, maar evengoed voor hem. Louise besefte het, Horner besefte het, ze zag het in zijn blik. Overwoog hij de kans dat ze Danny alsnog zou gaan waarschuwen voor het FBI-onderzoek?

In werkelijkheid duurde de stilte hooguit een paar seconden, maar in haar gedachten leek het een eeuwigheid.

Toen nam Horner de beslissing, ze zag het hem doen – iets in zijn ogen, een beweging van zijn lippen, een nauwelijks waarneembare hoofdknik.

'O, en wil je me een plezier doen? Nu we elkaar wat beter kennen en onze eerste leugens hebben uitgewisseld…'

'Garfield Franklin,' sprak Catherine. Ze gaf hem een vrolijke por in zijn zij.

'… wordt het tijd dat je me Gar noemt, denk je niet? Mr. Horner was mijn vader.'

'En Mrs. Horner mijn schoonmoeder,' zei Catherine.

'Catherine, en Gar, ik weet niet hoe ik jullie moet bedanken.'

Gar salueerde, en verliet de Airstream voor het eerste van een lange reeks telefoontjes met Washington.

Na opnieuw een knuffel van Catherine nam Louise plaats aan Charlies voeten. Ze sloot even haar ogen, en slaakte een zucht van opluchting. Het was gedaan. Ze had de stap gezet. Hier waren ze veilig. En Gar zag licht aan het eind van de tunnel, hij had beloofd voor haar te gaan doen wat in zijn vermogen lag.

Het kon niet anders of het ergste was achter de rug.

Ze had ongelijk.

28

Toen Louise die noodlottige ochtend ontwaakte – na de eerste en enige nacht die ze in de camper zouden doorbrengen – en naast zich voelde, naar Charlie, merkte ze dat ze alleen lag. Loom opende ze een oog en toen nog een. Catherine rommelde in het keukentje. Louise wuifde. Geen Charlie, geen Buster, geen Gar.

'Goedemorgen, sweet child. Heb je goed geslapen?'

'Zeker.' Onverwacht goed met zijn tweetjes op dat smalle logeermatras. Dat was lang geleden. Heerlijk. 'Waar is iedereen?' geeuwde ze.

'Ze maken even een ommetje met Buster. Heb je trek?'

Louise rekte zich uit. De geur van gebakken eieren, bacon en versgezette koffie in haar neusgaten. 'Nou en of.' Ze kwam overeind, reikte naar haar jeans.

Door de voorruit scheen de zon.

Ze hoorde vogeltjes fluiten.

Het beloofde een prachtige dag te worden.

Ze glimlachte. Op de parkeerplaats voor het Monroe County Sheriffs Office, in de Airstream van twee mensen die ze gisteren pas had ontmoet. En toch voelde het huiselijk en vertrouwd. Aangenaam, vredig.

Ze vond haar gympen.

De schoten waren vlakbij, de knallen oorverdovend, twee, kort achter elkaar.

En meteen daarna klonk de gil van Charlie in doodsangst.

Louise, razendsnel, was als eerste door de deuropening.

Agenten snelden toe, het politiebureau stroomde leeg.

Louise sprintte. In een plas bloed lag Buster. Gar zat op zijn knieën naast hem, met een spartelende Charlie in zijn armen. Zo te zien waren ze allebei ongedeerd, goddank.

'Een witte Chevy Tahoe, in oostelijke richting,' instrueerde Gar de agenten. 'Twee man voorin, de schutter achterin. Bivakmutsen, donkere kleding, semiautomatisch pistool. Kenteken beginnend met S-T-E, Sierra Tango Echo, zes.'

Louise bukte zich en deed haar armen wijd, om Charlie van hem over te nemen, maar Charlie was haar te vlug af. Met een kreet wierp ze zich op Buster, sloeg haar armen om zijn nek. Nu pas zag Louise het gat waar de achterkant van Busters kop had moeten zijn.

'Lieverd,' huilde ze. Ze pakte Charlie vast om haar middel, zag rood bloed op felblauw gips, probeerde haar op te tillen. Maar Charlie verzette zich, woedend, krijsend, trappend met haar kleine beentjes. Gar schoot te hulp. Pas samen lukte het ze om Charlie uit de innige omhelzing los te krijgen.

Ze renden naar binnen, het politiebureau in. Sirenes klonken. Wat Louise ook probeerde, Charlie was ontroostbaar.

Binnen de kortste keren verscheen een colonne geblindeerde zwarte suv's, om haar en Charlie naar een veilige plek te begeleiden.

'Dus ze hebben genoeg?' vroeg Louise nog.

Maar Gar liet het in het midden: 'Eerst weg hier.'

Dit was tijdelijk, Gar had ingegrepen.

Rood-wit crimescene-tape wapperde rond de parkeerplaats. Met agenten links en rechts van haar, Louises hand voor Charlies ogen, renden ze langs Buster – een troosteloos hoopje onder een spierwit laken met vuurrode vlek.

Van hun verblijf in het kille safehouse in Orlando, een treurig driekamerappartement in een even treurige flat, herinnerde Louise zich later alleen nog fragmenten, flarden, duistere indrukken, zonder logisch verband.

Eén zo'n flard was dat Louise werd gewezen op alle mogelijke ontsnappingsroutes: trappenhuis, lift, brandtrap. De voordeur, achterdeur en zijdeur, alle met de sleutel in het slot aan de binnenzijde. Toen Louise vroeg of dat niet een beetje te veel van het goede was, antwoordde een agent: 'Dat is het idee, bij safehouses. Ze worden er speciaal op geselecteerd. Om ze, zo nodig, zo snel mogelijk te kunnen verlaten. Zoals een gevangenis, maar dan omgekeerd.' Louise grijnsde plichtmatig, ze kon niet bevroeden hoe wrang het was dat haar dochter – pakweg dertien jaar later, bij haar ontsnapping aan Bennie en Blondie – gebruik zou maken van juist deze bijzondere eigenschap van een safehouse.

Onuitwisbaar in haar geheugen gegrift waren de nachtmerries van Charlie. 'Heb je gedroomd? Hoe gaat het met je, liverd?' vroeg Louise.

Charlie zat rechtop naast haar in bed, haar blonde krullen plat tegen haar voorhoofd, haar pyjamaatje doornat van het zweet. Ze mompelde één woord, 'uster, schudde zich los en draaide haar rug naar Louise toe.

Nog jaren zouden nachtmerries over Buster Charlie in haar slaap achtervolgen. Tot ze eroverheen groeide, zoals de FBI-dokter al had voorspeld, en ze zich niets meer van Buster kon herinneren.

'Hoe gaat het?' vroeg Gar. Hij belde elke dag.

'Met mij? Kut.'

'Met Charlie?'

'Ook kut. Heb je al iets gehoord?'

'Nee. Het is nu eenmaal niet aan mij, dat heb ik je uitgelegd.'

'Je hebt het beloofd.'

'Ik doe wat ik kan. Voor ik het vergeet; ik moest je vooral de hartelijke groeten doen van Catherine.'

Ze had kunnen vragen naar Cath, maar meer dan 'de groeten terug' kon ze niet opbrengen.

Aan het einde van die week in Orlando zonder nieuws brachten Gar en Catherine hen godzijdank een bezoekje, de eerste keer dat Charlie weer lachte (zij het niet naar Louise). Bovendien had Catherine aan één blik genoeg om het kille appartement totaal onaccptabel te verklaren. Een jonge moeder met een peuter, op-gesloten, dag en nacht omringd door gewapende agenten, wer-kelijk, Gar?

En zo verhuisden ze opnieuw. Ditmaal zonder escorte, in de Airstream, naar de blokhut bij Watauga Lake in Cherokee National Forest aan de voet van de Smoky Mountains. Naar, zoals Gar het noemde, de veiligste plek op aarde.

Maar ook daar bleef het verlossende woord, het definitieve toe-gangsbewijs tot WitSec voor haar en Charlie, uit.

Telkens als ze Gar zag, vroeg ze: 'Is er nieuws?'

Telkens moest hij haar antwoorden: 'Geen nieuws.' Als ze hem hoorde telefoneren, ruziemakend met Jan en alleman in Washington, vluchtte ze naar buiten.

Uiteindelijk stelde ze de vraag naar nieuws niet meer, en zag ze in Gars ogen hoe ook hij inmiddels leed onder de stroperigheid van het systeem dat hij al die jaren vol overtuiging had gediend. En onder het onmiskenbare feit dat Louise alle hoop begon op te geven.

Het enige lichtpuntje: Charlie leek haar de dood van Buster te hebben vergeven. Elke dag bezochten ze samen het houten kruis, dat Gar in zijn werkplaats had gemaakt, met de tekst: HIER RUST 'USTER, VOOR ALTIJD, CHARLIES BESTE VRIEND. Het stond op een heuveltje niet ver van de blokhut, met uitzicht op het meer, onder een prachtige eeuwenoude eik.

Op een nacht hoorde Louise aan de andere kant van de dunne tussenmuur tussen hun slaapkamers een heftige woordenwisse-ling tussen Gar en Catherine. Een discussie die eindigde met een vloek van Gar en een slaande deur.

'Wat is er aan de hand?' vroeg Louise de volgende morgen bij het ontbijt. Een lege stoel aan tafel, Gar nergens te bekennen. 'Hadden jullie ruzie?'

'Gar doet vreselijk zijn best voor je, sweet child,' zei Catherine. 'En hij kan er slecht tegen als zijn best niet goed genoeg is.'

'Hij heeft het beloofd.'

'En dat is hij echt niet vergeten.'

Dat klonk enerzijds alsof Catherine hem had helpen herinneren, en anderzijds als een verwijt aan Louises adres.

'En dat is allemaal mijn schuld.'

'Nu geen spoken gaan zien, Louise.'

Maar spoken zag ze natuurlijk overal. Hun verblijf in de blokhut aan de oevers van Watauga Lake, die als een bevrijding begon – verlost van de agenten, op elkaars lip in Orlando –, werd een nieuwe gevangenis, ditmaal in haar hoofd.

Gar deed inderdaad zijn best. Zoals hij met al die andere WitSec-klanten had gedaan, Sovjetoverlopers en maffiabazen, bereidde hij Louise voor op wat komen ging: een leven 'zonder contact, zonder verleden'. Hij leerde haar de WitSec-regels.

Aanvankelijk luisterde Louise gretig, in het volle besef dat zijn lessen haar en Charlie straks zouden redden. Bovendien voedden zijn overlevingsadviezen haar hoop; de definitieve toelating was aanstaande, dat kon niet anders, toch?

Maar naarmate de tijd vorderde, werden Gars tips zout in de wonde.

Gar noch Louise sprak het uit. Ze deden alsof ze de moed erin hielden. Maar alles was vergeefs en iedereen wist het. Het enige wat ontbrak was iemand die het hardop durfde toegeven.

Op een dag, tijdens een van hun vele wandelingen, terwijl Louise rekende op het zoveelste college in survivaltechnieken (over navigeren zonder kompas en zonder sterren) of een overhoring (over de risico's van mobiele telefoons en internet), zei Gar zonder haar aan te kijken: 'Lou?'

De ochtend was warm, de zon weerkaatste vredig op het rimpelloze meer, maar Louise rilde, trok haar vest dicht.

'Ik moet je iets vertellen, maar ik weet niet goed hoe.' Hij haalde diep adem.

Ze stonden stil.

'Ze hebben een inkijkoperatie gedaan, op basis van jouw verklaring. In de loods. Ze hebben geen bloed gevonden. Geen bloed, geen lijk. Ze hebben alleen jouw woord.'

'Het woord van de leugenachtige echtgenote.'

'Analyse van zijn laptop heeft tot dusver niets bruikbaars opgeleverd.'

'En die bloedvlek op zijn broek?'

'Zijn eigen bloed.'

'Shit.'

'Maar er is nog iets.'

Ze zette zich schrap.

'Danny praat inmiddels ook met de FBI. Over getuigen, in ruil voor WitSec.'

'Wát? Dat is mijn deal.'

Gar boog het hoofd.

Ze wist waarom: zij had nog altijd geen deal.

Weer was Danny haar voor. Natuurlijk had hij, de grote charmeur, de FBI weten te bespelen. Danny was de grote vis, Louise niet meer dan het aas. Het was een strijd geworden om de hoogste bieder.

'En het ergste komt nog.' De spijt was van Gars gezicht af te lezen.

Wat kon erger zijn dan het bericht dat ze Danny, en niet haar, een nieuw leven gingen bieden?

'Hij eist dat jij en Charlie met hem meegaan, WitSec in. Zonder jullie, zegt hij, gaat hij niet.'

Even was ze te verbouwereerd voor woorden. Toen ze van de schrik was bekomen, loog ze opnieuw tegen Gar. Ze hief haar kin en zei: 'Charlie is niet van hem.'

'Pardon?'

Harder: 'Danny is niet de vader van Charlie.'

'Pas op, Lou, dat is een gevaarlijke leugen.'

'Ik zal het zweren.'

Enkele dagen later werd er aan de deur van de sauna geklopt.

Louise kwam geschrokken overeind. Het was heet in de kleine cabine. Een droge hitte. Ze realiseerde zich dat ze naakt was, en sloeg haar armen kruislings voor haar borsten. Sinds ze de sauna achter de blokhut had ontdekt, was ze hier elke avond. Steeds vaker was ze zich hier terug gaan trekken. Dit was de eerste keer dat iemand haar stoorde.

'Catherine?' Ze moest in slaap gevallen zijn. Gar was eergisteren naar Washington vertrokken.

'Nee, ik ben het,' riep Gar. 'Mag ik binnenkomen?'

Binnenkomen? 'Ik... Ik...'

De deur ging al open. Louise greep naar haar handdoek. Ook Gar was naakt, op een handdoek om zijn middel na. Ze zag oude littekens bij zijn schouder, bovenarm, knie.

Hij ging tegenover haar zitten. De sauna die hij voor Catherine had gebouwd was bescheiden, officieel tweepersoons, maar als Louise haar tenen nu strekte, zou ze zijn scheenbeen raken.

'Wat is er aan de hand?' vroeg ze. Meer slecht nieuws, dat kon niet anders. De aanvraag was nu definitief afgekeurd. Of, erger nog: Danny was erachter gekomen dat ze hier was, hoewel Gar haar verzekerd had dat niemand, zelfs de Marshal Service niet, wist van deze plek.

Toen pas zag ze in zijn hand het plastic mapje. Waren dat paspoorten?

'Ik hoop niet dat je het erg vindt,' zei hij, om zich heen kijkend, naar de schrootjes, het plafond, als een timmerman die zijn eigen werk herontdekte, de lak inspecteerde. 'Allemachtig, ik was vergeten hoe heet zo'n ding kan zijn.'

'Is dat voor mij?' vroeg Louise. Ze stopte het spastische gedoe met haar handdoekje.

'Ja,' zei hij. Hij gaf haar het mapje. 'De rest is onderweg. Rijbewijs, geboortebewijzen, sofinummer, creditcards, de hele riedel.'

Louise pakte het mapje van hem aan. Twee paspoorten, *United States of America*. Haar handen trilden. De bovenste was het nieuwe paspoort van Charlie. Het andere was voor haar. Louise keek zichzelf aan, haar pasfoto in de fonkelnieuwe pas. Ze las hun nieuwe namen.

'Dus ik ben toegelaten?' Toen ze opkeek, zag ze tranen in zijn ogen. Of was het de hitte? Hoe dan ook, Gar verbrak het oogcontact en richtte zijn aandacht op de thermostaat.

Louise vroeg zich af wat de tegenprestatie was. Waar zat het addertje onder het gras? 'Ik had het eerlijk gezegd niet meer verwacht.'

'Je bent vrij om te gaan,' zei Gar, 'vrij om je nieuwe leven te beginnen. Ik heb een baantje voor je geregeld, in Brooklyn, New York. En een appartementje. Het is niet veel, een kamer, keukentje, douche, alles bij elkaar iets meer dan dertig vierkante meter. Maar het is een begin.'

'Dus dat was het? Ik kan het niet geloven.'

'Je hebt gedaan wat je kon, Lou. Nu was het aan mij.'

'Het is voorbij?' Het was simpelweg te mooi om waar te zijn.

'Zoals ik zei: je bent vrij om te gaan.'

'Dank je wel,' zei ze. 'Ik kan niet zeggen hoe dankbaar ik je ben. Ik weet dat je hemel en aarde hebt moeten bewegen in Washington om dit voor elkaar te krijgen.'

Hij sloot zijn ogen, veegde het zweet van zijn gezicht. 'Ik had het je nu eenmaal beloofd.'

'Ik weet niet wat ik moet doen, janken of juichen.'

'Koffers pakken, zou ik zeggen.'

'Nu? Meteen?'

'Nee, nee, je mag blijven zolang je wilt. Maar misschien is het tijd. Je bent er klaar voor.'

'Weet je het zeker?'

'Laat ik het zo zeggen, meer fucking regels heb ik niet.'

De volgende morgen aan het ontbijt vertelden ze het Charlie. Anders dan Louise wist Charlie meteen wat ze moest doen: janken. Stille tranen biggelden over haar wangetjes, waarna niemand het nog drooghield.

Twee dagen later vergezelden Gar en Cath ze naar het vliegveld van Elizabethton. Daar volgden nog meer tranen en nog meer omhelzingen, tot werd aangekondigd dat ze konden boarden.

Daar gingen ze door de veiligheidspoortjes. Charlie voorop, haar gips mocht er bijna af, Louise erachteraan met de gloednieuwe paspoorten in haar hand. Ze was zich zeer bewust van de zwaarte van dit moment. Met elke stap kwam de nieuwe toekomst dichterbij. Dit was wat ze al die tijd had gewenst. Een nieuw begin, een nieuw leven voor haar en Charlie, onder een nieuwe naam, op een nieuwe plek. Ze had verwacht dat er een last van haar schouders zou vallen.

Toen ze zich nog eenmaal omdraaide om te zwaaien, waren Gar en Catherine al uit het zicht verdwenen.

29

Iets langer dan drie maanden na hun verhuizing zocht Gar ze op in New York.

Hij volgde ze, moeder en dochter, een observatieklus zoals hij er in zijn lange carrière vele had verricht. Maar deze was om allerlei redenen anders dan alle voorgaande – het voelde als de bevestiging van een keerpunt, en niet alleen in hún leven.

En hij moest nog op zijn tellen passen ook, want Lou hield zich aan de regels. Bij het boodschappen doen bijvoorbeeld, met de kleine Charlie in een buggy voor zich uit, controleerde ze nonchalant haar kapsel in de etalageruit. En een keer scheelde het weinig of had ze Gar gespot toen ze midden op de stoep pardoes rechtsomkeert maakte, als een verstrooide moeder die zich realiseert dat ze iets vergeten is.

Die avond, net na het invallen van de duisternis, deed Gar een ronde door de buurt. En daarna nog een, om zeker te zijn dat niemand haar in de gaten hield, ditmaal met buitengewone aandacht voor geblindeerde busjes van werklui die er die middag ook hadden gestaan. En voor opvallende bewegingen van de gordijnen in woningen tegenover haar appartement.

Een familiewijk in het zuiden van Brooklyn met voornamelijk laagbouw, de straten waren schoon en prettig stil, maar niet te stil, na zonsondergang. Een park op een steenworp afstand van het appartement. Marine Park was een fijne plek, hij had niet anders verwacht van een WitSec-safehouse, maar hij constateerde het met gemengde gevoelens.

Nadat hij nog eenmaal om zich heen had gekeken, gehurkt, alsof hij zijn veters opnieuw strikte, belde hij aan. Voor de zoveelste maal die dag voelde hij even aan de envelop in zijn binnenzak.

In de lange stilte die volgde stelde hij zich voor hoe Louise op haar tenen de trap af liep, om hem door het spionnetje te bestuderen. Niet verwonderlijk, hij droeg een pet, een smoezelige regenjas, en had een onverzorgde zout-en-peperkleurige baard, zijn *pervert look*, zoals Cath het noemde.

Tevreden constateerde hij hoelang ze hem in de kou liet staan. Hij hoorde minimaal drie sloten en een ketting, toen pas zwaaide de deur open. 'Gar!'

Terwijl hij hurkte, vloog Charlie hem om de hals. In Superman-pyjama, haar haartjes nat, blijkbaar net onder de douche vandaan.

Louise keek over zijn schouder, alsof ze hoopte op Catherine. Maar toen de stoep achter hem leeg bleek, zag hij dat ze zich ogenblikkelijk vermande, zich voorbereidend op slecht nieuws. 'Ben je alleen?' vroeg ze.

'*Yep, me, myself and I. Cath sends me, with all her love.*' Gar deed zijn best, met zijn meest geruststellende glimlach, maar zag dat het weinig uithaalde.

Hij slingerde Charlie over zijn schouder, en liep achter Louise de trap op. Boven in het kleine appartement omhelsden ze elkaar opnieuw. Charlie sprong al op het bed, Gar moest en zou haar nieuwe koppeltjeduikkunstje zien, en wel meteen. Hij maakte van de gelegenheid gebruik om tussen neus en lippen aan Louise te vragen of alles goed was.

Haar antwoord, een wedervraag, was veelzeggend: 'Niet?'

'Geen zorgen, alles is oké,' loog hij. 'En Cath maakt het goed, gezien de omstandigheden. Dus je hebt niets vreemds gezien?'

'Vreemder dan een vieze ouwe man in een regenjas die bij mijn voordeur rondscharrelde, bedoel je?'

Van Charlies bedtijd kon uiteraard geen sprake meer zijn. Pas rond de klok van negen, na meerdere trampolinedemonstraties, spelletjes fantasiedomino en dierenplaatjes-Memory, liet Charlie zich onder de dekens krijgen. In het tweepersoonsbed dat moeder en dochter deelden in de krappe woning, wist Charlie hem ten slotte nog te verleiden tot het voorlezen van drie verhaaltjes, tot ze, met blosjes op haar wangen van alle opwinding, tegen zijn schouder in slaap viel.

Toen pas konden ze praten, zij het op fluistertoon, want het slaapgedeelte in het eenkamerappartement werd slechts afgeschermd door een halfhoge kledingkast. Voortdurend waren ze zich bewust van Charlies ademhaling.

Gar waardeerde het zeer dat ze hem meteen vroeg naar de gezondheid van Catherine. Hij vertelde haar hoe sterk ze was, ondanks alle dingen die ze nog wel wilde maar niet meer kon, zoals lange reizen om Charlie en Louise in hun nieuwe bestaan te komen bezoeken (ook al was het tegen de regels). Gar en zij dachten erover om naar een zuidelijker oord te verkassen; de winters aan het meer werden te koud voor Cath.

'Zuidelijker? Denken jullie aan Florida?' vroeg Louise.

'Waarom niet? De bejaardenstaat.'

'Miami?'

'Alles kan.'

Hij kon zien dat Louise zijn quasinonchalante antwoorden overdacht, terwijl ze rapporteerde hoe het moeder en dochter was vergaan sinds hun aankomst in New York. Het baantje dat Gar voor haar geregeld had in een kledingzaak in het King's Plaza Shopping Center beviel haar goed, ze had prettige collega's, al was ze veruit de oudste. Charlie genoot van het park, en een aardige latino buurvrouw paste op, als dat zo uitkwam. Volgend jaar zou Charlie naar een fijne peuterspeelzaal in de buurt gaan, Louise had haar al ingeschreven.

De envelop in zijn binnenzak werd zwaarder en zwaarder, maar Gar gaf haar de indruk dat hij het meeste al wist, ook dat was een oude gewoonte. Wanneer getuigen een nieuw leven beginnen, stellen ze het op prijs te merken dat er op ze wordt gelet. Op hetzelfde moment willen ze paradoxaal genoeg horen dat er geen enkele reden voor extra bescherming is.

Toen Louise vroeg of hij haar soms al die tijd in de gaten hield, grijnsde hij dan ook: 'Natuurlijk, Lou, had je anders verwacht?'

189

Kort hadden ze het over Charlies hoofdpijn en haar nachtmerries. Ze waren niet weg, maar werden minder frequent.

Ten slotte, uiteraard, kwam Danny ter sprake.

Al gaf Gar het niet toe, ook hij had het, net als Louise, in de krant moeten lezen. Het fiasco waarin de pogingen van de FBI om de kopstukken van de Armeense maffia voor het gerecht te brengen was geëindigd, was landelijk nieuws geweest.

'Ben je daarom hier?' vroeg ze.

'Ook,' gaf hij toe.

Samen bespraken ze de publiek bekende feiten. Het Openbaar Ministerie had de vervolging gestaakt, toen het Hooggerechtshof van Californië de bewijsvoering van tafel had geveegd. Niet alleen waren te veel cruciale bewijsmiddelen onrechtmatig verkregen, ook had de rechter geoordeeld dat overijverige FBI-agenten getuigen hadden gechanteerd, bewijs gefabriceerd, meineed gepleegd. Diverse congresleden twijfelden inmiddels openlijk aan de inzet van kroongetuigen en aan het sluiten van deals met criminelen.

Moedig haalde Louise haar schouders op, alsof het haar allemaal niet meer kon deren.

'Toch snap ik één ding niet,' zei ze.

'Eén ding maar?'

'Je zei tegen me dat Danny ook een deal wilde, dat hij ook WitSec in wilde? Maar waarom in vredesnaam, als ze geen bewijs tegen hem hadden?'

'Ik weet het niet zeker, Lou. Maar de FBI zette hem hoe dan ook onder druk met jou. En niemand kon toen vermoeden dat de rechter het bewijs ongeldig zou verklaren. Vanuit de FBI bezien was het niet meer dan logisch dat ze Danny probeerden om te krijgen, toen het ze op eigen houtje niet lukte die laptop te ontcijferen. Maar als je het mij vraagt, is het waarschijnlijker dat Danny zijn lippen stijf op elkaar hield, en dat de FBI mij wilde doen geloven dat hij met ze sprak, om te peilen of jij misschien toch nog iets achter de hand hield wat ze tegen hem konden gebruiken.'

'Serieus? Wat een vak heb je, Gar.'

'Nogmaals: dit is speculatie. Danny kennende deed hij het natuurlijk ook om jou schrik aan te jagen. Hij wist dat hij niets te vrezen had van die laptop, en hij had een alibi als een huis voor die avond in de loods – zes man die onder ede verklaarden dat ze hadden zitten kaarten.'

'Gooi ze maar aan de leugendetector.'

Hij zag haar grijns, een boer met kiespijn. 'Volgens mij had je het nog gedaan ook.' Hij pakte haar hand. 'Dat was moedig, Lou.'

Ze dacht even na. 'Is dat de reden dat je overweegt in Miami te gaan wonen? Zodat je Danny in de gaten kunt houden?'

'Ik? Natuurlijk niet. En nu we het toch over verhuizen hebben.' Met zijn gezicht in de plooi pakte hij zo achteloos mogelijk de envelop uit zijn binnenzak, de reden van zijn komst.

Ze pakte hem aan, en stalde de inhoud uit op haar dijbenen. Een prepaid gsm-toestel, een stapeltje dollar- en eurobiljetten, een gloednieuwe creditcard, een briefje met een telefoonnummer en twee nieuwe paspoorten. Een voor Charlie, vanaf nu: Charlene Belle Young. De andere voor haar: Tyler Ann Young.

Gar taxeerde nauwlettend haar reactie. 'Ik heb ook een nieuw baantje voor je.' Hij realiseerde zich hoe belangrijk het was, alles te laten klinken als routine, als een standaardprocedure. 'Dat wil zeggen voor Mrs. Tyler Ann Young. Een beter baantje met een beter salaris. Bij een klein modellenbureau dat binnenkort een vestiging in Europa, in Amsterdam, opent. Ze zoeken een duizendpoot om de verhuizing te regelen, een stressbestendig type, met verhuiservaring.' Hij grijnsde. 'Ik dacht natuurlijk meteen aan jou.'

Maar Lou was nog niet aan grapjes toe. 'Hoe vaak ga ik dit meemaken?'

'Zo vaak als nodig, Lou,' zei hij. 'Niet vaker, niet minder vaak.'

'Is het vanwege Danny?' Ze keek hem strak aan.

'Ja en nee. Ja, want je weet maar nooit. Nee, want er is geen reden tot ongerustheid, Lou, geloof me. Laat Danny aan mij over, ik zorg dat hij in de gaten wordt gehouden.'

'Wanneer ga ik?'

'Binnenkort. Pak alvast wat spullen, *you did it before*, Lou. Bijzonderheden volgen via die gsm,' wees hij. 'En dat is het nieuwe nummer dat je kunt bellen in geval van nood.'

'Een nieuw nummer? Want de Marshal Service is ook verhuisd?'

'Je weet maar één ding zeker in dit leven, Lou,' antwoordde hij, terwijl hij haar blik ontweek. 'Alles wordt anders, en…'

'… en alles gaat voorbij,' vulde zij aan, met een zucht. Dit had ze hem eerder horen zeggen.

Gar had tegen deze ontmoeting opgezien, maar was opnieuw onder de indruk, van haar weerbaarheid, haar kracht. Streetsmart. Een schoffie. Hij had geen geld durven zetten op wie er destijds aan het langste eind zou hebben getrokken: de leugendetector of zij.

Vlak voor middernacht namen ze afscheid. 'Kus Catherine voor me,' zei ze, hun armen om elkaar heen.

'En jij Charlie.'

Bij de benedendeur liet ze hem trots de papiersnippers zien die ze in het kozijn klemde. 'Op tv gezien, in een oude spionagefilm.'

'*You did it*, Lou.'

'Tyler,' corrigeerde ze hem.

'Tyler,' knikte hij. 'Heel goed, Lou.' Aan Tyler zou hij nooit wennen.

'Dankzij WitSec, dankzij jou.'

'En Cath niet te vergeten.' Met de deurknop in zijn hand keek hij de straat in, links, rechts, naar de overkant, en zag niets bijzonders. 'Hou je aan de fucking regels, Lou, dan ben je veilig.'

'*Goodbye, sailor.*'

Ze liet zijn hand los, sloot de deur.

Gar wachtte tot hij de sloten hoorde. Toen liep hij met gestrekte pas naar de straathoek. Om de hoek hield hij in en keek hij omhoog, naar de hemel boven Brooklyn, een oude truc tegen tranen.

Leugens tegen je dierbaren voor hun eigen veiligheid, je zou na al die jaren WitSec verwachten dat het hem niet meer kon raken.

30

TYLER, NU,

GREENBRIAR ROAD,

MARATHON, FLORIDA KEYS, FLORIDA

De route naar het zuiden over de Overseas Highway herinnert Tyler zich, uit haar dromen, haar nachtmerries. Hoe dichterbij ze komt, hoe bekender het voelt, en tegelijk: hoe bitterder.

Als ze er is, durft ze eerst de straat niet in. Wie weet beweegt er een gordijn in hun oude slaapkamer. Dan vermant ze zich. Dit is geen horrorfilm, Ty.

Ze passeert het huis, ziet uit haar ooghoek dat alle luiken dicht zijn.

Bij de hoek slaat ze rechtsaf. Ze herinnert zich de naam van de straat weer, voor ze hem op het bordje leest; Rubicon Drive. Hier parkeert ze de Volvo van Hertz die ze op Miami International Airport heeft gehuurd.

Op haar wang bijtend, draait ze het contact uit. Ze haalt diep adem, opent het portier, stapt uit en loopt terug. Pet en zonnebril op.

Voor het eerst sinds die nacht dertien jaar geleden nadert ze het huis dat eens haar droomhuis was, hun sprookjespaleis.

Als ze erlangs wandelt, het hoofd gebogen, voelt ze de spieren in haar rug en schouders verstijven. Al haar zintuigen spieden op volle toeren naar gevaar.

Er staat een FOR SALE BY OWNER-bord in de voortuin. Aan het rozenperk, ooit haar trots, is in jaren niets gedaan. De deur in de schutting naar de achtertuin staat op een kier.

Zo rustig mogelijk wandelt ze door tot de volgende hoek.

Daar draait ze zich abrupt om.

Voor zover ze kan vaststellen, besteedt niemand aandacht aan haar.

Het huis staat te koop, aan het scheefgezakte en groenig uitgeslagen bord te zien al enige tijd. Is Danny zijn schepen achter zich aan het verbranden? Als hij Charlie inderdaad hierheen heeft gebracht, zou hij het huis dan zo opvallend laten verslonzen? En dat bord trekt aandacht, pottenkijkers.

Dus Charlie is niet hier?

Wat zegt haar gevoel?

Tyler bijt op haar lip, kijkt nog eenmaal om zich heen, loopt dan terug naar het huis. Daar stapt ze resoluut de tuin in, richting de openstaande schuttingdeur.

Even later staat ze in de achtertuin.

Het gras is ongemaaid. Overal onkruid. Nergens ziet ze het tuinspeelgoed waar ze zich zo-even nog mentaal op voorbereidde. Op de tegels knarsen takjes en dorre bladeren onheilspellend onder haar schoenen.

Ook aan de achterzijde van het huis zijn alle luiken dicht. Haar angst is zo hevig dat ze het ziet gebeuren: alle luiken gaan tegelijk open, luid ratelend. Maar in werkelijkheid zijn de luiken dicht en blijven ze dicht.

Ze controleert ze een voor een, met haar oor tegen het witte metaal. Op haar knieën probeert ze door de luchtroosters iets te zien van de kelder. Als er een telepathische band zou kunnen bestaan tussen haar en haar dochter, bidt ze dat deze zich nu manifesteert. Uit alle macht probeert ze met haar gedachten Charlie te bereiken – beter laat dan nooit, denkt ze grimmig.

Maar ze hoort niets, voelt niets.

De schuur achter in de tuin zit op slot, door de ramen ziet ze verfblikken, dozen, rommel. Naast de deur een stapel bakstenen.

Ze stapt op iets hards. Tussen het onkruid ligt een verroeste schroevendraaier. Daarmee probeert ze de luiken los te wrikken, zonder al te veel herrie te maken. Geen beweging in te krijgen.

Terug in de voortuin bekijkt ze het gratis telefoonnummer van de makelaar op het FOR SALE BY OWNER-bord.

Weer in de auto zet ze haar telefoon in elkaar, voor het eerst sinds ze in de Verenigde Staten is geland, indachtig Gars negentig-regel. Ze belt het nummer zodra het toestel verbinding krijgt.

Een keurige telefoniste verbindt haar door zodra Tyler het adres noemt. Even later is de makelaar, een vrouw, aangenaam verrast, als Tyler meldt dat ze een oogje heeft op de villa aan Greenbriar Road op Marathon.

Op Tylers vraag wie de verkoper is, antwoordt de makelaar gretig dat het gaat om een man alleen, een keurige, charmante man.

En waarom wil hij verkopen? En waarom staat het al zo lang te koop? Ach, dat is een triest verhaal. Zijn vrouw verliet hem, een donderslag bij heldere hemel, al jaren geleden. Hij hoorde nooit meer iets van haar, noch van zijn kleine meid. En dat terwijl hij van Armeense afkomst is, waar familie alles is, 'u weet wel'. Lang wilde hij dan ook niet verkopen, omdat hij er zeker van was dat ze op een goede dag terug zouden keren. Maar het verdriet om de herinneringen aan die eens zo gelukkige tijd werd de arme man uiteindelijk toch te veel.

Terwijl de koude rillingen Tyler over de rug lopen, sluit ze het telefoongesprek zo snel ze kan af, door een afspraak te maken voor een bezichtiging aan het einde van de middag, die ze absoluut niet van plan is om na te komen.

Charlie is niet hier – die wetenschap voelt nauwelijks als een opluchting.

Tijdens het gesprek met de makelaar heeft ze piepjes gehoord, nu leest ze de tekstberichten.

Niets van Danny.

Niets van WitSec.

Wel een boodschap van Oz, die wil weten waar ze is. En of ze ergens kunnen afspreken. Die vraag, heeft ze besloten, is goed nieuws, het bewijs dat Gars regels werken.

Ook is er een bericht van Mark: 'Nee, ik heb Charlies nummer niet, ik heb het nog wel gevraagd. Ik heb uw nieuwe nummer meteen aan haar gegeven (niet aan de politie). Wist u dat haar vader nog leefde? Maak me toch wel een beetje zorgen. Hoe gaat het met u? xx, Mark.'

Tyler kan een snik niet onderdrukken. Om alle onmacht die uit Marks woorden spreekt. Maar evenzeer om zijn medeleven, zijn dapperheid, zijn zorgen.

'Het komt allemaal goed, lieve Mark, ik beloof het,' schrijft ze terug. Alsof ze het zelf gelooft. Met trillende handen verwijdert ze de batterij en de simkaart uit de telefoon.

Ze start de wagen, keert, slaat de hoek om en rijdt terug langs het huis waar ze kippenhersens van het keukenplafond boende zonder het nog één blik te gunnen.

#

Charlie ontwaakt met een glimlach op haar gezicht.

31

De eerste keer dat Oz het meisje in actie ziet, is op de monitor in de keuken van London Station, REBOUND's safehouse in Hounslow. Ze ontsnapt door het raam op de eerste verdieping. Hangend aan de regenpijp. Op blote voeten.

De fast 360 veranderde op dit moment definitief in een puinhoop. Toch bewondert Oz haar lef. Beneden aangekomen houdt ze zelfs nog even in, om door het raam naar binnen te gluren. Als Oz zich niet vergist, zag ze door het venster zichzelf op de monitor. Dan rent ze. Volgens de tijdscode onder in beeld was dit niet lang nadat er bij de voordeur werd aangebeld door de yankees van de groene Vauxhall.

Oz vergroot de beelden van de deurcamera, bestudeert de gezichten. De man draagt een geruite boerenpet, de vrouw een grote zonnebril, haar haar heeft ze opgestoken. Met corsages en een grote bos bloemen staan ze voor de deur van het safehouse. Voor wie niet beter wist, waren ze werkelijk aan het verkeerde adres. In elk geval zijn ze jonger dan ze zich voordeden. Hij herkent ze geen van beiden. Met zijn smartphone maakt hij van elk een foto, waarna hij de monitor uitschakelt.

Snel doorloopt hij alle kamers van het safehouse. Hij opent kasten, kijkt onder de meubels – niets wat zijn aandacht behoeft, op een oude Franse krant na, een *Le Figaro* uit maart 2013. Iemand, handler of subject, heeft een kruiswoordraadsel halverwege opgegeven. Code? Alles kan. Ook de krant gaat in de zak. Hij leegt alle afval- en papierbakken.

Voor de deur bij de gastenkamer aan de achterzijde op de eerste verdieping vindt hij de schoenen van het meisje. Binnen op het tapijt haar jasje en de sporen van braaksel. Oz sluit het raam na een blik op de tuin, haar ontsnappingsroute. De ontvoering door wildvreemden, ze moet doodsbang zijn geweest. En toch wist ze voldoende moed te verzamelen om te gaan toen ze de kans zag. Haar schoenen en het jasje gaan mee in de zak.

Even staat hij stil bij de vraag hoelang London Station ongestoord dienst heeft gedaan. Hoeveel subjects hier veilig hebben verbleven, in afwachting van de volgende etappe, onderweg naar hun nieuwe leven. Tot vandaag; REBOUND's London Station, hun safehouse in Hounslow was ontmaskerd, onbruikbaar geworden. 'Iets urgents?' had hij gevraagd, toen Gar hem had verzocht de fast 360 op moeder en dochter uit te voeren.

'Nee, nee,' had Gar geantwoord. 'Routine.' En: 'Het is waarschijnlijk niets.'

Niemand had dit zien aankomen. Oz niet, Gar niet, laat staan Bennie en Kurt.

De zolderdeur klemt, hij moet flink kracht zetten met zijn schouder, de scharnieren protesteren. Als hij gebukt naar binnen stapt, plakt het spinrag in zijn haar.

Oz klopt op de wanden tot hij de holle ruimte vindt waar de CPU is verborgen. Aan het stof te zien, is er niet mee geknoeid. De knipperende controlelampjes doven zodra hij de zender en de stekkers lostrekt. *London Station is down.* Hij verwijdert de harde schijf, schuift hem met zender en al in de vuilniszak.

Nauwelijks is hij beneden, of de telefoon, de vaste lijn van het safehouse, gaat.

CENTRAL, zegt het schermpje. Oz realiseert zich dat hij serieus overweegt niet op te nemen. De gedachte is verleidelijk: weglopen zonder om te kijken, alle bruggen verbranden. Bekend terrein; hij deed het met de Mossad, met zijn vader, zijn zusje, dus waarom niet nog een keer?

Als hij opneemt, vraagt een mechanische stem hem om een moment geduld, terwijl de digitale scramblers, ergens in het netwerk, hun encryptie-arbeid verrichten. Dan klinkt het elektronische signaal dat aangeeft dat de verbinding aan beide kanten veilig is.

'Dit is Jockey. U bent in London Station?' valt de man van CENTRAL met de deur in huis. 'Aan de schoonmaak? Dat hoeft u niet te doen, daar hebben we *sweepers* voor.'

Oz herkent zijn stem, het overdreven Britse accent. 'Ik was in de buurt,' zegt hij. 'U bent Alexander Harris.'

De man lacht, een iele giechel, en zegt: 'Schuldig.'

'U stond op mijn voicemail.' Als headhunter met een aanbod dat Oz niet kon weigeren. 'Dat was een test,' zegt Oz.

'Ik ben inderdaad bang dat er geen andere partij in uw cv geïnteresseerd is. Althans voor zover ik weet. Vat het vooral niet persoonlijk op. U weet hoe het werkt.'

Lang geleden, als groentje bij de Mossad, leerde Oz van een blinde legerkolonel het verschil tussen een onderneming en een veiligheidsdienst. In het bedrijfsleven wordt in het algemeen het piepsysteem gehanteerd – als er een probleem ontstaat, wordt er een oplossing gezocht: *if it's broken, fix it*. Geheime diensten kunnen zich die aanpak niet permitteren – als er een probleem ontstaat, ben je dood. Er is slechts één methode om de Wet van Murphy voor te blijven: *if it ain't broken, break it*. En als het niet breekt onder een hamer, neem je een bulldozer.

De test op zichzelf baart Oz dan ook geen zorgen, ook REBOUND kan niet zonder. Maar wel dat Gar er niets van wist. Oz had hem expliciet gevraagd of de naam Alexander Harris hem iets zei. 'Harris?' was Gars reactie geweest. 'Ken ik niet.'

Of wist hij het wel, en koos Gar ervoor Oz niet te waarschuwen? Afhankelijk van je gezichtspunt kon je daaruit destilleren dat Gar Oz níét voldoende vertrouwde, of juist wél.

'Ik heb uw mannen inmiddels gesproken,' zegt Alexander Harris. 'Zo zie je maar weer hoe desastreus het kan aflopen met goede bedoelingen gebaseerd op slechte informatie. Hebt u die amateurs, Bennie en Kurt, gerekruteerd? Of was het Gar?'

Oz concentreert zich – de Brit is van toon veranderd. 'U hebt ze teruggeroepen, begrijp ik,' zegt hij.

'Ze zijn geschorst, hangende het disciplinair onderzoek. Voor u geldt officieel hetzelfde.'

De nadruk op het woord 'officieel' ontgaat Oz niet.

'De regels zijn nu eenmaal de regels. Maar ik persoonlijk vind dat u beter verdient.'

'Ik weet niet zeker of ik begrijp wat u zegt.' Was hij nu wel of niet geschorst?

'Nee,' giechelt Alexander Harris. 'Bent u een paardenman?'

'Pardon?' Heeft hij het goed verstaan? *A horse man?*

'Dacht ik al,' zegt Alexander Harris. 'Jammer. Gar sprak zelden over u, maar als hij dat deed, was dat met ontzag. Gars raspaard, noemden wij u. Achter Gars rug om, uiteraard. *His pureblood*. We waren allemaal jaloers, gelooft u mij. En u weet wat ze zeggen over purebloods: *they never forget their friends*.'

Probeert Alexander Harris hem uit de tent te lokken? Is de loyaliteitstest nog steeds gaande? Of opnieuw? Moet Oz bewijzen dat hij zijn mannen niet laat vallen? 'Bennie en Kurt valt niets te verwijten.'

'Hun actie was onbesuisd. De schade kan enorm zijn en dan spreek ik niet over het feit dat we op zoek zullen moeten naar een nieuw London Station. Het was een inbreuk op alle protocollen, niet geautoriseerd bovendien.'

'Ze handelden in mijn opdracht,' zegt Oz.

'In uw schoenen zou ik die nobele kapitein-van-het-zinkende-schip-kaart niet te snel spelen, Pureblood. Of moet ik me zo langzamerhand serieus gaan afvragen of er in Gars Lijn louter idioten rondlopen?'

Die bijnaam bevalt Oz niets, en dit gesprek al evenmin. Het is nauwelijks voorstelbaar dat deze Alexander Harris en Gar collega's zijn, beiden werkzaam in de top van REBOUND. 'Ik luister,' zegt hij.

'Dat mag ik hopen. Er zijn uiteraard ook anderen bij betrokken, en ik wil niet vooruitlopen op de uitkomsten van het disciplinaire onderzoek. Maar ik twijfel er niet aan dat de conclusie zal luiden dat u niets te verwijten valt. U treft, daar ben ik zeker van, geen enkele blaam. Maar niet iedereen is zo vergevingsgezind als ik. Helaas word je vaak teleurgesteld in dit leven. Gaat u mij teleurstellen, Pureblood?'

Dit gesprek, weet Oz, wordt opgenomen. Elke aarzeling, elke zinswending, elke variatie in toonhoogte, zal worden geanalyseerd, tot in den treure uitgeplozen en onderzocht op mogelijke risico's. 'Wat wilt u dat ik doe?' vraagt hij.

'Allereerst kunt u een paar vragen beantwoorden. Bijvoorbeeld over deze Martha. Een doodgewone huisvrouw. U bent haar kwijt?'

'Ze houdt zich aan de regels,' zegt Oz.

'Dus geen huisvrouw?'

'Ik weet niets van haar.'

'Niets?'

'Ik heb haar gisteren voor het eerst gesproken, telefonisch.'

'Ja, toen u haar zei niet naar het hotel te gaan.'

Harris weet alles al.

'U volgde haar naar Londen, op verzoek van CENTRAL.'

'Correct.'

'Maar ziet u, Pureblood, hier zit een dingetje. Een detail dat ons dwars kan komen te zitten. Want u was haar blijkbaar al op het spoor vóór zij het noodnummer belde.'

Oz vloekt binnensmonds.

'U bent bij haar voordeur gesignaleerd.'

Oz heeft geen keus. Hij vertelt van de fast 360, van Gars verzoek. Dat hij Kurt en Bennie vroeg de dochter, op schoolreisje in Londen, te doen. Dat hijzelf Martha in Amsterdam voor zijn rekening nam.

'En een fast 360, Pureblood, help me eens even, wilt u? Hoe zat het ook alweer? Is een fast 360 in- of exclusief een extractie met tientallen ooggetuigen bij de ingang van een dierentuin op klaarlichte dag?'

'Bennie en Kurt vertrouwden het niet. Ik had in hun plaats waarschijnlijk precies hetzelfde gedaan.'

'Waarschijnlijk. Ware het niet dat u in Amsterdam was. Op verzoek van Gar. Bij Martha die inmiddels van de aardbodem is verdwenen.'

'Ze houdt zich aan de regels,' herhaalt Oz.

'Wanneer hoorde u over de aanslag op Gar?'

'Van CENTRAL.'

'Niet eerder?'

'Wilt u suggereren dat ik iets met de aanslag te maken heb?'

'Is dat een ja of een nee?'

'Ik hoorde over de aanslag op Gar van CENTRAL,' zegt Oz, 'niet eerder.'

'Wat is Martha's band met Gar, heeft hij daar iets over gezegd?'

'Een subject van voor mijn tijd, zei Gar. Meer niet.'

'Kan Martha zijn maîtresse zijn, het oude gerucht? Of zijn dochter?'

Een ogenblik is Oz van zijn stuk gebracht. 'Ik heb werkelijk geen idee.'

Alexander Harris vraagt naar Gars precieze bewoordingen. 'Gar zei "niet urgent"?'

'Je maakt een inschatting,' probeert Oz. 'Zo gaat het. Je kunt niet alles voorspellen.'

'Natuurlijk. En hij zei ook "onder de radar"? Daarmee bedoelde hij buiten de normale kanalen om? Dat vond u niet vreemd?'

'Ik nam aan dat Gar er goede redenen voor had,' zegt Oz.

'Gar deed het vaker, bedoelt u? Inschattingsfouten maken? Zaken onder de radar houden? Hebt u andere voorbeelden?'

'Nee, dat bedoel ik niet. Maar sinds…' Oz slikt het in.

'Sinds het overlijden van zijn vrouw, ging u zeggen? Laten we elkaar niet voor de gek houden. Gar was het kwijt.'

Oz zwijgt, verbijt zich.

'Kom, Pureblood, een doorgewinterde operator als u? Het moet ook u opgevallen zijn. Of is het u ontgaan en zijn de problemen in Gars Lijn nog veel groter dan ik al dacht?'

'Ik zag geen enkele reden om niet aan zijn verzoek te voldoen.'

'O, dus de fast 360 was een "verzoek"? Geen opdracht? Moet ik daaruit concluderen dat uw band met Gar veel verder gaat dan de voorschriften?'

Met andere woorden, hoort Oz, een band die lak heeft aan de regels.

'Ik hoop dat er een moment komt, Pureblood, waarop ook u en ik elkaar op die manier zullen vertrouwen.'

'Bent u mijn nieuwe handler?'

'Niet alleen ben je loyaal, maar ook nog eens direct. Wat een aangename verrassingen allemaal,' giechelt de Brit. 'Laat ik het zo zeggen: ik zou u zó graag als mijn vriend willen beschouwen – vrienden zoals u was met Gar. Helaas bent u geschorst, daar is niets aan te veranderen. Het is het virus van deze tijd, Pureblood, elk risico te willen uitsluiten. Een muur bouwen tegen de boze buitenwereld en dan verwachten dat er niemand op het idee komt om een tunnel te graven. Je kunt niet alles weten, Pureblood, precies zoals je zelf net al zei. Gar was uw handler, uw levenslijn, natuurlijk kon u hem niets weigeren. Maar om uw vraag te beantwoorden: laten we niet op de zaken vooruitlopen, we zullen zien, alles op zijn tijd. In de tussentijd is er werk aan de winkel. In dat kader heb ik een verzoek aan u.'

'Een verzoek of een opdracht?'

'Touché,' geeft Alexander Harris al giechelend geen antwoord. Dan, ogenblikkelijk weer zakelijk: 'Martha volgde in Londen uw advies op.'

'Voor zover ik kan nagaan,' zegt Oz. Ze verliet het hotel vóór ze haar nieuwe identiteit moest prijsgeven.

'Waaruit we kunnen concluderen dat ze u vertrouwt?'

'Dat durf ik niet te zeggen.' Die kans is klein, beseft Oz. Een onbekende man die haar vertelde dat haar dochter veilig was, maar binnen een half uur weer op zijn woorden terug moest komen?

'Wat weet ze van ons?'

'Ik denk niets. Ze vroeg me of ik WitSec was,' zegt Oz.

'Hij zal zijn redenen gehad hebben het haar niet te vertellen. Gar speelde geen open kaart, Pureblood. Met haar niet, met mij niet, en zeker ook met u niet. Het is treurig om te moeten constateren, maar waar.'

'Wat is het laatste nieuws over hem?'

'Niet goed. Laten we hopen dat hij het redt, Pureblood. Maar hoe vergevingsgezind ik ook ben, zijn dagen zijn hoe dan ook geteld.'

Zegt Alexander Harris hier wat Oz denkt dat hij zegt? 'U bedoelt...'

'Bij REBOUND, bedoel ik. Laten we elkaar geen woorden in de mond leggen, Pureblood, het is allemaal al ingewikkeld genoeg. U hebt werkelijk geen idee waar Martha is?'

'Nee.'

'Dan heb ik nieuws voor u, ze is in Miami, Florida. We tracken haar telefoon zoals u weet, maar ze maakt het ons niet bepaald makkelijk. Enig idee wat ze in Miami te zoeken heeft?'

'Haar dochter, vermoed ik.'

'Och ja, de dochter. Onze vrienden bij de Londense politie volgden een kenteken dat opdook op een parkeerplaats bij Heathrow. Op basis van camerabeelden van de luchthaven hebben ze vervolgens de conclusie getrokken dat het meisje geheel vrijwillig op het vliegtuig naar New York is gestapt. Vergezeld door twee nog niet nader geïdentificeerde personen, van wie vooralsnog wordt vermoed dat het zomaar haar opa en oma kunnen zijn van vaderszijde. Dat, gevoegd bij het feit dat Martha op uw advies de benen nam nadat haar om haar paspoort was gevraagd, sterkt de politie in de veronderstelling dat het hier een uit de hand gelopen familiekwestie betreft. Het Child Rescue Alert is inmiddels ingetrokken. Dus laten we die dochter voor nu even vergeten. Ze is vrijwillig onderweg naar haar daddy.'

'Weten we waar in New York?'

'Ze reist onder de naam Miller, Pureblood, en heb je enig idee hoeveel Millers er zijn in New York en omgeving? Een speld in een hooiberg is makkelijker te vinden. CENTRAL zit erbovenop, Pureblood, maar jij en ik hebben andere dingen aan ons hoofd, en wel moeder Martha. Er is een huis aan een meer, aan Reservoir Road, Watauga Lake, Cherokee National Forest. Kent u dat?'

'Nee.'

'Een blokhut op naam van Gars overleden echtgenote. Er is een kans dat Martha daarheen op weg is. Ik zou u willen vragen haar daar te onderscheppen. Voor alle duidelijkheid: dit is een verzoek.'

De giechel gaat Oz door merg en been.

'In die blokhut is mogelijk sprake van een kluis. Met inhoud, die we niet in verkeerde handen willen laten vallen. Ik hoop dat u inmiddels begrijpt welk risico ik met u neem, Pureblood. En maakt u zich vooral geen zorgen over het thuisfront. Wij houden een oogje in het zeil.'

Als Oz nog niet op zijn hoede was voor deze Alexander Harris, dan is hij het nu. Die verwijzing naar zijn thuisfront was een dreigement, verpakt als geruststelling.

Nadat ze hebben opgehangen, loopt Oz nog eenmaal door London Station. Hij heeft niets over het hoofd gezien. Hij neemt de vuilniszak mee, activeert het alarm en trekt de achterdeur achter zich dicht.

Het slot in de tuindeur draait soepel open. Terwijl hij door het laantje achter de huizen loopt, trekt hij de latex handschoenen uit, ook die gaan in de vuilniszak. Hij slaat rechtsaf. Na een paar passen draait hij zich abrupt om.

Niemand.

Halverwege Heathrow, opnieuw op de achterbank van een taxi, zet hij zijn telefoon in elkaar, en stuurt hij Tyler een tekstbericht. 'Aan Martha. Uw dochter reist onder de naam Miller naar New York. Vrijwillig, zo lijkt het. We doen er alles aan om haar te vinden. U bent in Miami? Kunnen we afspreken? Bij het huis aan het meer?'

Dan belt hij Josie.

Zoals altijd is ze blij zijn stem te horen.

Oz vertelt een smoes over haast, een buitenkans, een belangrijke nieuwe account en een plotselinge vergadering in de States waar hij niet mag ontbreken.

Josie begrijpt het, dit gebeurt vaker. Hoort hij afkeuring? Een aarzeling? Nooit. Geen probleem, zegt ze, en wat lief dat hij even belt. Vergeet hij Sems judodemonstratie niet?

Natuurlijk vergeet hij Sems judodemonstratie niet – zijn derde leugen in dertig seconden.

Alexander Harris en hij, wat hij ook van de man van CENTRAL mag denken die zegt zijn nieuwe vriend te willen worden, kunnen elkaar de hand schudden.

#

Het Bayview Palisades Hotel in Port Newark, New Jersey, had betere tijden gekend.

Gisteravond, toen Charlie hier samen met Smith en Jones aankwam, zag ze aan de overkant van de straat in het oranje schijnsel van de straatlantaarns een troosteloze winkelgalerij. Het merendeel van de etalages was dichtgespijkerd, de gevels en rolluiken zaten onder de graffiti. Verderop stond een uitgebrand autowrak op kratjes. Charlie hoopte dat de buurt er bij daglicht beter uitzag.

Er was geen portier te zien. De lobby was een krap gangetje met links een receptionist achter gaas die nauwelijks opkeek toen ze passeerden. Een A4'tje met de tekst OUT OF ORDER zat op de lift. De vloerbedekking op de trap was vuil en versleten. Zeven verdiepingen, uiteraard gingen ze naar de bovenste. Hoe hoger ze kwam, hoe meer het had geroken naar aangebakken aardappelen.

Het was enigszins verwarrend: eersteklastickets en dan in zo'n shabby hotelletje in een achterbuurt verblijven? Maar hé, wie daarop lette wanneer je voor het eerst in je leven je doodgewaande vader ging ontmoeten was een kniesoor.

In haar hotelkamer stond een kingsize bed dat er schoon genoeg uitzag, en er was een badkamertje met douche en toilet.

De spiegel aan de wand hing een beetje scheef. Ze had erachter gekeken, denkend aan de Freemantle thuis, maar hier zat gewoon muur.

Boven het bed hing een ingelijste poster van de skyline van New York, zo oud dat het World Trade Center er nog op stond. Op een wiebelend kastje stond een kleine flatscreen-tv met afstandsbediening.

Haar kamer was door een tussendeur verbonden met die van Smith en Jones. Ze hadden haar verteld hier te wachten.

'Op mijn vader?'

'Op de dingen die komen gaan,' had Mr. Smith gezegd. 'Welterusten, Charlie.'

Je zou verwachten dat Charlie van opwinding geen oog dicht zou hebben gedaan, maar ze had geslapen als een roos.

Al zo lang als ze zich kan herinneren, had ze zich voorbereid op dit moment, zich er een voorstelling van gemaakt, een kinderfantasie.

Een eenzaam meisje zou op een bankje zitten in een lange gang. Haar blonde haar in een keurige vlecht, ze draagt haar mooiste zondagse jurk. Haar voeten bungelen heen en weer. Afwisselend kijkt ze op de grote klok in de hal en naar een gesloten donkere houten deur tegenover haar. Zonlicht schijnt schuin door hoge ramen.

Het meisje bedenkt wat ze gaat zeggen, straks, tegen haar vader. Dat ze nooit heeft getwijfeld, dat ze altijd heeft geweten dat hij nog leefde. Het meisje hoort voetstappen naderen, *klik klak*, op de marmeren vloer. Vioolmuziek zwelt aan, de camera zoomt in op de deurknop, die langzaam draait. Dan wisselt de camera van positie. Over de schouders van een man zien we dat het meisje overeind komt, ze vliegt op hem af, slaat haar armen om zijn hals. Ze huilt en lacht tegelijk, eind goed al goed.

Charlie, zo stelt ze zich voor, zal het hem een tijdlang kwalijk nemen dat hij er niet was, maar ze zou het hem snel ook vergeven. Niet te snel, maar zeker ook niet te laat.

Niet begrijpen, maar wel vergeven. Of misschien zou ze het wel begrijpen, haar moeder kennende, maar het hem niet vertellen.

Heb je aan me gedacht? gaat ze hem vragen.

Elke dag, zal hij antwoorden.

Je had er moeten zijn, zegt ze dan.

Ja, maar je moeder.

Charlie loopt naar het raam. Vandaag gaat het gebeuren.

In de verte links ziet ze een vliegveld, rechts een uitgestrekt havengebied, olieopslagtanks, hijskranen, eindeloze rijen auto's. Op het water schittert zonlicht. *Row, row, row,* denkt ze, zoals altijd als ze boten ziet.

Het is een schitterende dag. Nu ze hier toch staat, bekijkt ze de sloten op de ramen.

Ze draait zich om.

Nou. Wordt het niet eens tijd?

Ze loopt naar de tussendeur, luistert, hoort niets.

32

De liftdeur gaat open, Tyler stapt de gang in.

Onderweg heeft ze bedacht hoe ze het gaat aanpakken: ze zal een verpleegster aanspreken, zich voorstellen als een familielid. Een nicht, die zodra het nieuws over de aanslag op oom Gar bekend werd, uit Europa is komen overvliegen. 'Kunt u me misschien vertellen waar hij ligt?' zal ze vragen, met haar meest bezorgde gezicht.

Maar verderop in de gang ziet ze waar hij ligt, het is niet nodig ernaar te informeren met een smoesje: er staat een agent in uniform op wacht bij zijn kamerdeur. En verderop zitten er een paar in burger, er is geen twijfel mogelijk. Ze huivert wanneer ze zich het bericht op foxnews.com herinnert, het vage plaatje van de daders, verkleed als state troopers.

Slechts dertig meter is ze van Gar verwijderd, maar ze had evengoed nog in Nederland kunnen zijn. Haar plan hem te bezoeken, hem te zien met eigen ogen en hem wakker te kussen – hem te vragen wat het betekent dat WitSec niets laat horen, wie die Oz is, en waar Danny Charlie kan hebben – valt in duigen.

Ze draait zich om, vervloekt zichzelf, en drukt op het liftknopje. Dan nog een keer, net zoals Charlie kan doen als het haar te lang duurt.

Beneden in de hal bij de cadeauwinkel bestelt ze bloemen voor hem, het minste wat ze kan doen. Hij moet, als hij bijkomt, weten dat ze hier is, en oké. Maar ze twijfelt wat ze op het kaartje zal schrijven. *Love, Lou? Love, Martha? Mrs. Adams? From an old friend?* Als je er eenmaal over na begint te denken, is niets slim, niets gepast. Dan maar geen kaartje.

Te laat bedenkt Tyler dat ze de gang door had moeten wandelen, de agent beleefd groeten, om het kamernummer te zien.

'Weet u misschien het nummer van de kamer waar hij ligt?' vraagt ze met haar onschuldigste gezicht aan het meisje achter de balie. 'Ik heb alleen een naam en een afdeling.'

'Sorry, ma'am. Die informatie mogen we niet geven. Maar Intensive Care en een naam, dat moet genoeg zijn.'

Als ze de bloemen wil betalen, heeft het meisje helaas geen wisselgeld voor een honderddollarbiljet. Noodgedwongen pakt Tyler de creditcard op naam van Adams. Dezelfde kaart waarmee ze de tolweg naar de Florida Keys had betaald, toen ze te laat de lens van de camera spotte. Pas toen ze al half uit het raampje hing, besefte ze dat haar pet en zonnebril op de passagiersstoel lagen. Zelfs in de cadeauwinkel hangen er elektronische ogen aan het plafond.

Terug in de Volvo op het parkeerterrein zet ze haar telefoon weer in elkaar. Ze houdt zich zo goed als ze kan aan Gars regels, maar fouten liggen overal op de loer. Weliswaar zorgt ze ervoor dat zij veilig is, maar de regels brengen haar niet echt dichter bij Charlie.

Wat had ze trouwens ondernomen als ze Charlie inderdaad in de kelder van het huis aan Greenbriar Road had aangetroffen? Had ze werkelijk verwacht dat Danny Charlie onbewaakt achter zou laten? Was ze van plan geweest Danny's crew te lijf te gaan, gewapend met een roestige schroevendraaier? Ze smeken? Met ze onderhandelen?

Dus wat is het plan, Lou?

Als ze Danny kan lokken. Als ze een ruil voorstelt, zoiets. Dan, als hij alleen komt, hem overmeesteren. Als ze een wapen zou hebben. Veel alsen in dit plan. En hoe komt ze aan een wapen?

Wat zijn de alternatieven?

Blijven rijden? In beweging blijven? Elke negentig minuten hopen op piepjes, op redding uit cyberspace? Haar creditcard blijven gebruiken en zich laten fotograferen bij tolwegen, tankstations, bloemenmeisjes?

Shit. Opnieuw, met een zucht, hoort ze in gedachten Gars uitleg, de stewardess in het vliegtuig: eerst je eigen zuurstofmasker. Maar hoelang gaat ze dit volhouden?

Hoe is het in vredesnaam mogelijk dat er nog steeds niemand van WitSec contact met haar heeft opgenomen? Op Schiphol al belde ze Gars noodnummer. Hoelang hebben ze daar nodig om te reageren? Vergeefs probeert ze voor de zoveelste keer te beredeneren wat de oorzaak kan zijn.

Wat dan? Ieder ander, normaal mens, bedenkt ze, zou nu naar de politie gaan. De situatie uitleggen. De politie zou de weg kennen, weten wie te bellen bij WitSec. Maar Tyler is geen normaal mens. Naar de politie, haar lot in handen leggen van mannen in uniform, en dan maar hopen dat ze het juiste doen? Vertwijfeld schudt ze het hoofd. Het zou onomkeerbaar zijn, ze heeft het eerder meegemaakt. Het systeem zou zijn werk doen en Tyler vermalen. En anders dan toen zou ze het ditmaal zonder Gar moeten stellen, die haar door de duistere gangen van het labyrint naar de veilige uitgang loodst.

Zonder Gar. En zonder Charlie.

Piepjes, de telefoon trilt in haar hand. Een sms van Oz. 'Aan Martha. Uw dochter reist onder de naam Miller naar New York. Vrijwillig, zo lijkt het. We doen er alles aan om haar te vinden. U bent in Miami? Kunnen we afspreken? Bij het huis aan het meer?'

Verdomme. Charlie is niet hier, maar in New York? En Oz weet van de blokhut bij Watauga Lake? Gars veiligste plek op aarde? En dat Tyler in Miami is?

Ze kijkt verschrikt om zich heen, links, rechts. Bezoekers, ziekenhuispersoneel. Dan: een busje, stapvoets, in haar spiegels. Ze slaakt een gil, draait zich om, drukt met haar elleboog, onbedoeld, op de claxon.

Als het busje rustig verder rijdt, op zoek naar een parkeerplaats, ziet ze zichzelf. De vrouw in de achteruitkijkspiegel is voorbij de grenzen van redelijkheid. Het is een radeloze vrouw, wanhopig, op het hysterische af. Een vrouw die zich nog slechts staande houdt met faken dat ze alles onder controle heeft.

Ze buigt het hoofd, ziet het litteken op haar pols.

Denk eens na, Lou. Met een schok herinnert ze zich Gars laatste woorden. Hij probeerde haar nog iets te zeggen: 'Wat… Wat…' Watauga. Ze balt haar vuist, slaat op het stuur, in ongeloof. Hoe heeft ze die boodschap kunnen missen?

In de weken die ze daar had doorgebracht, in afwachting van nieuws uit Washington, was ze ervan overtuigd geweest dat ze zich nooit meer zo eenzaam, verlaten en onbegrepen zou voelen. Inmiddels wist ze beter: dít was pas alleen.

Ze leest opnieuw, nu met meer aandacht, Oz' boodschap. Twee dingen vallen haar ditmaal op. Ten eerste heeft hij het over 'we', in 'we doen er alles aan'. We, meervoud, Oz is onderdeel van een we. Ten tweede: hij noemt de naam van het meer niet.

Denk eens na, Ty.

Ze typt: 'Is deze verbinding veilig?'

'Ja. Huis aan het meer oké?'

'Wat is het adres van het huis aan het meer?' schrijft ze. Als Oz' antwoord haar niet bevalt, of te lang op zich laat wachten, dan…

'Reservoir Road, Watauga Lake.' Zijn reactie kwam zo snel dat zij de consequenties nog niet had bedacht. Fouten heeft ze genoeg gemaakt. Danny onderschat, tegen Charlie te lang gelogen, om er twee te noemen. Maar met niemand heeft ze ooit gesproken over Gars blokhut. Dan moet Gar Oz hebben verteld over de veiligste plek. Oz, die zegt dat ze er alles aan doen om Charlie te vinden.

'Wie is "we"? Niet WitSec,' schrijft ze.

'Nee, niet WitSec. Vrienden van Gar. Reservoir Road oké? Daar kunnen we praten.'

Weer dat 'we'. Ze is blij dat ze hem niet live spreekt, het geeft haar de bedenktijd die ze nodig heeft. 'U komt alleen?'

'U kunt van ons op aan.'

Dat is geen antwoord. 'ALLEEN?'

'Alleen. Bent u veilig?'

'Kunt u aan wapens komen?'

'Ja. Dus u komt?'

'Daniel Miller,' schrijft ze. 'Zijn echte naam is Andranik Mamoulian.' Die naam moet makkelijker te vinden zijn dan Miller. 'Hij is haar vader. Hij heeft haar.'

'Oké. Dat geef ik door. We hebben een afspraak?'

'Ik ben onderweg,' zegt ze. Welbewust dubbelzinnig; onderweg kan overal en nergens zijn.

'*Be safe,* Martha.'

Ze schakelt de telefoon uit en verwijdert de simkaart en de batterij. Grimmig constateert ze dat ze er handigheid in begint te krijgen.

Ze start de Volvo. Waarom, vraagt ze zich af, die dubbelzinnigheid naar Oz? Heeft ze een beter plan? Nee. Maar wie weet bedenkt ze nog iets, iets wat ze eerder over het hoofd heeft gezien, onderweg. In elk geval kan ze hier niet blijven.

Ze voert de gegevens in, Reservoir Road, Watauga Lake, Cherokee National Forest, en start de wagen, terwijl het navigatiesysteem van de Volvo de route berekent.

Een rit van dertien uur, als ze de tolwegen vermijdt.

#

Tot nu toe heeft Charlie gedaan wat haar gezegd is, braaf heeft ze gewacht op de dingen die komen gaan. Maar eerlijk gezegd begint ze daar een beetje genoeg van te krijgen.

Ze heeft televisiegekeken, liggend op het bed in haar hotelkamer. Wel driehonderd zenders is ze langs gezapt, op zoek naar iets om de tijd te doden. Maar je wordt gek van al die reclame. En ze heeft trek. En ze wil het toestel van Mrs. Jones wel weer even lenen, om Mark iets te laten horen.

Met de afstandsbediening zet ze de tv uit.

Nu hoort ze stemmen achter de tussendeur.

Ze staat op, loopt er op haar tenen heen.

Ze herkent de stemmen van Smith en Jones.

En een derde stem.

Ze klopt aan, opent voorzichtig de deur.

33

Ondanks dat ze hem dertien jaar niet heeft gehoord, herkent ze ook de derde stem. De stem is niet verleidelijk en gevaarlijk tegelijk zoals die van J.J., die ze achter in de Vauxhall hoorde. De derde stem kent geen nuances, verbergt geen mysterie.

Daar op die drempel, met de deurknop in haar hand, schrikt ze hevig, met een schok over haar hele lijf, zoals alleen een kindje kan schrikken van een plotseling geluid. Een fysieke sensatie, een herinnering aan geweld dat ze niet zou kunnen omschrijven, omdat ze destijds nog maar nauwelijks woorden tot haar beschikking had. Maar die niettemin werkelijk is, en echt, in alle cellen van haar lichaam opgeslagen.

Het is te laat, de deur is open, de stemmen zwijgen.

Daar zitten Smith en Jones. Op een laag tafeltje ligt een dikke envelop met geld naast een overvolle asbak.

Hij staat achter ze.

Hij, haar vader.

Ze herkent hem meteen, niet aan de tatoeage in zijn nek, zijn neus, het kuiltje in zijn kin, zijn geverfde donkere haar rond zijn bleke gezicht, niet aan de ogen die zij van hem heeft. Maar aan zijn stem.

'Kun je niet kloppen?'

Charlie deinst achteruit.

Mrs. Jones is opgestaan, ze duwt Charlie terug haar kamer in en sluit de deur.

Hoelang staat ze daar, als bevroren, voor die dichte deur, met suizende oren en knikkende knieën, balancerend op de dunne lijn tussen woede en irrationele hoop dat ze het verkeerd heeft verstaan? Hoelang laat hij haar wachten, na al die tijd? Vijf minuten, tien?

Als de deur weer opengaat, wenkt Mr. Smith haar.

Ze gehoorzaamt, op haar hoede.

'Hello, Charlotte,' zegt haar vader, vanuit een stoel.

Smith en Jones staan aan weerskanten van de tussendeur achter haar.

'Hallo,' zegt ze, met een piepstem.

'Allejezus, wat lijk jij op je moeder.'

Hij draagt een grijs streepjeskostuum, daaronder een witte polo. Puntige laarzen. In zijn handen een zakmes, hij speelt ermee, *klik klak*, open, dicht.

'Oké,' knikt ze, onzeker wat ze moet met het compliment, onzeker of het zo bedoeld is.

'Je moeder stak haar neus ook graag in andermans zaken.'

Charlie opent haar mond om iets te zeggen, maar er komt geen geluid. Kan dit waar zijn? Is Charlie hier, maakt zij dit mee? Of droomt ze?

Alles begint te tollen, de kamer, het hotel. Haar benen worden slap. Krachtige handen, Smith en Jones, pakken haar beet, houden haar overeind.

Nu staat hij op, haar vader. Hij is razendsnel. Haar vader zal haar omhelzen, denkt Charlie, dat kan niet anders. Dit is een grap, een wrede grap, iedereen zal in lachen uitbarsten. Ze ruikt sigaretten, zijn aftershave, zijn lichaam.

Maar hij omhelst haar niet, integendeel.

Hij grijpt haar, betast haar. Haar buik, haar borsten, tussen haar benen.

'Mr. Miller, sir, dit is niet nodig,' zegt Jones.

'*She's clean,*' hoort ze Smith zeggen.

Haar vader lacht. 'Denken jullie dat ik White vertrouw?'

Charlie begrijpt wat er gebeurt, ze ondergaat het, het is haar lichaam, maar tegelijkertijd ook helemaal niet. De vergeefse protesten van Smith en Jones klinken dof, alsof ze worden uitgesproken in een andere tijd, een andere dimensie, in een wereld waarin mensen het beste met elkaar voorhebben, en waar kleine meisjes in hun zondagse jurk hun vader om de hals vliegen terwijl vioolmuziek klinkt.

Hoe dan ook luistert haar vader niet naar ze. *'Shut the fuck up,'* zegt hij.

Charlie begint te huilen. 'Alsjeblieft,' jammert ze.

'Weet je wat we doen met kleine jankertjes?' Bruut steekt hij zijn linkerhand onder haar trui, graaiend onder haar behabeugel. De rechter, de hand met het zakmes, glijdt bij haar onderrug in de broekband van haar jeans. Zijn handen zijn ruw, het zakmes koel. Charlie verstijft, alsof alle spieren en vezels van haar lichaam blokkeren.

Hoe kan hij dit doen? 'Je bent mijn vader,' weet Charlie eruit te persen.

'Wie heeft je dat wijsgemaakt? Die junkiehoer van een moeder van je zeker? Net zo goedgelovig als zij. Je bent niet van mij, vraag maar aan Gar.' Theatraal legt hij zijn vinger op zijn kin. Alsof hem plotseling iets te binnen schiet. 'O nee, dat kan niet meer.'

Dan wuift hij richting Smith en Jones, opnieuw klikklakkend met het zakmes, en zegt: 'En nou de fuck uit mijn ogen met haar.'

Ze denderen de trap af, Smith voor haar, Jones achter haar. Ze hebben haast, alsof ook Charlies escorte zich zo snel mogelijk uit de voeten wil maken. Al rennend propt Smith de envelop met geld in een binnenzak.

Charlies hart gaat tekeer, dreunt in haar hoofd als pauken in de maat. Als ze de leuning nu loslaat, zal ze flauwvallen.

Ze probeert te gillen, maar het klinkt schor, krachteloos. 'Help me, alsjeblieft.'

Smith draait zijn hoofd even om. 'Het spijt me,' zegt hij. Over haar schouder wisselt hij een blik met Jones.

Beneden, in het gangetje achter het hekwerk, is de receptionist verdwenen. Als dieren op de vlucht, denkt Charlie, voor de naderende ramp. Ze voelt zich hulpeloos, machteloos. Verraden, eerst door haar moeder, nu door haar vader.

De buitenlucht is koel, regen slaat haar in het gezicht. Donkere wolken hangen laag boven de stad, als een zonsverduistering op klaarlichte dag. Smith steekt zijn hand op en fluit vergeefs naar een op hoge snelheid langsrijdende gele taxi.

Water spat hoog op uit een plas. Jones, die haar bij haar elleboog vasthoudt, doet onwillekeurig een stapje achteruit. Charlie maakt van de gelegenheid gebruik, ze rukt zich los en zet het op een rennen, zonder te kijken steekt ze de straat over. Koplampen naderen, nauwelijks weet ze de voorbumper te ontwijken. De auto slipt, de bestuurder geeft gas, een claxon klinkt.

Linksaf duikt ze de verlaten winkelgalerij in. Niet omkijken. Haar kleren zijn doorweekt. Haar benen en haar borstkas protesteren, maar ze zet door. Rechtdoor, in de verte knipperen stoplichten, hier is ze eerder geweest, denkt ze, hoewel ze weet dat het niet meer is dan een bizar déjà vu.

Nergens politie.

Nergens hulp.

Ze slaat de eerste de beste hoek om, maar keert ogenblikkelijk weer om als ze een hek ziet in de verte, de steeg gevuld met uitpuilende vuilcontainers. Doodlopend, slecht idee. Terug op de hoek kijkt ze in de richting van de luifel van het hotel. Geen spoor van Smith en Jones, maar dat betekent niets. Liever had ze ze wel gezien, haar afstand kunnen schatten, haar kansen.

Een auto nadert, het natte asfalt sist.

Charlie stapt de straat op, steekt haar armen omhoog. 'Help.' In het licht van de straatlantaarns ziet ze een jonge vrouw achter het stuur. Haar ogen, wit van schrik, contrasteren scherp met haar donkere huid. Wild trekt ze aan haar stuur, de wagen ontwijkt haar op het nippertje. Charlie hoort een zware bas, reggaemuziek. De auto rijdt door.

Van pure ellende klapt ze dubbel, hijgend, ellebogen op haar knieën. Dan ziet ze de remlichten. De vrouw is toch gestopt, godzijdank. De regen roffelt luid op het dak van de auto. Onweer klinkt.

Ze rent erheen. De vrouw draait haar raampje op een kier.

'*Girl*, ik reed je bijna van de sokken. *You crazy?*' roept ze.

Charlie slaat krachteloos met haar handen op het dak. 'Help me,' hijgt ze, hoofdschuddend van wanhoop. 'Ik smeek het, help me.'

De vrouw draait de reggae zachter, kijkt om zich heen en in haar spiegels, alsof ze een valstrik vermoedt. Haar raampje nog steeds op een angstige kier.

'Ik… Ze… Hij…' Charlie is het even kwijt. 'Ze zitten achter me aan.'

'Wie? Zij daar?' De vrouw wijst. Charlie ziet haar schrikken.

Als Charlie zich omdraait, ziet ze in het licht van een bliksem-flits haar vader naderen, zijn kleren doornat, water loopt in straaltjes van zijn gezicht. Hij rent, schreeuwt. Achter hem op de stoep kijken Smith en Jones toe.

Charlie stapt zo vlug als ze kan naar het achterportier, en rukt met haar laatste krachten aan de deurgrendel. Op slot. 'Help.' De vrouw geeft gas. Met piepende banden verdwijnt de wagen. Charlie tolt rond, redt nog net haar vingers.

Dan is hij bij haar.

Ze kijkt naar hem op en ziet zijn woede. Zijn diepbruine ogen. 'Waarom?' fluistert ze. 'Waa –'

Verwoestend is zijn uithaal met rechts, vol op haar kaak. Charlie gaat tegen de grond, nog voor ze het asfalt raakt verliest ze het bewustzijn. De wilde schop van zijn puntlaars in haar onderrug maakt ze niet meer mee, noch dat hij op haar bewegingloze lichaam spuugt.

#

Joachim Weiss (Danny kent hem als Jack White) luistert als Smith en Jones hem vertellen dat ze ingrepen toen het meisje bewegingloos op straat lag. Dat ze haar afleverden conform opdracht, dat het matras stonk, dat de container stonk. Dat ze op eigen initiatief een fles water bij haar achterlieten.

Een klus is een klus, beamen ze, in dit vak heb je ze nu eenmaal niet voor het uitkiezen. Maar ze zweren nooit meer iets met die zieke klootzak van een Miller van doen te willen hebben, die zogenaamde vader van haar. Als de aanleiding werkelijk een afrekening is tussen Miller en zijn ex-vrouw, dan lijkt het meisje daarvan de dupe te worden. Smith en Jones, door de wol geverfd, toch heel wat gewend, vrezen voor haar leven.

Joachim Weiss (de Armeense neven die de brute aanslag op Gar in Miami pleegden kennen hem als Johannes Grün) houdt zich op de vlakte. Hij en Smith en Jones zijn het eens dat een klant een klant is, en klanten zijn koning.

Maar hij weet beter dan hun waarschuwing te negeren. Heeft hij Miller onderschat?

Zorgvuldig noteert hij de locatie van de container.

34

Tyler brengt de Volvo tot stilstand. Rechts aan het begin van Reservoir Road, nog altijd onverhard, staat het bord. De tekst is even onwelkom als in haar herinnering: PRIVATE ROAD – VISITORS MUST REPORT TO PARK RANGER – TRESPASSERS WILL BE SHOT ON SIGHT.

Onderweg heeft ze zich afgevraagd of ze de blokhut nog zou weten te vinden, maar ze weet elke bocht nog, elke smalle doorgang. Zelfs de roestige ketting herkent ze.

Ze maakt haar gordel los, stapt uit. Het deuralarm is plotseling en luid. Snel sluit ze het portier.

Met stijve benen loopt ze naar de ketting, haakt hem los, loopt terug.

Aan weerszijden van het pad hangt mist laag tussen de kastanjebomen. Schaduwen, veroorzaakt door de sterke lichtbundels van de koplampen.

Ze ziet bandensporen, maar heeft geen idee hoe vers die zijn.

Ze rijdt over de ketting, stapt opnieuw even uit om hem weer te bevestigen. Het bos oogt verlaten.

Stapvoets rijdt ze verder de heuvels in, de uitlopers van de Smoky Mountains. Takken krassen tegen de lak, de Volvo schudt, de kuilen zijn diep.

Ze tuurt om zich heen of ze ergens lichtjes ziet. Het Cherokee National Forest is immens. Aan de overzijde van het meer ligt het drukbezochte Smoky Mountains Casino, de huisjes daar zijn het hele jaar bewoond. Maar aan deze kant staat slechts een handvol vrijstaande blokhutten. Zo ver mogelijk van elkaar af, die van Gar als achterste. Een afgelegen plek, ideaal, met rondom ontsnappingsroutes diep de bossen in.

Gars veiligste plek.

Op de pitstops om te tanken en om te plassen na, heeft ze de dertienhonderd kilometer in een ruk afgelegd. Deaver County, het dichtstbijzijnde stadje met benzinestation en supermarkt, ligt op meer dan drie kwartier rijden achter haar. Op snacks, gezinsflessen Gatorade, en blikjes Red Bull heeft ze het gered.

Het laatste stukje, een recht einde, dooft ze de koplampen. Het pad loopt hier iets af, ze haalt haar voet van het gas. In de verte, rechts van haar, schijnt, tussen de bomen door, een dunne maan boven het meer.

Ze is er. Een simpele constructie, robuust, tien bij tien, één verdieping. Het silhouet van de schoorsteen en Earley's Cliff, het rotsplateau, hoog daarboven, afgetekend tegen de sterrenhemel.

De stormluiken voor de ramen en de voordeur zijn gesloten.

Links de oude kastanjeboom waaraan Gar van een touw en een oude tractorband een schommel maakte voor kleine Charlie.

Ze parkeert rechts, naast de Airstream, pakt haar tas, stapt uit, en luistert. Het natikken van de motor, een briesje in de bladeren. Ze slaat naar de muggen, dansend voor haar ogen. Och Gar, denkt ze onwillekeurig, als ze ziet dat de Airstream scheef staat, de banden zijn lek. Een plastic zak is provisorisch over een gebarsten ruit geplakt.

Hoofdschuddend kijkt ze op haar horloge. Oz kan er nog niet zijn. Volgens het laatste tekstbericht dat ze van hem ontving, was hij op JFK, wachtend op zijn aansluiting. Ze hadden afgesproken 'over negentig' weer contact met elkaar te hebben.

Met haar vingertoppen tegen het grillige oppervlak van de ruwe boomstammen, loopt ze om de blokhut heen naar de achterdeur. Verderop staan Gars werkplaats en de sauna. Daarachter, onzichtbaar vanaf hier, Busters kruis.

Bij de vensterbank naast de achterdeur, als ze met haar hand van links naar rechts schuift, vingers gekromd, weet ze zeker dat de sleutel weg is. Dan voelt ze hem, op zijn plek, in de verborgen gleuf.

'Wat, geen boobytraps, geen valluiken?' had ze hem geplaagd, destijds.

'Hier is niets te halen, Lou.'

Ze veegt de sleutel schoon aan haar jeans, steekt hem in het slot. Dan kijkt ze nog een laatste maal om zich heen. Niets te horen, niets te zien. Ze opent de deur, neemt het opstapje, staat met een been in het keukentje. Het ruikt muf.

'Hallo?' Ze herinnert zich de naam van de oude parkopzichter. 'Mr. Warner?'

De deuropening naar de gang is een gapend gat dat haar aanstaart, een duister, rechthoekig monster.

Haar rechterhand vindt de lichtschakelaar. De klik is luid.

Geen licht. Shit.

Nogmaals probeert ze het knopje, op en neer. Niets.

'Dat gebeurt voortdurend, geen zorgen, sweet child,' fluistert Catherine, in haar herinnering.

Zachtjes zet Tyler haar tas neer. Op de tast vindt ze de lucifers en de kaarsen bij het gasfornuis.

Met een kaars in haar hand doet ze een paar stappen de gang door, richting de grote kamer aan de voorzijde. In het flakkerende licht herkent ze de bank, de tafel, de boekenkast, de mantel van de open haard.

'Mr. Warner?'

Terug in de gang opent ze de stoppenkast. Daar vindt ze een zaklantaarn en genoeg verse batterijen om een landingsbaan mee te verlichten, stapels lucifers en kaarsen, en een lading nieuwe stoppen.

Even later zoemt het licht in de keuken aan. Na een blik op de donkere bomen buiten, doet ze de achterdeur op slot.

Snel verkent ze het huis. Slaapkamer, badkamer, toilet. De logeerkamer waar zij en Charlie destijds sliepen, is nu een kantoor. Het lijkt kleiner dan toen. Op het bureau staat een oude Dell desktop met een bakbeest van een monitor, onder een dikke laag stof.

In elke kast kijkt ze, achter elke deur. Het luik aan de bovenkant van de ladder naar de vliering zit potdicht. Niets bespringt haar. Toch laat het gevoel dat er iemand in het huis is, of recent is geweest, haar niet los. Heeft ze sporen gezien? Nee, nergens. Is het een geur? Ze snuift.

Niets te zien, niets te ruiken. Maar het gevoel blijft, ondefinieerbaar.

'Nu eerst een kop thee,' fluistert Catherine.

Tyler probeert de kraan; na een kuchje in de leidingen is er een krachtige straal. Ze laat het water even doorlopen, vult een ketel, zet hem op het fornuis, bukt zich en draait het ventiel van de gasfles open.

'Ja, nu thee,' fluistert Tyler, terwijl ze het vuur onder de ketel aansteekt. Later misschien een glas wijn om te ontspannen, maar nu nog niet. Terwijl ze wacht tot het water kookt, controleert ze de voorraadkast. Blikvoer, water, frisdrank, genoeg voor een overwintering. Ze pakt een energiereep, scheurt de wikkel open, neemt een hap. Twee zakflaconnetjes cognac, twee doosjes sigaren. Dan ziet ze rechts achter de kastdeur de overbekende zwarte rugzak. Gars survivalkit.

Ze pakt de rugzak, zet hem in het licht in de gang. Als ze knielt en hem openritst, is het alsof Gar over haar schouder meekijkt. Als een militair op inspectie loopt hij samen met haar de inhoud door: waterdicht camouflagejack, mes, verbandtrommel, verrekijker, een veldfles water, energiereppen, lucifers, kompas, zaklantaarn, een doosje munitie.

Ze knippert met haar ogen. Wel de munitie, maar niet het pistool?

Ineens realiseert ze zich iets. Ze staat op en loopt het kantoortje in. Aan de wand boven het bureau hangt, net als thuis, een Freemantle. Ze aarzelt geen seconde en haalt het schilderij van de wand. Het verbaast haar niet: erachter bevindt zich een kluis.

Wat was hier vroeger?

Ze kijkt om zich heen om zich de indeling van de logeerkamer destijds weer voor de geest te halen. Toen kon ze niet wachten om hier weg te zijn, weet ze nog. De muren van het kleine kamertje vlogen op haar af. Weken die een eeuw leken, wachtend op nieuws uit Washington.

Hoe was het toen? Daar stond het bed waar ze in sliepen. En hier een garderobekast. Die kluis is dus nieuw. Een extra tussenwand, die er vroeger niet was. Vandaar dat de kamer kleiner leek.

Ze zet de Freemantle op de grond tegen de muur en bekijkt het paneel, strijkt lichtjes met haar wijsvinger over de toetsen.

Het geluid is schel, abrupt, achter haar.

Tyler draait zich te snel om, ze verliest haar evenwicht, gaat languit.

Dan pas herkent ze het geluid van de fluitketel. Het water kookt.

Lekker bezig, Ty.

Ze gaat rechtop zitten. Onder het bureau door ziet ze een foto, bevestigd in een hoek van de lijst aan de achterzijde van de Freemantle. Ze kent die foto. Weet nog wanneer hij werd genomen.

De Vier Musketiers.

Op haar knieën kruipt ze erheen. De enige foto waarop ze alle vier staan die ze had bewaard. Al die jaren in de kluis, tegen de regels in.

Gar in het midden, Tyler links van hem, Catherine rechts, hand in hand met kleine Charlie, haar armpje in het blauwe gips. De glanzende Airstream, toen nog in tiptop conditie, op de achtergrond. Vier lachende gezichten. Vier witte Chicago Cubs-shirts, Gars favoriete honkbalteam.

Tyler weet het nog. Gar had die shirts geregeld. De ochtend van hun vertrek naar New York. Een dag vol tranen om het afscheid, maar deze foto spat van de pret. Ze herinnert zich Gars gemopper op de zelfontspanner en zijn gedraaf heen en weer naar de camera.

Ze glimlacht bij het besef dat ook Gar de foto blijkbaar koesterde.

Dan bekijkt ze de foto nogmaals.

Iets klopt er niet.

De shirts zijn blanco. Terwijl…

Met de foto in haar hand vliegt ze de gang in. Haar reistas staat bij de achterdeur. Ze trekt de multomap eruit, de bruine envelop, graait tot ze de foto vindt.

De foto's zijn identiek, maar niet helemaal.

De fluittoon heeft inmiddels oorverdovende hoogtes bereikt, maar nu pas, diep in gedachten, haalt ze de ketel van het vuur, zonder te kijken.

Tussen het origineel en het exemplaar van Gar zijn vier verschillen.

In de lijst: de Vier Musketiers, in vier witte Chicago Cubs-shirts.

In de envelop: op Gars shirt, op zijn rechterborst, prijkt nummer 14. Op Tylers shirt nummer 31. Op dat van Charlie: 00. Op dat van Catherine: 42.

Van links naar rechts: 31 14 00 42. Het moet de code zijn om de kluis te openen.

In de kluis zal ze een brief vinden, ze weet het zeker. De uitleg van Gar die alles zal verklaren. Terug in het kantoortje toetst ze zorgvuldig de combinatie in. Gar kennende, heeft hij de kluis zo ingesteld dat er slechts één poging mogelijk is.

In het volle besef dat ze zich geen vergissing kan permitteren, drukt ze op ENTER.

#

Een patrouillewagen van de Tennessee State Police nadert de roestige ketting aan het begin van Reservoir Road.

State trooper Jeff Kindall leest het bord, reikt al naar het microfoontje op de kraag van zijn uniform.

'En wat is precies de bedoeling, trooper Kindall?' Agent Steve Austin steekt zijn hand op.

Trooper Kindall loopt langer mee dan vandaag, en dus weet hij donders goed wanneer een vraag een vraag is en wanneer niet. Toch wijst hij naar het bord, waarop levensgroot staat aangegeven dat alle bezoekers zich bij de parkopzichter dienen te melden.

'Als je het niet kunt laten, trooper Kindall, mag je de park ranger morgenochtend je excuses aanbieden,' zegt agent Austin. 'Maar eerst breng je me naar de blokhut.'

Trooper Kindall laat de microfoon los, stapt uit en slentert naar de ketting. Hij heeft het niet op vage hotemetoten van vage speciale onderzoeksteams uit Washington met hun vage CIA-visitekaartjes die te beroerd zijn om aan een verzoek van de plaatselijke park ranger te voldoen.

Hij haakt de ketting los, loopt weer terug.

'Gaat het ons ergens in de voorzienbare toekomst lukken, denk je, trooper Kindall?' vraagt agent Steve Austin, zodra Kindall weer is ingestapt.

Trooper Kindall draait zijn raampje open. Wat hem betreft mag agent Austin het 's morgens na het scheren wat rustiger aan doen met de aftershave. Want scheren deed agent Austin als een bezetene, zo te zien; niet alleen zijn kin en zijn kop, maar ook zijn handen en zijn bovenarmen zijn onnatuurlijk kaal. Zou hij zich over zijn hele lichaam zo glad scheren? Want? Is agent Austin in zijn vrije tijd wielrenner? Zo'n gezondheidsfreak triatleet?

Maar omdat trooper Kindall langer meeloopt dan vandaag stelt hij die vragen niet hardop. Evenmin vraagt hij wat er zo belangrijk is aan de blokhut van die marshal, dat ze iemand helemaal uit Washington hebben gestuurd, noch of agent Austin een huiszoekingsbevel heeft waar trooper Kindall niets van weet. En al helemaal vraagt hij niet of hij misschien de wet gemist heeft die de CIA binnenlandse bevoegdheden geeft.

Aldus diep verzonken in vragen die hij niet stelt, rijdt trooper Kindall langzaam maar zeker verder over Reservoir Road in de richting van de blokhut.

35

TYLER, NU,

RESERVOIR ROAD, WATAUGA LAKE,

CHEROKEE NATIONAL FOREST, TENNESSEE

Het mechanisme zoemt, de kluis klikt open.

Tyler pakt alles, en tast dan met haar hand in alle hoeken van de kluis. Geen dubbele bodem of geheim compartiment. Zijn dienstpistool, in een doek gewikkeld. Zijn zegelring. En een dvd in een plastic hoesje. Ze legt het wapen terug.

Ze bekijkt de oude Dell-desktop, vindt de schakelaar. Ze drukt, drukt opnieuw. Er gebeurt niets. Dan ziet ze dat de stekker niet in het stopcontact zit. Duh.

Het opstarten van de computer, luid tikkend, als in protest, duurt een eeuwigheid. Maar dan, tot haar opluchting, verschijnt het ouderwetse Windows xp-logo in beeld. Ze opent de lade, legt de dvd erin.

Het scherm knippert, de dvd-speler zoemt. Even later verschijnt in beeld: WACHTWOORD VEREIST VOOR HET OPENEN VAN DIT BESTAND. Tyler aarzelt niet en toetst dezelfde reeks in, de cijfercombinatie waarmee ze de kluis opende.

Even later verschijnt Gar in beeld. Eerst zijn broekriem, zijn buik en zijn arm. Hij rommelt aan de camera. Zijn zondagse pak hangt om zijn schouders, zijn overhemd, tot en met het bovenste knoopje gesloten, sluit te ruim om zijn hals. Gar was, zoals ze al vreesde, oud geworden.

Ze bekijkt de datum onder in beeld. Hij moet deze opname vlak na Catherines dood gemaakt hebben.

Maar als hij zich heeft geïnstalleerd, grijnst hij de grijns die hem zo eigen is. 'Hello Lou,' zegt hij.

De tranen schieten in haar ogen. 'Hello sailor,' fluistert ze. Zijn woorden, zijn uitleg.

Op de achtergrond ziet ze een hoge boekenkast met leren banden, die haar doet denken aan een ouderwetse bibliotheek.

'Je zult wel denken wat krijgen we nou weer. Wel, het zit namelijk zo, ik heb Cath iets moeten beloven, lang geleden. Dus ik ben begonnen aan een brief, maar dat lukt niet. En toen kwam Tom – *you know*, Tom Warner – met een artikel aanzetten uit een of ander tijdschrift waarin stond dat dit ook kon. Dus zit ik hier bij de notaris in een camera te praten. En zit jij daar naar mij te kijken. Als God het wil over vele jaren pas. En als God het niet wil…' Hij haalt zijn schouders op.

Tyler staart met open mond, zonder het zelf te beseffen, als bevroren naar het beeldscherm. Nu pas dringt ten volle tot haar door dat deze disk inderdaad voor haar is bedoeld en voor niemand anders. Geen idee wat Tom Warner, de parkopzichter, ermee te maken heeft, noch waar Gar het over heeft, maar hij gaat haar vertellen hoe het zit, en wat ze moet doen.

Als hij zijn keel heeft geschraapt, zegt hij: 'Alles is voor jou, Lou, als je het wilt aannemen. En beslis niet te snel. Alles, dat betekent *the good and the bad*. Het geld, het huis in Miami, de blokhut bij Watauga Lake. En dit.' Hij steekt zijn rechterhand omhoog naar de camera en wijst op zijn zegelring.

De zegelring die ze nu in haar linkerhand heeft.

'In de blokhut, je weet waar de sleutel is, zit een kluis. In de kamer waar jullie toen logeerden, jij en kleine Charlie. Achter de Freemantle. Daar zit ook een kleine aanwijzing, speciaal voor jou. Ik weet zeker dat je daarmee de code kunt raden.'

De shirts, denkt ze. De kleine aanwijzing. Speciaal voor haar.

Ze vecht tegen de tranen, zo blij is ze hem te zien, zo graag wil ze hem horen. Hij vecht voor zijn leven in het Jackson County Memorial, maar hier is hij nog springlevend. Alles komt goed.

Maar tegelijkertijd wringt er iets.

'Maar pas wel op,' zegt hij met een knipoog, 'je hebt zoals je weet maar één poging bij die dingen.'

Iets wringt, want het is op zijn zachtst gezegd nogal merkwaardig dat Gar aan haar uitlegt hoe ze zijn kluis in de blokhut kan openen op een dvd die hij in diezelfde kluis bewaart. Het klinkt als een breinkraker, Sherlock Holmes waardig.

'Maar wat ook kan,' vervolgt Gar, 'is dat de kluis inmiddels onder hun vingers is geëxplodeerd. Dan hebben ze de ondergang op hun geweten van wat ze in hun eigen blinde hebzucht niet meer op waarde konden schatten.'

Tyler knippert met haar ogen. Waar heeft hij het over? Ze opent haar mond om hem een vraag te stellen – wat bedoel je, Gar, *slow down*, wees duidelijker – maar weet dat het geen zin heeft. Begrijpt ze het goed, rekende hij op de aanslag op zijn leven? Wie zijn 'ze'? Danny's crew? En 'ondergang'? Ondergang van wat?

Alsof hij haar gedachten raadt, schudt hij zijn hoofd. 'Weet je, Lou, dit is nou precies de reden dat ik het niet op papier krijg. Ik ben… sinds… het lukt me niet… sinds…'

Sinds Caths overlijden, bedoelt hij.

Hij kucht, kijkt dan enigszins hulpeloos de camera in. 'Ik weet gewoon niet waar ik moet beginnen.'

Het duurt niet lang, een seconde misschien. Tyler kijkt nog altijd met open mond toe. Gar, verloren. Even is hij ergens anders. Dan, na een kuchje in zijn vuist en een hand door zijn haar, herpakt hij zich.

'Weet je nog die eerste keer, Lou? In de Airstream, op het parkeerterrein van het politiebureau? Cath sloot jou meteen in haar hart. Veel eerder dan ik, Lou, eerlijk is eerlijk, zag zij dat je het waard was om voor te vechten. Ik vond je vooral een schoffie. "Gooi me maar aan de leugendetector."' Hij lacht, schudt zijn hoofd. 'Je had het nog gedaan ook. Maar Cath had het al meteen door. Lang voor ik bereid was de regels voor je opzij te zetten. Want dat heb ik gedaan en het is tijd dat je dat weet.'

Hij recht zijn schouders en zegt: 'Die paspoorten waren niet van WitSec, Lou, niet van de Marshal Service. Die waren van mij. Ik verstopte je zogezegd onder de radar in het programma. WitSec wist er niets van. En toen de hoge omes erachter kwamen, werd ik ontslagen. Niet alleen hierom, hoor, daar kwam ik later achter, er speelde van alles in die tijd, politiek gedoe, je weet wel: nieuwe bezems, oude rotten. Maar dit was de stok die ze nodig hadden. Danny kwam vrij. Om die reden.'

Tyler is gestopt met ademhalen. Al die jaren niet in WitSec? Gar ontslagen? Om haar. Danny vrij? Om hem.

'Oké. Nu weet je het.' Meteen steekt hij zijn wijsvinger op. 'Maar luister goed naar me, Lou, het was niet jouw schuld. Mijn vertrek was hoog tijd. Het zat eraan te komen. Ik heb nergens spijt van. Ik zou het zo weer doen. Was het makkelijk? Nee. Maar ik wist wat ik deed. Dus geen bullshit, geen schuldgevoel, begrepen?' Hij verslikt zich, begint te hoesten. Hij reikt naar opzij, verdwijnt half uit beeld. Als hij weer verschijnt, neemt hij een slok water. Ze ziet zijn handen trillen, hoort zijn ring tikken tegen het glas.

'Heb ik je weleens verteld over mijn zus, Sarah? Volgens mij niet. Ze is allang overleden. Zes jaar ouder dan ik, het zorgenkind, om het zo te noemen, van de familie. Er werd niet over haar gesproken bij ons thuis. Tegen de tijd dat ik oud en wijs genoeg was om uit te dokteren wat er precies gaande was en ik haar wist te vinden, wilde ze niets meer met ons te maken hebben. En al helemaal niet met mij, haar wijsneus van een marshalbroertje dat het allemaal wel even ging fiksen. Sarah was een magneet voor problemen, Lou, zoals we dat vroeger in de Service noemden. Altijd had ze de verkeerde vriendjes, altijd zat ze zonder geld. Ze raakte aan lagerwal, was verzeild in prostitutie, criminaliteit, heroïne, crack, enfin, te veel drama voor een mensenleven. Klinkt allemaal bekend, nietwaar, Lou?'

Als zijn ogen als vanouds dwars door haar heen lijken te kijken, slikt Tyler, want ze weet waar hij op doelt. Dit was evenzeer háár verhaal. Haar verhaal vóór Danny.

'Ook Sarah kreeg een dochter, al hoorden we dat pas veel later, toen ze al dood was. Een dochter die ze vlak na de geboorte achtergelaten had op de stoep van een kerk. Dat was in Florida. Rond de tijd dat jij geboren werd.'

Tyler zit nu stijf rechtop.

'Nee, schrik niet, Lou, dit sprookje heeft geen happy end, al-thans niet op dit gebied, althans niet voor zover ik kan overzien. We hebben lang gezocht naar Sarahs dochter, maar nooit iets kunnen vinden. Zelfs mijn badge hielp niet. Die kerk was allang afgebroken, de archieven onvindbaar. Maar zoals je wel zult we-ten, konden Cath en ik geen kinderen krijgen, Caths grootste wens bleef onvervuld. Dus toen ze jou zag, en de leeftijd klopte, en toen ik haar vertelde wat ik in jouw dossier had gelezen, over wat jij in die pleeggezinnen allemaal had meegemaakt... Wel, het verklaart misschien waarom we je altijd als de dochter heb-ben beschouwd, en Charlie als de kleindochter, die we nooit heb-ben gekregen. Dus als je je afvraagt aan wie je de erfenis te danken hebt, dan moet je in eerste instantie bij Cath zijn. Ik heb haar moeten beloven dat ik je alles zou nalaten. Dankzij haar is alles, als je wilt, voor jou. Dat wil zeggen op de shit na. De shit krijg je van mij. *Package deal.*'

Opnieuw verdwijnt hij even uit beeld. Weer terug heeft hij een spiekbriefje in zijn hand. Hij reikt naar zijn binnenzak, pakt zijn leesbril.

'Ja, sorry Lou, ik moet alles opschrijven tegenwoordig. Waar was ik? O ja.' Hij steekt zijn leesbril weer weg. 'Dus jij zat niet of-ficieel in WitSec. En ik... Enfin, ik kreeg bij wijze van gouden handdruk drie maanden *to make the Miller Women Situation go away*, zoals ze het noemden. Jullie zaten net in New York en had-den geen idee. En ik zat thuis, ongelukkig te wezen, na te denken over mijn zonden. Ik had plotseling te veel tijd en te veel zonden. We hadden wat spaargeld, maar Caths medicijnen zouden de re-serves snel opslokken. Ineens waren er twee maanden voorbij van de drie die ik kreeg. Cath werd inmiddels gek van me. Op een goede dag kwam Tom Warner met een aanbod. Een aanbod, zo-als ze dan zeggen, dat ik niet kon weigeren. Het was een baan, en wat voor een. Het betaalde voortreffelijk. Echt iets voor mij, vond hij. En het was meteen een oplossing voor die "zogenaam-de maîtresse van mij" en haar dochtertje van twee.' In de lucht maakt Gar er de aanhalingstekens bij. 'Dat maîtresseverhaal werd bij de dienst verspreid over mij en jou.' Hij bijt op zijn lip.

'De klootzakken.' In zijn blik is de boosheid om het onrecht nog altijd zichtbaar.

'Het klonk te mooi om waar te zijn, dat aanbod van Tom Warner. Ik aarzelde, maar de tijd begon te dringen. Ken je dat spreekwoord, dat als God een deur sluit, hij een raam opent? Jij en ik weten hoe verleidelijk die gedachte is. Maar de waarheid is, raam of niet, dat de deur, wanneer je er eenmaal doorheen bent gestapt, zich achter je sluit, en hij gaat niet meer open. Je krijgt een tweede kans, natuurlijk, een nieuwe identiteit, het gevaar is geweken, maar zodra je die drempel overstapt, zit je in een wereld vol achterdocht, wantrouwen en geheimen voor je dierbaren. *You've been there. You lived it.* En het ergste is: eigenlijk heb je geen keus. Je moet. Maar laat ik mijn beslissing niet heldhaftiger maken dan ze was, Lou, want uiteindelijk nam Cath de beslissing voor mij. "Waar ligt je loyaliteit, Garfield Franklin?" vroeg ze. "Bij de regels, bij de dienst die je heeft afgedankt?" Dat kon ze als de beste, een vraag stellen die natuurlijk helemaal geen vraag was.'

Zijn ogen worden vochtig, hij buigt zijn hoofd, alsof hij niet wil dat Tyler het ziet.

Tyler zit op het puntje van haar stoel. Ze wil terugspoelen, het gaat allemaal zo snel. Tegelijk wil ze niet stoppen, ze moet weten hoe dit afloopt. Onder in beeld ziet ze dat ze ongeveer halverwege de opname is.

Hij haalt diep adem en kijkt even later recht in de camera. Zijn gezichtsuitdrukking spreekt boekdelen. Nu komt het, denkt ze – Gars biecht. 'Ik ben niet helemaal eerlijk tegen je geweest, Lou. Of eigenlijk helemaal niet.'

Hoort ze een geluid, buiten? Ze spitst haar oren. Een stem, ze vergist zich niet. Is het Oz? Ze kijkt op haar horloge. Over ongeveer een kwartier zouden ze weer contact hebben.

Dan hoort ze ook een tweede stem.

'Dus denk goed na voor je beslist,' zegt Gar op het scherm. 'Het is niet alleen *the good, the bad* is inclu–'

Met spijt pauzeert ze de opname, Gar midden in zijn zin onderbrekend. Met een paar snelle passen is ze in de grote kamer aan de voorkant van de blokhut. Door een kiertje tussen de stormluiken ziet ze twee mannen in het maanlicht.

Ze staan beneden, bij haar Volvo en de Airstream. De ene is in burger, de ander in state trooper-uniform. De trooper legt zojuist een hand op haar motorkap.

Is de man in burger Oz? Maar Oz zou alleen komen. Heeft hij ondanks zijn belofte de politie ingeschakeld? Heeft ze zich dan toch in hem vergist?

Ze moet nu beslissen.

Zo snel ze kan, opent ze de dvd-lade en pakt de disk. Ze grijpt het wapen, sluit de kluis, hangt de Freemantle op zijn plek. Haastig bukt ze zich om de stekker van de pc onder het bureau uit het stopcontact te trekken.

De gang in, steekt ze de ring in haar jeans. De disk en het pistool gaan in een zijvak van de zwarte rugzak, Gars survivalkit. Ze knijpt het klittenband dicht.

In de keuken propt ze de bruine envelop, de multomap, de foto's, terug in de reistas, de tas in de rugzak.

Ze opent de achterdeur.

Niemand.

Ongezien, met de rugzak over haar schouder, rent ze achter de sauna langs, bergopwaarts, de uitgestrekte bossen van Cherokee National Forest in. Met in haar hoofd het bittere besef: Gar was ontslagen bij zijn geliefde Marshal Service omdat hij haar zonder toestemming WitSec had binnengesmokkeld. Om diezelfde reden was Danny destijds de dans ontsprongen.

Het zal niet lang duren voor een nieuwe waarheid, zo mogelijk nog vreselijker, tot haar doordringt: al die jaren was er geen WitSec geweest, geen marshals om op haar te letten. Geen bescherming en geen noodnummer, hoewel Gar het haar had willen doen geloven.

#

Nauwelijks tien minuten later staan agent Steve Austin met het vage CIA-visitekaartje en state trooper Jeff Kindall van de

Tennessee State Police bij diezelfde achterdeur.

Ze kijken omhoog, de bossen, de bergen in, beiden met hun handen in de zij.

Trooper Kindall heeft het kenteken van de zilvergrijze Volvo doorgebeld. Geregistreerd op naam van Hertz. Gehuurd op Miami International Airport door een zekere Claire Adams.

Die Adams, weten ze inmiddels, arriveerde met een vlucht vanaf Heathrow, ruim na de aanslag op de marshal. Als dit een spoor is, is het in elk geval geen spoor naar de daders, denkt trooper Kindall.

'Weet jij iets van muurkluizen, trooper Kindall?' vraagt agent Austin.

'Nee, hoezo?'

Agent Austin doet er het zwijgen toe, en Kindall dringt niet aan, heeft al spijt dat hij het vroeg. Zo gaat dat met die hotemetoten van die speciale teams uit Washington. In het diepste geheim, met behulp van zakken vol met geld, verzamelen ze informatie over alles en iedereen, legaal en illegaal. Maar een simpele wedervraag beantwoorden, daar doen ze niet aan.

Evenmin, constateert trooper Kindall, rennen ze in hun dure maatpak de bossen in om mogelijk verdachte personen te achterhalen.

'En trooper Kindall?'

'Ja, agent Austin?' Alsof het ontbreken van lichaamshaar nog niet griezelig genoeg is, heeft agent Austin achter die spiegelende glazen van zijn zonnebril oogleden zoals die van een slang – ze knipperen niet, maar glijden.

'Een vriendelijk advies: vergeet wat ik zei over die muurkluis.'

36

Met het kompas uit Gars rugzak voor zich uit rent Tyler de helling op. Met haar armen baant ze zich een weg tussen de zwiepende takken van het dichte struikgewas, zigzaggend trekt ze zich waar nodig omhoog aan de bomen.

Ze is hier eerder geweest, met Gar, maar meestal zonder hem, tijdens haar wandelingen, wachtend op nieuws uit Washington. Kan ze zich dat ruiterspoor links herinneren? Eigenlijk niet.

Na twintig minuten moet ze stoppen om op adem te komen. Hijgend kijkt ze om zich heen, met haar hand duwt ze in haar pijnlijke zij. Ze had beter op haar conditie moeten letten. Door de dichte begroeiing is nauwelijks met zekerheid vast te stellen hoe hoog ze is. De paden heeft ze vermeden.

Ze moet eigenlijk haar telefoon activeren, contact zoeken met Oz, maar ze durft het niet te riskeren. Je zult zien dat de piepjes haar positie verraden, voor ze het geluid kan uitschakelen. Oz zal het begrijpen, haast maken. Nog meer haast.

Tenzij die man in burger bij de blokhut toch Oz was. En als Oz niet alleen was gekomen, ALLEEN, zoals hij had beloofd, wat was er dan waar van zijn verzekering dat 'ze' er alles aan deden om Charlie te redden?

Ze drinkt een beetje water uit de veldfles, bestudeert het kompas, dwingt haar angsten naar de achtergrond. Waarheen? Ruwweg heeft ze tot dusver de route oost, toen noordoost gevolgd, waardoor ze na een wijde boog bij Earley's Cliff zal uitkomen, de overhangende rotspartij, bijna loodrecht boven Gars blokhut. Daar, was het idee, kan ze zien wat zich beneden afspeelt.

Maar inmiddels vraagt ze zich af wat het voor zin heeft dat risico te nemen. Als de mannen haar de bossen in zijn gevolgd, dan verspilt ze met de omweg naar Earley's kostbare tijd. Bovendien zou ze op het rotsplateau geen kant meer op kunnen, behalve terug. Nogmaals luistert ze of ze haar achtervolgers kan horen. Een specht slaat in een boom ergens ver weg, links van haar.

Het is waarschijnlijk beter om de oostelijke richting te blijven aanhouden, bergopwaarts. Om haar voorsprong te behouden, indien mogelijk te vergroten. Wie weet rekenen haar achtervolgers erop dat ze naar Earley's gaat, een logische plek halverwege de helling.

Wie zijn het? Hoe zijn ze haar op het spoor gekomen? Zij kan het niet zijn, haar telefoon heeft ze hier nog niet gebruikt.

'Maakt het uit?' zegt ze zachtjes tegen zichzelf. Zoiets zou Gar nu zeggen: Onderscheid de hoofd- van de bijzaken, Lou. Maar Gar had al die jaren tegen haar gelogen. En als ze zich niet vergist, heeft hij nog meer slecht nieuws voor haar in petto, ze was pas halverwege de dvd toen ze werd gestoord.

Het gebrek aan slaap speelt haar parten. En haar eenzijdige dieet van junkfood en energiedrankjes tijdens de rit hierheen. Maar haar wanhoop zakt naar een nieuwe, nog donkerder dimensie, als ze beseft dat Gars veiligste plek op aarde nog geen uur na haar aankomst al door de politie – echt of niet – werd ontdekt.

Na een diepe zucht klimt ze grimmig verder. Opnieuw oostwaarts, Earley's Cliff laat ze achter zich.

Diep in de nacht bereikt ze de top. In de diepte aan haar rechterzijde ligt het meer. Hierboven waait een gemene, fluitende bries, beschutting is op de rotsen spaarzaam. Aan de horizon ziet ze de contouren van de hoger gelegen toppen van de Smoky Mountains. Donkere wolken schuiven op hoge snelheid voor de sterren langs. Haar kant op.

Tyler, bezweet van de lichamelijke inspanning, rilt bij de aanblik.

Oké, dus ze is boven. En wat nu? Op de vlucht, zonder vast-omlijnde bestemming, is ze logischerwijs bergopwaarts ge-rend, weg uit het dal. Maar de meest voor de hand liggende keus, merkt ze nu, is niet altijd ook de beste. Eenmaal op de top zijn de opties beperkt.

De berglucht brandt in haar longen. Ze zoekt een plekje waar ze, als ze laag blijft, enigszins uit de wind zit. Daar neemt ze haar rugzak af. Ze pakt het waterdichte camouflagejack eruit, trekt het aan. Terwijl ze een paar slokken water drinkt uit de veldfles, telt ze de energierepen.

Ze pakt haar telefoon, zet hem in elkaar, de simkaart, de accu. Het licht is felblauw, ze knijpt met haar ogen, buigt zich voorover om het schijnsel met de panden van het jack te blokkeren. Ze vindt instellingen, tuurt onderwijl rechtsboven op het scherm-pje, wachtend op de balkjes die de signaalsterkte aangeven. Is er zo hoog überhaupt verbinding mogelijk?

Er is nauwelijks bereik, slechts één dun streepje. Ze staakt haar poging te ontdekken hoe ze het geluid uit krijgt. De huilende wind overstemt alle eventuele piepjes.

Ze wacht een minuut, twee. Niets. Dan doet ze een poging zelf iets te verzenden.

Ze schrijft: 'Oz? Ben je hier?' Maar als ze op SEND drukt, stuit ze ogenblikkelijk op een streng MESSAGE FAILED, TRY AGAIN Y/N?

Ze drukt op Y en zet het apparaat rechtop, naast zich op een rotsblok, zo hoog mogelijk.

Graaiend in de rugzak voelt ze het doek waarin Gar zijn wapen heeft gewikkeld. Ze opent het deksel van de doos munitie, sluit het meteen weer. Gar gaf haar schietles, hij had haar gezegd dat ze het bij moest houden. Verdomme.

'Helpt het, Lou, dat zelfverwijt?' vraagt Gar in haar gedach-ten. Dertien jaar geleden luisterde ze maar half naar hem, en nu weet ze weer waarom: er is een maximum aan het aantal wijze ad-viezen dat je kunt horen.

Gar loog tegen haar.

Ze neemt nog een energiereep. De tocht naar boven heeft haar uitgeput. Bergafwaarts zal sneller gaan. Toch?

Ze bedenkt een nieuw doel: de cabin van Tom Warner, de parkopzichter. Of is dat zo voor de hand liggend dat ook dat een dom idee zal blijken? Terug naar Gars blokhut is geen optie. Inmiddels weet ze zeker dat ze wordt achtervolgd. Het was simpelweg té stil. Alsof ook de natuur haar adem inhoudt.

Ze is niet alleen op de berg.

Zachtjes – alsof het niet erger kon – begint het te regenen.

Dan, plotseling, zijn daar toch nog de piepjes.

Drie berichten. De eerste is van Oz. 'E.T.A. in 30 min. U?' Drie kwartier geleden verzonden. Terwijl ze tracht te berekenen wat die timing betekent, ziet ze het tweede bericht.

Het is een foto, een jpeg. Ze opent het bestand en gilt. De foto toont Charlie, in haar ondergoed, haar huid vreemd bleek door het flitslicht van de camera. Ze lijkt te slapen. Haar armen en benen gespreid, haar polsen en enkels vastgebonden. De wand die op de foto zichtbaar is, is van metaal.

Danny heeft Charlie in een container.

Tyler vergroot het beeld zover ze kan, zoekt, maar uiteraard is het onmogelijk om ergens uit op te maken waar de container zich bevindt. Er is geen enkele aanwijzing, Danny heeft geen fouten gemaakt. Dertien jaar heeft hij op deze kans gewacht. Met Danny's netwerk en achtergrond kan Charlie overal ter wereld zijn. Onvindbaar in een van de honderden, duizenden containers op een obscuur vrachtschip. Ergens op de oceaan.

Het derde bericht is een tekstbericht: 'Je weet toch wat we doen met kleine jankertjes?'

Tylers armen vallen in haar schoot, snikkend. Ontroostbaar buigt ze het hoofd. Ze is verslagen.

Er komen geen gedachten meer, geen stemmen in haar hoofd, geen adviezen of aansporingen, zelfs geen verwijten. Wat in haar gedachten rest is leegte, dofheid, duisternis. De maan is achter de wolken verdwenen. De regen tikt op haar jack, sijpelt ongemerkt via de kraag naar binnen.

Zelfs als een wolf huilt, achter haar, vlakbij, reageert ze niet.

Zonder dat ze het beseft, rilt haar lichaam van de kou.

Dan heeft ze Gars wapen in haar handen. Geen idee hoe het daar terecht is gekomen. Ze bekijkt het zwarte glimmende metaal, de trekker, de loop.

Er is geen hoop meer. Zelfs geen wanhoop. Een huiveringwekkend beeld schiet haar te binnen, een scène uit een film die ze maanden geleden samen met Charlie heeft gezien, over een man die in een spelonk beklemd is geraakt en zijn arm afsnijdt om te overleven.

'Dat zou ik nooit kunnen,' had Charlie gezegd. 'Zou jij dat kunnen?'

Zo helder als glas is plotseling de herinnering aan dat moment. Charlie had de col van haar trui over haar gezicht getrokken, om de afschuwelijke beelden niet te hoeven zien. Charlies vraag weet ze nog, maar wat had Tyler geantwoord? Ze hoopt dat ze iets heeft gezegd als: 'Je bent sterker dan je denkt, liever,' maar ze weet het niet meer.

Het is alsof de geschiedenis van die afgrijselijke scène (en het antwoord dat ze niet meer weet) Tyler weer in beweging krijgt. Als door een wonder neemt iets diep in haar het heft bruusk in handen.

Want ze moet door. Om Charlie. Om die vraag met het ontbrekende antwoord.

Ze stopt het pistool weg, pakt de lantaarn uit de rugzak en staat op, ondanks de kou en de pijn in haar stijve spieren. Ze raapt haar telefoon op, haalt hem uit elkaar met verkleumde vingers.

Stap voor stap vervolgt ze haar weg naar beneden.

Ze concentreert zich op waar ze haar voeten neerzet, de helling is steil, bezaaid met glibberig mos en losse kiezels. Het licht van de lantaarn werpt schaduwen, die als spoken om haar heen dansen.

Haar achtervolgers zullen het licht zien, maar zelfs die constatering kan haar niet langer tegenhouden. Nauwelijks is nog voor te stellen dat ze de cabin van Tom Warner gaat bereiken, en toch zet ze door.

Alles doet zeer, haar sokken en broek zijn doorweekt, ze heeft haar enkel verzwikt, maar ze houdt vol. Om Charlie.

Tot een bergbeek haar de weg verspert. De stroom is te breed, het water te wild, te gevaarlijk – onmogelijk om over te steken.

#

Oz, geheel in het zwart gekleed, verscholen tussen de dichte laurierstruiken, ziet ze aankomen.

Een state trooper en een agent in burger. Op hun gemak lopen ze van de blokhut naar de patrouillewagen.

'Een huisvrouwtje, trooper Kindall,' hoort hij de man in burger zeggen. 'Ze gaat nergens heen.'

De trooper opent de portieren met zijn zender, de oranje knipoog van de richtingaanwijzers verlicht het terreintje voor Gars blokhut. Hij antwoordt iets over zoveelhonderd vierkante kilometer onherbergzame wildernis in het National Park. Oz verstaat het wel, maar het boeit hem niet. Zijn belangstelling gaat uit naar de agent in burger. Niet zijn uiterlijk, maar eerder zijn houding komt hem bekend voor. Een yankee, blank, Oz' leeftijd, Oz' postuur. Kaalgeschoren hoofd. De bestudeerd kalme tred van de commando, *special ops*, de veteraan die nergens meer van opkijkt.

Terwijl de trooper de kofferbak van de patrouillewagen opent, draait de agent in burger plotseling zijn hoofd, en kijkt hij rechtstreeks naar de laurierstruik. Alsof hij Oz' aanwezigheid bespeurt. Oz, roerloos, geluidloos, retourneert de blik, in de wetenschap dat hij in deze positie onzichtbaar is.

Dan is het moment voorbij. De trooper, met een kreun, tilt een zware tas uit de kofferbak. Gereedschap rinkelt. De man in burger sluit de klep. Opnieuw volgt de oranje knipoog.

Oz kijkt ze na tot ze aan de achterkant van de blokhut zijn verdwenen.

Pas als hij ze binnen hoort, komt hij in beweging.

37

TYLER, NU,

BERGAFWAARTS IN ZUIDELIJKE RICHTING,

CHEROKEE NATIONAL FOREST, TENNESSEE

Tyler volgt enige tijd vergeefs de oever, op zoek naar een begaanbare plek om de bergbeek over te steken, een ondieper gedeelte of een minder steile kant. Als dicht struikgewas haar de weg verspert, manshoog, met doornen zo hard als tanden, moet ze noodgedwongen uitwijken. Maar ze houdt de beek in de gaten, als een drenkeling een reddingsboei.

Buiten adem leunt ze met haar rug tegen een boom. Een open plek voor zich, het ruisende water achter zich. Ze zou al lang weer af moeten dalen, terwijl het volgen van de slingerende beek met de hindernissen haar opnieuw bergopwaarts leidt. Ze moet zijn verdwaald. Ongewild is ze de verkeerde kant op gegaan. Hoelang is ze al als een kip zonder kop aan het afdalen? Ze weet hoelang al: sinds de jpeg van Charlie in haar ondergoed, vastgebonden op een matras in een container.

Met een diepe kreun – om de situatie waarin ze zich bevindt, haar domheid, haar hulpeloosheid, de wereld in het algemeen en de oneerlijkheid van het leven in het bijzonder – doet ze haar rugzak af, van plan de veldfles te pakken.

Daar vindt ze het kompas, verdomme, het kompas. Ze tikt op het glas, de naald trilt, weifelend.

Ze drinkt. De fles is bijna leeg. Bijvullen, neemt ze zich voor. Straks. Met water uit de beek. Graaiend in de rugzak raken haar vingers een energiereep.

In de verte hoort ze het donderen. Een sterke windvlaag grijpt, onaangekondigd, de takken hoog boven haar. Ze kijkt op en ziet, spookachtig en onverklaarbaar, sommige wild heen en weer zwiepen, andere vlak daarnaast bewegingloos. Dikke waterdruppels vallen op haar gezicht, prikken in haar ogen.

Ze kan gaan zitten. Hier blijven. De gedachte is vluchtig, maar verleidelijk: alles loslaten, alle contacten verbreken, alles uit haar verleden achter zich laten, volgens de regels van WitSec. 'Even maar.' Het klinkt als een kind dat met haar liefste stemmetje bedelt om nog even op te mogen blijven.

Maar ze doet haar rugzak opnieuw om. Als ze toegeeft, staat ze nooit meer op. Ze moet door om Charlie.

Met het kompas in haar linkerhand, de lantaarn in haar rechter-, baant ze zich een weg richting de oever van de bergbeek.

Oost is die kant. Oost is goed. Er zit niets anders op dan de beek oversteken, gevaarlijk of niet. De stroom is hier iets breder, lijkt het, een meter of vijf, het water iets minder wild.

Doornen blijven haken in haar broek en het camouflagejack, alsof ook het woud haar wil weerhouden. Maar ze stampt door, haar protesterende enkel negerend, hijgend van de krachtsinspanning. Haar jack scheurt, ze trekt zich los. Een vlammende pijn schiet in haar benen en armen.

Haar tranen van ellende vermengen zich met de regen die haar hard in het gezicht slaat.

Met haar Timberlands om haar nek zit Tyler aan de oever, op een kussen van nat mos en rottende bladeren. Water, grijs als lood, met witte koppen, kolkt een meter of anderhalf onder haar blote voeten.

Voorzichtig betast ze door een scheur in de jeans een rafelende wond. Ze pulkt er een doorn met weerhaak uit. De huid is rood. Ontstoken? Zijn die struiken giftig? Kan het haar iets schelen?

De beek is te breed, de oever aan de andere kant te steil om een sprong te wagen. Zelfs als ze in conditie was geweest in plaats van uitgeput. Zelfs als ze warm was geweest in plaats van ijskoud; en droog in plaats van tot op het bot doorweekt.

Ze steekt de zaklantaarn in haar mond om haar handen vrij te hebben. Ze verstevigt de grip van haar rechterhand op een dikke boomwortel, draait zich met haar rug naar de stroom, en laat zich over de rand zakken.

Langs haar lichaam kijkt ze naar haar voeten, tastend, op zoek naar grip. Tussen haar tenen voelt ze vochtige aarde, pijnlijk scherp grind.

Ze pakt over met haar linkerhand. Langzaam verplaatst ze het gewicht van haar lichaam van links naar rechts en daalt ze centimeter voor centimeter af.

Hoe diep zou het zijn?

Haar rechtervoet raakt als eerste het wilde water. Het is nog kouder dan ze had verwacht.

Als ze haar ademhaling weer onder controle heeft, gaat ze verder. Hangend aan de wortel, voetje voor voetje. De kou in haar kruis, haar buik. Haar voeten registreren nauwelijks nog iets. Raakt ze de bodem al? Met haar linkervoet woelt ze in prut. Ze moet voortmaken of ze zal bevriezen.

Ze schuift haar rechtervoet een stukje naar achteren. Het water staat nu tot vlak onder haar ribbenkast. De schoenen, met de veters om haar nek gebonden, dobberen.

Ja, dit is de bodem. Het moet de bodem zijn. Toch? Ze wiebelt haar tenen, althans dat denkt ze – haar onderlichaam lijkt totaal gevoelloos. Dieper kan niet, mag niet. O God, help me. Help me, om Charlie. Help me, omdat ik haar had moeten antwoorden dat we sterker zijn dan we denken.

De stroom beukt, sleurt.

Je moet, Ty. Je bent het haar verschuldigd.

Staat ze? Eerst laat ze haar rechterhand los, dan haar linkerhand. Langzaam draait ze zich om, ze spreidt haar armen om in evenwicht te blijven. In de lichtbundel is het water pikzwart. Ze beweegt met schokjes, als een bevroren, vertraagde tangodanser.

Vijf meter naar de oever aan de overkant. Meer is het niet, Ty, vijf meter maar.

Het water komt nu tot aan haar oksels, trekt wild aan de rugzak. Met haar armen gestrekt boven het kolkende oppervlak, ziet ze de wortel al, die ze straks gaat grijpen. Ze houdt haar hoofd recht, schijnt, die wortel, daar, in het licht. Nog drie meter. Je bent al bijna halverwege. Nog tien voorzichtige stappen.

Ze tilt haar rechtervoet op, en zet de volgende, tastende, stap. Dan links. Opnieuw rechts. Nu staat ze in het midden van de kolkende stroom. Het water slaat tegen haar kin. Je hebt het diepste punt bereikt, Ty, vanaf nu is het een makkie.

Iets roods op de andere oever, boven en schuin voor haar, komt in beweging.

Voor ze kan zien wat het is, gaat ze onderuit, kopje-onder. De wilde waterstroom – het roffelende geluid onder water is oneindig luid in haar oren – voert haar mee, slaat haar ondersteboven. Daar gaat de lantaarn, ze grijpt nog, maar tevergeefs, het licht dooft.

Ze maait met haar armen om zich heen, op zoek naar grip. De stroom lijkt haar lichaam te versnellen en op hetzelfde moment af te remmen, zuigend en stotend, de natuurkrachten stuwen haar omlaag en tegelijkertijd omhoog met enorme macht. Benen vooruit, dan weer haar hoofd, haar handen, boven is onder, ze verzet zich uit alle macht, maar de strijd is ongelijk. Ze kan niet anders dan opgeven, voelt het zichzelf doen. Haar lichaam verstijft een moment, met een schok, om ogenblikkelijk daarna te verslappen.

Haar voorhoofd knalt ergens tegenaan, ze heeft haar ogen open als het gebeurt, maar kan niet zien wat het is. Een tak of een steen? Nee, de schoenen, denkt ze, mijn eigen schoenen om mijn nek.

Iets trekt wild aan de banden van haar rugzak, even komt ze tot stilstand in het woeste water, de zuigende kracht is enorm. De rugzak scheurt en ze is weer in beweging, ze hapt onwillekeurig naar adem, water vult haar mond.

En met een laatste gedachte – Gars dvd! – is alles voorbij.

#

Charlie droomt dat ze twee jaar oud is. Ze zwaait heen en weer op de schommel die Gar voor haar maakte van een oude autoband.

Het is een prachtige dag, de zon schijnt door het bladerdak.

'Hoger, hoger,' roept ze juichend tegen Gar die haar steeds harder duwt.

Haar stemmetje schalt over het meer.

Een hond blaft in de verte, Buster die ze 'uster noemde.

Dan, vervuld van puur geluk om de veilige vertrouwdheid van dit moment, laat ze de touwen los. De kleine Charlie gilt van pret, kijk, Gar, ze kan vliegen. De wind blaast door haar blonde haren. Er is geen gevaar, want Gar zal haar vangen. Kleine Charlie kan alles, weet alles.

Als ze omkijkt om te zien waar hij blijft, staat daar een skelet met een blauwe baard. Op de schedel een scheefgezakte kroon, in zijn bottenhanden een bijl, druipend van het bloed.

Ze plast, in de droom, in de container, in haar broek.

38

Bijna is hij te laat. Gehaast is Oz onderweg naar de donkerblauwe Taurus die hij bij aankomst vannacht uit het zicht heeft achtergelaten, met bladeren en takken bedekt, in de laatste bocht
van Reservoir Road vóór het rechte stuk naar Gars blokhut.

Sprintend over een zandpad ziet Oz rechts voor zich een witte
schittering tussen de bomen. Hij aarzelt geen seconde en duikt
achter de dichtstbijzijnde eik. Gehurkt brengt hij zijn ademhaling onder controle.

Langzaam, millimeterwerk, kantelt hij zijn hoofd. Hij kijkt
om de stam heen. Een patrouillewagen. Dezelfde als vannacht?
Een meter of veertig bij hem vandaan.

Diep in gedachten verzonken was hij op weg voor droge kleren en voor zijn rapport aan Alexander Harris. Benieuwd naar
diens vorderingen in de zoektocht naar het meisje. Overwegend
wat hij Gars plaatsvervanger moest vertellen over wat hij hier
aantrof, had hij de patrouillewagen bijna gemist.

Geknield kijkt hij om zich heen, links, rechts, achter zich,
vanuit zijn schuilplaats achter de eik. Geen spoor van de state
trooper, noch van de agent in burger.

De sirenes van brandweer en hulpdiensten zijn nog ver weg,
maar naderen snel. Recht voor hem uit dampt zwarte rook boven
de bomen. Even lijkt het of hij sigarettenrook ruikt, een vleugje,
meer is het niet, maar zo dicht bij de brand is het onmogelijk met
zekerheid vast te stellen.

Gevaar loert, Oz voelt het in elke zenuw van zijn lichaam, maar er zit niets anders op. Hij heeft nog geen tijd gehad om de omgeving aan deze zijde van Gars blokhut te verkennen.

Hij duwt zich af tegen de eik, sprint weg, laag blijvend, het zandpad volgend, tot hij de struiken in moet, ter hoogte van de laatste bocht van Reservoir Road. Hij sluipt naderbij, geluidloos, meter voor meter, door de struiken en het hoge gras.

De portieren en achterbak van zijn Taurus staan open.

De agent in burger, de yankee-veteraan die Oz luttele uren geleden niet kon thuisbrengen, leunt tegen een spatbord van de huurauto, zijn benen gekruist. Op zijn dooie gemak rookt hij een sigaret.

Oz bedenkt wat er in de Taurus zat. Een tas met kleren, schoenen, toiletgerei, geld. Niets waarover hij zich zorgen hoeft te maken. Op zijn telefoons na.

Hij taxeert de situatie, neemt de beslissing, een weloverwogen risico, en komt overeind. Hij blijft staan, handen zichtbaar.

De yankee glimlacht, groet Oz met een joviale wuif, richt zijn aandacht dan op de peuk van zijn sigaret, die hij met zorg dooft tussen duim en vingers.

Een korte sirenestoot kondigt de komst van de patrouillewagen aan, stapvoets over de onverharde weg richting de strook hoog gras. Achter het stuur de state trooper.

Oz doet een stap opzij om hem ruimte te geven.

De wagen komt tot stilstand, de state trooper stapt uit, wapen getrokken.

Zonder plotselinge bewegingen te maken, spreidt Oz zijn armen.

'Zeg, kom, trooper Kindall,' roept de yankee. 'Is dit wat er over is van het *good old* warme welkom in Tennessee? Doe dat pistool weg, alsjeblieft, voor je jezelf verwondt.'

Kindall gehoorzaamt, al is het niet van harte.

'Laten we onszelf eerst eens even voorstellen,' zegt de yankee. Hij loopt op Oz af, zijn hand uitgestoken, en zegt met nadruk: 'Agent Steve Austin.'

Oz accepteert de hand. Het gevoel dat hij Austin kent – niet de naam, niet zijn gezicht, maar zijn houding, zijn maniertjes – wordt steeds sterker. Waarvan?

'Trooper Kindall, volgens mij bent u toe aan een welverdiende rookpauze,' zegt agent Austin, het is geen vraag.

'Ik rook niet,' zegt trooper Kindall. Na een wantrouwende blik op Oz en zijn doorweekte kleren draait hij zich van hen af en loopt hij naar de achterzijde van de patrouillewagen.

'Dat is een tijd geleden,' zegt agent Austin, zodra trooper Kindall buiten gehoorsafstand is.

'Inderdaad,' zegt Oz, al heeft hij geen idee waarop de yankee doelt. Hij pijnigt vergeefs zijn hersens, koortsachtig op zoek naar een aanknopingspunt. Waar was het? In welk vorig leven? Hij stelt zich de Amerikaan voor in uniform. Waar? In Libanon? Syrië? Agent Austins nonchalance is die van een huurling, een freelancer. Zij die voor geld, avontuur of uit verslaving – soms aan de goede kant, meestal in het schemergebied vol grijstinten – leven voor het Spiel.

Een man als Oz.

'*Moving up in the world*,' zegt agent Austin. 'Jij en ik.' Hij neemt zijn zonnebril af. 'Wie had dat gedacht?' Nadrukkelijk kijkt hij Oz aan.

Oz ziet de lijntjes rond Austins ogen, minuscule littekens, de nauwelijks waarneembare tekenen van plastische chirurgie. Zijn wenkbrauwen zijn getatoeëerd, zijn oogleden onnatuurlijk strak, zijn hoofd en gezicht haarloos.

'Je hebt geen idee wie ik ben, hè?' vraagt agent Austin. 'Nee? Andere naam? Andere jukbenen? Ander theater? Nee? *You break my heart.*' Hij schudt het hoofd, met gefingeerde spijt. 'Maar maak je geen zorgen, ik hoor het vaker sinds ik op de snijtafels van Langley belandde.'

Oz vervloekt zijn geheugen. Uit een ooghoek houdt hij trooper Kindall in de gaten.

'Ja, ik mocht terugkomen,' zegt agent Austin. 'Er hingen geen slingers, er speelde geen blaasorkest, maar ze waren beleefd genoeg om net te doen alsof ik er weer helemaal bij hoorde.' Hij slaakt een zucht. 'Terugkeren wordt overschat, geloof me. Mocht je twijfelen.'

Agent Austin zet, na een knipoog die er stroef uitziet, zijn zonnebril weer op. 'Dus, ja, ik sta opnieuw op de loonlijst van Uncle Sam. Dan hoef ik jou niet te vertellen hoe desperaat ze zijn. En jij? Weer terug op die van Uncle Moos? Er doen de gekste geruchten de ronde, maar toen ik hoorde dat jij erbij betrokken was, dacht ik: *fuck me*, deze hele shit ruikt inderdaad naar de Mossad. Succes vermomd als mislukking en andersom. Dubbele bodems, driedubbele.'

Oz zegt niets.

'Hoe dan ook, goed je weer te zien, na al die tijd,' zegt agent Austin. 'Je was onderweg naar de brand? Dat moet ik vragen, van trooper Kindall, voor zijn rapport. Ik weet waar je naar op weg was.'

'Naar de brand,' knikt Oz.

'De blauwe Taurus is van jou,' stelt agent Austin opnieuw geen vraag.

'Ja,' zegt Oz.

'En die zilvergrijze Volvo?'

'Volvo?' antwoordt Oz.

'Agent Austin?' roept de trooper. De sirenes komen snel naderbij. 'We moeten gaan, agent Austin.'

'Het is een brand, trooper Kindall, rustig aan, graag,' roept Austin. 'Houten hut, gasflessen, lucifertje erbij. Ongelukjes gebeuren. Laat de jongens van de brandweer lekker spuiten.' En dan, minder luid, tegen Oz: 'Opgewonden types, die state troopers. Natuurliefhebbers, denk ik dan maar. Hoewel jij en ik weten dat vuur goed is voor de natuur. Vuur reinigt. Hier, net als *over there*.'

Trooper Kindall heeft zich weer van hen afgedraaid. Hij staat op zijn tenen, turend naar de rode gloed aan het einde van de weg, als een kind over een schutting.

'Die marshal is een vriend van je?' vraagt Austin.

'Ja.'

'Dus je wist van zijn kluis?' Austin stelt de vraag tussen neus en lippen, bestudeert Oz' reactie nauwlettend.

'Kluis?' antwoordt Oz.

'Een kluis met een ring.'

'Ring?'

'En Martha is hier?'

'Wie?'

'Dacht ik al,' knikt Austin. 'Kluis? Welke kluis? Ring? Welke ring? Volvo? Welke Volvo? Martha? Wie? Zou ik ook zeggen. De leugen zo lang geoefend, dat ze weer spontaan klinkt.' Op andere toon: 'Er was net zo'n kluis in zijn huis in Miami. Boobytrapped, uiteraard. En wie stuurden ze daarheen? Legerjongens, kun je dat geloven? Geef die sukkels iets wat ingewikkelder is dan een bermbom en boem. Ze hadden geen idee. Maar jij dus ook niet.'

Oz schudt het hoofd.

'Het duurde even voor iemand op het briljante idee kwam te verifiëren of er misschien ergens een huis op naam van zijn dode vrouw stond. Dus mijn welgemeende complimenten aan Tel Aviv: jullie hadden het eerder door.'

'Ik weet niets van een kluis,' herhaalt Oz.

'Weet ik. En niets van Martha. Het is altijd de vrouw, niet, Oz? Niet de butler, maar de vrouw.' Austin schudt demonstratief zijn hoofd, alsof hij nog steeds moeite heeft het te geloven. 'Een blok-hut op naam van zijn dode vrouw.'

'Agent Austin?' Trooper Kindall weer.

Austin negeert hem. 'Maar hoe dan ook toeval, vind je niet? Dat wij elkaar hier ontmoeten, na al die tijd?' herneemt agent Austin zijn betoog. 'We zouden het als een voorteken kunnen zien, een gunstig voorteken. Beiden niet in uniform, zodat niet meteen duidelijk is aan welke zijde we staan.' Hij reikt in zijn binnenzak, geeft Oz een visitekaartje. 'Een herkansing.'

Oz bekijkt het. Agent Steve Austin, CIA-logo, een rechtstreeks telefoonnummer, Washington D.C. Geen afdeling, geen adres.

'Normaal gesproken geef je mij dan jouw kaartje,' zegt agent Austin.

Oz klopt theatraal op zijn broekzakken. 'Het spijt me.'

'In je andere pak? Je niet-natte?'

'Denk ik.'

Austin knikt. 'O wacht, voor ik het vergeet.' In zijn hand verschijnen Oz' telefoons, accu's, simkaarten.

Oz neemt ze van hem aan.

'Mooi spul. Zouden wij ook gebruiken, als het budget eindelijk wordt goedgekeurd. Maar je kunt in het leven nu eenmaal niet alles hebben. Hoor je dat, trooper Kindall?' Dat laatste luider, over zijn schouder.

'Wat?' roept Kindall.

Agent Austin kijkt Oz strak aan en zegt: 'Doe Alexander Harris de groeten van me.'

'Ik ken ge…'

'… geen Alexander Harris,' maakt agent Austin Oz' zin af. 'Misschien is dat waar.' Hij haalt zijn schouders op. 'Het zou me tegenvallen, maar het kan. In dat geval zou ik als ik jou was goed oppassen.'

'Agent Austin?' Trooper Kindall heeft het portier van zijn patrouillewagen geopend. 'We moeten nu echt gaan.'

'Ja, ja, ik kom.' En, tegen Oz: 'Helaas, je hoort het, we moeten gaan, de plicht roept. Ga je me bellen, als je iets hoort? Er zijn een hoop mensen nogal zenuwachtig om die kluis, dat kan ik je wel vertellen. Ik weet niet wat die Alexander Harris die je niet kent je te bieden heeft, maar ik weet zeker dat mijn vrienden in Washington een beter aanbod hebben. Misschien is het tijd om over te stappen? Net als vroeger, maar ditmaal met *happy end*. Jij en ik. Sam en Moos.'

Oz ziet hem instappen. Trooper Kindall start de wagen en rijdt langzaam achteruit, om te keren.

Bij wijze van afscheid lost agent Austin door het open raampje met zijn hand, zijn wijsvinger als de loop van een pistool, een schot. 'Ik vergeef het je.'

Oz wacht tot ze uit het zicht zijn verdwenen. Dan spoedt hij zich naar de Taurus. Hij grijpt zijn tas, schoenen, wat droge kleren, en maakt dat hij wegkomt.

Dus wat heeft de risicovolle ontmoeting hem opgeleverd? Behalve zijn telefoons?

Het slechte nieuws? De wetenschap dat de CIA hen op het spoor is, en hoe. Ze weten van Martha, ze weten van Gars kluis.

Ze weten van Alexander Harris. REBOUND is zo lek als een mandje.

Het goede nieuws? Dat Oz er inmiddels achter is waar hij agent Austin van kent – een operatie met de codenaam Thin Goat. Een ultrageheime *joint mission*, jaren geleden in Teheran, de CIA en de Mossad onder één hoedje, met als doel de onvrijwillige exfiltratie van een Iraanse atoomgeleerde.

Thin Goat was een fiasco, de boel werd verraden, hoogstwaarschijnlijk van binnenuit. Mogelijk was er nooit een atoomgeleerde geweest en waren ze in de val gelokt. Hoe dan ook markeerde het debacle het begin van het einde voor Oz bij de Mossad.

Nu beseft Oz waarom agent Austin sprak van weerzien, van een kans op revanche. En waarom Oz hem niet meteen herkende. Door de andere naam, het gewijzigde uiterlijk. Maar bovendien doordat officieel – maar ten onrechte, zo bleek nu – was aangenomen dat zijn toenmalige partner operatie Thin Goat niet had overleefd.

#

Agent Austin is erbij gaan zitten. Een brandweercommandant schreeuwt, wijzend naar de bomen.

Een eindje verderop schiet trooper Kindall plaatjes van de fik. Voor zijn plakboek? Brandweermannen hebben de reputatie de grootste pyromanen te zijn, maar vlak state troopers niet uit.

Het is zoals hij al zei paniek om niks, de blokhut van de marshal is verloren.

Terwijl hij van een afstandje het inferno bekijkt, en het drukdoenerige heen-en-weergedraaf met slangen, ladders en bijlen, belt hij Alexander Harris op diens rechtstreekse lijn.

De beveiligde verbinding komt tot stand. Alexander Harris, het verbaast agent Austin niet, neemt ogenblikkelijk op.

'Lexie?' zegt agent Austin. Alexander Harris haat het Lexie genoemd te worden. 'Luister, Lexie, waar ben je?'

'Ik ben…'

'Nee, laat ook maar. Drie keer raden waar ík ben.'

'Ik heb geen idee.' Lexies giechel verraadt zijn nervositeit.

'Nee,' beaamt agent Austin. 'Het begint met een B, Lexie, als in "blokhut". En het eindigt met een F, als in "blokhut in de fik". Maar die Oz, is dat jouw man?' Hij hoort Lexie schrikken.

'Jullie kennen elkaar?'

'Dat wist je niet?' Dan is het probleem groter dan ze denken. 'Mossad, Lexie. Wakker worden, jongen. Je weet nog steeds wat je aan het doen bent?'

'Had me verteld dat je daarheen ging. Ik had je kunnen waarschuwen. Waarom ben je daar eigenlijk?'

'Vijfhonderd miljoen redenen, Lexie. O, *by the way*, de kluis? Die heb ik. Wedden dat hij leeg is?'

39

Tyler wordt gewekt door het geluid van sirenes in de verte. En door stemmen vlakbij.

'*Good morning, sir*,' zegt een onbekende stem.

'*Morning, gentlemen*,' antwoordt een tweede stem.

Abrupt komt ze overeind. De pijnscheut in haar achterhoofd is verblindend, als weerlicht in haar schedel.

Waar is ze? Ze kijkt rond, haar ogen tot spleetjes samengeknepen tegen de pijn. Naakt ligt ze onder een stapel dekens, op een sofa, in een blokhut. Een blokhut als die van Gar.

Er brandt een haardvuur, de gordijnen zijn gesloten. Haar kleren hangen aan de schoorsteenmantel te drogen, haar rugzak en Timberlands staan naast de haard. Een radio speelt zachtjes ballroommuziek.

'Mijn naam is Austin,' zegt de eerste stem. 'Agent Steve Austin.'

'Werkelijk?'

'*We have the technology.*'

De stemmen zijn buiten. Tyler kijkt voorzichtig over de rugleuning van de sofa. Een gesprek bij de voordeur.

'En *this fine gentleman* naast me is trooper Kindall van de Tennessee State Police.'

'Vroeg op pad, heren.' Deze stem is raspend, een roker.

'Ach, u weet wat ze zeggen, *it's a dirty…*'

'De badges graag,' onderbreekt de rokersstem.

Verward, gedesoriënteerd, met schreeuwende pijn in haar hoofd en nek, trekt Tyler onwillekeurig de dekens omhoog.

'Dit is een visitekaartje, agent Steve Austin.' Aan de wijze waarop hij 'agent' uitspreekt, is te horen dat de roker niet onder de indruk is. 'Ik vroeg om een badge.'

'De badges zijn nog bij de drukker, ben ik bang.'

'Alleen een telefoonnummer?'

'Voor als u me wilt bellen.'

'CIA, maar geen afdeling? Geen adres?'

'Een speciaal onderzoeksteam.'

'Speciaal, hè?' De roker slaakt een theatrale zucht. 'Dus wat kan ik voor u doen?'

'Mag ik u vragen met wie wij het genoegen hebben?'

'Dat mag u.'

'Met wie hebben wij het genoegen?'

'Mijn naam is Warner, Tom Warner.'

Tyler herinnert zich de beek. De jpeg van Charlie, hulpeloos op het matras in de container.

'U bent de park ranger?' vraagt agent Steve Austin.

'Ayuh,' zegt de rokersstem.

Op haar voorhoofd voelt ze een dot verbandgaas en tape. De laarzen, haar eigen Timberlands die tegen haar hoofd knalden.

'Wat een enerverende dag moet het voor u zijn, al die drukte in uw mooie park, Tom, nietwaar? Is het goed als ik u Tom noem?'

'*Mister* Warner *will do*. Of sir, ook goed.'

'Mogen wij u een paar vragen stellen, Mr. Warner?'

'Vrij land.'

'Is die rode Toyota daar van u? Die pick-up?'

'Ayuh.'

'Kent u iemand met een zilvergrijze Volvo?'

Tyler spitst haar oren. Dat gaat over haar huurauto. Zijn de agenten voor Tom Warners deur dezelfde twee voor wie ze vluchtte uit Gars blokhut? Het trooper-uniform en de man in burger?

'Niet dat ik weet.'

'Iemand met een donkerblauwe Taurus?'

'Nee.'

'Een zekere Claire Adams?'

Dat is Tylers nieuwe naam.

'Nooit van gehoord.'

'U weet weinig, zelfs voor een park ranger.'

'Ik weet wat ik moet weten.'

'Maar u moet niet naar de brand?'

'Om wat te doen? De brandweer in de weg lopen? Waar gaat dit precies over, heren?'

'Kent u een zekere Garfield Franklin Horner?'

'Ayuh, *hím I know*,' zegt Tom Warner.

'Hoe goed kent u hem?'

'Ik vroeg u waar dit over ging.'

'We hebben een paar vragen aan u, Mr. Warner. Bijvoorbeeld over de blokhut van de heer Garfield Franklin Horner, die zoals u weet op dit moment…'

'Er is hier geen blokhut van de heer Garfield Franklin Horner.'

'Volgens onze informatie…'

'Dan is die informatie incorrect.'

'Mr. Warner, sir, mijn welgemeende excuses, u hebt volkomen gelijk. De blokhut staat namelijk op naam van zijn overleden vrouw. Trooper Kindall en ik zouden uw medewerking zeer op prijs stellen. Het duurt niet lang, dat beloof ik u. Het is allemaal routine, eigenlijk. Mogen we misschien even bij u binnenkomen?'

Tyler krimpt ineen. Ze probeert op te staan, maar haar benen en rug werken niet mee. Alles voelt beurs, alsof ze is overreden door een stoomwals.

'Hebt u een gerechtelijk bevel?' vraagt Tom Warner.

'Kijkt u eens hier, Mr. Warner, sir, er is geen enkele reden om…'

'Dacht ik al. Volgens mij is dit gesprek voorbij.'

'Maar…'

'Goedendag, heren.'

De deur gaat open en Tom Warner stapt naar binnen, een dubbelloops jachtgeweer nonchalant over zijn arm. Hij draagt laarzen, jeans, een roodgeblokt houthakkershemd. Een oude man, ouder nog dan Gar, maar verrassend snel heeft hij de voordeur achter zich weten te sluiten.

Hij neemt de tijd om op adem te komen, met zijn rug tegen de deur. Als hij ziet dat Tyler wakker is, houdt hij een trillende wijsvinger tegen zijn lippen. Een oud litteken loopt schuin over zijn wang naar zijn voorhoofd, over de brug van zijn neus.

Ze spitst haar oren, hoort een portier en nog een. Een auto start, keert op het erf, rijdt met een flinke dot gas weg. Zand en grind spatten op. Ze kan zich nauwelijks voorstellen dat de agenten hier genoegen mee nemen.

'Snotneuzen,' zegt Tom Warner. Hij bevestigt zijn geweer in een klem naast de deur en schuift met een kreun de zware grendel dicht. Dan kijkt hij ze door een kiertje in het gordijn na. Tevredengesteld loopt hij om de sofa heen, knielt, en kijkt haar in de ogen. 'Hoe is het met je?'

'Dat…' Ze denkt niet na, komt opnieuw te gehaast overeind.

'Pas op, rustig aan,' zegt hij.

'… weet ik nog niet.' Ze laat zich terugzakken.

'Je hoofd?'

'En de rest van mijn lichaam.'

'Je hebt geluk gehad.'

'O ja? Dan wil ik niet weten hoe ongeluk voelt.'

'Je moet rusten.'

'Nee, ik moet weg hier.'

'Waarheen dan?'

De vraag der vragen. Het duizelt haar, er zijn zoveel vragen, allemaal even belangrijk en allemaal even onmogelijk om nu onder woorden te brengen. Ze kiest voor: 'Was u dat, bij die beek, aan de overkant?'

'Ayuh. Schrok je van me? Dat was niet de bedoeling.'

Ze doet een nieuwe poging overeind te komen. 'U hebt me gered.'

'Nee, dat was ik niet. Dat was Oz.'

'Maar…' Ze fronst haar wenkbrauwen, de tape trekt op haar voorhoofd.

'Hij redde jou. Dook je na. Aarzelde geen seconde.'

'Oz?'

'Je kent hem niet? Hij zei dat hij jou kende.'

'Nee. Ja.' De pijn in haar ledematen negerend, met de deken onder haar oksels geklemd, tilt ze haar benen van de bank af. Haar spieren protesteren, trillen van inspanning. Voorzichtig zet ze haar voeten op de houten vloer, eerst rechts, dan links, vechtend tegen de duizeligheid.

'Zei dat zijn naam Oz was.'

'Is Oz hier?' Ze kijkt over haar schouder.

'Nee, hij ging meteen naar de brand.'

'Hij ging… naar welke brand?'

'Gars blokhut.'

'Maar…' Ze geeft het op, het is te veel, te verwarrend. Een brand? Oz die haar redde? Ze voelt aan het gaas op haar hoofd, duwt er zachtjes op. De pijn is dof. 'Hebt u pijnstillers?'

'Je hebt er al zes gehad. Zes is het maximum.' Maar hij geeft haar het potje aspirine en een glas water aan.

Ze neemt er een, terwijl ze Tom Warners gezicht bestudeert. Zijn rode neus en ongeschoren wangen, zijn ogen, waterig, gelig: de kenmerken van de alcoholist. Dan slaat ze haar ogen neer, boos om de onaardige constatering, en neemt nog een aspirine. Ze bijt ze stuk, vermaalt ze tussen haar kiezen, voorzichtig. Elke beweging, zelfs die van haar kaken, doet zeer.

'Ik ben Tyler Young,' zegt ze. Suf. Alsof beleefdheden er nu toe doen, gebruikt ze ook nog eens de verkeerde naam.

'Dat weet ik. Gar zei dat je kon komen. Ooit. Jij en je dochtertje. Ik ben Tom Warner.'

'Aangenaam.' Ze schudt zijn hand. 'Gar en jij zijn vrienden.'

'Vrienden?' Tom Warners ogen draaien naar het plafond, alsof hij overweegt hoe hun relatie het best te omschrijven. 'Op en af, denk ik. Hij eigenwijs, ik eigenwijs.'

'U weet van de aanslag in Miami?'

Hij knikt. 'Armeense maffia, denken ze.'

Danny.

'Er is inmiddels ook een tweede aanslag geweest,' zegt hij. 'In het ziekenhuis. Ze verplaatsen hem *as we speak* naar het Womack Army Medical Center.'

'Godallemachtig,' zegt ze. 'Een militair hospitaal? Maar hij leeft nog?'

'Ayuh, hij leeft nog. Gar is een taaie. Het was op de radio. Wie inlichtingen heeft, wordt verzocht zich te melden.'

'Dan weet u hoe serieus het is,' zegt ze. Een tweede aanslag, het dringt nauwelijks tot haar door. Danny's wraak kent geen grenzen. Ondanks de zware bewaking in het ziekenhuis.

'Denken ze soms dat jij er iets mee te maken hebt? Speciaal team van de CIA. De State Police. En dan die Oz. Allemaal op zoek naar jou.'

'Ja,' zegt ze.

'En je hebt geen idee wie wel of niet te vertrouwen is?'

'Nee.'

'Mij kun je vertrouwen,' zegt hij.

'Natuurlijk,' zegt ze, maar nu hij het zo nadrukkelijk moet bevestigen, is ze er allerminst zeker van.

'Wil je me vertellen wat er aan de hand is?'

Wil ze dat? Waar te beginnen? De korte versie dan maar. 'Mijn ex heeft Charlie.'

'Je dochter.'

'Ja.' Plotseling, alsof iemand de thermostaat hoger heeft gedraaid, slaan de vlammen haar uit. 'Ik moet hier weg. Ik moet naar haar toe.' Om haar woorden kracht bij te zetten, hijst ze zich omhoog aan de rugleuning van de sofa, althans ze doet een poging. Maar Tom Warner duwt haar zonder moeite, met een vingertop tegen haar naakte schouder, terug in de kussens.

'Als je sterker bent dan nu. Pas dan, en niet eerder, ayuh. Gar zou het me niet vergeven als ik je zo liet gaan.' Zijn toon is vriendelijk maar gedecideerd.

'Maar die agenten dan?' vraagt ze. 'Ze zullen terugkomen. Met een gerechtelijk bevel.'

'Ik denk van niet. Ik ken mijn Grondwet. En een paar gepensioneerde rechters en advocaten in Deaver County met wie ik elke donderdagavond poker speel. En als dat niet helpt, hebben we altijd nog het dubbelloopse argument achter de hand.' Bij die laatste woorden werpt hij een veelbetekenende blik op het jachtgeweer naast de voordeur. 'Hoe dan ook, zo laat ik je niet gaan. We wachten op Oz in elk geval. Of is Oz het gevaar?'

Ze schudt het hoofd, opent haar mond, van plan iets tegen te werpen, een ondubbelzinnig oordeel dat tegelijkertijd recht doet aan haar twijfels. Is Oz het gevaar? Is Tom Warner het? Gar, die al die tijd tegen haar loog over WitSec? Alsof ze aan Danny niet genoeg heeft.

In plaats van iets te zeggen sluit ze haar ogen, wachtend tot de pijnstillers hun werk doen. Ongewild valt ze in slaap.

#

Even is Charlie gedesoriënteerd.

Ze is gewekt door straaltjes daglicht, felle zon door kleine gaatjes in het plafond en de muur.

Maar dit is haar slaapkamer niet. Een metalen dak, metalen wanden.

Gealarmeerd probeert ze overeind te komen, maar iets belemmert haar. Ze ligt aan enkels en polsen vastgebonden op een matras. In haar ondergoed. En ze heeft in haar broek geplast.

Dit kan niet waar zijn. Dit is een nachtmerrie. Ze knijpt haar ogen stijf dicht, schudt heftig met haar hoofd, een trucje dat ze leerde van haar moeder toen ze klein was.

Maar het helpt niet, ze ontwaakt niet, want ze is al wakker. Dit is geen droom.

Alles doet haar pijn, haar kaak, haar rug, haar ribben, alsof ze met stokken is geslagen.

Boven haar hoofd, vlak naast het matras, staat een fles bronwater. Nestlé Pure Life.

Haar hart maakt een sprongetje. Water. Ze kan het al proeven.

Of is het een luchtspiegeling? Speelt haar brein wrede spelletjes? Ze strekt haar handen, kronkelt haar lichaam links, dan rechts. Ze negeert de brandende pijn van de boeien om haar polsen. Met links lukt het haar niet, maar met rechts lijkt de knoop iets mee te geven.

Met haar vingertoppen raakt ze bijna de fles.

Charlie gromt. Het doet zeer, maar ze zet door en weet haar onderarm nog verder omhoog te duwen. Al haar spieren trillen van de inspanning. Met haar nagels krast ze nu over het etiket van de fles. Voorzichtig, ze heeft hem, bijna, bijna.

De fles is geen fata morgana, maar echt. Een echte fles. Met echt water dat haar zal redden.

Nog eenmaal zet ze zich af met haar billen, ze katapulteert zich omhoog. Tegen alle weerstand van de touwen in, tikt ze met onnatuurlijk witte vingertoppen tegen de fles. Ze grijpt, ze heeft beet. Ze heeft hem te pakken!

Nee, mis, het oppervlak is te glad. De fles glipt weg, kantelt, komt weer overeind, ze hoort het water klotsen.

Charlie kreunt. Zo dichtbij.

Voorzichtig. Rustig aan. Kalm. Even ademhalen.

Even later trapt ze zich opnieuw omhoog op het matras, met alle kracht die haar resteert. Het is een ultieme wanhoopspoging, de touwen snijden, scherp als scheermesjes, haar huid lijkt te scheuren.

Haar gekromde vingers klauwen wanhopig, maar opnieuw krijgt ze net geen grip.

Met open mond ziet ze het gebeuren. De fles valt om, als in slow motion, ploft neer. Het water rolt weg, buiten bereik.

Charlie gilt.

40

Als Tyler haar ogen weer opent, is het donker buiten. In de gang van Tom Warners blokhut brandt licht. In de schemering rond de sofa ziet ze haar droge kleren, keurig opgevouwen op een stapeltje aan haar voeteneinde.

De pijn is niet weg, maar dragelijk nu. Op de radio speelt nog steeds zachtjes ballroommuziek.

De geur van koffie, uien en vlees in de koekenpan doet haar watertanden. Even is ze terug in de Airstream, al die jaren geleden.

Voorzichtig richt ze zich op. Als ze haar nek strekt, voelt ze haar ribben. In de keuken aan het einde van de gang ziet ze Tom Warner bij het fornuis.

Naast hem een onbekende man, ze spreken met elkaar op gedempte toon.

Tyler ziet hem op de rug. Hij draagt een donker T-shirt, donkere jeans, zwarte bergschoenen.

Oz. De eerste keer dat ze hem ziet.

Ze komt overeind en merkt dat al te veel inspanning nog niet raadzaam is. Het is licht in haar hoofd, ze voelt zich draaierig en misselijk bij te snelle bewegingen.

Zittend, zo goed en zo kwaad als het gaat, drapeert ze de deken strakker om zich heen. Het wil niet, ze doet een tweede poging. Langzaam duwt ze zich omhoog.

Voetje voor voetje, haar rechterhand angstvallig op de rugleu-

ning van de sofa, waagt ze de oversteek naar een stoel bij de eettafel. Met haar hand aan de muur schuifelt ze de gang in, naar de
keuken.

Oz draait zich al om – ogen in zijn rug.

'Ayuh, daar ben je,' zegt Tom Warner. 'Je hebt vast honger,
wat?' Maar onderwijl taxeert hij nauwlettend haar reactie en die
van Oz, op alles voorbereid. Een pan als wapen in zijn hand,
mocht het nodig zijn.

Oz is zonder twijfel een sterke man, maar zijn houding is be-
dachtzaam, bijna bescheiden. Een knappe man, ruw aantrekkelijk, iets ouder dan zij. Zijn donkere haar is kortgeknipt, militaire stijl. Als het een soldaat is, en daaraan twijfelt Tyler eigenlijk
niet, dan een vermoeide – de eenzame overlever van een vergeten
oorlog.

Terwijl ze met links de deken bij haar hals zedig dichtgeknе-
pen houdt, alsof preutsheid er nu ineens toe doet, steekt ze haar
rechterhand naar hem uit. 'Ik begrijp dat ik u dank verschuldigd
ben.'

Zijn handdruk is krachtig zonder te overdrijven. 'Het spijt me
van Gar.'

'Mij ook,' zegt zij. 'Is er nieuws?'

Oz bijt op zijn lippen. 'Over Gar? Geen verandering.'

'Over Charlie?'

Hij schudt het hoofd. 'We doen er alles aan om haar te vinden.'

'Dus…' zegt Tom Warner. Hij zet de pan weer op het vuur,
blijkbaar ziet hij geen acute bedreiging. 'We eten over een kwar-
tiertje. Wat wil je, eerst douchen?'

Met haar kleren onder zijn arm, helpt Tom Warner haar naar
de badkamer.

Als ze alleen is, wikkelt ze langzaam het verbandgaas van haar
hoofd, voor de spiegel. De wond vlak boven haar wenkbrauw is
diep, geïmproviseerd maar netjes gehecht met zwaluwstaarten
geknipt van pleister. Het gaat een litteken worden.

Ze neemt een lange hete douche, rustig aan in het begin, de
stralen niet te hard, haar hoofd opzij. Ondertussen inspecteert ze
de talrijke blauwe plekken en schrammen op haar lichaam, en

probeert zich te herinneren welke waardoor is veroorzaakt. Die op haar scheenbeen identificeert ze in elk geval zonder moeite: de trapper van de Vespa waar ze tegenaan schopte, in een ander leven, een andere eeuw, zo lijkt het.

Eigenlijk valt het mee. Ze mag niet klagen. Het had erger gekund. Vergeleken met Charlie…

Huilt ze, ongemerkt, onder de douche? Nee. Ze is voorbij de tranen. Misschien is ze nog in shock.

Voorzichtig deppend rond de pijnlijke zones droogt ze zich af met een dunne handdoek. In Tom Warners medicijnkastje vindt ze allerlei smeersels en pillen, maar geen pijnstillers. Langzaam kleedt ze zich aan.

Als ze zit te hannesen met haar sokken, vechtend tegen de hamerslagen in haar hoofd, klopt Tom Warner aan de deur. 'Alles goed?' roept hij.

Ze opent de deur op een kier.

'Hoe goed ken je die Oz?' fluistert hij, als hij, met een hoofdbeweging richting de keuken, de badkamer binnenkomt.

'Wat bedoel je?' Geschrokken stapt ze naar achteren, haar hielen stoten tegen de toiletpot.

'Ik zag hem net in jouw spullen neuzen. In je rugzak. Hier.' Hij opent zijn hand.

Op zijn handpalm ligt Gars zegelring. 'Vond ik in je broekzak, toen ik je kleren te drogen hing.'

Tylers mond valt open. Ze was Gars ring helemaal vergeten. De ring die ze vond in de kluis. Met de dvd, die ze pas voor de helft heeft bekeken.

Ze pakt de ring van zijn trillende hand. Als ze opkijkt, ontwijkt Tom Warner haar blik, draait zich van haar af. Alsof het gestolen waar betreft, iets waar hij niets mee te maken wil hebben.

'Ik weet niet wat jij gaat doen, maar ik hou die Oz in de gaten,' sist hij, nog steeds met afgewende blik. Dan stapt hij de badkamer uit.

Op haar sokken, met nieuwe haast, loopt Tyler langs de sofa. Naast de haard staat haar rugzak.

Achter zich hoort ze de mannen de kamer binnenkomen, maar ze laat zich niet afleiden. Ze grist en graait, koortsachtig op zoek naar de dvd, maar tevergeefs. Een zijvak met rits hangt er gerafeld bij. Heeft ze het schijfje daarin gestopt? Ze tilt de rugzak op, keert hem om, de inhoud – de verbandtrommel, energierepen, de munitie – klettert op de grond. Haar telefoon lijkt het water wonderwel te hebben overleefd. Ook haar reistas gooit ze ondersteboven. Ze bladert door de multomap, ziet de foto's, het krantenknipsel over de horrorcontainer, geribbeld papier, opgedroogd na waterschade.

Maar geen dvd.

Tenzij.

Ze komt overeind. De pannen staan inmiddels op tafel. Oz en Tom Warner zitten tegenover elkaar. Hun hoofden gebogen.

'Oz?' vraagt ze. 'Heb jij…'

'Shh,' zegt Oz, zonder op te kijken.

Tom Warner steekt een vermanende vinger omhoog. Met zijn andere hand draait hij aan de volumeknop van de radio.

Ze nadert, op haar tenen, en luistert naar de nieuwslezer.

'… het transport naar het Womack Army Medical Centre niet overleefd. Hij is aan de gevolgen van zijn verwondingen overleden, zo heeft een legerwoordvoerder zojuist bekendgemaakt.'

'Gar?' fluistert ze. Ze weet het antwoord.

De mannen aan tafel lijken bevroren, alsof ze haar geen van beiden aan durven te kijken. Tyler slaat haar hand voor haar mond.

'In een gezamenlijke verklaring namens de U.S. Marshal Service en ministerie van Justitie wordt zijn dood een groot verlies genoemd voor de nabestaanden, de natie en *law enforcement agencies* wereldwijd. U.S. Marshal Garfield Franklin Horner werd geboren in Chicago ten tijde van…'

#

In zijn penthouse met uitzicht op het Meer van Genève beluistert de oude Faber hetzelfde bericht met gemengde gevoelens;

het nieuws over zijn oude vriend stemt hem tegelijkertijd tevreden en melancholiek.

Hij stuurt zijn elektrische rolstoel naar de open haard, steekt zijn handen uit naar de warme gloed, al weet hij dat de kilte in zijn vingers niet meer kan worden verdreven.

Boven de schoorsteenmantel hangt het familieportret, drie generaties Faber. Zittend Fabers vader, op hoge leeftijd. Achter zijn vader, staand, hijzelf, destijds nog in blakende gezondheid, de ring zichtbaar aan de ringvinger van de hand die rust op de schouder van Michael, Fabers zoon, toen pas zeven jaar oud.

Inmiddels heeft Faber zowel zijn vader als zijn zoon moeten begraven. Het vakmanschap van de kunstenaar zorgt ervoor dat hun levende ogen hem lijken te achtervolgen bij alles wat hij onderneemt, goed of slecht. Een illusie, weet Faber, die zich bedient van zijn kwade geweten. Hij wrijft zijn handen, tevergeefs. Zijn bloed is koud, zijn botten zijn koud.

Hoe zullen we herinnerd worden, Gar, oude vriend? vraagt hij zich af. Als de ringdragers die het uit handen lieten glippen? Als zij die te lang bleven zitten en hun opvolging verprutsten?

Faber twijfelt aan de officiële lezing, waarin de Armeniërs verantwoordelijk worden gehouden voor de eerste aanslag op Gars leven. Van de tweede weet hij het zeker.

41

In een koekenpan op tafel tussen hen in liggen bonen, gebakken aardappels met spekjes en uien in jus. Een biefstuk staart Tyler aan vanaf haar bord. De mannen werken het voedsel snel naar binnen, maar Tyler prikt in haar vlees, schuift haar bonen heen en weer.

'Je moet eten,' zegt Oz.

'Ayuh.'

Ze knikt, neemt een hap, nog een, kauwt zonder te proeven. Ze weet dat ze gelijk hebben. Ze moet eten, aansterken, is het niet voor haarzelf, dan wel voor Charlie.

De radio speelt, maar het nieuws verandert niet: Gar is dood. Overleden, zonder nog uit zijn coma te ontwaken. Het transport dat hem in veiligheid moest brengen, van het Jackson County Memorial in Miami naar het militaire hospitaal, werd hem fataal. Twee aanslagen op zijn leven kort achter elkaar. Volgens een woordvoerder van de FBI gaat het naar alle waarschijnlijkheid om een afrekening door de Armeense georganiseerde misdaad.

'Danny,' zegt Tyler.

'Mamoulian?' vraagt Oz.

Tyler knikt. 'Hij heeft Gar laten vermoorden en Charlie naar New York gelokt.' Een handjevol woorden, meer is het niet. De samenvatting van een mislukt leven.

Op haar telefoon toont ze hun de jpeg die Danny stuurde, van Charlie, vastgebonden op het vuile matras in de container. Zelf durft ze er nauwelijks meer naar te kijken.

'Ze kan overal zijn,' zegt ze.

Geen van beiden spreekt haar tegen.

Tom Warner voelt met zijn rechterhand aan het borstzakje van zijn overhemd, het gebaar van de ex-roker. 'Ik heb een borrel nodig,' zegt hij. Even later is hij terug met drie glazen en een fles bruine vloeistof zonder etiket.

Hij schenkt alle glazen in, ongevraagd. Niemand protesteert. Ze proosten. Op Gar. Op Charlie.

Beide mannen slaan hun glas in een teug achterover, Tyler nipt voorzichtig. Desondanks verslikt ze zich, de drank brandt in haar keel. Hoesten, merkt ze, is geen goed idee op dit moment. Ze voelt de pijnlijk schokkende samentrekkingen van haar middenrif en ribbenkast tot in haar tenen.

'Of denk je dat ze nog in New York kan zijn?' vraagt Tyler aan Oz. Ze zet zich schrap voor het antwoord.

Oz neemt de tijd, turend naar zijn glas. 'Wat ik weet is dat Danny is ondergedoken. De NYPD is inmiddels ook naar hem op zoek.'

De hals van de fles tikt tegen de glazen als Tom ze bijschenkt. 'Wat is jouw rol in dit alles precies, Oz?' vraagt hij.

Het klinkt allerminst vriendelijk.

Maar Oz begint zijn opsomming. Een man van de feiten, van alles op een rijtje. Hij vertelt hoe Gar hem vroeg een fast 360 te doen, een check op Tyler en Charlie. Als vriendendienst, niets officieels, onder de radar. Omdat Oz vlak bij Amsterdam woont, nam hij haar voor zijn rekening. De klus in Londen besteedde hij uit aan twee maten, betrouwbare krachten. Zij traceerden Charlie met behulp van het gps-signaal van haar smartphone en volgden haar naar de London Zoo. Daar moesten ze improviseren, toen te veel onduidelijke figuren belangstelling voor Charlie toonden.

En dus namen ze haar mee, preventief. Naar een safehouse, waaruit Charlie wist te ontsnappen.

Tyler begrijpt het niet. Dus Gar wíst dat er iets ging gebeuren? 'Dus Gar vroeg jou…' begint ze.

Maar een uitbarsting van Tom Warner overstemt haar: 'En dat

noem jij "betrouwbare krachten"? Een kind nog, een meisje van vijftien, zomaar, onder hun neus?'

Tyler legt haar hand op zijn arm. 'Het was een safehouse, Tom,' zegt ze. 'Geen gevangenis.' Ze voelt enige trots op Charlie, hoe vreemd ook onder de huidige omstandigheden. Charlie had zich dapper getoond, ze had initiatief genomen. Hoe anders dan zij, de besluiteloze, de angstige, die zichzelf bijna had weten te verdrinken.

'Onbetrouwbare idioten,' gromt Tom Warner.

Het lijkt alsof Oz Tom Warners kritiek wel kan billijken. Rustig vervolgt hij zijn relaas. Hij vertelt dat Charlie vrijwillig meeging met twee personen in een Vauxhall, een personenwagen die Bennie en Kurt eerder zagen, zowel bij de dierentuin als bij het safehouse.

Nu gaat Oz' smartphone de tafel rond. Hij toont ze de foto die is genomen door de deurcamera van het safehouse. Tyler ziet een man met een geruite boerenpet naast een vrouw met een zonnebril, haar haar in een grijs knotje. Beiden met een corsage op hun kleding, half verscholen achter een grote bos bloemen.

Op het oog een opa en oma. 'Danny is wees,' zegt ze.

'Ze ging vrijwillig met ze mee,' zegt Oz, terwijl hij zijn telefoon wegsteekt. 'Ze werd niet gedwongen, leek volkomen op haar gemak. De rest weet je.'

Nu begrijpt ze waarom Oz er aanvankelijk van overtuigd was dat Charlie veilig was, en later op zijn woorden moest terugkomen. 'Hoe wist je het nummer van mijn nieuwe telefoon? Toen je me belde, in Londen?' vraagt ze.

'Je hebt met je nieuwe toestel het noodnummer gebeld,' antwoordt Oz. 'Vanaf Schiphol.'

'Het noodnummer van WitSec.' Althans dat dacht ze toen nog. 'Ze zouden me terugbellen. Dat was jij? Dus toch?' Daarom wist hij ook van haar codenaam, Martha. 'Maar je bent niet van WitSec.'

'Nee. Ik deed, zoals ik al zei, een vriendendienst voor Gar.' Oz buigt het hoofd.

'Een vriendendienst die jij hebt verprutst, jij en je "betrouwbare krachten" van niks,' zegt Tom Warner. Hij schenkt zichzelf weer bij. 'Godverdomme.'

'Kalm aan, Tom, alsjeblieft.' Alcohol gaat niet helpen. Opnieuw legt ze haar hand op zijn arm.

Ruw trekt hij zich los. 'En waar waren jullie, jij en die andere idioten van REBOUND toen ze Gar aanvielen, tot tweemaal toe?' Zijn vinger priemt, trillend, beschuldigend, naar Oz.

REBOUND? registreert ze.

'Ik stond bij Tyler voor de deur,' antwoordt Oz. 'Ik belde nog bij je aan, ik hoorde de telefoon overgaan. Ik was net te laat.'

'Je hebt werkelijk overal antwoord op, hè?' Tom Warner schudt het hoofd.

'En wat precies is RE...'

'En wat is jouw rol, Tom?' onderbreekt Oz. Zijn toon plotseling scherp, zijn ogen strak op Tom Warner gericht.

'Mijn rol? Wat heb ik er in vredesnaam mee te maken?'

'Hoe goed kende je Gar?'

Tom Warner knippert even met zijn ogen, en geeft dan toe. 'Goed, denk ik. We hebben gejaagd samen. Bier gedronken. Je weet wel, wat oude mannen doen.'

'Spraken jullie over zijn werk?' vraagt Oz. 'Over REBOUND?'

'Wat is...' probeert Tyler opnieuw.

'Ouwehoeren over het weer, over vroeger. We hebben een paar keer gevist op het meer.' Tom Warner ontwijkt Oz' blik, bestudeert de bodem van zijn glas. 'Niks gevangen.'

'Heeft Gar je verteld over REBOUND?' houdt Oz vol.

'Waar ben je eigenlijk op uit?' Tom Warner zet hard zijn glas neer.

'Ik stel een vraag,' zegt Oz. 'En ik krijg geen antwoord.'

'Wat wil je dat ik zeg?' roept Tom Warner uit. 'Gar was zijn leven lang een marshal. Ook na zijn ontslag. Hij was een geboren marshal. Hij stierf als een marshal. En marshals praten niet over hun werk.'

'Heb jij een sleutel van Gars blokhut?'

Oz' vragen worden scherper. De sfeer aan tafel is nu openlijk vijandig.

'Gar heeft geen blokhut.'

Oz laat zich niet van de wijs brengen: 'De blokhut op naam van zijn vrouw.'

Natuurlijk heeft de parkopzichter de sleutel van elke blokhut, denkt Tyler. Om een oogje in het zeil te houden bij afwezigheid van de bewoners, om kleine reparaties uit te voeren en om ervoor te zorgen dat de leidingen 's winters niet bevriezen. Waarom doet Tom Warner er zo moeilijk over? 'Tom, laten we…'

Tom Warner pakt de tafelrand, en duwt zijn stoel naar achteren. Op weg, Tyler is er zeker van, naar het jachtgeweer bij de deur.

Snel en met kracht komt ook Oz overeind. Hij reikt over tafel en grijpt de parkopzichter bij zijn onderarm. De mannen, voorovergebogen, kijken elkaar nu recht in de ogen.

'Wat weet je van de kluis?' vraagt Oz.

Onwillekeurig legt Tyler haar rechterhand onder tafel op haar broekzak en Gars ring.

Tom Warner rukt zich los. Zijn vuist slaat tegen de fles die omvalt en wegrolt. 'En jij dan, wat moest jij in haar rugzak?'

Tyler grijpt de fles, net voor hij over de tafelrand duikelt. 'Tom, Oz, alsjeblieft.' Ze wil geen strijd, geen verwijten, geen verdenkingen. Wantrouwen is een virus, een onbedwingbaar monster, ze weet er alles van. Ze beseft hoe snel ze haar hoop op deze mannen heeft gevestigd. Ze wil met hen overleggen, in alle openheid, over wat ze moet doen.

'Heeft Faber je gestuurd?' roept Tom Warner.

Een telefoon gaat. Tyler verstijft, haar reactie is onmiddellijk en lichamelijk, bij het horen van het plotselinge belsignaal. Danny.

'Dat is de mijne,' zegt Oz. Hij heeft het apparaat al in zijn hand en op het schermpje gekeken. 'Deze moet ik aannemen.' Hij is opgestaan, loopt naar de deur, neemt op. 'Wacht even,' zegt hij tegen de beller.

'Oz, is het niet beter als we…' roept Tyler hem na.

Maar Oz negeert haar. Hij ontgrendelt de deur en stapt naar buiten. Zodra hij de deur achter zich heeft gesloten, snelt Tom

Warner achter hem aan. Hij pakt zijn geweer van de muur en legt zijn oor plat tegen de deur.

Tyler loopt naar hem toe. 'Tom,' fluistert ze, 'wat is REBOUND? Wie is Faber?'

'Shh,' zegt hij, zijn oren gespitst.

Ze ruikt de drank op zijn adem. Hij hoorde haar vraag niet, of doet alsof.

Buiten spreekt Oz. Tyler kan niet alles verstaan, ze wíl niet alles verstaan, maar ze verstaat genoeg. In de pauzes, als Oz zwijgt, kan ze de verwijten aan de andere kant van de lijn uittekenen.

'Een vrouw? Wat bedoel je, je hoorde een vrouw? Er is hier geen vrouw,' hoort ze Oz liegen. En, even later: 'Shit, Josie, dat gaat me niet lukken. Het spijt me. Ik ben het gewoon vergeten, stom van me. Weet je, Josie… maar… nee, maar… het is gewoon stom.'

Opnieuw volgt een lange pauze. Dan: 'Deze kandidaat moest ik echt spreken, Josie, zo'n kans krijg ik anders nooit meer. En alles wat mis kan lopen, loopt mis de afgelopen dagen. Maar je hebt gewoon gelijk. Ik had moeten bellen. Maakte je je zorgen? Ik kom echt zodra ik hier weg kan. Ik maak het goed. Nee, met Sem bedoel ik.'

Oz in het defensief, liegend tegen zijn vrouw, over zijn werk.

'Tom?' Om zijn aandacht te trekken pakt ze zijn arm weer. 'Dit is een privégesprek, Tom.'

'Dat komt hem dan verdomme wel heel goed uit,' sputtert hij na. 'De gladjakker.'

'Wat is er aan de hand, Tom? Wat is REBOUND? Wie is Faber?'

Als de deur opengaat, doet Tom Warner een stap achteruit om Oz onder schot te nemen, maar hij is geen partij. Met een razendsnelle pas, een trefzekere greep met links, een zwaai met rechts, heeft Oz de rollen omgedraaid.

'Voor er ongelukken gebeuren,' zegt Oz. Zonder zich te verkneukelen, hangt hij het geweer terug op zijn plek. Nauwelijks twee seconden, langer had hij niet nodig. Angstaanjagend en prachtig tegelijk.

'Wij moeten praten,' zegt hij tegen Tyler. 'Jij en ik. Buiten.'

'Ja,' zegt Tyler. 'Dat denk ik ook.' Langzamer dan ze wil vanwege de pijn in haar hoofd en haar ribbenkast, trekt ze haar Timberlands aan. Met onhandige vingers weet ze de veters te strikken.

'Oké, Tom?' vraagt ze, terug bij de geopende deur. Oz staat buiten op haar te wachten.

Tom Warner, zijn wangen rood, knikt. Terwijl ze over de drempel stapt, sist hij in haar oor: 'Maar zeg hem niets over de ring.'

#

De streepjes daglicht zijn verdwenen.

Charlie is uitgegild, uitgeput.

Haar keel voelt aan alsof ze prikkeldraad heeft ingeslikt.

Ze herinnert zich alles weer. Hoe het begon met de foto die ze vond in haar moeders kluis. Thuis, in Amsterdam, in haar moeders veilige slaapkamer, toen een geheim nog een belofte op avontuur was.

Is ze op zee? Hoort ze een motor? Nee, dat klinkt als een vliegtuig, in de verte. Voelt ze deining, van de golven? Nee.

Dan is dit dus niet *de* container; niet de gruwelcontainer uit het oude krantenbericht dat ze in de kluis vond.

En toch voelt het zo, levensecht. Dagenlang op een schip in de diepe duisternis, de container zwaait oneindig heen en weer. Nauwelijks licht of frisse lucht, nauwelijks eten. Het water begint op te raken, ze wassen zich niet meer, nu en dan nemen ze een slokje. De hitte, de enge geluiden in het donker. De overweldigende stank van zweet, uitwerpselen, braaksel, angst.

Het ongeloof van de opeengepakte families – bij de eerste zieke, de eerste dode – slaat om in paniek. Niemand komt ze redden, hoe hard ze ook op de wand slaan, hoe hard ze ook om hulp schreeuwen. Een kindje van twee, dood in de armen van een wanhopige jonge moeder. Twee, zo oud als Charlie toen. Een meisje van vijftien, zo oud als Charlie nu.

De angst slaat toe, als een vloedgolf waarin Charlie verdrinkt.

Haar lichaam schokt terwijl ze vecht om zuurstof. Ze weet zeker dat ze gaat stikken, en dat besef kalmeert haar vreemd genoeg. Langzaam, zich concentrerend op haar ademhaling, in kleine teugjes naar binnen door haar neus, naar buiten door haar mond, weet ze zichzelf te bedaren.

Als ze slikt, voelt het alsof er watten in haar mond zitten. De lucht in de afgesloten ruimte is zwaar, onfris. Ze ruikt zichzelf, zweet, angst, maar ook iets anders, een scherp parfum, als bedorven wierook.

Dan, tot haar afgrijzen, hoort ze geritsel, vlakbij.

Abrupt keert ze haar hoofd, maar het is onmogelijk om iets te zien.

Iets wat schuifelt, snuift.

42

Hun zaklantaarns verlichten het slingerende pad. Op een afstandje volgt Tom Warner, als een chaperon, zijn geweer schuin
voor de borst.

Enige tijd lopen ze zwijgend, alsof ze hopen dat de ander zal
beginnen.

'Dus we wonen allebei in Amsterdam,' opent ze, als het gefor-
ceerde stilzwijgen haar lang genoeg heeft geduurd. 'Wat een toeval.'

'Toeval? Gar kennende?'

Zijn glimlach is vermoeid, zorgelijk. Ergens anders met zijn
gedachten, ziet Tyler. 'Hoe heten ze, je kinderen?'

'Sem en Sas, een tweeling, jongen en een meisje.'

'Heb je foto's van ze bij je?'

Hij kijkt haar even aan, zonder zijn pas te vertragen. In een
flits, in zijn blik, ziet ze tegenstrijdige gedachten en afwegingen.
Spijt, plicht, risico's, pijnlijke beslissingen. Dan schudt hij zijn
hoofd.

'De regels,' glimlacht ze. 'Welkom bij de club.' Ze wilde dat ze
Charlie alles had verteld, alles had laten zien wat ze al die jaren in
haar kluis bewaarde. Ze had Charlie moeten waarschuwen,
voorbereiden.

'Er stond een verdacht busje bij het schoolplein,' zegt Oz. 'En
later zag Josie zo'n zelfde busje bij ons in de straat. Josie belde de
politie. Ze had nog niet neergelegd, of het busje reed weg.'

'Shit,' zegt Tyler.

'Toen ik zei dat ze zich geen zorgen moest maken,' zegt hij, 'herinnerde ze me aan Sems judodemonstratie. Stom van me, totaal vergeten. Even later werd de verbinding verbroken. Ik belde meteen terug, maar ze nam niet meer op.'

'Moet je er niet heen?'

'Ik maak het goed met Sem. Er komen meer demonstraties.'

'Nee, ik bedoel vanwege dat verdachte busje.'

'Als er gevaar is, help ik haar en de kinderen niet door erheen te gaan.'

'Dat klinkt heel rationeel, maar…'

'REBOUND let op ze.'

'Wil iemand me dan eindelijk vertellen wat REBOUND is?'

'Het verbaast me dat Gar het je nooit heeft gezegd. Hij zal er redenen voor hebben gehad. Ik weet niet of het aan mij is om daartegen in te gaan.'

'Gar vertelde mij ooit dat je de regels moet kennen. Zodat je ze kunt breken, als de tijd daar is.'

'Dat klinkt als Gar.'

Bij een T-splitsing in het pad houdt Oz halt om te luisteren. Plotseling is hij een en al gespannen concentratie.

Tyler luistert ook. Niets, op Tom Warner na, zijn voetstappen achter hen in het zand. 'Hoor je iets?'

'Nee. Ze zijn weg. Ze hebben waar ze voor kwamen.'

'Gars kluis, denk je.'

'Dat denk ik ja.'

Ze lopen verder. Tyler wil het niet over de kluis hebben. 'Je hebt je vrouw niet verteld over je werk?'

'Nee. Eigenlijk mag ze mijn zakelijke nummer niet eens hebben.'

'Dat mag niet van REBOUND?'

'Gars vrouw Catherine wist alles,' zucht Oz. 'Maar Gar liet de beslissing over wat ik aan Josie vertel aan mij.'

Tyler weet precies waar hij het over heeft. 'Krijg er alsjeblieft geen spijt van, Oz, zoals ik. Ik heb te lang gewacht.' Zou Tyler een week geleden naar dit advies hebben geluisterd? Nee. Want een week geleden was er nog alle tijd van de wereld. 'Dus, REBOUND?' dringt ze aan.

'REBOUND zorgt voor een nieuw leven. Op een nieuwe plek, met een nieuwe identiteit. Een tweede kans.'

'Net als WitSec,' zegt Tyler.

'Ja en nee. Je hoeft geen kroongetuige te zijn, er is geen overheidsbemoeienis. Het is een bedrijf. Een zakelijke dienstverlener. De enige tegenprestatie is dat je betaalt.'

'Criminelen.'

'Ook, maar niet noodzakelijkerwijs. Rijke ondernemers of politici, die vijanden hebben gemaakt, of bang zijn voor ontvoering. Hoge ambtenaren of militairen, na een *regime change*. Of een acteur, die het leven in de schijnwerpers beu is.'

'Iemand als Marlon Brando?' Leeft die nog?

Hij knikt. 'Of een popster die het roer wil omgooien voor het te laat is.'

'Michael Jackson,' denkt ze hardop. Maar die is dood.

'Iedereen die het kan betalen,' zegt Oz. 'De reden maakt in principe niet uit, al kijken we wel naar de veiligheidsrisico's, de kans van slagen.'

'REBOUND,' zegt ze, ze proeft de naam op haar tong. Goed gekozen, denkt ze, beter dan het eenzijdige 'Witness Security'. Er is een prijs die je betaalt voor veiligheid, nog los van het geld. Leugens tegen je naasten binden je opnieuw. 'Ik zat al die jaren niet in WitSec, maar in REBOUND.'

'Het noodnummer dat je belde vanaf Schiphol was in elk geval van ons,' zegt Oz.

'Ik kan me moeilijk voorstellen dat Gar aan zoiets mee zou werken.'

'Gar rekruteerde mij voor REBOUND,' zegt Oz.

Tyler schudt het hoofd in ongeloof. 'Zijn leven lang was hij een marshal, zoals Tom zei. Gar was op-en-top een man van de wet, en dan zoiets? Criminelen helpen? Maffiatypes als Danny?'

Uit haar ooghoek ziet ze Tom Warner aarzelend naderbij komen.

'Alles goed?' vraagt hij. Nog steeds op zijn hoede, al weet hij inmiddels beter dan zijn geweer op Oz te richten.

'Tom, wist jij dat Gar voor REBOUND werkte?' vraagt ze. 'Een organisatie waar iedereen die het kan betalen een nieuw leven kan kopen?' Natuurlijk weet hij het, beseft ze ineens, als ze zich Gars woorden op de dvd herinnert: Tom Warner kwam na Gars ontslag met een aanbod.

'Ayuh.'

'Maar waarom heeft hij me dat niet gewoon verteld?'

Tom Warner haalt zijn schouders op. 'Omdat hij niet wilde dat jij het wist?'

'Maar waarom?' Ze hoort hoe ze klinkt, op dit moment: als Charlie, die zich afvraagt waarom Tyler haar de waarheid niet gewoon zei.

In de verte, in het maanlicht, doemen de ruïnes op van wat eens de blokhut van Gar en Catherine was. Het dak is ingestort, de schoorsteen en enkele zwartgeblakerde restanten van de stenen binnenmuurtjes staan nog, als tanden in een onregelmatig gebit. Links staan haar Volvo en de Airstream, vuil van het stof en de asresten. Ze naderen de blokhut van de zijkant, rechts zien ze de restanten van Gars werkplaats en de sauna.

'Ze maakten er een bende van, in Washington, vond Gar. Ze hielden je aan het lijntje, lieten je vallen als een baksteen.' Schijnend met hun zaklantaarns, lopen ze om de fundering van Gars afgebrande blokhut heen naar de bijgebouwtjes. 'Terwijl hij jou had beloofd dat het goed zou komen.'

Destijds had Tyler het gesprek in de sauna als symbolisch beschouwd: zij naakt, Gar naakt, beiden niets te verbergen. Nu kan ze zich niet aan de indruk onttrekken dat Gar het welbewust zo had geënsceneerd. Om haar uit haar evenwicht te brengen en haar vragen – over hoe hij het toch nog klaar had weten te spelen in Washington – te temperen.

Tussen de puinhopen van de werkplaats ontdekt ze Gars geblakerde gereedschap, een hamer, beitels, tangen, een boomzaag. En op de plek waar vroeger de sauna was, ziet ze het ijzeren handvat van een emmer en het gesmolten restant van een metertje dat lijkt op een thermostaat.

'En het ergste was dat hij vaak genoeg aan de andere kant had gestaan,' zegt Tom Warner. 'Dus Gar regelde WitSec-paspoorten voor je, zonder toestemming. Dat kostte hem zijn baan.'

Ik, denkt Tyler, niet *dat*. *Ik* kostte hem zijn baan.

'En weet je wat ik denk?' zegt Oz. 'Dat hij het bij REBOUND gewoon nog een keer deed. Dat verklaart waarom hij mij belde, buiten de officiële kanalen, om bij jou en Charlie een fast 360 te doen.'

'Maar…' Ze kijkt ze aan. Beide mannen halen hun schouders op, bijna synchroon, alsof ze het hebben afgesproken. Alsof het de meest logische zaak van de wereld is. *He did it once, why not again*? Mannenlogica.

Hoe dan ook lijkt het de spanning tussen de beide mannen te verlichten. Het komt ook door deze plek, vermoedt Tyler. Gars dood kon – hoe wrang ook – niet duidelijker en pijnlijker worden bevestigd dan door de vernietiging van zijn veiligste plek op aarde. Ze huivert.

Voorzichtig schuifelend, voetje voor voetje, gaat Oz ze voor, ze lopen nu waar eens de gang was, vanuit de voorkamer richting de achterdeur. Hij stapt tussen geblakerde balken en dakspanten door. Tyler herkent de plek van de stoppenkast, ziet het verkoolde luik van de vliering, de gesmolten kast van de computer en de monitor.

Oz wijst ze op de schade in een tussenmuur van gipsblokken. In de muur is een versterkte uitsparing van staal aangebracht, in de vorm van een rechthoek. De plek van de kluis. 'Dit is geen brandschade,' is zijn conclusie.

Tom Warner beaamt het. De kluis is in zijn geheel verwijderd vóór de brand uitbrak. 'Door die twee, die Austin en die state trooper?'

'Het kan,' zegt Oz.

Tyler, de hand in haar broekzak, een vuist om Gars ring geklemd, zegt niets.

'Er zijn genoeg andere kandidaten, zoals ik het begrijp,' zegt Oz. 'Ken jij een Alexander Harris?' vraagt hij Tom Warner.

'Ik kende zijn vader. Zit hij hierachter? Niet Faber?'

'Faber zegt me niets,' zegt Oz.

'Danny's crew?' vraagt Tyler. Is het de ring waar Danny op uit is?

Niemand weet het antwoord.

In het oosten begint het lichter te worden. Tussen het puin zoeken ze naar overblijfselen. Hier en daar redden ze nog een oude foto, een boek, een ijzeren kistje met breispullen, dat in de verwoestende vlammenzee gespaard is gebleven. Ze vinden een hoek van de Freemantle, de lijst verkoold. Tom Warner heeft zijn rode pick-up opgehaald, ze leggen de memorabilia in de achterbak. Hij en Oz bespreken hun hypotheses over waar en hoe de brand is begonnen.

Oz probeert tussendoor voortdurend het nummer van Josie.

'En?' vraagt Tyler.

'Nog steeds niets,' zegt hij. 'Thuis niet, mobiel niet.'

Tyler ziet hem tobben. Zijn zorgen nemen zichtbaar toe, nu het in Nederland al enige uren dag is.

'Het komt vast goed,' zegt ze. 'REBOUND let op haar en de kinderen, toch?'

Als Oz knikt, ontwijkt hij haar blik. 'Ze doen wat ze kunnen.'

Datzelfde zei hij over Charlie.

'Daar moeten we op vertrouwen,' voegt hij toe.

Het klinkt vermoeid, de regel versleten. Maar hoe vreselijk het ook voelt, er zit ook voor Tyler niets anders op dan te rekenen op REBOUND. Maar zou Danny ze niet allemaal te slim af zijn, zoals hij al die jaren geleden de *Feds* te slim af was?

Al snel is er niets meer te vinden wat de moeite waard is. Bovendien slaat de vermoeidheid toe na opnieuw een nacht zonder slaap.

Ze hebben gered wat er te redden viel. Het is niet veel, maar ze is blij dat ze het hebben gedaan. Drie naasten van Gar, elk met hun eigen verhaal, maar verenigd in rouw.

Tom vertrekt. Na de bijna gewijde stilte op de rampplek, is het lawaai van zijn oude pick-up oorverdovend.

Door de rook uit zijn uitlaat, een dikke blauwe walm, wandelen Tyler en Oz naar hun huurwagens, Tyler naar de Volvo, en Oz naar de Taurus die hij inmiddels naast de Airstream geparkeerd heeft staan.

'Ik neem hier afscheid,' zegt hij.

'Je gaat naar Josie?' Ze begrijpt het, maar schrikt.

Terwijl ze bij hun auto's aankomen, herhalen ze hun eerdere gesprek, dat het feit dat Josie de telefoon niet opneemt van alles kan betekenen. Alsof een afspraak erover het waar maakt, vertellen ze elkaar dat het goed komt.

'Het is niets voor haar,' zegt Oz.

Schuldbewust denkt Tyler aan de jaren dat ze Danny in het ongewisse liet.

'Een man genaamd Alexander Harris zal contact met je opnemen,' zegt Oz. 'Hij weet overal van. Als het je te lang duurt, kun je hem bereiken via het nummer dat je hebt, REBOUND CENTRAL. Dag en nacht. Laat een boodschap achter, "voor Jockey van Martha", en hij belt terug.'

REBOUND CENTRAL, bedenkt ze grimmig. Het klinkt als de naam van een treinstation, een gebouw waar je heen kunt, een kaartje kopen, de weg vragen aan een conducteur. Maar meer dan een telefoonnummer is het niet. Je belt het, en daarna wacht je, hoop je.

Tyler beseft dat ook REBOUND een systeem is. In al die schakels zit onvermijdelijk een zwakke plek.

'Martha,' herinnert ze zich. 'Danny wist van Martha.' Ze huivert bij de herinnering.

Oz kijkt haar aan.

'Ik dacht dat hij dat had gehoord van jou.'

Oz schudt zijn hoofd. 'Nee.'

Ze ziet geen schrik, geen spijt, maar ook geen pokerface. Ze gelooft hem. Wíl hem geloven, móét hem geloven.

Ze negeert de hand die hij aarzelend uitsteekt, maar omhelst hem, op haar tenen staand, terwijl ze denkt: geen tranen nu.

'Hou je haaks, ja?' zegt ze, tegen zijn schouder. '*Take care.*'

'Jij ook.' Dan vraagt hij: 'Je weet zeker dat je niets weet van Gars kluis?'

Ze is dankbaar dat ze elkaar op dit moment niet aankijken. 'Het spijt me,' zegt ze, met pijn in het hart. Bij gebrek aan beter, volgt ze Tom Warners advies. Zeg hem niets over de ring, siste hij haar in het oor.

Oz laat haar los. Tyler doet een stapje naar achteren, maar houdt zijn handen vast. 'Je gelooft het niet?' vraagt ze. 'Ik bedoel: je blijft het me maar vragen.'

Hij denkt even na, schudt dan spijtig het hoofd. 'Je zult goede redenen hebben om het mij niet te vertellen.'

'Ik stel het zeer op prijs dat je me verteld hebt over REBOUND. Ik weet dat dat een moeilijke beslissing was.'

'Maar?'

'Maar je zat in mijn spullen.'

Hij zucht. 'Ja, en dat spijt me, dat had ik niet moeten doen. Dat meen ik.'

'Heb je iets gevonden?' Ze kan hem niet specifiek naar de dvd vragen zonder prijs te geven dat ze in Gars kluis was. En als Oz de disk inderdaad al die tijd al heeft, zal hij het ontkennen als ze hem ernaar vraagt. Ze realiseert zich dat ze verstrikt is geraakt in een bizarre paradox: zij is niet eerlijk, terwijl ze het wel van Oz verlangt. Leugens, opnieuw.

Oz schudt zijn hoofd. 'Nee.'

Dan zal ze de rest van Gars uitleg, het tweede deel van de dvd die Gar speciaal voor haar maakte, voor altijd moeten missen. 'Waar zocht je naar?' vraagt ze.

'Waar denk je dat ik naar zocht?' Hij kijkt haar aan, zoals Gar haar aan kon kijken, ze weet dat het geen zin heeft te liegen en buigt het hoofd.

'Ik snap het wel,' zegt Oz. 'Ik zou mij ook niet vertrouwen. Maar dit is een gevaarlijk Spiel, Tyler. Wat de inhoud van de kluis ook was. Als jij het niet hebt, zitten er verdomd veel mensen achter de verkeerde aan.'

Nog eenmaal omhelzen ze elkaar, maar ditmaal kort. Ze voelt hem over haar schouder spieden. '*Watch your back.*' Dan draait hij zich om, opent het portier en stapt in.

Tyler kijkt hem na tot de Taurus tussen de bomen door is verdwenen, en vraagt zich af of ze elkaar ooit nog zullen terugzien.

Weer alleen, kijkt ze om zich heen.

Stilte.

Het voelt raar om hier te zijn. En tegelijk voelt het noodzakelijk. Alsof ze deze plek zo niet achter kan laten.

Ze pakt Gars zegelring uit haar zak. Zou het Danny om de ring te doen zijn?

Langzaam en voorzichtig stapt ze de helling op naar de bomenrij.

Er is nog één ding dat ze hier moet doen.

Hoewel ze de plek niet meteen kan vinden, weet ze dat het niet ver kan zijn.

Dan ziet ze tussen de bomen door, op een heuveltje, het kruis dat Gar maakte, verlicht door stralen ochtendzon. Het is een prachtige plek, onder een eeuwenoude eik.

Een beetje scheefgezakt, en de lak op de houten plankjes is na al die jaren verweerd, maar de tekst is nog duidelijk leesbaar: HIER RUST 'USTER, VOOR ALTIJD, CHARLIES BESTE VRIEND.

Ze knielt, vouwt haar handen, terwijl de tranen haar over de wangen stromen. Tranen van rouw. Tranen om sprookjes die eindigden met leugens.

Langzaam stijgt de zon aan de hemel, terwijl Tyler bidt voor Charlie.

Het geluid van haar telefoon verbreekt de stilte luid en abrupt.

UNIDENTIFIED NUMBER, zegt het schermpje. Eerder was ze onvoorbereid. Toen overblufte Danny haar, maar dat zal haar ditmaal niet overkomen. Ze haalt diep adem, bereidt zich mentaal voor op zijn stem. Als Danny die ring wil, in ruil voor Charlie, dan kan hij hem krijgen.

Ze recht haar rug en neemt op. 'Danny?'

'Martha? U spreekt met Joachim Weiss. Luister goed. Ik ga u vertellen waar uw dochter is. Er is niet veel tijd. Hallo, Martha?'

'U weet waar ze is? Ze is ongedeerd?' Ze kan wel juichen van blijdschap.

'Maar ik heb eerst nog een vraag aan u.'

Joachim Weiss, heeft ze die naam eerder gehoord? Nee. Zijn opvallende stem, melodieus, heeft een dreigende ondertoon. Tyler zet zich schrap. Er is altijd een addertje.

Weiss vraagt: 'U hebt Gars zegelring?'

Tyler haast zich naar de Volvo. Als ze de ruïne van Gars werkplaats passeert, glinstert er iets in haar ooghoek. Ze loopt erheen, bukt zich. Een zakmes. Niet zo'n protserig ding als van Danny, maar een simpel exemplaar, een houtsnijdersmes. Snel stopt ze het in haar broekzak, alsof ze haar vingers eraan zal branden.

#

Stofdeeltjes dwarrelen in de straaltjes zonlicht die als flinterdunne neonbuisjes door kleine gaten in de containerwand naar binnen schijnen.

Charlie moet in slaap gevallen zijn, ondanks het schuifelende, snuivende geluid, het ritseldier dat in haar bange geestesoog een enorme rat werd, daarna een slang, toen een monster met schubben, tanden, klauwen. Het geluid was vlakbij, maar blijkbaar was het buiten, goddank.

Met een stroeve tong likt ze langs haar uitgedroogde lippen. Hoelang kan een mens ook alweer zonder eten? Zonder drinken?

Wie weten dat ze hier is? Behalve haar vader en zijn helpers, J.J., Smith en Jones? Niemand.

Mama niet, Mark niet. Mark, die haar nog probeerde te waarschuwen: Pas je wel op, Charles? Samen hadden ze gelachen om *The Bucket List*, een belachelijk idee, een film voor oude mensen.

Net zoals ze de draak hadden gestoken met die papiersnippers van haar moeder.

Maar haar moeder was niet gek, niet paranoïde, zoals ze had gedacht. Haar moeder was doodsbang, en inmiddels, nu het te laat is, weet Charlie waarom.

Voelt ze haar voeten nog? Ze heft haar hoofd, ziet haar tenen wiebelen. Het ruwe touw snijdt in de huid rond haar enkels, maar ze voelt geen pijn meer. Was dat goed nieuws?

De tranen schieten haar in de ogen, als ze zich een vrolijke discussie met Mark herinnert over wat erger is, doof of blind?

Wat is erger, wel of geen prop in haar mond?

Geen prop, concludeert Charlie. Haar mond is niet gekneveld omdat ze niet bang zijn dat ze gilt. Gillen vinden ze prima, want er is niemand die het kan horen.

Wat maakt het ook uit, het is allemaal niet belangrijk meer.

Dit was het.

Hier eindigt het avontuur, zoals het eindigde voor de nieuwsgierige zoveelste vrouw van Koning Blauwbaard. Verlaten, alleen, haar wrede dood aanstaande, na het ontdekken van de vreselijke waarheid, zal haar laatste gedachte zijn: eigen schuld, dikke bult – je was gewaarschuwd, maar je wist alles beter.

43

Tyler kijkt in haar spiegels, voortdurend bedacht op onraad. Ze rijdt alsof de duivel haar op de hielen zit. In haar hoofd klinkt de stem van Joachim Weiss, opnieuw een onbekende man die het beste met haar voor lijkt te hebben.

Weiss zei dat er tijd was, maar niet veel. Ze heeft de gps-coördinaten die ze van hem kreeg ingevoerd in het navigatiesysteem. Het is een adres in New Jersey, Port Newark, de containerhaven van New York. Een rit van ruim negen uur. Als het verkeer meezit, redt ze het bij daglicht.

Al rijdend, zo hard als ze durfde op de slingerweg, de haarspeldbochten in de heuvels van Cherokee National Forest, heeft ze als eerste Oz gebeld. Hij was net aangekomen op het vliegveld van Elizabethton, maar bood meteen aan terug te komen.

'Die Joachim Weiss zei dat Charlie alleen is,' zei Tyler. 'En dat ze niet continu wordt bewaakt. Maar dat ik wel snel moest zijn.' Elizabethton was drie kwartier verder van Charlie vandaan.

Door de telefoon hoorde ze Oz in stilte wikken en wegen. Het liefst wilde hij natuurlijk door, zo snel mogelijk naar zijn gezin.

Of twijfelde hij aan iets anders? 'Ken je die naam, Joachim Weiss? Ik nam aan dat hij REBOUND is.' Maar dat zei hij niet. 'Hij noemde me Martha.' Net als Danny.

'Bel in elk geval Alexander Harris, wil je dat doen?' vroeg Oz. 'Bel CENTRAL, vraag naar Alexander Harris. Een boodschap voor Jockey van Martha.'

Dat beloofde ze. Goed advies. 'Ga, Oz. Laat dit aan mij over.'

'Zeker?'

Ze haalde diep adem en zei: 'Ja. Ja, ik weet het zeker.'

'Watch your back.'

Meteen daarna belde ze Tom Warner. Hij nam niet op, ze liet een boodschap achter.

Daarna CENTRAL, het nummer dat ze op Schiphol had gebeld. 'Please enter your code, or press zero for assistance.'

Ze toetste 6, 2, 7, 8, 4, 2, M-A-R-T-H-A, en wachtte af, luisterend naar het ratelen op de lijn.

Even later: 'Goedemorgen, Martha. Waar kan ik u mee helpen?'

'Ik heb een boodschap voor Jockey van Martha.' Ze spelde de namen, ongevraagd, Jockey met ck, Martha met een h.

'U wordt teruggebeld.'

Ditmaal geen vertragingen, geen aarzelingen. Het systeem werkte.

De eerste die terugbelde was Tom Warner. Hij opende met een jolig: 'Waar blijven jullie? Het ontbijt staat klaar.' Het klonk alsof hij de eerste borrels van de dag al achter de kiezen had.

Maar zijn stemming sloeg om, als een blad aan een boom, toen Tyler hem vertelde waar ze was. En waarom. En alleen.

'Ik zei het je toch, over die Oz? En die Weiss, hoe kennen we die?'

Toen hij hoorde dat ze op Oz' advies REBOUND had gebeld, en een boodschap had achtergelaten voor Alexander Harris, zei hij: 'Allemaal grappenmakers. Ik kom achter je aan.'

Ze gaf hem het adres. 'Kom zo snel je kunt.'

'Ayuh.'

Er is hoop, prent ze zichzelf in, als ze eindelijk bij Meadowview de Interstate 81 op kan, om kilometers te maken. Ze rijdt, handen aan het stuur, voet op het gaspedaal, blik op de weg. Nu en dan pakt ze even haar telefoon. Alexander Harris neemt de tijd.

Maar ze weigert te gaan twijfelen. Ze wil ervan overtuigd zijn dat ze ditmaal de juiste beslissing heeft genomen. Zo zeker als ze was tegen Oz.

Als de telefoon uiteindelijk gaat, is een uur verstreken sinds ze zich bij CENTRAL heeft aangemeld. Ze neemt op.

'Martha, dit is Jockey.'

'Ik…'

'Martha, ik kan u niet zeggen hoe verheugd ik ben u eindelijk aan de lijn te hebben.'

Zijn Engels is het geaffecteerde Brits dat waarschijnlijk alleen nog op Buckingham Palace wordt gesproken.

'Dank u, ik…'

'Ik heb al zoveel over u gehoord, *my dear, dear* Martha, dat het lijkt alsof wij elkaar al jaren kennen.' Jockey giechelt.

'Ik…'

'We moeten snel een gelegenheid vinden om kennis te maken, Martha.'

'Ik bel over mijn dochter.'

'Ja, natuurlijk. Een zeer onaangename kwestie, Martha, zeer onaangenaam. Droevig. Triest. Soms haalt het verleden ons in, wat we er ook aan doen om dat te voorkomen. Ik neem aan dat Oz u verteld heeft dat we kosten noch moeite sparen om haar te vinden, uw kleine veulen?'

'Ja, inderdaad, ik…'

'Het laatste wat ik u over onze vorderingen kan vertellen is dat we uit een van onze bronnen binnen de Organized Crime Division hebben vernomen dat er *as we speak* 137 geregistreerde containerschepen zijn die in verband kunnen worden gebracht met activiteiten van de Armeense maffia. Ik heb de lijst hier voor me liggen en ik moet u bekennen dat het bijna indrukwekkend is om de omvang van een dergelijke operatie te aanschouwen. Ruwweg een kwart van de schepen op de lijst ligt voor anker in havens, in de Verenigde Staten en Europa, maar ook in China, het Midden-Oosten, Afrika. De rest is op open zee. Maar onze contacten *around the globe* zijn geïnformeerd, daar kunt u van op aan. Op alle continenten en alle wereldzeeën wordt inmiddels naar uw dochter uitgekeken. Ik kan niet genoeg benadrukken dat we alles doen wat we kunnen. Maar een waarschuwing is op zijn plaats, Martha. Want dit is een formidabele klus. Een klus, mag ik wel zeggen, van historische proporties. Het gaat tijd vergen. En veel van ons geduld. Hoe moeilijk het voor u ook moet zijn. Hallo, Martha? Bent u daar nog?'

Eindelijk heeft ze hem stil weten te krijgen. Noemde hij Charlie nou werkelijk haar kleine veulen? 'Ik weet waar ze is,' zegt Tyler. 'Ik ben onderweg.'

'U weet waar ze is?'

REBOUND weet het niet? 'Ik werd iets meer dan een uur geleden gebeld door een zekere Joachim Weiss. Zegt die naam u iets?'

'Joachim Weiss? Jawel, jazeker wel.'

'Hij werkt voor REBOUND?'

'In zekere zin, jawel, jazeker. Maar… hij belde u, zegt u?'

Wat verwachtte Tyler? Felicitaties, blijdschap om de goede afloop? Maar wat ze nu hoort is vooral verwarring. En wat bedoelt hij met 'in zekere zin'? 'Dus kan ik Joachim Weiss vertrouwen, ja of nee? Oz vroeg me om dat bij u te checken.'

'Ach, ja, Oz. Geef me hem maar even.'

'Dat zal niet gaan.'

'Wat bedoelt u?'

'Hij is naar Amsterdam, naar huis.'

'Naar huis?' Alexander Harris' giechel eindigt in een boze sneer: 'Ik vraag me soms werkelijk af wat er in Gars Lijn…'

Ditmaal is het Tylers beurt om hem te onderbreken: 'Kan ik Weiss vertrouwen, ja of nee?'

'Jawel, jazeker, ja.'

'Maar?'

'Niets maar. Hij heeft u gebeld. Met de locatie van uw dochter. Ik kan het bijna niet bevatten.' Dan, op andere toon: 'O, wat ben ik blij, Martha, enorm blij. Ongelofelijk zo blij.'

Zo klinkt hij anders niet, zeker niet vergeleken met de uitbundigheid waarmee hij daarnet 'de formidabele klus' beschreef.

'O, en ik zou het bijna vergeten: het spijt me zeer, zeer van Gar. Meer dan ik kan zeggen. Hij was een oude bekende van u, begrijp ik? Wat was jullie relatie precies?'

Dit gesprek bevalt haar steeds minder. Een auto toetert in de linkerbaan. Onbedoeld is ze langzamer gaan rijden.

'Zullen we dat een andere keer bespreken? Als alles achter de rug is?' Ze kijkt in haar spiegels, drukt het gaspedaal in.

'Maar natuurlijk, Martha. Maar natuurlijk. Als alles achter de rug is. U hebt volkomen gelijk. *First things first.* Dus u bent naar uw dochter onderweg?'

'Ja.'

'Waar is ze precies? En waar bent u?'

Ze hoort toetsaanslagen.

'Waarom wilt u weten waar ík ben?'

'Omdat ik een nieuwe identiteit voor u heb klaarliggen. Een nieuw leven voor u, een woning op een veilige locatie. We regelen een baantje, een simpel baantje in het begin, en…'

'Voor mij. En voor Charlie.'

'Jawel, natuurlijk, ook voor uw dochter, jazeker, als alles goed afloopt. Natuurlijk.'

'Als.'

'Lieve Martha, begrijpt u me goed, we geven de hoop niet op, we doen er alles aan, alles wat we kunnen. Maar helaas, hoe vreselijk het ook is, mogen we niet blind zijn voor de realiteit. Al verscheidene dagen hebben we taal noch teken van uw man…'

'Mijn ex-man.'

'… noch van uw dochter vernomen. Ze kan overal zijn. Overal en nergens. Het mag u dan ook niet verbazen dat wij hier ook terdege rekening houden met het allerergste scenario. Joachim Weiss heeft ongetwijfeld het beste met u voor, maar…'

Tyler verbreekt de verbinding en belt Oz. Geen gehoor. Natuurlijk, Oz zit in het vliegtuig. 'Oz, bel me,' spreekt ze in. Ook Tom Warner neemt niet op. Ook voor hem laat ze na de piep een boodschap achter: 'Tom, met mij. Waar ben jij? Bel me, wil je?'

Ze schudt het hoofd, legt de telefoon op de passagiersstoel, en geeft gas.

Er kan een simpele verklaring zijn. Een miscommunicatie, die dingen gebeuren. Die Alexander Harris is een grappenmaker, ze begint te begrijpen wat Tom Warner bedoelt. Maar ze wil niet horen dat ze rekening moet houden met het ergste scenario.

Oz vertrouwt REBOUND, REBOUND vertrouwt Joachim Weiss, dat is alles wat nu telt.

Ze weet waar Charlie is.

Tom Warner volgt.

Ze heeft geen tijd voor nieuwe twijfels.

'Ik kom eraan, lieverd. Hou vol.'

Na een kwartier probeert ze Tom Warner opnieuw. Weer spreekt ze in na de piep: 'Tom, laat iets horen, wil je?'

Dan haalt ze de accu en simkaart uit haar telefoon.

#

Vanuit zijn luxueuze werkkamer op de bovenste verdieping van zijn rietgedekte landhuis, even over de grens tussen Nederland en België (zoals hij het zelf noemt zijn '*little hideaway on the continent*'), bekijkt de Brit Alexander Harris de drukte op het uitgestrekte manegeterrein met gebalde vuisten.

Zijn woede is groot. En woede is een slechte raadgever. Bij gebrek aan nadere informatie is er maar één conclusie mogelijk: Joachim Weiss is zijn kansen aan het spreiden.

Verbaast het hem? Zou het hem mogen verbazen?

Anders dan Gar is Alexander Harris geen romanticus. Het Spiel is in zijn ogen geen episch gevecht tussen de Goeden en de Slechten, zoals Gar beweerde.

Het Spiel is, net als het leven, een race tussen raspaarden. Met één winnaar. En vele verliezers.

44

Het benzinelampje op het dashboard knippert. Tyler neemt de eerstvolgende afslag en volgt de Exxon-borden. Volgens het navigatiesysteem heeft ze driekwart van de rit afgelegd.

Verderop langs de weg ziet ze op een hoge mast de logo's van Burger King en Sears. Maar het tankstation is hier al, het ziet er bijna surrealistisch uit, moederziel alleen op een troosteloos stuk asfalt midden tussen de weilanden. Achter het station staan geparkeerde aanhangers, trucks.

Al van verre spot ze de camera's. Ze zet haar pet en zonnebril op voor ze uitstapt. Nadat ze heeft getankt, loopt ze naar de shop. Daar koopt ze een broodje tonijnsalade, het enige wat er eetbaar uitziet, en een blikje energiedrank.

Op het asfalt achter het station parkeert ze de Volvo uit het zicht tussen twee enorme vrachtwagencombinaties. Daar dwingt ze zichzelf iets te eten. Als het plastic lipje van de verpakking van het broodje afbreekt, pakt ze het houtsnijdersmes uit haar broekzak. Al etend zet ze haar telefoon in elkaar. Dan wacht ze op de piepjes, wetend dat ze zullen komen.

Alexander Harris, driemaal zelfs, staat op haar voicemail. Met de dringende vraag contact op te nemen. Pas bij de derde keer vraagt hij: 'Bent u oké?'

Er is ook een voicemail van Tom Warner. Tussen zijn gemopper en vloeken door hoort ze dat zijn oude pick-up kuren vertoont. 'Wacht op me. Ik kom zo snel als ik kan.' Ze stuurt hem een boodschap om te melden waar zij nu is, met een blik op de dashboardklok. Als ze het verschil berekent, is zijn achterstand inmiddels meer dan anderhalf uur.

Ze demonteert de telefoon en stapt uit. Terug bij het Exxongebouw gooit ze haar afval in een vuilnisemmer. In de toiletruimte aan de achterzijde van het gebouw wast ze haar gezicht, armen en nek, en droogt ze zich af met papieren handdoekjes.

In de spiegel staan haar ogen donker en hard. Dus wat ga je doen, Ty? Wachten op Tom?

Sinds ze in Amsterdam de deur achter zich dichttrok, lijkt alles omgekeerd, binnenstebuiten. Als matroesjkapoppetjes, die telkens van uiterlijk veranderen als je ze uit elkaar haalt. En die niet meer passen als je ze weer terugstopt.

Alles was werkelijk gebeurd, en toch voelde het onwerkelijk, alsof het iemand anders was overkomen. Die iemand anders staart haar nu aan in de spiegel.

Opnieuw met pet en bril op stapt ze naar buiten.

De vrachtwagencombinaties waartussen ze de auto heeft geparkeerd, zijn verdwenen. De Volvo staat als enige nog op de parkeerplaats.

Ernaast: een state trooper.

Tyler staat stokstijf stil.

De agent staat met zijn rug naar haar toe.

Dus wat ga je doen, Ty? Ze recht haar rug, schouders naar achteren, borst vooruit, kin omhoog. Al lopend vist ze de autosleutel uit haar tas.

De trooper neemt, zodra hij haar ziet naderen, de houding aan. Handen aan zijn riem, voeten gespreid. Zelfverzekerd en zelfvoldaan. Is het een echte?

'Goedemiddag, officer.' Ze zegt het kalm, maar ook enigszins bezorgd. Als een vrouw die weliswaar niets te verbergen heeft, maar toch even schrikt van een agent die haar staat op te wachten.

'Middag, mevrouwtje,' tikt hij tegen de rand van zijn hoed.

Op zijn naamplaatje leest ze: J.B. Patterson.

'Is er iets mis, officer Patterson?' vraagt ze. Ze staan aan weerszijden van de auto, spreken elkaar toe over het dak, beiden een stap van de portieren verwijderd.

'*You tell me, little lady*,' antwoordt hij. Zijn patrouillewagen is nergens te zien. Hij heeft een portofoon aan zijn riem, het microfoontje zit vastgeklemd aan de kraag van zijn overhemd.

'Wat bedoelt u?'

'*Yep*,' zegt Patterson. 'Ik wist dat u dat ging vragen.' Hij tuurt even in de verte, als een vrachtwagen luid toeterend voorbijdendert. 'Dat vragen ze allemaal. Vroeg of laat, onschuldig of schuldig, allemaal vragen ze het.'

Patterson geniet overduidelijk. 'Sommige dienders worden wreed geboren,' zegt de stem van Gar in Tylers herinnering. 'De wrede herken je eenvoudig, van een kilometer afstand al. Maar de meesten zijn niet wreed van nature. De meesten worden het gaandeweg.'

'Ziet u, mevrouwtje, we hebben een klein probleem.'

'Een probleem?'

'Yep. Is dit uw auto?'

'Het is een huurauto. Waarom vraagt u dat?'

Hij trekt een grimas, hij lijkt tevreden en teleurgesteld tegelijk. Tevreden, want dat het een huurauto is, heeft hij al geconstateerd op basis van het Hertz-logo op de kentekenplaat. Maar teleurgesteld is hij ook, omdat hij haar niet op een leugen heeft weten te betrappen. Vooralsnog.

Nu, denkt Tyler, gaat hij me vragen om identificatie. Dan zal hij de naam Claire Adams doorgeven aan het bureau, en het gevolg laat zich raden: Een hoop mensen blijken naar u op zoek, mevrouwtje.

'We kregen namelijk een ongewone melding,' zegt Patterson.

'Een ongewone melding, officer?' Ze beseft dat ze aan het papegaaien is, maar meer dan een echo van zijn woorden lukt haar niet.

'Van een vrachtwagenchauffeur. Hij dacht dat hij misschien een zilvergrijze Volvo had geschampt, toen hij van de parkeerplaats afreed. Hij was al halverwege de oprit, toen hij zich realiseerde wat hij in zijn spiegels had gezien. Te ver om nog om te keren om het zelf te bekijken. Dus belde hij de centrale meld-kamer. En de centrale meldkamer belde mij, want ik stond toe-vallig net te tanken.' Hij wijst met zijn kin naar het benzinesta-tion. 'Ongewoon. Gebeurt niet vaak, zo'n melding. Van eerlijke mensen.'

Opnieuw hoort ze een teleurgestelde ondertoon. Zo koel als ze kan loopt ze om de voorzijde van de Volvo heen. Gehoorzaam bekijkt ze de plek die de agent aanwijst. 'Nou, inderdaad, een fik-se kras.' Vanaf de koplamp naar de wielkast. Een kras die haar normaal gesproken niet zou zijn opgevallen, tussen alle vuil, modder en asresten. De Volvo kan een wasbeurt gebruiken.

'Hier.' Hij scheurt een velletje uit zijn notitieboekje. 'Dan hebt u zijn gegevens. *Honest trucker, must be your lucky day.*'

Tyler pakt het briefje aan, en bekijkt de naam en het telefoon-nummer zonder ze werkelijk te lezen.

'Dus laat dit een waarschuwing voor u zijn, mevrouwtje,' zegt Patterson. 'Nooit meer op de *truckers only*-parkeerplaats gaan staan met een personenauto. Technisch gesproken een overtre-ding waar een fikse boete op staat. Maar voor deze keer zien we het door de vingers. Vanwege de kras, zullen we maar zeggen. Wat denkt u daarvan?' Met een groots gebaar bergt hij zijn boek-je op.

'Dank u, officer Patterson. Dat stel ik zeer op prijs.'

'Mede gezien het feit dat het truckers only slecht staat aange-geven.' Hij pakt de rand van zijn hoed bij wijze van afscheid. '*Have a nice day, ma'am,*' knikt hij. Dan sjokt hij richting het ben-zinestation.

Tyler stapt in, zet haar tas op de passagiersstoel.

Met trillende hand steekt ze het sleuteltje in het contactslot.

Als ze aan het einde van de parkeerplaats keert, en terugrijdt richting de snelweg, ziet ze Patterson staan, naast zijn surveillan-cewagen, aan de voorzijde van het benzinestation. Nadrukkelijk volgt hij haar met zijn ogen, armen voor zijn borst gekruist.

Op de Interstate, vijf minuten later, verschijnt hij in haar ach-teruitkijkspiegel.

In de hoop dat hij haar in zal halen, neemt ze iets gas terug.

Maar hij voegt in, blijft achter haar rijden, tot de eerstvolgende afslag.

De lul.

#

Charlie vecht voor haar leven. Ze heeft eerder geprobeerd los te komen, maar toen hoopte ze nog op redding, op iemand die haar gegil zou horen. Ditmaal, weet ze, is het menens. Als het nu niet lukt dan is het over en uit. Zonder eten en drinken zal ze met het verstrijken van de tijd zwakker worden, niet sterker.

Dit is haar laatste kans, haar laatste gevecht.

Uit alle macht rukt ze aan de touwen. Ze worstelt, draait, bokt, trapt, rukt, maar wat ze ook doet, de knopen geven geen krimp, integendeel. Haar polsen en enkels branden onder het snijdende touw, de huid is rood, rauw. Haar vingers zijn gevoelloos, haar nagels paars verkleurd.

Met een oerkreet van frustratie geeft ze het op.

Ze sluit haar ogen, ze kan niet anders. Niet in slaap vallen, denkt ze nog, maar ze kan er niets aan doen. Moegestreden, murw, leeg, lichamelijk uitgeput, geestelijk geknakt, alleen, verslagen.

Haar plas verwarmt haar kruis, haar billen. Eerder schaamde ze zich, maar nu voelt het aangenaam, als een opluchting.

Charlie zakt weg in de duisternis. Sorry, mama.

45

Tyler remt, de Volvo komt tot stilstand. Volgens de gps-coördinaten die ze van Joachim Weiss kreeg moet dit de plek zijn.

De avond valt. Niemand te zien. Ze laat de koplampen aan en stapt uit.

Van de achterbank pakt ze de kleine rugzak met kleren en gympen die ze een half uurtje geleden in een Walmart vlak bij de afslag van de Expressway heeft gekocht. Samen met de energierepen, crackers, twee grote flessen water en een flinke zaklantaarn.

Charlie is hier. Joachim Weiss heeft het haar beloofd.

Weet ze het? Voelt ze het, haar moederinstinct?

Nee, ze voelt al uren niets.

Natuurlijk kan het een valstrik blijken te zijn, de zoveelste dubbele bodem, Weiss de zoveelste die ze ten onrechte vertrouwt. Maar dat mag ze niet denken, want het mag niet zo zijn. Wat gaat ze doen als haar ergste angst bewaarheid blijkt, als ze te laat is?

Ze kijkt om zich heen.

Het is een afgelegen terrein, schaars verlicht, om de zoveel meter werpen lichtmasten een oranje gloed. Eerder zag ze bruisende activiteit, spoorwegemplacementen, enorme hijskranen, opstomende containerschepen. Eenmaal in de haven passeerde ze hoge muren met prikkeldraad, en zag ze bij alle ingangen wegversperringen, bewaakt door militairen in kogelvrije vesten.

Maar dit stuk land lijkt vergeten.

Ze huivert. Een onaangenaam briesje steekt op. Onkruid tussen de brede betonplaten van het wegdek. Een stukje terug ziet ze een bakstenen transformatorhuisje, besmeurd met graffiti.

Achter het hek staat een wit stenen gebouw met luiken voor de ramen. De muren zijn bruin verkleurd door optrekkend vocht. Om het gebouw heen rotzooi, oud ijzer, oliedrums, vergeten pallets.

In de verte klinkt een scheepshoorn.

Achter het hek staan eindeloze rijen containers, vier, soms wel vijf hoog. Hoeveel zijn het er? Te veel om te tellen. De meeste verroest, sommige gescheurd, ingezakt. Ze moeten al jaren uit de roulatie zijn. Een kerkhof van afgedankte containers.

Zichzelf bijlichtend met de zaklantaarn loopt ze naar het hek. Een stevig traliewerk op wielen. Ze trekt aan de ketting, muurvast, bekijkt het roestige hangslot, schijnt omhoog. Eroverheen klimmen?

Een zwerfhond, op zijn hoede, komt nieuwsgierig aangetrippeld.

'Hello, *big boy*,' zegt Tyler. Hij lijkt in het geheel niet op Buster, en toch is het hem, in haar gedachten. 'Waar kom jij ineens vandaan?'

De zwerfhond kwispelt, maar blijft buiten bereik. Mishandeld, ervaringsdeskundige, net als zij. Hij blijft op zijn hoede, Tyler herkent het gedrag ogenblikkelijk. Als ze knielt en de rug van haar hand naar hem uitsteekt, doet hij een pas achteruit. Ten afscheid, zo lijkt het, blaft hij naar haar, terwijl hij zich omdraait.

Ze volgt hem met de lichtbundel en ziet hem een meter of vijftien van haar vandaan, ter hoogte van het transformatorhuisje, door een gat in het hek springen. Ze haast zich, gaat hem achterna.

Een scherpe punt blijft haken aan haar jeans. Eenmaal aan de andere zijde van het hek is de hond nergens meer te bekennen, uit het zicht verdwenen in het doolhof van containers.

Ze loopt naar de eerste de beste. Is het deze? Hij is enorm van dichtbij. Dit is de enige in deze rij waar geen andere containers bovenop zijn gestapeld. Ze ramt met haar vuist op de dubbele deuren. De echo is luid, onheilspellend. Terwijl ze ingespannen luistert, legt ze haar oor, haar handpalmen, tegen het metaal. 'Charlie?' roept ze.

Geen reactie.

Maar dit moet hem zijn. Ze schijnt links en rechts, dan omhoog. Ooit moet de container vuurrood geweest zijn, nu is hij vuilroze, verbleekt door jaren in de zon, en roestig. Op een drafje loopt ze eromheen, om de zoveel passen slaat ze op de metalen wand, haar dochters naam scanderend.

Nogmaals kijkt ze om zich heen. Niemand.

De grendel waarmee de dubbele deur is afgesloten, is pas in beweging te krijgen als ze een stuk hout als hamer gebruikt. De dreunen, hout op metaal, zijn oorverdovend. Hijgend, duwend en vloekend, weet ze de metalen linkerdeur op een kier te krijgen.

'Charlie?'

De spleet van duisternis is inktzwart. Ze wurmt de zaklamp naar binnen, drukt haar wang en linkeroog in de kier. Van bodem tot plafond ziet ze kartonnen dozen, met een opschrift in Chinese tekens. Er is een doorgang naar achteren, maar het is te donker om te zien wat daar is.

Met uiterste krachtsinspanning weet ze de zware metalen deur een stukje verder open te duwen. De scharnieren protesteren luid. Dan, gewapend met het stuk hout rechts, de lamp links, neemt ze de eerste stap naar binnen, zijdelings, op haar hoede.

Binnen. 'Charlie?' Ze wordt zich bewust van haar eigen, luide ademhaling.

Ze doet een stap, dan nog een. Ze is nu tussen de dozen. 'Charlie?'

De bodem kraakt als ze haar gewicht verplaatst. Kiezeltjes knisperen onder haar zolen.

De geur die haar doet denken aan natte oude kranten, bedorven kool en kattenurine, is scherp in haar neus.

Dan ziet ze een matras. 'Charlie?' Ze legt de balk neer, loopt gebukt verder, tastend terwijl ze schijnt, op het ergste voorbereid. Ze voelt een kuit, een scheenbeen, een knie, de huid voelt koel aan. Te koel? mag ze niet denken.

Ze kruipt op handen en voeten, voelt en ziet een dijbeen, een natte slip, buik, ribben. Teder omhelst ze haar dochters hals, ze trekt haar hoofd en bovenlichaam tegen zich aan. 'Charlie? Lieverd?' Te laat? mag ze niet denken. Ze pakt een pols, voelt ze een hartslag? Geen hartslag? Ze zit er ook verkeerd voor.

Voorzichtig tilt Tyler het slappe lichaam van haar dochter – te slap? – in een iets comfortabeler positie. Ze moet de zaklantaarn neerleggen. Schaduwen op de wand. Met haar linkerhand op haar dochters bleke, bezwete voorhoofd, wrikt ze met rechts de touwen los. Charlies enkels voelen ongewoon dun, bot onder huid. Te mager. Haar lichaam is te koud.

Als ze bedenkt dat ze 911, een ambulance, moet bellen, realiseert ze zich dat haar telefoon nog gedemonteerd in de Volvo ligt.

Ze wiegt het bovenlichaam van haar dochter, armen om haar heen, wrijvend met haar handen, om in godsnaam wat lichaamswarmte over te brengen, en neemt zich voor haar nooit meer los te laten.

Dan, opeens, voelt ze leven. Niet veel, een samentrekking van een spier in Charlies bovenarm. Of is het haar verbeelding? 'Charlie? Lieverd?'

Met een schok van haar hele lichaam begint Charlie een enorme hoestbui.

'O, lieverd,' roept Tyler, van schrik en blijdschap tegelijk. Snel wurmt ze zich uit haar rugzak, en graait naar de fles water. 'Voorzichtig,' zegt ze, terwijl ze de dop losdraait, de fles aan Charlies mond zet. 'Een klein slokje, niet te veel.' Met afschuw bekijkt ze haar dochters uitgedroogde en gespleten lippen.

Charlie verslikt zich, spuugt een golf water uit op haar borst.

Even later heft ze haar hand en pakt ze zelf de fles. Haar bewegingen zijn moeizaam, vertraagd.

Tyler trekt de kleren die ze heeft gekocht uit de rugzak, en drapeert de sweater om haar dochters schouders, de joggingbroek over haar benen.

Huilend kust ze haar dochters achterhoofd, haar slaap, en streelt ze haar bovenarmen en rug. 'O, lieverd, lieverd.'

Als ze aanstalten maakt om op te staan, pakt Charlie haar hand om haar terug te trekken.

'Ik moet even naar buiten, lieverd, om 911 te bellen,' zegt Tyler.

Charlie schudt haar hoofd, verstevigt de grip op Tylers hand. Ze opent haar mond om iets te zeggen, maar haar stem begeeft het. Dan komt ze overeind, wankel, rillend. Samen, onhandig, trekken ze haar de kleren en de gympen aan. Tyler bijt op haar lip als ze merkt dat haar dochter in haar broek heeft geplast. Ook ziet ze een navelpiercing en een tatoeage in haar dochters lies, die nieuw voor haar zijn.

Geen geheimen meer tussen moeder en dochter, neemt Tyler zich voor.

Zwaar op haar leunend, loopt Charlie voetje voor voetje tussen de dozen door naar de uitgang. 'De auto staat vlakbij, lieverd, het is niet ver.'

Maar eenmaal buiten ploft Charlie uitgeput neer, ze steunt met haar rug tegen de containerwand. Vergeefs probeert ze iets te zeggen, maar telkens komt er niet meer dan een droge, raspende hoest. Zwaar ademend, haar ogen gesloten, de fles water op haar schoot.

'Ik moet even naar de auto, ik ben zo terug, oké?'

Tyler klimt terug door het hek. De zwerfhond in wie ze Buster vermoedde, is nergens te zien. Dank je wel, zegt Tyler in gedachten.

Charlie leeft nog.

Alles zal goed komen.

Ze is bij de Volvo, graait in haar reistas op de passagiersstoel. Ze moeten weg, Charlie moet naar een dokter. Al rennend, terug door het gat in het hek, zet ze de telefoon in elkaar.

'Daar ben ik weer, lieverd.' Zodra de telefoon verbinding maakt, toetst ze 9-1-1.

Ze gaat naast Charlie zitten, pakt haar hand, kust de klamme huid. 'Alles komt goed, lieverd.'

'911-operator, hoe kan ik u helpen?'

'U spreekt met Tyler Young.' Shit, de verkeerde naam. 'Ik ben in de haven van Port Newark. Mijn dochter heeft dringend hulp nodig. Ze is uitgeput, onderkoeld.'

'In de haven, zei u, Mrs. Young?'

'Port Newark.'

'Wilt u een ambulance, of ook de politie?'

'Een dokter,' zegt Tyler. 'En de politie.'

'Uw dochter is hoe oud, Mrs. Young?'

'Vijftien.'

'Wat is er met haar?'

'Ze is onderkoeld, uitgeput. Ik heb haar net gevonden. Ze is hier achtergelaten.'

'Achtergelaten, zegt u? Door wie, Mrs. Young?'

Ze blijven haar naam herhalen, als om haar fout in te wrijven. 'Door haar vader.'

'Bent u zelf in orde, Mrs. Young?'

'Ja, ja, met mij is alles goed.'

'Heeft u een straatadres voor mij?'

'Ik heb gps-coördinaten,' zegt ze.

'Houdt u die bij de hand, Mrs. Young, ik ben zo bij u terug, blijft u aan de lijn.'

Charlie drinkt met kleine slokjes het water, de fles is inmiddels driekwart leeg.

Tyler wacht, de telefoon aan haar oor. 'Hoe voel je je, lieverd?'

Praten lukt blijkbaar nog niet, Charlie wijst op haar keel. Haar gezicht vertrekt van pijn als ze slikt.

'Zeg maar niets, lieverd.' Er lijkt weer wat kleur op haar dochters gezicht te verschijnen, nu de bloedsomloop weer op gang komt. 'Alles komt goed.' Danny zal worden opgepakt en zijn straf ditmaal niet kunnen ontlopen. En ze leefden nog lang en gelukkig, veilig voor Danny.

Maar de gedachte dat het allemaal goed zal komen, omdat het systeem hen te hulp zal schieten, klinkt angstig bekend. Je zou zeggen dat ze haar leergeld betaald heeft en niet meer in sprookjes gelooft. Bent u wel helemaal in orde, Mrs. Young?

Danny zal de dans ook ditmaal ontspringen. Nooit zullen ze veilig zijn.

'Mrs. Young?' zegt de 911-operator. 'Blijf aan de lijn, ambulance en politie zijn op de hoogte. Ze staan klaar om uw kant op te komen. Heeft u voor mij de gps-coördinaten?'

'Nee, weet u, het spijt me, het is niet nodig. Ze hoeven niet te komen. Ik heb me vergist.'

'Mrs. Young? Weet u dat zeker?'

'Ja, heel zeker. Dank u. Ik had niet moeten bellen. Het is een misverstand.'

'Ik moet u erop wijzen, Mrs. Young, dat misbruik van het noodnummer een misdrijf is.'

'Nogmaals: het spijt me.' Tyler verbreekt de verbinding. Het moet uit zijn met vertrouwen dat iemand anders het voor haar oplost.

Charlie kijkt haar aan, een diepe denkfrons in haar wenkbrauwen. 'Dus wat nu? Terug naar de papiersnippers?' Haar stem is hees, krakerig, niet meer dan een fluistering.

Tyler slikt, kan de tranen maar nauwelijks bedwingen. 'Je hebt me nooit begrepen.'

'En jij mij niet,' piept Charlie.

'Dat is waar.' Ongetwijfeld komt er meer, tirades, uitleg, vragen, harde woorden, maar voor nu nemen ze hier genoegen mee. Beiden zijn ze aan het einde van hun Latijn. Het is voorbij, het scheelde niets, maar het ligt achter ze. Op het nippertje, maar ze hebben het gered.

'Hier blijven we in ieder geval niet zitten,' snottert Tyler. 'Kom, we gaan naar de auto. Gaat dat lukken? Het is maar een klein stukje.'

Charlie laat zich omhoogtrekken. Innig gearmd, moeder en dochter herenigd, beiden in tranen, wankelen ze samen naar het gat in het hek tegenover het transformatorhuisje.

In de verte klinkt een sirene. Het toppunt van wanhoop, bedenkt Tyler: bidden dat hulp niet verschijnt.

#

Achter ze, ongezien, jankt een zwerfhond.

46

'Please enter your code, or press zero for assistance.'

Ze toetst 6, 2, 7, 8, 4, 2.

Ze heeft Charlie verteld wat ze van plan is. De motor draait, de kachel verwarmt ze. Ze zit op de achterbank van de Volvo, Charlie ligt met het hoofd op Tylers schoot, met opgetrokken knieën, in foetushouding. Het lijkt of ze slaapt, maar Tyler weet dat ze wakker is.

'Goedenavond, Martha. U wordt verwacht. Een ogenblik, dan verbind ik u door met Jockey.'

'Nee, wacht. Ik wil spreken met Joachim Weiss.' Geen verzoek, geen vraagteken.

'Maar ik heb instructies…'

'Niet met Jockey,' zegt Tyler. 'Met Joachim Weiss.'

Om de auto heen de silhouetten van containers in oranje gloed van de lichtmasten.

Ze hoort toetsaanslagen.

Dan, na een hoorbare aarzeling: 'U wordt teruggebeld.'

Ze verbreekt de verbinding, leest nogmaals het laatste tekstbericht dat ze van Tom Warner heeft ontvangen. Als ze de spelfouten negeert, staat hij met pech langs de Interstate 78 ter hoogte van Glendon. En was de batterij van zijn telefoon bijna leeg.

'Joachim Weiss, wie is dat?' vraagt Charlie. Ze gaat verliggen.

'De man die jou gered heeft.' Met haar rechterhand veegt Tyler het haar van Charlies klamme voorhoofd. Langzaam voelt

Tyler haar dochters lichaamstemperatuur normaliseren.

'En Jockey?'

'Dat leg ik je allemaal nog wel uit, lieverd.'

Een antwoord waar Charlie voorheen razend om kon worden. Maar nu zegt ze: 'Oké.'

Nauwelijks vijf minuten later volgt een tekstboodschap: 'Is uw dochter oké? U bent op zoek naar mij?'

Bingo.

Tyler schrijft hem wat ze wil. Duidelijke taal. Een vrouw die het heft in handen heeft. Honderdzestig tekens, meer dan genoeg.

Nadat ze op SEND drukt, is het een tijdlang stil, ze kan Joachim Weiss bijna horen denken.

Dan komt zijn antwoord: 'Weet u het zeker? Ik kan met een paar uur bij u zijn.'

'Hij vraagt of we het zeker weten,' zegt Tyler.

Nu kunnen ze nog maken dat ze wegkomen.

'Gaan we dit doen?' vraagt Tyler. 'Eerlijk zeggen, lieverd.'

Bij wijze van antwoord, komt Charlie overeind. 'Nu of nooit.'

Ze toetst in: 'Heel zeker.'

'Ik zal zien wat ik kan doen,' schrijft Joachim Weiss.

Nauwelijks een kwartier later antwoordt hij: 'Hij is onderweg. Alleen. 30-60 minuten. Succes.'

Hoe hij dat heeft klaargespeeld? Hoe weet hij waar Danny is, terwijl REBOUND het niet weet? *Don't know, don't care.* Vragen voor later.

Ze kijkt op haar horloge. Nog negenentwintig minuten. Charlie opent het portier al.

Tyler parkeert de Volvo aan het einde van de doodlopende weg. De huurauto ziet eruit alsof hij een zandstorm heeft overleefd, maar het is het nieuwste model. Zal Danny geloven dat hij hier zomaar is achtergelaten? Het moet maar.

Ze rent terug naar het hek, klimt door het gat.

Als ze Charlie ziet, in de container, opnieuw in haar ondergoed, alweer in de positie, haar armen en benen wijd op het matras, vraagt Tyler zich af of ze wel goed bij hun hoofd zijn.

Behoedzaam, bijgelicht door de zaklamp, doet ze de touwen om haar dochters polsen en enkels. Losjes, zonder dat het er nep uitziet. Tyler bekijkt het resultaat. De afschuwelijke jpeg schiet door haar gedachten.

'*Let's do it*,' zegt Charlie. Geen spoortje twijfel. Een koele, vastberaden blik in haar ogen.

Terwijl Tyler zich naar haar dochter buigt, voor een laatste kus, een moment wang tegen wang, beseft ze wiens blik ze zoeven zag. Diepbruin, oprecht en overtuigend; de ogen van haar vader.

'Dan ga ik,' zegt ze. 'We gaan het doen.'

'*Go.*'

'Ik hou van je, lieverd.' Haar stem breekt. Maar ze gaat. Gehaast tussen de opgestapelde dozen door, schijnend met de lamp.

'Mam?'

'Ja, lieverd?' Ze draait zich nog een laatste keer om.

'*Same here*,' klinkt het uit het diepe donker achter de muur van karton.

Tyler verbijt haar tranen, sluit de container. Met de balk beukt ze op de vergrendeling. De metalen echo is luid, onheilspellend. Als nagels in een doodskist.

Tyler verschuilt zich achter het transformatorhuisje. Het is een goede positie, ze heeft van hieruit zicht op zowel de ingang met het hangslot, als op het gat in het hek. In de verte staat de Volvo.

De balk wordt zwaar in haar handen, ze zet hem op de grond tussen haar benen.

De minuten kruipen voorbij. Ze denkt aan het laatste bericht dat ze van Tom Warner kreeg – hij stond nog steeds vloekend langs de Interstate, pechhulp was eindelijk gearriveerd. 'Je kleine meid oké? Jij oké?' vroeg hij.

'Meer dan oké,' had ze geantwoord.

Ze zijn niet gek dat ze dit gaan doen, ze zijn meer dan oké.

Dan hoort ze al van verre het denderende geluid van bassen. Een rapnummer.

Een auto stopt bij het hek, een portier gaat open, de muziek eindigt abrupt.

'Jack?'

Tyler rilt als ze zijn stem herkent. Het is hem, na al die jaren, vlakbij. Haar reactie is intens en lichamelijk. Ze durft nauwelijks nog te ademen. Met haar rug tegen de muur van baksteen. Ze pakt de balk.

'White?'

Danny verwacht een Jack White. Een alias van Joachim Weiss? Nog een vraag die Tyler voor later parkeert.

Dan is het lang stil. Ze spitst haar oren. Ruikt hij onraad? Ze houdt zich muisstil.

De auto start weer. Shit. Gaat hij ervandoor?

De muziek verplaatst zich naar het einde van de doodlopende weg. Naar de Volvo. Opnieuw hoort ze hem uitstappen, de bas dreunt. Als ze even durft te kijken, ziet ze hem in de verte. Het is niet meer dan een schim, de contouren van een man die door de zijruit van de Volvo naar binnen kijkt, maar het is hem. Ze weet het honderd procent zeker als ze ziet hoe hij gefrustreerd aan een deurhendel trekt, tegen de achterband schopt.

Hij doet zijn handen in zijn zij, kijkt om zich heen.

Tyler duikt weer weg.

Het is Danny. En hij is alleen.

De bassen komen weer naderbij. Dan is het stil. Ze hoort het portier, voetstappen. 'White? Jack?'

Pas als ze de wieltjes hoort piepen als hij het traliewerk bij de ingang openschuift, kijkt ze opnieuw.

Ze wacht, hoort hem telefoneren.

'Jack?' roept hij. 'Waar blijf je verdomme?'

Dit schreeuwt hij tegen een voicemail, zoals ze hem zo vaak heeft horen doen.

Ze kan zich nauwelijks nog beheersen. Nu hoort ze hem bij de ingang van de container. Hij ontgrendelt, met de ijselijke kreet van het verroeste metaal, de deur.

Vanaf dat punt is zijn blikveld beperkt. Ze gaat, spurt over de betonplaten naar het gat in het hek, klimt erdoorheen.

Zo snel en zo stil als ze kan, bereikt ze de achterkant van de container. Met haar rechterhand volgt ze de metalen wand van achteren naar voren. Geknield spiedt ze even om de hoek. De deur staat open. Danny is naar binnen.

Tyler houdt haar adem in, klemt de balk in haar handen, en stapt achter hem aan.

Daar sluipt hij, op zijn hoede, gebukt, tussen de dozen. Met een zaklantaarn schijnt hij links en rechts, naar onder en boven. Alsof hij hier voor het eerst is. Ze ruikt zijn aftershave.

Waar is het pistool? Niet in zijn hand. In zijn schouderholster natuurlijk, ze weet het weer. Hij draagt een pak, ze durft te wedden dat hij er een witte polo onder draagt, en dat zijn laarzen nog altijd glanzend zijn gepoetst.

Voetje voor voetje sluipt ze achter hem aan. Ze volgt het ritme van zijn stappen om het geluid dat ze eventueel maakt te maskeren.

Dit is het moment waarop alles nog mis kan gaan. Als hij zich nu omkeert…

Maar hij keert zich niet om. Hij legt de zaklantaarn neer, aan het voeteneinde van het matras. Terwijl hij knielt, tovert hij een zakdoek uit zijn jaszak, om voor zijn mond te houden. Gefascineerd bestudeert hij Charlies beweginloze lichaam.

Nu, lieverd. Doe het nu.

Charlie verrast hem volkomen. Ze trekt haar benen in, strekt ze ogenblikkelijk, een schop met beide voeten, en alle kracht en woede die ze heeft. Ze raakt hem vol, met de hielen in zijn kruis.

Tyler tilt de houten balk hoog boven haar hoofd, klaar om toe te slaan.

Danny's lichaam klapt dubbel, hij schreeuwt het uit, wankelt, doet een stap achteruit om zijn evenwicht te bewaren. Tyler haalt uit. Precies dan, alsof hij haar aanwezigheid opmerkt, draait hij zich naar haar toe. Hij heft zijn arm om de slag te ontwijken, duikt opzij.

De balk raakt hem niet op zijn achterhoofd zoals Tyler bedoelde, maar op zijn oor, zijn hals, zijn schouder. Toch gaat hij opnieuw door de knieën. Bloed stroomt over zijn wang.

Tyler trekt terug en stoot het uiteinde van de balk meteen weer naar voren, opnieuw mikkend op zijn gezicht. Danny slaat het zware stuk hout opzij, alsof het een luciferhoutje is. De balk valt uit Tylers handen.

'Hello, Louise,' sist hij. 'Ik wist het.' Hij komt overeind. Even, een flits, schieten zijn ogen achter haar, naar de ingang van de container. Alsof hij toch niet alleen is.

Bijna trapt ze erin, maar zijn grijns verraadt hem.

Ze duikt naar de balk, maar hij verspert haar de weg met zijn knie, die haar pijnlijk in haar zij treft.

Haar achterhoofd dreunt tegen de metalen wand. Als ze ziet dat hij wil schoppen, trekt ze net op tijd haar knieën op. Maar ze kan nu geen kant meer op, ze ligt klem tegen de wand. Met afgrijzen ziet ze hoe zijn hand in zijn jas verdwijnt, op weg naar zijn holster.

Met een katachtige sprong duikt Charlie op zijn rug, ze slaat haar armen om zijn nek. Danny grijpt met een hand naar achteren, zijn vingers vinden een dot haar. Charlie krijst, Tyler ziet haar tanden als ze vergeefs probeert Danny in zijn pols te bijten. In zijn andere hand ziet Tyler het pistool verschijnen.

Met Danny uit evenwicht door Charlie, kronkelend op zijn rug, wurmt Tyler zich omhoog. Ze zet zich af, neemt een duik, als een stormram, kop vooruit. Ze raakt hem in zijn maag, half op zijn ribbenkast. Met haar handen probeert ze zijn pistoolarm te pakken te krijgen.

Maar hij is te groot, te sterk. Niet zo fit als hij was, maar het is genoeg. In één ruwe, tollende beweging werpt hij Charlie van zich af en Tyler tegen de grond.

Langzaam komt zijn pistool omhoog. 'Dat was de tweede keer, Louise, dat je me in de rug aanviel,' spuugt hij. 'De tweede en de laatste.' Hij strekt zijn arm, richt de loop op haar hoofd.

Maar daar is opnieuw Charlie. Ze werpt haar hele gewicht tegen hem aan. Het pistool gaat af, maar de kogel raakt niets, ketst af tegen het containerdak. Tyler, op haar rug op de grond, op haar ellebogen steunend, zwaait met beide benen, raakt hem op zijn enkels.

Danny wankelt, maar het lukt hem Charlie opnieuw van zich af te schudden.

Tyler duwt zich op, duikt richting het pistool, weet zijn hand tussen haar dijen te klemmen. Ze strekt haar vingers, klauwt met haar nagels, op zoek naar zijn ogen. Ze vindt houvast aan zijn bebloede oor, en trekt uit alle macht. Het geluid doet haar denken aan een laken dat doormidden scheurt.

In een reflex trekt Danny zijn bovenlichaam naar achteren. Zijn schreeuw van woede is een oerkreet, maar Tyler geeft niet op. Ze stoot haar knie omhoog naar zijn kruis, uit alle macht.

Uit een ooghoek ziet ze de schim van Charlie snel naderen. Het wapen gaat af, de knal is oorverdovend, vlak bij Tylers oor.

O god, laat het niet waar zijn, denkt Tyler.

Charlie duikt weer. Alles wat ze heeft, werpt ze in de strijd. Ook Tyler zet zich af. De gezamenlijke massa van moeder en dochter is hem te veel, Danny valt achterover op het matras.

Tyler springt op zijn borst, Charlie ploft naast haar, op de arm met het pistool. Tyler beukt met haar vuisten, duwt tegen zijn schouders om hem in bedwang te krijgen, maar langzaam komt zijn arm, met in de hand het wapen, omhoog, met Charlie en al.

Dan laat Charlie los. Met haar volle gewicht erachter, geeft ze Danny een kopstoot. Bot kraakt, bloed spat. Tyler hoort het pistool naast het matras vallen.

Danny's lichaam wordt slap.

Even aarzelen ze. Moeder en dochter, zwaar hijgend, wisselen een korte blik. Bloed op Charlies voorhoofd, bloed op Tylers handen. Dan komen ze tegelijkertijd in actie. Terwijl Tyler het pistool met haar voet buiten bereik schopt, pakken ze Danny's armen. Uit alle macht sjorren ze zijn slappe lichaam verder het matras op. Van plan om hem vast te binden. Om hem vervolgens achter te laten.

Maar het wil niet lukken, hoe hard ze het ook proberen. Het duurt allemaal veel te lang, ze hebben zijn gewicht onderschat. De vermoeidheid en de ontberingen die ze de afgelopen dagen hebben moeten trotseren, de stress en het gebrek aan eten en slaap, eisen hun tol.

'Het touw,' hijgt Tyler, ze graait zijn polsen bij elkaar, maar het is te laat.

Als Danny weer bij zijn positieven komt, weet hij zich met een eenvoudige beweging los te rukken.

Tyler springt naar de zaklantaarn. In paniek schijnt ze om het matras heen, op zoek naar het pistool. Daar ligt het, het is een paar passen, maar ze aarzelt of het verstandig is Charlie nu alleen te laten. Charlie staat met open mond uit te hijgen, haar handen op haar knieën, haar ogen wijd.

Dan begint hij te lachen. Hoongelach. 'Kijk ze nou, moeder en dochter.' Zijn stem klinkt geforceerd, nasaal, het gevolg van de verwondingen aan zijn neus. 'Hebben geen idee. Geen enkel idee.'

Alsof hij moed put uit hun aarzeling, neemt hij de tijd. Hij strijkt met zijn hand over zijn gezicht, bekijkt het bloed op zijn vingers met een grimas. 'Is dat alles?' proest hij. Een afgebroken tand werpt hij achteloos opzij.

Nee, denkt Tyler. Nog lang niet alles. Het is niet voorbij. Het zal nooit voorbij zijn.

Uit haar ooghoek ziet ze dat Charlie het pistool inmiddels heeft opgepakt. Tyler schijnt hem in zijn gezicht, terwijl ze om hem heen cirkelt, op weg naar de balk.

'Die ouwe klootzak van een marshal draait zich om in zijn graf, als hij jou zo zou zien, Louise. Het is te zielig voor woorden.'

'Je hebt hem vermoord,' hijgt ze.

'Gar? *Not me*. Jammer genoeg. Was er graag bij geweest. Ik begreep dat hij krijste als een varken toen hij stierf.'

Het pistoolschot is zo hard en onverwacht, dat Tyler een gil slaakt.

Charlie heeft de trekker overgehaald, Danny in zijn been geschoten.

Hij schreeuwt, langgerekt, vol woede en ongeloof.

Ook Tyler heeft moeite te beseffen wat er zojuist is gebeurd. Ongelovig staart ze naar het wapen in Charlies hand.

'Vertel ons de waarheid,' sist Charlie. In haar ogen ziet Tyler blinde haat, wraakzucht. Vastberadenheid.

'Gar kreeg wat hij verdiende,' kreunt Danny, zijn handen in

een klem rond de wond in zijn dijbeen. 'Maar ik was het niet.'

Charlie stapt op het matras, het wapen nu angstig dicht bij Danny's handen. Als hij grijpt, zijn ze verloren. Ziet Charlie het gevaar niet? Voor de zekerheid komt Tyler een stap dichterbij. Ze heft de zaklantaarn, klaar om toe te slaan.

'Je hebt hem vermoord,' zegt Charlie. 'Geef het toe.' Ze richt het pistool op zijn hoofd.

'Wie heeft je dat wijsgemaakt, *little bitch*? Je moeder is een junkie, een hoer.'

'Je liegt,' schreeuwt Charlie. Haar hand trilt, haar vinger op de trekker.

Zo gaat het niet eindigen, denkt Tyler. Zachtjes legt ze haar vrije hand op haar dochters schouder. 'Lieverd? Hij is het niet waard,' fluistert ze. Ze voelt hoe Charlie vecht met tegenstrijdige gevoelens. Het duurt even, maar met merkbare tegenzin laat Charlie het pistool zakken. Tyler voelt hoe het lichaam van haar dochter ontspant.

Tyler neemt haar het wapen uit handen, maar houdt het, net als de lichtbundel, op Danny gericht.

'Je bent oud geworden, Louise. Een oude slappe junkiehoer ben je. Je hebt Jack White geneukt zeker?'

Moeder en dochter doen een stap achteruit.

Danny fronst zijn voorhoofd. Dan schudt hij opnieuw het hoofd, schamper lachend, om zoveel domheid. 'Was dat het?'

Charlie geeft Tyler een arm. Langzaam, voorzichtig, stappen ze achteruit naar de doorgang tussen de dozen. Tyler houdt het wapen en de zaklantaarn op hem gericht.

'Dat was het?' Hij giert het uit.

Ze zijn er, stappen naar buiten, de frisse lucht in.

'Ik weet jullie te vinden, Louise. Jou en die stinkende bastaard van je,' schreeuwt Danny ze na.

Het dreigement raakt haar. Want hoe waanzinnig hij ook klinkt, ze weet dat het waar is. Het is geen loos dreigement. Al moet hij opnieuw dertien jaar wachten, of nog langer deze keer, Danny zal niet opgeven. Nooit ophouden, tot je zeker weet dat de boodschap is aangekomen.

'Ik wilde het doen,' snikt Charlie. 'Maar…' Haar stem breekt, tranen glijden over haar wangen.

Tyler gruwt van de onmacht, het onrecht. Ze hebben gewonnen, Charlie leeft, ze hebben Danny overmeesterd, wat willen ze nog meer? En toch voelt het alsof ze zijn verslagen. Net voor zij en Charlie met vereende krachten de containerdeur dichtduwen, zegt ze: 'Wacht.'

Opnieuw, ditmaal alleen, gaat ze naar binnen. Danny zit nog op het matras, zijn hoofd gebogen, precies zoals ze hem hebben achtergelaten. Als hij de lamp ziet naderen, zegt hij iets, maar ze kan hem niet verstaan – wíl hem niet verstaan. In zijn hand zijn telefoon.

'Geef hier,' beveelt Tyler.

'Wat?'

'Je telefoon.'

Demonstratief laat hij het apparaat tussen zijn benen vallen. 'Pak maar.'

Ze haalt het houtsnijdersmes uit haar broekzak, Gars ring komt onbedoeld mee. In een flits ziet ze Danny's blik – als het hem om de ring te doen was, weet hij het goed te verbergen.

Ze steekt de ring terug, klikt het zakmes open, *klik klak*, en knielt voor hem neer. Met het pistool in haar linkerhand tegen zijn borst, toont ze hem het lemmet. Langzaam haalt ze het heen en weer voor zijn ogen.

'Wat ga je doen?' Hij trekt zijn hoofd tussen zijn schouders.

Ja, wat ga je doen, Ty? 'Weet je, Danny?' fluistert ze. 'Ik loog tegen Gar.'

Zijn uitdagende grijns verdwijnt van zijn gezicht.

'Charlie is wél je dochter.'

Onderweg heeft ze zich afgevraagd of ze het zou durven. Haar conclusie toen was: heel misschien. In een vlaag van woede, tijdelijk ontoerekeningsvatbaar, zoals in die rechtbankseries op tv. Maar nu het moment daar is, is alle twijfel verdwenen. Ze zal er onder ede over liegen, maar dit is een koele, berekenende daad, ze heeft geen black-out.

'En nu?' vraagt hij nog.

Zonder er langer bij na te denken, steekt ze het mes met kracht in zijn hals. Dan duwt ze. Dieper. Warm bloed druipt over haar vingers op de kraag van zijn witte polo.

Danny's kreet is gesmoord. Zijn gestrekte armen grijpen, maaien, maar hoewel ze vlak voor hem zit, raken ze niets dan lucht.

Dan valt hij stijf achterover. Zijn ogen rollen in hun kassen.

Ze pakt zijn telefoon en staat op.

'En nu schoonmaken.'

#

De zwerfhond kijkt ze na, kwispelend. Elkaar ondersteunend klimmen ze door het gat in het hek. Hoewel moeder en dochter niet lijken te schrikken van de luide knal van de uitlaat waarmee een rode Toyota pick-up arriveert, maakt de zwerfhond zich meteen uit de voeten.

47

Tyler parkeert de Volvo om de hoek.

Het kantoor van de notaris bevindt zich op een plein dat zou kunnen figureren in een documentaire over *small town America*. Een weelderig groen grasveld met witte hekjes en bankjes onder een enorme eeuwenoude eik, een fontein, een monument voor gevallenen, een dichtgemetseld kanon uit de Burgeroorlog, wandelpaden als spaken aan een wiel, een gemeentehuis met imposante witte pilaren.

Tom Warner is bij Charlie gebleven. Vanmiddag zal hij Tyler naar Gars herdenkingsdienst vergezellen.

Toen Tyler vertrok, sliep Charlie, eindelijk, na opnieuw een onrustige nacht. God wist wat ze de afgelopen dagen had moeten doorstaan, geestelijk en lichamelijk. De hoofdpijn was terug, in alle hevigheid, net als de nachtmerries en het verbeten, beschuldigende zwijgen dat Tyler zich herinnerde van al die jaren geleden. Eén van Tom Warners pokervrienden, een gepensioneerd neuroloog, was haar komen onderzoeken. Hij had haar rust voorgeschreven, ze moest om te beginnen aansterken. En dan? Wat was het vooruitzicht? Waar moesten ze rekening mee houden? De tijd zou het leren.

Als ze aanbelt, wordt de deur al geopend door de notaris in hoogsteigen persoon.

'Mevrouw, mag ik u condoleren?' Hij is hoogbejaard, zit krap in zijn driedelige *pin stripe*. Plukken grijs haar omringen zijn wijduitstaande oren. Een halve bril en appelwangen. Alsof hij zo uit een Dickensroman is gestapt. Om het plaatje te vervolmaken, kust hij haar de hand, alsof ze van koninklijken bloede is.

Er is een receptiebalie, en door geopende deuren ziet ze kantoren links en rechts van de marmeren hal, met bureaus en beeldschermen, maar er is niemand te zien, geen assistent, geen collega's, geen andere cliënten.

Geen pottenkijkers, bedenkt ze afwezig, terwijl ze zichzelf bekijkt in een grote spiegel in het damestoilet. Het zwarte mantelpakje staat haar goed. De schoenen zijn simpel, met een kleine hak, maar netjes, en ze knellen nauwelijks. Zelfs het bijpassende dunne tasje is smaakvol. Geen idee waar Tom Warner het allemaal vandaan heeft getoverd. De nieuwe hardheid in haar ogen is blijvend, wat ze ook met make-up probeert. Ze is afgevallen.

Ze volgt de notaris een brede trap op, naar de 'luxe kamer', zoals hij het noemt. De ruimte doet haar naam eer aan; een en al kostbaar notenhout. De inrichting lijkt al een eeuw niet veranderd. De geur van ontelbare sigaren in de gordijnen, het Perzisch tapijt.

Op het ouderwetse bureau staat, opvallend modern in deze klassieke omgeving, een flinterdunne MacBook met externe dvd-speler. Tyler neemt plaats op een hoge stoel en kijkt om zich heen. Als ze zich niet vergist is dit dezelfde stoel waarin Gar zat toen hij de dvd maakte.

Met trillende handen schenkt de notaris koffie uit een grote zilveren kan. Dan richt hij zich op, schraapt zijn keel. 'Mevrouw, ik vertrouw erop dat ik alles tot dusver naar wens heb verricht.'

Tyler, al heeft ze geen idee waar hij op doelt, antwoordt dat ze tot dusver zeer tevreden is.

'Niets te wensen over?'

'Niets,' zegt ze. 'Dank u.'

'En ik mag aannemen dat u met die moderne machines overweg kunt?' Hij wijst met zijn kin naar de MacBook.

Als Tyler knikt, zet hij de zware koffiekan neer. Achter een van de notenhouten panelen bevindt zich een grote ingebouwde kluis. Met zijn lichaam tussen haar en de deur in, draait de notaris aan de knoppen. Tyler hoort het zachte klikken van de cilinders. Om de deur van het gevaarte te kunnen openen, moet de notaris een stapje opzijdoen. De kluis is tot de nok gevuld met mappen en dossiers.

Trefzeker pakt de notaris een leren etui, dat hij plechtig op beide handen voor zich uit draagt. Als hij het op het bureau voor haar neerlegt, schuift hij er nog even mee, tot het precies ligt zoals hij wil.

Nadat hij de kluisdeur weer heeft gesloten, zegt hij: 'Dan laat ik u alleen, mevrouw. U kunt mijn kantoor gebruiken zolang en wanneer u wenst. Dag en nacht, u hoeft me maar te bellen. Als er iets is waarmee ik u van dienst kan zijn, dan sta ik tot uw beschikking.'

Als ze alleen is, schuift ze haar stoel dichter naar het bureau. Ze haalt diep adem alvorens ze het bruinleren etui openslaat.

Links zit een glanzend computerschijfje. Gars dvd? Zijn laatste woorden, zijn uitleg? Een tweede kans?

Rechts zit een document.

LAST WILL AND TESTAMENT OF GARFIELD FRANKLIN HORNER.

Met trillende handen slaat ze de bladzijden om, en scant ze de tekst.

Heden verscheen voor mij Garfield Franklin Horner.

In januari ondertekend. Vlak na Catherines dood.

Weduwnaar van, zonder kinderen, zonder in leven zijnde familieleden, herroept alle eerdere testamenten, benoemt tot enige erfgenaam van zijn ongedeelde nalatenschap, indien zij ervoor kiest deze te accepteren, Tyler Ann Young, wonende te Amsterdam.

Gar laat Tyler alles na, zoals hij haar op de dvd al had aangekondigd.

Als ze wil. The good and the bad.

Achter het testament zitten als bijlage de instructies voor zijn begrafenis (psalmen, muziek, een Bijbelvers), een lange lijst met bankgegevens en een stapeltje portretfoto's, met noties op de achterzijde. Als ze nieuwsgierig de gezichten op de foto's bekijkt, herkent ze er twee: Tom Warner en Oz. Verwonderd leest ze op de achterzijde Oz' echte naam. Alexander Harris zit er ook tussen. Joachim Weiss ontbreekt. De personen op de andere foto's heeft ze niet eerder gezien, al herinnert ze zich nu dat Tom Warner de naam van Faber noemde.

Ze legt het document en de bijlagen opzij, draait de MacBook naar zich toe, en steekt het schijfje in de dvd-speler. GEEN NETWERKVERBINDING MOGELIJK, knippert een waarschuwing. Weet ze het wachtwoord nog? Maar dan verschijnt Gar al, er is ditmaal blijkbaar geen code vereist. Rommelend aan de camera, in zijn zondagse pak dat te ruim om zijn schouders hangt. Ook aan de datum rechts onderin ziet ze dat het dezelfde opname moet zijn.

'Hello Lou.'

'Hello sailor.' Toen schoot ze vol, nu schiet ze vol.

'Je zult wel denken wat krijgen we nou weer. Wel, het zit namelijk zo, ik heb Cath iets moeten beloven, lang geleden.'

Maar ditmaal heeft het zien van zijn gepijnigde gelaatstrekken, het horen van zijn vermoeide stem, zijn gehoest, een diepere lading voor haar gekregen. Want de vorige keer dat ze deze beelden zag, kon ze nog hopen dat Gar het zou redden. Deze keer is het werkelijk zijn *last will*. Onherroepelijk.

Hetzelfde gebleven is haar ongeduld, de aanvechting de opname door te spoelen. Maar ze concentreert zich op zijn woorden, zijn mimiek, zijn aarzelingen, alsof haar leven ervan afhangt.

'Alles is voor jou, Lou, als je het wilt aannemen. En beslis niet te snel. Alles, dat betekent the good and the bad. Het geld, het huis in Miami, de blokhut bij Watauga Lake. En dit.' Hij steekt zijn rechterhand omhoog en wijst op de ring. De ring waar, als ze Oz mag geloven, inmiddels de hele wereld achteraan zit. De ring in haar tasje, op de grond naast de stoel.

Terwijl ze luistert naar de instructies over hoe ze zijn kluis in de blokhut kan openen, denkt ze terug aan haar verwarring destijds. Hoe raadselachtig het was dat Gar dat deed op een dvd die zich in diezelfde kluis bevond, de Sherlock Holmes-breinkraker. Nu weet ze dat ze naar een kopie keek van Gars videotestament. Een back-up, typisch Gar, een Plan B voor het geval dat. De conclusie is onontkoombaar dat ook Gar niet gerust was op een natuurlijke dood.

En inmiddels begrijpt ze ook meer van Gars cryptische verwijzing naar 'ze'. 'Ze', die de 'ondergang' op hun geweten zouden hebben, als de kluis met inhoud onder hun vingers zou zijn geëxplodeerd. Toen cryptisch, nu angstig dichtbij. Namen schieten haar te binnen, van mannen, agenten, onbekenden: Faber, Alexander Harris, Joachim Weiss.

Onwillekeurig pakt ze haar tasje op schoot.

Niet alleen weet ze inmiddels meer dan toen; het voelt ook anders. Dichterbij, als dat het goede woord is. Als Gar vertelt over zijn oudere zus Sarah, het zwarte schaap van de familie, die een dochter achterliet rond de tijd dat Tyler geboren werd, voelt ze een andere angst, onvergelijkbaar met de vertwijfeling die ze ervaarde toen Charlie overgeleverd was aan de grillen van Danny.

'Nee, schrik niet, Lou, dit sprookje heeft geen happy end.'

Deze angst is heftiger, zit dieper, als in haar DNA. De angst van het mishandelde kind, dat haar hele jonge leven heeft gehoord niets waard te zijn en niet beter weet dan dat het haar eeuwige lot zal zijn haar naasten teleur te stellen. Dat kind kan een tijdlang doen alsof. Maar wanneer de druk voldoende hoog wordt opgevoerd, zal haar masker van kunstmatig zelfvertrouwen breken.

Dichterbij, ja, dat is de juiste omschrijving. Voelbaar in alle vezels van haar lichaam is de onomstotelijke overtuiging dat ze Gars vertrouwen zal beschamen, en dat ze de verantwoordelijkheid die hij haar hier toevertrouwt niet zal kunnen dragen.

'Dus jij zat niet officieel in WitSec. En ik… Enfin, ik kreeg bij wijze van gouden handdruk drie maanden "to make the Miller Women Situation go away", zoals ze het noemden. Jullie zaten net in New York en hadden geen idee.'

Ze luistert opnieuw naar Gars relaas over de periode vlak na zijn ontslag. Hoe hij zwaar in zijn maag zat met haar en Charlie. Hoe Cath gek van hem werd. Hoe in de Marshal Service het gerucht werd verspreid dat Gar een maîtresse WitSec had binnengesmokkeld. Dat Tom Warner met een aanbod kwam dat te mooi klonk om waar te zijn.

Onder in het beeldscherm van de MacBook ziet ze op de teller dat ze ongeveer halverwege de opname is. Het moment nadert waarop ze in de blokhut gestoord werd door de stemmen buiten.

'Ik ben niet helemaal eerlijk tegen je geweest, Lou. Of eigenlijk helemaal niet. Dus denk goed na voor je beslist. Het is niet alleen the good, the bad is inclusief.'

Hij zucht diep. 'Tom Warner haalde me bij een organisatie die vele namen heeft gehad, maar ik leerde hem kennen als REBOUND.'

Tyler schuift onwillekeurig naar voren, naar het puntje van haar stoel.

'Over REBOUND zou iemand een boek moeten schrijven als het niet zo gevaarlijk was. Maar wat je moet weten, kort en goed, is dit: ze doen wat ik deed bij WitSec, maar dan tegen betaling. Een nieuw leven, een nieuw begin, op een veilige plek, *you know the drill*. Maar REBOUND is een onderneming, Lou, knoop dat in je oren. *Private enterprise*. Het is geen vriendendienst om goedwillende burgers te beschermen tegen represailles, in ruil voor hun hulp aan justitie in strijd tegen de *bad guys*. Het gaat om enorme bedragen. Wie wil, en wie het zich kan veroorloven, kan erin. Elvis leeft nog? Prinses Diana? Steve Jobs? Sinds ik weet van REBOUND geloof ik alles. Het moeten er duizenden zijn, in al die jaren. Dus ja, ook de zwaarste criminelen. En daar beginnen de problemen, Lou. Ik wil best praten met criminelen, ik deed bij de Marshal Service niet anders, het is nota bene de reden dat WitSec bestaat. Iedereen verdient een tweede kans. Dus willen ze REBOUND in, prima, maar ik vind dat ze wel eerst hun straf moeten uitzitten. Ik wil REBOUND opschonen, zo zou je het kunnen noemen. *Clean up their act*. Je kent me: Don Quichot is *my middle name*. Je kunt een marshal wel uit de Service krijgen, maar de marshal niet uit de man. Zeg ik dat goed? *Anyway*, je weet wat ik bedoel.' Hij grijnst.

Dit is niet echt, het is een show, denkt Tyler. Gar heeft dit allemaal bedacht en geregisseerd. Het zal een grap blijken te zijn. Hij leeft nog, zo direct stormt hij de kamer binnen: *Smile, you're on candid camera*. Maar als het een grap is, dan lachen zijn ogen niet.

'Tot nu toe had ik de overtuiging dat ik de anderen daarin mee zou kunnen krijgen, maar ik denk niet dat ik in mijn missie geheel geslaagd ben.'

Opnieuw steekt hij zijn hand omhoog. 'Er zijn vier ringen als deze, Lou. Elk van die ringen vertegenwoordigt een Lijn, zoals we dat noemen, een kwart van REBOUND. Een kwart stem, een kwart van het kapitaal. Maar bovendien: de levens, Lou, van de subjects, de codes waarmee je hun oude leven met hun nieuwe kunt verbinden. Die koppeling zit alleen hier; hij is nergens online, nergens in een archief, zelfs niet in Genève. Hier.' Hij tikt op de ring.

Tyler klemt haar handen om de sluiting van haar tas op schoot.

'Elk afzonderlijk niets waard, tezamen alles. Tegenwoordig zouden ze de constructie een *poison pill* noemen. Dit is belangrijk, Lou: de ring is het symbool – alleen als ze samen zijn en unaniem, alleen dan is REBOUND te verkopen. Had ik al verteld dat REBOUND een onderneming is? Je zult geen beursnotering vinden, maar als de ringdragers besluiten te verkopen, dan houdt niemand ze tegen.'

Opnieuw duikt hij, onverstaanbaar mompelend, in zijn spiekbriefje. Als hij blijkbaar heeft gevonden wat hij zoekt, stopt hij alles weer weg.

'Maar nu eerst een nadere kennismaking met de hoofdrolspelers, Lou, anders raken we de draad kwijt. Pak de foto's er maar even bij.'

Tyler gehoorzaamt, pakt het stapeltje op.

'Heb je ze?'

Ze knikt, zo levensecht is de illusie inmiddels dat Gar hier is, in de luxe kamer van de notaris zit hij tegenover haar, in levenden lijve. Als een toverspiegel die de tijd, de dood, overbrugt.

Tyler bladert mee, terwijl Gar de hoofdrolspelers introduceert door ze een voor een in beeld te houden. De oude Faber (gefotografeerd in een rolstoel) beheert in Genève de statuten en regels, 'REBOUND's bijbel', zoals Gar het noemt. De draagster van de eerste ring is Fabers schoondochter, Liliane Faber-Campbel. De tweede is in handen van Isamu Matsumi, een Japanner, die afwisselend in Tokyo en Singapore woont.

'Matsumi was de eerste die dat onzalige verkoopplan opperde,' zegt Gar. 'Niet zo gek misschien, dacht ik toen nog, gezien de aanhoudende problemen in Azië.'

De derde ringdrager is Alexander Harris, die huizen heeft in Londen en België.

'En ik zei de gek,' grijnst Gar, opnieuw wijzend op zijn ring, 'ben nummer vier.'

Tyler beseft dat zij nu de vierde is, Gars opvolger. Zij is nu de gek. Als ze accepteert.

Terwijl Gar verdergaat over de stemverhoudingen tussen de vier, beseft Tyler nog iets: een foto van Joachim Weiss ontbreekt. De man van REBOUND die haar hielp, aan wie Charlie haar leven dankt. Het verwart haar, want als Joachim Weiss geen hoofdrolspeler is, wat is hij dan, een figurant? Betekent het dat zelfs Gar niet alles wist?

Gar wil een slok nemen, maar dan ziet hij dat het glas water leeg is. Tyler onderdrukt de neiging om op te staan, naar de deur te lopen en de notaris te vragen het bij te vullen.

Ze heeft de foto's van de hoofdrolspelers in haar hand. Ze wil alles onthouden wat Gar over ze vertelt, over het verkoopplan van Matsumi, de onderlinge relaties, de taakverdeling, maar het is te veel informatie.

Oz en Tom Warner noemt Gar 'vrienden', godzijdank – dat knoopt ze wel in haar oren, en dat moet voor nu voldoende zijn – al vertelt hij erbij dat iedereen een prijs heeft, ook vrienden. Een vriend die Tyler nog niet kent, is een NYPD-detective genaamd Strickland, die voor Gar een oogje op Danny houdt.

'Alexander Harris is waarschijnlijk de eerste, Lou,' vervolgt Gar op het scherm, 'die contact met je zal opnemen. Hij neemt wat dingen van me over, nu... Enfin, je weet wel, sinds Cath. Schrik niet van hem, hij is nogal een type. Maar hij zal niet de enige zijn. Zodra bekend wordt dat REBOUND in de markt is, zullen ze allemaal onder hun steen vandaan komen – erfgenamen, kopers, kapers, tussenpersonen, oplichters, gangsters, de inlichtingendiensten – iedereen die een reden heeft om het te willen of een reden om te voorkomen dat een ander het krijgt. *Hell*, het zou me niet verbazen als je wordt gebeld door de president, Lou.

Wat je ook beslist, zorg dat je hem een hand mag geven in The Oval Office. Geloof me, het is een geweldig sterk verhaal voor later. Kun je bescheiden zeggen dat het nogal tegenviel allemaal. Man, wat een jaloezie ik daar al die jaren niet mee heb losgemaakt.'

Nogmaals haalt hij zijn spiekbriefje tevoorschijn. Hij leest het, draait het dan om. Ze ziet zijn lippen bewegen als hij zijn eigen notities probeert te ontcijferen. Nog vijf minuten te gaan, ziet Tyler onder in beeld. Nog vijf minuten Gar in levenden lijve. Eerst wilde ze doorspoelen, nu wil ze vertragen.

'Ik weet dat je vragen hebt, Lou. Ik heb het allemaal niet zo goed uitgelegd, ben ik bang. Maar dit is dan ook pas mijn eerste poging. En ik word altijd nerveus van die rode lampjes, dat had ik vroeger al, toen we verhoren van verdachten filmden. Ik moet het nog eens overdoen. Ja, dat moet ik doen.'

Overduidelijk kan Tyler zien dat er geen haar op zijn hoofd is die dat serieus overweegt.

'Je vraagt je bijvoorbeeld af: waarom jij? Ik zou nu kunnen zeggen: omdat er niemand anders is. Dat er geen andere kandidaten zijn. Maar je weet inmiddels dat dat bullshit is, je hebt de foto's gezien, er zijn er zat, de ringdragers en hun bondgenoten achter de schermen, wie het ook mogen zijn, zijn nog maar het topje van de ijsberg. Maar jij hebt iets wat zij niet hebben, Lou. Want zij zijn spelers. Zij leven voor het Spiel, stuk voor stuk.'

Hij kijkt haar aan, ze herinnert zich die alwetende ogen, alsof hij dwars door haar heen kon kijken. Ernstig, maar ditmaal ook droevig. 'Maar de belangrijkste reden is misschien wel: omdat jij het doorstaan hebt. Jij hebt het meegemaakt. Jij hebt die deur achter je in het slot horen vallen, je bent door het raam gestapt. Jij liet een leven achter, bouwde alles opnieuw op. Dat klinkt allemaal zo prachtig in de folder, "deur dicht, raam open", maar jij weet wat het werkelijk betekent om te liegen tegen je dierbaren, tegen het dierbaarste wat je hebt zelfs, je eigen kind. Je bent een mens, Lou, van vlees en bloed. Een mens van vallen en opstaan. *You paid the price. And you did it.* En dat zal het verschil maken. Er is *evil* in de wereld, Lou. Op de meest onverwachte plekken zul je het aantreffen, helaas. Jouw onschuld – bij gebrek aan een beter woord – zal het verschil maken. Je zult overwinnen, zoals je Danny overwon.'

Ze huivert en denkt aan Danny, aan de blik in zijn ogen toen ze hem stak.

Na een laatste blik op het spiekbriefje propt Gar het in het borstzakje van zijn overhemd.

'Dan, ten slotte, Lou, zul je je afvragen waarom ik het je niet gewoon heb verteld. Om te beginnen een reden die je bekend in de oren zal klinken: ik dacht dat ik meer tijd had. Er zou een moment komen, een beter tijdstip, ik wist het elke keer zeker. Dat kunnen mensen goed, nietwaar, Lou? Zichzelf voor de gek houden. Dan zeggen ze: volgende week stop ik met drinken. Of: volgende week ga ik het goedmaken. Echt, volgende week begin ik dat dieet.' Hij pauzeert even, alsof hij aarzelt, maar vervolgt dan: 'Volgende week ga ik Charlie de waarheid vertellen.'

Tyler slaat haar hand voor haar mond, onderdrukt een jammerkreet.

Gar haalt diep adem, kijkt naar het plafond en voegt er dan aan toe: 'Zoals ik nu zeker weet dat ik een betere versie van deze opname ga maken. Volgende week. En dat ik snel een goed moment ga kiezen om het je allemaal live te komen vertellen in Amsterdam. Volgende week.'

De laatste minuut loopt, de teller onder in beeld is onverbiddelijk.

'Ik heb het gevoel dat ik iets vergeten ben. O ja.' Hij kijkt de camera weer in. 'Misschien vraag je je af waarom ik jou alles in handen geef, als de regel binnen REBOUND is dat je zelfs je meest trouwe bondgenoot niet met alles moet vertrouwen. Ik dacht: dat lijkt me echt iets voor Lou, slimme meid, om daarover te gaan zitten piekeren. Ik had als antwoord opgeschreven: "Vertrouw niet iedereen met alles: de notaris niet met de kroonjuwelen, Tom Warner niet met de drank, Lou niet met de schuld."' Hij trekt een grimas. 'Ik vond het toen ik het opschreef eigenlijk grappiger. We gaan stoppen, Lou. Zoals ik al zei: dit moet beter, dat ga ik echt doen, een keer, volgende week. Volgens mij heb ik al gezegd dat ik nergens spijt van heb, maar voor de zekerheid zeg ik het nogmaals. Geen schuld, geen spijt, Lou, beloof me dat. Voor alles is een uur, en blijkbaar is het mijne gekomen. Kus Charlie voor me. Zeg haar dat ze alles kan, al gelooft ze het zelf misschien nog niet. Leer haar de regels, zodat ze ze kan breken. Vertel haar dat ze een supermoeder heeft, en zeg vooral ook "gooi me maar aan de leugendetector", weet je nog, Lou? En zeg haar maar dat ik heb gezegd dat ze gewoon mee moet lachen als ze God hoort.'

Hij slaakt een zucht. 'Oké. Dat was het. Gedaan wat ik moest doen. Nu moet de *Big Marshal in the Sky* het oordeel maar vellen.' Hij knipoogt. 'Daarmee bedoel ik natuurlijk Cath. Dag lieve Lou. Huil om me, als je wilt. Tranen zijn goed. Maar niet te lang. Door je tranen heen gewoon met hem meelachen als God je plannen in de war gooit. *That pisses Him off.*'

Hij brengt een nonchalant saluut en zegt: 'U.S. Marshal Garfield Franklin Horner, *retired, signing off.*' Met een kreun reikt hij voorover naar de camera. Het beeld wordt zwart.

Tyler spoelt een stukje terug en bevriest het beeld. Met haar wijsvinger streelt ze door zijn haar, over zijn voorhoofd, zijn wang, zijn kin. '*Goodbye sailor.*'

#

Een NYPD-detective brengt niet voor het eerst deze week een bezoekje aan het Bayview Palisades Hotel in Port Newark.

Tyler zou hem inmiddels herkennen: rechercheur Strickland, vriend van Gar, ze heeft Stricklands foto zojuist gezien.

Strickland, een oude rot, houdt Danny Miller al jaren in de gaten voor Gar – hij kent Millers routines, zijn hangplekken, zijn criminele praktijken en maatjes, zijn favoriete restaurants. Maar Miller lijkt van de aardbodem verdwenen.

48

Als ze weer buiten staat, schijnt de zon fel in haar ogen. Tyler heeft bedenktijd gevraagd. De notaris toonde omstandig alle begrip, maar de documenten en de dvd verdwenen weer in het etui en zijn kluis.

De ring, het symbool, de sleutel tot een kwart van REBOUND en de codes waar al die levens van afhangen, weegt zwaar in haar tasje.

Als ze de hoek omslaat staat Tom Warner, imposant in galauniform, zijn rode wangen gladgeschoren, haar op te wachten, leunend tegen de motorkap van de Volvo. Zijn rode pick-up staat erachter geparkeerd. Charlie zit op de passagiersstoel, zo te zien slaapt ze, haar hoofd is tegen het zijraam gezakt.

'Hoe is het met haar?' vraagt Tyler.

'Ze wilde hoe dan ook mee,' zegt Tom Warner.

'Dat is een goed teken. Heeft ze nog iets gezegd?'

'O, van alles.'

'Maar niets wat voor mijn oren bestemd is, bedoel je?' In korte tijd is er een bijzondere band ontstaan tussen Charlie en de bejaarde parkopzichter.

'Ik bedoel dat ik niemand sterker maak als ik haar vertrouwen beschaam. Ayuh.'

'Je rookt weer,' zegt ze.

'Mijn enige zonde. Alles goed gegaan?'

'Jij hebt Gar gerekruteerd voor REBOUND.'

'Lang geleden.'

'Waarom heb je dat Oz niet gewoon verteld?'

'*No need to know.*'

'Maar hij is een vriend, volgens Gar.'

'Dat kan wezen. Dan nog. Vertrouw je vrienden, maar niet in alles.'

'Wat weet jij dat ik niet weet?' Tyler zal eraan moeten wennen, aan die geheimen onder vrienden. En tegelijkertijd, beseft ze, zoals Gar al zei, is zij als geen ander een ervaringsdeskundige op dit terrein.

'Over Oz? Ik weet wat jij weet. Zag hem voor het eerst toen hij jou achterna dook in die beek.' Hij plukt een tabaksrestje van zijn tong. 'En ik kan me natuurlijk vergissen, maar types als Oz zijn altijd op zoek. Rusteloos. Beperkt houdbaar.' Tom Warner bromt, tevreden over zijn karakterschets. 'Heb je al iets van hem gehoord?'

'Nee.'

'Dat bedoel ik. Die Oz is een fladderaar.'

'Geen grappenmaker?'

'Dat ook.'

'Zoals de waard is, Tom?'

Bij wijze van antwoord blaast Tom op de gloeiende tip van zijn sigaret. 'Dus wat heb je gedaan?'

'Ik heb bedenktijd gevraagd. Ik vind het…' Even zoekt ze naar het juiste woord.

'Beangstigend?' oppert hij.

'Te veel eer, wou ik zeggen, maar beangstigend reken ik ook goed. Ik had gewild dat Gar het met me had besproken. Dan had hij me kunnen voorbereiden.' Maar ook hij dacht, net als zij met Charlie, dat er nog tijd genoeg was.

'Je bedoelt: dan had je kunnen weigeren.'

'Of dat,' geeft ze toe. Eerlijk? Alles zou ze hebben gedaan om Gar van dit krankzinnige idee af te brengen.

'En hij heeft het wel gedaan, trouwens,' zegt Tom Warner. 'Als ik zo vrij mag zijn. Jou voorbereid. Je hebt zijn regels gevolgd, al die jaren.'

Hoewel het menselijkerwijs bijna niet voor te stellen is, vraagt Tyler zich opnieuw af of Gar dit allemaal heeft voorzien, en weloverwogen in gang heeft gezet.

'Maar laten we reëel zijn. Ik weet niets van REBOUND. Niets van overnames van geheime wereldwijde organisaties vol criminelen.' Alsof ze verzeild is geraakt in een Ludlum.

'Juist daarom. REBOUND is mensenbusiness. Criminelen zitten er ook tussen, ayuh. Maar het gaat om mensenlevens. De subjects rekenen op de procedures, op het noodnummer. Maar meer nog rekenen ze op iemand die weet hoe het is om op de vlucht te zijn.'

Ze denkt terug aan het telefoongesprek met Alexander Harris, die heel andere dingen aan zijn hoofd leek te hebben. 'Wat zou jij doen, Tom?'

'Ik kan je vertellen wat ik dééd. Zodra Gar de ring van me overnam. Ik maakte de hele zwik over naar een goed doel. Alles wat ik in al die jaren bij REBOUND had verdiend, al mijn spaargeld. Nou ja, bijna alles dan.'

Haar mond valt open. 'Gar nam de ring van jou over? Jíj was een ringdrager? Ik heb jóúw ring?'

Tom Warner slaakt een diepe zucht. 'Dat stond niet op de band?'

'Nee.' Ineens begrijpt ze Toms vreemde gedrag toen hij haar kwam melden dat hij Oz in haar spullen had zien snuffelen. Hij ontweek haar blik, draaide zich van haar af, toen ze de ring van zijn handpalm pakte. 'Bilbo,' mompelt ze.

'Wie?'

'Bilbo. *The Lord of the Rings*? Laat ook maar.'

'Ik ken geen Bilbo en het was mijn ring al lang niet meer. Het was Gars ring, en nu is hij van jou, als je wilt.'

'Maar jij wilde niet meer?'

'Het waren andere tijden, toen. Faber was ziek, en ik… Ik was niet als Gar, ben ik bang. REBOUND had iemand als hij nodig, al besefte ik later pas echt hoezeer. Ook wat dat betreft mogen ze jou dankbaar zijn. Jij kreeg hem los van de marshals.'

Geen bullshit en geen schuldgevoel, had Gar haar op het hart gedrukt. Maar dat gaat haar tijd kosten, merkt ze. 'Verkopen dus? En het geld weggeven, zoals jij?' Het is een nieuw en aanlokkelijk gezichtspunt. Met de opbrengst kan ze een fonds oprichten, ter nagedachtenis aan en in naam van Catherine en Gar.

Hij haalt zijn schouders op. 'Je kunt ook weigeren. Niet accepteren. Niemand zou je dat kwalijk kunnen nemen.'

'Wat gebeurt er dan?'

'Bij gebrek aan een opvolger? Volgens de regels zoeken de overlevende ringdragers dan iemand. Of ze besluiten dat ze het met zijn drieën wel afkunnen.'

'Kunnen ze dat zomaar doen?'

'Unaniem? Ayuh. Unaniem kan alles. Dat is al zo vanaf het begin. REBOUND doet wat REBOUND besluit. Jullie krijgen nieuwe paspoorten, een nieuwe plek. Aan jou de keus, alles kan.'

Shit. Terug naar de papiersnippers?

Een portier wordt geopend, ze kijken om. Charlie stapt uit. Zichtbaar vermoeid maar een plaatje om te zien. Het verband om haar polsen behendig gecamoufleerd met een brede armband. Net als Tyler al jaren haar litteken verborg achter horloges, sieraden, lange mouwen.

'Hoe voel je je, lieverd?' Een knuffel, wang tegen wang.

Charlie knikt de knik die alles kan betekenen – gaat wel, kut, weet ik nog niet. Het wordt nooit meer als vroeger, beseft Tyler. Charlie is de afgelopen dagen niet alleen jaren volwassener geworden, ook jaren complexer. De gevolgen van het trauma zullen haar maken of breken. Tyler slikt de brok in haar keel weg. Vijftien jaar oud, nog geen week geleden wist ze alles, kon ze alles. Kan ze het achter zich laten? Of is ze levenslang beschadigd?

'En jij?' vraagt Charlie. 'De notaris? Wat was het geheim in Blauwbaards kluis?'

Tyler lacht, dat klinkt als de oude Charlie, maar de rillingen lopen haar over de rug. 'Met mij is het goed, lieverd, maak je geen zorgen. Ik vertel het je later, oké? Eerst vandaag.'

'Oké.'

'Dus we gaan?' vraagt Tom Warner.

Moeder en dochter wisselen een blik. 'We gaan,' tegelijkertijd.

Ze stappen in de Volvo, Tom Warner achter het stuur, Tyler en Charlie zij aan zij op de achterbank.

Ze pakt Charlies hand. 'Weet je nog dat we die film keken, samen, over die man die zijn eigen arm afsneed toen hij klem zat tussen de rotsen?'

Charlie kijkt haar aan. 'Huh?'

Tyler negeert Tom Warners frons in de achteruitkijkspiegel. 'Je dook weg in je trui, en zei dat jij dat nooit zou kunnen. Toen vroeg je aan mij of ik dat wel zou kunnen. Weet je dat nog?'

Charlie knippert even met haar ogen, denkt na.

'Ik weet niet meer wat ik je toen heb geantwoord,' zegt Tyler.

'Ik wel,' zegt Charlie. 'Je veegde mijn haar achter mijn oor, en je zei "ik ook niet".'

Dat ze dat nog weet. 'Zei ik dat? Ik had op iets heldhaftigers gehoopt.'

'Nee, ik vond het lief,' zegt Charlie. 'Wij samen. Stel je voor dat je toen had gezegd dat jij het wel zou kunnen.'

'Ik had ongelijk,' zegt Tyler. 'Over veel dingen.' Ze veegt Charlies haar achter haar oor.

'Ik ook.' Charlie schuift dichterbij, legt haar hoofd op Tylers schouder.

'*Sweet Jesus*,' roept Tom Warner. Tyler kijkt op. Het is vele malen drukker dan vanmorgen. Verderop ziet ze de kerktoren van de Church of the Holy Trinity, de kerk waar Gars herdenkingsdienst zal plaatsvinden, het is nog zeker een kilometer.

Maar het verkeer die kant op staat muurvast. Er zit niet anders op dan aan te sluiten in de file.

Stapvoets vorderen ze. Om hen heen, duidelijk herkenbaar tussen de pick-ups en fourwheeldrives van de lokale inwoners, verlengde limousines met getint glas, politieauto's, zwarte suv's en minivans met geblindeerde ramen, en veel kentekenplaten uit Virginia en D.C. Mannen en vrouwen in gala-uniform wandelen in groepjes richting de kerk, hun insignes en onderscheidingen glanzend.

Alsof het hele land is uitgelopen om Gar de laatste eer te bewijzen.

'Als dit geen rehabilitatie is, dan weet ik het niet meer, ayuh,' zegt Tom Warner.

Beveiligers in donkere kostuums scannen de menigte, hun zonnebrillen op, handen aan hun oortjes, pratend in de mouw van hun jasje.

Diverse vrachtwagens met schotelantennes staan half op het grasveld voor de kerk.

Lokale politieagenten regelen het verkeer, Tom Warner wordt herkend. Bij het parkeerterreintje achter de parochie is een plekje voor ze gereserveerd.

Ze stappen uit. Tyler klemt haar tasje tegen haar buik. Gaat ze de ring omdoen? Aan de ene kant voelt het gepast, hier, bij deze gelegenheid. Maar tegelijkertijd ook niet: ze heeft nog niet geaccepteerd.

De kerkklokken veranderen van toon. De dienst staat op het punt van beginnen.

'We zijn laat,' zegt Tyler.

'Geen zorgen, ze wachten wel op Gars erfgenaam.'

Alsof het de normaalste zaak van de wereld is dat iedereen dat inmiddels al weet.

'De voorste rij wordt voor jullie vrijgehouden.'

De voorste rij?

'Soms is de beste plek om je te verstoppen in het middelpunt van de belangstelling. *Hide in plain sight.*' Hij wuift naar een kleine man met een keppeltje, op het eerste gezicht een vriendelijke oude baas. 'Nee maar.' De vriendelijke oude baas wordt geflankeerd door twee forse bodyguards, hun ogen bespieden de menigte vanachter identieke zonnebrillen, snoertjes lopen van hun oor naar hun kraag.

'Wie is dat?'

'Eén van de grappenmakers van Oz. Voormalig hoofd van de Mossad.'

'Shit, Tom, wat doe ik hier?' De vóórste rij? De Mossad?

'Als ik je een tip mag geven?'

'Je blijft toch wel bij me in de buurt?' Voor de zekerheid geeft ook zij hem een arm, zoals Charlie aan zijn andere zijde.

'Ayuh, ik blijf in de buurt,' zegt hij. Na een blik op de fotografen bij de ingang van de kerk, voegt hij eraan toe: 'Ook al zie je me even niet, ik ben er.' Hij klopt haar op de hand. 'Je maakt je toch geen zorgen?'

'Ik? Waarom zou ik me in 's hemelsnaam zorgen maken? Je hebt een tip?'

'Blijf laag, wacht af. Jij hebt wat zij willen hebben. Dus laat ze komen. Zie het als een bal, en kijk wie met jou wil dansen.'

Gars herdenkingsdienst zien als bal? 'En dan?'

'Dan luister je, je glimlacht beleefd, zegt niets.'

Dat klonk als een receptie op het werk, nietszeggend staan grijnzen. 'En nadat ik beleefd geluisterd heb?'

'Dan weet je meer dan wat je daarvoor wist.'

'Je begint steeds meer als Gar te klinken, weet je dat?'

'Ayuh.' Met een buiging stapt hij tussen ze uit.

Ze sluiten zich aan.

'Zouden zijn moordenaars hier zijn?' vraagt Charlie zachtjes. Tyler knikt, het zou zomaar kunnen. Ze zijn het erover eens dat Danny de waarheid sprak toen hij zei dat hij niets te maken had met Gars dood.

Hand in hand gaan ze de traptreden op, de hoge deuren door. Camera's flitsen. Tyler kijkt even om. Tom Warner heeft zich, in het zicht van de fotografen, uit de voeten gemaakt.

De kerk heeft amper tweehonderd zitplaatsen. Tot langs de wanden staan belangstellenden, lokale bewoners tussen de hoogwaardigheidsbekleders en uniformen, rijen dik.

Voor het altaar staat Gars kist met erewacht. Ernaast, op een standaard, een vergroting van de foto van een piepjonge Gar, bij zijn aantreden bij de Chicago Police Department.

Iemand wenkt. Op de eerste rij zijn inderdaad plaatsen voor ze vrijgehouden.

Hoofden draaien, ellebogen stoten, vingers wijzen.

'*Fashionably late,*' hoort ze Charlie fluisteren.

'Kin omhoog,' zegt Tyler. Ze doen het, tegelijkertijd.

Een rolstoel staat in het middenpad.

*

Er zijn officiële toespraken namens de Marshal Service en het ministerie van Justitie. Zijn ontmoeting met de president wordt gememoreerd als een van de hoogtepunten uit zijn carrière.

Halverwege de dienst zingt het koor Johannes 14, 2-3, *In het huis mijns Vaders zijn vele woningen.*

Vlak voor het Tylers beurt is om het spreekgestoelte te betreden, schuift ze Gars ring om haar duim. Het helpt, hem zo dichtbij te voelen; zonder tranen of haperingen leest ze voor uit Prediker 3, *Alles heeft zijn uur, alles heeft zijn tijd.*

De aanwezigen worden bedankt voor hun komst. Genodigden zijn welkom voor de bijeenkomst na afloop, in de tuinen achter de kerk.

Het Ave Maria klinkt.

Tyler en Charlie, opnieuw hand in hand, lopen naar de kist.

'Ik lach, Gar,' fluistert Tyler, door haar tranen heen.

#

'Wat zei je tegen hem, mam?' vraagt Charlie. Verstond ze het nou goed?

'Dat ik lachte.' Haar moeder probeert haar tranen te deppen. 'That pisses him off.'

'Maar je huilde.' Charlie trouwens ook.

'Gooi me maar aan de leugendetector.'

333

49

Tom Warner wacht op ze in het gedeelte van de tuin dat is gereserveerd voor genodigden, afgeschermd van fotografen. Er zijn tafels gedekt met wit linnen, waarop kleine gebakjes staan van de plaatselijke banketbakker, Catherines favoriet. Er wordt koffie en thee geserveerd, drank voor wie wil.

Er vormt zich een rij. Tyler blijft handen schudden, Charlie naast haar. Ze luistert vriendelijk, glimlacht beleefd, Tom Warners tip. Gezichten die ze nooit eerder heeft gezien, onbekenden die zich gedragen als oude vertrouwelingen. Ze hoort zoveel namen, functies en nationaliteiten, dat ze nauwelijks zijn te onthouden. Diplomaten, politiemensen, officieren, van heinde en ver gekomen, alle rangen en standen, mannen veruit in de meerderheid.

Onbekenden stellen zich voor, condoleren haar. Velen hebben een vriendelijk woord over Gar, de meesten houden het bij een sterktewens.

Maar zoals Tom Warner al voorspelde, wordt er ook gepolst. In Tylers balboekje staan uiteindelijk vijf namen.

De drie ringdragers om te beginnen, ze herkent ze van Gars foto's. Alexander Harris is de eerste, een energieke, gedrongen Brit, die haar qua uiterlijk doet denken aan de acteur Philip Seymour Hoffman. Dan de stramme Isamu Matsumi, in alles het spreekwoordelijk ondoorgrondelijke Aziatische type, die voor haar een diepe buiging maakt. Ten slotte is daar Liliane Faber-

Campbel, recent weduwe, ex-fotomodel, gekleed in een oogverblindend wit ensemble van Dior. Alle drie, elk in andere bewoordingen, drukken Tyler op het hart om op korte termijn, wanneer het schikt, te spreken over een zaak van gezamenlijk belang.

De kleine man met het keppeltje, oud hoofd van de Mossad Avni Lehmann, is nummer vier, en een voormalig CIA-directeur genoemd Donald Lean, de laatste in haar balboekje, nummer vijf.

Uit haar ooghoek ziet ze Tom Warner bij de man in de rolstoel staan. De oude Faber, ook hem herkent Tyler van de foto. Gar rangschikte hem niet onder 'vrienden'. Toch lijkt het weerzien tussen hem en Tom Warner hartelijk, althans van een afstandje bezien.

Als de rij ten langen leste begint uit te dunnen, merkt Tyler dat Charlie rusteloos wordt. Tyler is trots dat haar dochter het zo lang heeft volgehouden. Al die wildvreemden, Charlie moet uitgeput zijn, en geïmponeerd. Net als zijzelf, trouwens. Het verzamelde gezelschap, de officials, de diplomaten, de uniformen met al die onderscheidingen, is op zijn zachtst gezegd nogal intimiderend.

'Hoe gaat het, lieverd?' vraagt Tyler.

'Zin in een sigaret,' antwoordt Charlie. 'En jij?'

'Goed,' zegt Tyler. Ze meent het, hoewel ze daarnet tussen neus en lippen heeft moeten vernemen dat Charlie rookt. Ze voelt dat ze leeft, beseft ze, hoe vreemd ook bij een gelegenheid als deze. Ze geniet ervan, de poppenkast, de spanning, het gekonkel. Van de aandacht niet te vergeten. In groten getale zijn al die mannen en vrouwen met hun indrukwekkende staat van dienst hier verschenen – voor Gar, maar ook ontegenzeggelijk voor het balboekje, voor haar. 'Goed, eigenlijk.' Veilig, hoe vreemd het ook klinkt. Zo moet iemand zich voelen die uit de kast is gekomen. Nog onwennig, maar vol nieuwe energie. Eindelijk. Het werd tijd. *Out in the open.* Het voelt alsof er geen reden meer is om verstoppertje te spelen. Ze voelt zich niet schuldig, niet onzeker. Eerder opgewonden. Een bijna lichamelijke sensatie.

Het is bijna onvoorstelbaar hoe angstig ze was, niet alleen de afgelopen dagen, maar haar hele leven. Dat ligt allemaal achter haar, beslist ze. Die deur is, om met Gar te spreken, dicht en gaat niet meer open; en papiersnippers zijn niet langer nodig.

Ze vraagt zich af of ze zich eerder zo op haar plek voelde. Het middelpunt, in plaats van in een hoekje weggedoken, uit angst voor ontmaskering.

'Mam? Je staat te blozen.'

'Ik?' Ze draait zich op haar tenen om, pakt twee glazen champagne van een dienblad en geeft er één aan Charlie. Vijftien, eigenlijk te jong voor nicotine of alcohol. Maar aan de manier waarop haar dochter de eerste slok neemt, is te zien dat het vast niet de primeur is.

'Kom,' zegt ze. Ze tikt haar glas tegen dat van Charlie. 'Nog heel even.'

Charlie rolt met haar ogen, maar glimlacht. Ze voegen zich bij de oude Faber in zijn rolstoel en Tom Warner. Ook Faber draagt medailles, onderscheidingen.

De gesprekken in de kerktuin zijn luider geworden, geanimeerder. Het effect van de alcohol, weet ze, en het reüniegevoel dat onvermijdelijk bij dit soort bijeenkomsten hoort.

'Een prachtige dienst,' zegt Faber, vanuit de rolstoel. En, met een knikje naar Gars ring: 'Ik zie dat we er een Cubsfan bij hebben, Tom. Welkom bij de club, mevrouw. *Gar will be pleased.* En deze prachtige jongedame moet Charlie zijn.'

'Aangenaam, meneer,' zegt Charlie. Ze maakt zowaar een reverence.

Tyler is opnieuw onder de indruk. Gelukkig blijft Charlie gewoon Charlie: 'Vindt u het erg als ik een sigaret opsteek?' vraagt ze aan Faber. Tom Warner biedt haar het pakje en zijn aansteker al aan.

Tyler fronst haar wenkbrauwen.

'Geenszins, steek op, jongedame,' zegt de oude Faber. 'En doe me een plezier wil je, kom zo dicht mogelijk bij me staan, dan rook ik een eindje met je mee.'

Verderop staan de drie. Tyler, nippend van haar champagne,

bekijkt ze nog eens goed, oefent hun namen. Alexander Harris, Isamu Matsumi en Liliane Faber-Campbel, Fabers schoondochter. Wat gaat ze doen? Gars erfenis weigeren? De ring, Gars kwart van REBOUND, verkopen aan de hoogste bieder, alles weggeven aan een goed doel? Is er nog een andere optie?

Ze speelt met Gars ring. Zelfs om haar duim is hij te groot voor haar. Is dat een voorteken?

Een vierde persoon, die ze niet eerder heeft gezien, staat bij de drie ringdragers. Het is een lange, gebruinde man. In maatkostuum. Onberispelijk, net als de andere drie. Maar atletisch. Aantrekkelijk, op een dierlijke manier. Afwezig constateert ze dat hij geen ring draagt. Hij zat niet tussen Gars foto's.

Als hij ziet dat ze naar hem kijkt, knipoogt hij.

'Wie is dat?' vraagt ze. 'Die lange man?'

'Zal ik hem aan je voorstellen? Dat is Joachim Weiss,' zegt de oude Faber.

#

Als de lange, gebruinde man luid lacht om iets wat Alexander Harris zegt, lopen de rillingen Charlie over de rug.

Die melodieuze, gevaarlijke lach kent ze. Die lach is niet van Joachim Weiss. Maar van John2John1998@gmail.com. John John. Of, zoals zij hem noemde, J.J. Destijds, op de achterbank van de Vauxhall van Smith & Jones, hoorde Charlie hem spreken via een stemvervormer.

Maar die lach vergeet ze nooit meer.

Die lach is van J.J.

De man die haar naar de London Zoo lokte.

W.A.
Schiermonnikoog – Cabo Verde – Amsterdam
april 2017

Lees ook boek twee van de REBOUND-trilogie

ERROR

ALAIN, TOEN,

BOUNDARY ROCK, IDAHO,

NABIJ DE CANADESE GRENS

Alain Toussaint hoort het vrolijke kindergezang lang voor hij de oranje hesjes ziet verschijnen.

Liggend op zijn rug, klem in de kleine ruimte onder het schuine dak, doet hij metselwerk aan de schoorsteen, een van de laatste grote klussen aan Hendersons Folly, het oude mijnwerkershuis dat hij vier jaar geleden bij zijn aankomst in Boundary Rock betrok.

Alain pakt zijn verrekijker en bekijkt ze. Op het eerste gezicht is het een onschuldige wandeltocht van een groepje padvinders. Zes kinderen, Alain schat de oudste veertien, de jongste een jaar of acht, onder aanvoering van een struise jongedame van halverwege de twintig. Goed schoeisel voor de bergen, constateert hij, en ook hun bepakking wijst op voorbereiding. De leidster draagt een detailkaart en een kompas.

Natuurlijk doet een joch van nauwelijks tien, een grote cowboyhoed op zijn hoofd, Alain aan Javier denken, de zoon die hij op Corsica bij zijn moeder had moeten achterlaten. Al wandelend keilt het joch steentjes over de rand, de diepte in.

Een blond meisje met staartjes sluit huppelend de rij.

De groep padvinders verdwijnt oostwaarts uit zicht.

Alain houdt zich aan de regels, blijft op de achtergrond, neemt geen risico's, *sticks to the story*, en de Folly past perfect in het plaatje. Sinds mensenheugenis respecteren de inwoners van Boundary Rock elkaars recht op privacy. Bovendien kan niemand die

Alains trieste achtergrond kent hem kwalijk nemen dat hij afstand houdt. Jaren geleden werd hij opgelicht, door zijn beste vriend nog wel, die er tot overmaat van ramp ook nog eens met zijn vrouw vandoor ging – *hell*, wie zou zich niet terugtrekken?

De Folly ligt verscholen in de bossen, hoog tegen een helling. De verwaarloosde toegangsweg naar het oude mijnwerkershuis loopt voorbij het erf door naar de gatenkaas aan verlaten mijnschachten twee kilometer verderop, de restanten van wat eens de bloeiende Boundary Mineral Mining Co. was.

De weg is Alains eigendom, hoort bij het perceel. Maar al snel leerde Alain dat een bord NO TRESPASSING weinig uithaalt. Het ongerepte natuurgebied is prachtig, en dus komt er met name in het hoogseizoen elke zoveel dagen wel een verdwaalde camper omhoog, hobbelend over de kuilen. Aangezien de weg verderop versmalt, en overwoekerd is door hoog gras en onkruid, is hij korte tijd later alweer terug, ditmaal in zijn achteruit. Noodgedwongen keren ze op Alains erf, bijna een voetbalveld groot tussen het huis en de weg, dat hij uit voorzorg met kiezelstenen heeft bedekt.

Alle voorbijgangers houdt hij in de gaten, maar hij laat zich zelden zien. Pas als een campergezinnetje aanstalten maakt om de nacht op zijn erf door te brengen, komt Alain naar buiten. Met een flink stuk hout onder zijn arm of de grote bijl over zijn schouder, om met weinig woorden duidelijk te maken dat de overnachtingsplannen zijn gewijzigd. Hij heeft tegenwoordig een wilde baard, zijn woeste uiterlijk helpt ongetwijfeld mee.

Alain denkt niet meer aan de padvinders tot de avond is gevallen.

Op de berg is geen kabelaansluiting, hij heeft geen tv, standaard mobiele telefoons zijn er onbetrouwbaar. Elke ochtend en avond luistert hij naar het nieuws op zijn radio. Het weerbericht luidt: storm op komst.

Daar was vanmorgen nog geen sprake van.

Nu denkt hij wel aan ze.

Bevat hun bepakking ook tenten, zodat ze op de berg kunnen blijven overnachten? Zijn ze via een andere route teruggekeerd?

Of zijn ze de oude mineraalmijnen gaan verkennen?

Vanaf het moment dat die laatste gedachte postvat, wordt hij rusteloos. Hij besluit zijn intuïtie te volgen, wat hem in zijn vorige leven meer dan eens van pas kwam. Als geen ander kent hij de aantrekkingskracht van gevaar.

Met de rugzak die altijd gereedstaat (met daarin extra kleding, veldfles, verbanddoos, lucifers, verrekijker, jachtmes, touw, zaklamp, satelliettelefoon, zuurstofcilinder en -masker) gaat hij achter ze aan.

Het spoor is aanvankelijk makkelijk te volgen; zelfs waar de bodem rotsachtiger wordt, vindt Alains geoefende oog voldoende aanwijzingen. Een verse zoolafdruk in het zand, een losgetrapt stuk mos, een geknakte struik.

Sinds zijn aankomst hier heeft Alain de omgeving verkend, in steeds wijder wordende cirkels, op zoek naar mogelijke schuilplaatsen en vluchtpaden. De houten versperringen die tientallen jaren geleden zijn aangebracht om de ingangen van de mijnen te barricaderen, lieten zich eenvoudig omzeilen. Nadat hij de oude tunnels rudimentair in kaart had gebracht, schrapte hij ze als ontsnappingsroute, toen ze na een paar honderd meter nog steeds daalden. Bovendien had hij gas geroken – als de tunnels in geval van nood als zijn toevluchtsoord moesten dienen, dan slechts tijdelijk.

Terwijl hij de ingangen nadert, begint het harder te waaien. Donkere wolken pakken zich samen boven de Peak, verduisteren de maan.

Als in de verte onweer flitst, telt hij automatisch de seconden, elf, tot de klap. Hij doet een ronde langs de rand van het rotsplateau om de plekken te inspecteren waar de padvinders eventueel kunnen zijn afgedaald. In de diepte ontdekt hij nergens licht of een kampvuur tussen de bomen.

Klauterend over de rotsen en de versperringen luistert hij aan de schachten. Hij roept, schijnt naar binnen. Niets. Opnieuw is het weerlicht oogverblindend. Ditmaal telt hij zeven seconden tot de donder. De lucht koelt af, de dag die zo zomers begon is verdwenen.

Welke ingang hebben ze genomen? Er komen er vijf in aanmerking. Als hij hun route denkbeeldig reconstrueert, is het meest voor de hand liggend dat ze bij de zuidelijke schacht naar binnen zijn gegaan.

Opnieuw een flits. Amper een seconde later volgt de donderslag, de explosie ditmaal zo dichtbij en de luchtverplaatsing zo hevig, dat het lijkt alsof iemand van achteren aan de banden van zijn rugzak trekt.

Even later barst de regen los. De druppels worden hagelstenen, in een oogwenk is hij doorweekt. In de beschutting van de meest zuidelijke gang doet hij de rugzak af om zijn satelliettelefoon te pakken.

Wachtend op verbinding overweegt hij de regels, de risico's, zijn opties. Hij ziet de jongen met de cowboyhoed voor zich, het joch dat hem aan Javier deed denken.

Hij toetst 9-1-1, wordt doorverbonden. Even later spreekt hij deputy Molly, de eerste inwoner die hij al die jaren geleden ontmoette.

Zodra hij haar heeft verteld waar hij is en waarom, verspilt ze geen tijd. Ze belooft de hulpdiensten te alarmeren. 'Dat gaat zeker een half uur kosten, Alain. Een heli kunnen we vergeten met dit weer. Via de weg is drie kwartier waarschijnlijker.'

'Vertel ze dat ik in de meest zuidelijke tunnel ben.'

'Weet je het zeker?' vraagt ze. 'Die oude schachten zijn verraderlijk.'

Alain draait zich om, schijnt met zijn lamp verder de tunnel in. Achter hem loeit de storm. Hij weet het zeker, heeft het zuurstofmasker al in zijn hand.

Zo snel hij kan op de onregelmatige en vochtige rotsbodem, daalt hij af. Bij elke kruising schuift hij het masker even van zijn mond om te roepen. Onderweg, dieper in de mijn dan ooit, berekent hij het effect van zijn lichamelijke inspanning op de voorraad zuurstof in de cilinder.

Na bijna een kwartier in gestrekte mars, zo ver is hij inmiddels gedaald, vindt hij het eerste slachtoffer. In de lichtbundel van zijn zaklamp zit het meisje met de staartjes, vanmorgen nog zo vrolijk huppelend, bewegingloos tegen de wand. Armen om haar knieën, haar oranje hesje gescheurd om haar lichaam.

Alain knielt, zet zijn masker tegen haar mond. Holle ogen staren hem aan. Haar gezicht is vuil, betraand. Ze haalt diep adem, raspend, haar lichaam trekt samen, het begin van een hoestbui.

'Kleine teugjes,' zegt Alain. De geur van gas, onmiskenbaar, in zijn neusgaten. 'Wat is er gebeurd? Waar zijn de anderen?' Kort zet hij het masker weer op zijn eigen mond. Het meisje kijkt hem aan alsof ze geen idee heeft welke taal hij spreekt.

'Hier.' Hij pakt haar slappe arm, legt het masker in haar hand, tilt het aan haar mond. 'Hou vast. Kleine teugjes.'

Terwijl hij zijn adem inhoudt, pakt hij uit zijn rugzak een trui die hij haar over het hoofd trekt. Speurend naar verwondingen ziet hij wat schaafwonden, maar nauwelijks bloed. Ze laat hem begaan, een marionet zonder touwtjes.

'Waar zijn ze?' herhaalt hij. Bij wijze van antwoord duwt ze met een bibberend handje het masker op zijn mond. Alain inhaleert, geeft haar het masker terug. Dan heft ze een vingertje, het wijst dieper de mijn in.

Ver achter hem klinkt grommend de donder.

Hij kan haar hier niet achterlaten. 'Klim op mijn rug. Dan gaan we de anderen zoeken, oké?' Hij geeft haar de lamp. Met de rugzak op zijn borst en het meisje op zijn rug, haar armen angstvallig om zijn nek, dalen ze verder af. Om de vijf passen, alsof hij het met haar heeft afgesproken, duwt ze het zuurstofmasker op zijn mond.

Na enkele minuten vinden ze de cowboyhoed in het midden van de tunnel. Even verderop ligt het joch, languit, zijn hoofd in zijn eigen braaksel. Alain helpt hem voorzichtig overeind, houdt hem het masker voor. Na de eerste diepe teugen klapt hij dubbel van het hoesten.

Alain, met spijt om de anderen maar er zit niets anders op, haast zich terug naar boven met onder elke arm een kind, hortend en stotend. Om beurten houden ze Alain en zichzelf het masker voor, ernstig, zwijgend, gedisciplineerd.

Alain negeert uit alle macht de steeds hevigere hoofdpijn, het lood in zijn benen, maar het mijngas en de krachtsinspanning eisen hun tol. Het lukt hem niet langer te berekenen hoeveel zuurstof resteert. Hij weet dat hij nog naar boven moet, in een rechte lijn, en snel, maar heeft geen idee hoeveel tijd de terugtocht uiteindelijk vergt.

Buiten treft hij de zwaailichten van de hulpdiensten. Molly heeft geen halve maatregelen genomen; deputies, ambulancepersoneel en brandweermannen snellen op Alains aanwijzingen de schacht in.

Ook de locals komen, waaronder uiteraard Ruby Rubinard, verslaggeefster van de plaatselijke nieuwsbode, de *County Clarion*. Zonder dat Alain het merkt neemt ze een foto van hem: zittend op de achterbumper van een ambulance, met een foliedeken om zijn schouders en hoofd geslagen, zuurstofkapje voor zijn mond.

De volgende dag siert dat beeld de voorpagina van een speciale editie van de *Clarion* onder de paginabrede kop KLUIZENAAR WORDT HELD in vette chocoladeletters.

Aan een catastrofe ontsnapt, ze hebben geluk gehad, luidt de algemene conclusie in Boundary Rock. Geluk met Alain, de oplettende en doortastende man die gesteld is op zijn privacy, maar die met gevaar voor eigen leven een groep kinderen redde van een wisse dood.

Het menselijk drama met goede afloop interesseert uiteraard ook landelijke media, maar Alains foto wordt nergens meer aangetroffen. Wel krijgt hij nog wekenlang post, bezorgd post restante de *County Clarion*. Brieven, kaarten, tekeningen, knuffels, maar liefst twee huwelijksaanzoeken.

Geluk gehad, Alain beseft het. Als geen ander.

Benjamin, zijn handler, is het eens.

'*You are a good man,*' zegt Benjamin ook nog.

Iets in zijn toon valt Alain op.

Alsof zijn handler tot dan toe twijfelde.

#

343

Als de inwoners van het plan horen, verklaren ze Max Schaeffer, de eigenaar van de *County Clarion*, unaniem voor gek. Maar Max is Max, en dus trekt hij ter gelegenheid van het aanstaande honderdvijfentwintigjarig jubileum van de krant een heuse stagiair aan om de oude edities, in Max' woorden 'het erfgoed van Boundary Rock', te digitaliseren en 'te ontsluiten voor het nageslacht'.

Luttele uren nadat de nietsvermoedende studente de speciale zeven jaar oude KLUIZENAAR WORDT HELD-editie scant en op de website plaatst, verschijnt een alert op de monitor van een van de talloze NSA-supercomputers die volcontinu het internet afstruinen. De geavanceerdste gezichtsherkenningssoftware ter wereld heeft een mogelijke match gedetecteerd.

Een NSA-analist vermoedt in eerste instantie een softwarefout. Want ondanks de foliedeken om zijn hoofd en het zuurstofkapje voor zijn mond, heeft de computer de lokale held op de foto, een zekere Alain Toussaint, met bijna tachtig procent zekerheid geïdentificeerd als Orsu Benedettu, alias Le Prince Propre, een maffiakiller die jaren geleden dodelijk verongelukte op Corsica.

Niet lang daarna krijgt REBOUND CENTRAL de melding.

Wie is Toussaints handler? Benjamin.

Wie te verwittigen? Jockey.

·